蒙古国文学经典译丛

月光曲

［蒙古］僧·额尔德尼 著

照日格图 译

内蒙古人民出版社

图书在版编目（CIP）数据

月光曲/（蒙）僧·额尔德尼著;照日格图译. —呼和浩特：
内蒙古人民出版社,2019.8

（蒙古国文学经典译丛）

ISBN 978-7-204-16002-0

Ⅰ.①月… Ⅱ.①僧… ②照… Ⅲ.①中篇小说—小说
集—蒙古—现代②短篇小说-小说集-蒙古-现代 Ⅳ.①I311.15

中国版本图书馆 CIP 数据核字（2019）第 152897 号

月光曲
YUEGUANG QU

作　　者	［蒙古］僧·额尔德尼
译　　者	照日格图
责任编辑	郝　乐
封面设计	苏德佑仁
出版发行	内蒙古人民出版社
地　　址	呼和浩特市新城区中山东路 8 号波士名人国际 B 座 5 楼
印　　刷	内蒙古爱信达教育印务有限责任公司
开　　本	680mm×960mm　1/16
印　　张	18.75
字　　数	280 千
版　　次	2019 年 8 月第 1 版
印　　次	2019 年 11 月第 1 次印刷
印　　数	1—2000 册
书　　号	ISBN 978-7-204-16002-0
定　　价	48.00 元

图书营销部联系电话:(0471)3946298　3946267
如发现印装质量问题,请与我社联系。联系电话:(0471)3946120

主脉（原序）

我的第一篇小说发表于三十几年前，也就是说，我到了二十五六岁才开始写小说。自从开始写小说，我才找到一条正确的文学之路。在此之前，我写诗歌，并且认为自己的作品与同一时代的盖塔布①、雅布胡兰②等诗人的作品不分伯仲，我们是在一同叩击文学之门。我还于一九五六年出版了自己的第一部诗集。幸好我及时意识到了自己没有诗歌方面的才华。在我的生活中，没有什么来得比这个更及时了。是什么让我走上了正确的文学创作之路呢？应该说是时代和纳楚克道尔基③的小说。二十世纪五十年代，在我长出羽翼时的蒙古国非韵文圈子里，达·纳楚克道尔基开创的现实主义小说稳稳地独领风骚，整个蒙古国小说创作也进入了高峰期，这个高峰期，直至六十年代末才渐渐结束。此时，

① 盖塔布：1929—1979，蒙古国诗人，出版《诗与长诗》《跟着青年》等多部诗集。
② 雅布胡兰：1929—1982，蒙古国诗人，出版《我们的愿望》《野外的月亮》等诗集。
③ 纳楚克道尔基：1906—1937，达·纳楚克道尔基，蒙古国文学的奠基者，著有诗歌《祖国》、小说《喇嘛爷的眼泪》《幽暗的峭壁》、歌剧《三座山》等。

宾·仁钦①、岑·达木丁苏荣②、洛岱丹巴③、拉·旺甘④等作家皆有名篇问世。彼时我努力与他们并驾齐驱，同时又积极探索自己的风格。路选对了，黑夜里定会月光满径。评论家很早就把我的小说定义为抒情小说。他们的评论给予我更多力量，我索性更加"抒情"起来，那样的纯真和试图传达给读者淡淡忧伤的基调束缚了我好多年。也就是说，我的小说持续了很久的"幼稚期"。用今天的高度回望过去，我在五六十年代创作的大部分小说运用了浪漫主义表现方式——当时最传统的文学创作方式。浪漫主义基调影响了我们那时的整个文坛，或许它关乎那个年代特有的思维模式。但无论怎样，我无法否定浪漫主义基调也是我全部文学作品的命脉。这一切，有待接受时间的考验。不管怎样，我还能客观地审视那时的自己，对于我来说是好事。

　　这本小说集择选了我在五六十年代创作的小说精品，为此我绞尽脑汁，考虑如何取舍。现在看来，其中有些作品高度重复。虽然这些作品从主题到结构皆有所不同，但基调和主人公相仿或重复的也不在少数。我评价自己的作品，当然会存一丝私心。我被定义为抒情短篇小说或抒情中篇小说作家，我亦故步自封，每当试图跳出原来的条条框框时，不止一次受到评论家们的批评。好在我在过去的三十余年里写了不少短篇小说，因此入选此书的近四十篇作品，至少有一半是让我放心的。例如，在六十年代引起波澜的《牲畜扬起的灰尘》《回热》《霍兰与我》《野火》和之后创作的《四个老头》《老人与石人》《老去的雄鹰》等作品还算优秀。写老人的这三篇作品和创作时间更早的《送往天堂的发条车》，一起向读者粗略地展示了蒙古民族的性格和生活状态。作品中

---

　　① 宾·仁钦：1905—1977，蒙古国科学院院士、语言学家、作家，著有长篇小说"曙光三部曲"、学术著作《蒙古书面语法》等。

　　② 岑·达木丁苏荣：1908—1986，蒙古国科学院院士、文学史学家，著有《我的白发母亲》等诗歌、《师徒俩》等短篇小说，译著有普希金《金鱼的故事》《青铜骑士》等。

　　③ 洛岱丹巴：1917—1970，蒙古国著名作家，著有长篇小说《清澈的塔米尔河》《在阿拉泰》等。

　　④ 拉·旺甘：1920—1968，蒙古国剧作家，著有《利己者》《普通人》《风的味道》等。

那些占据主导地位的缺陷可能会盖过不那么明显的优点。我一直在努力体会文学发展的时代新特征。我早已深知文学是一场没有终点的寻觅，因此就算受到当时社会的限制，作品亦少了一点智慧成分，我依然会坚持。

亦有人说我的作品是心理小说。不过它不属于我个人，是作家勤奋探索的结果。我在文学之路上羽翼逐渐丰满时，有幸阅读了俄国现实主义小说家契诃夫、苏联作家高尔基等人的作品，开阔了视野。六十年代，我们那批作家都争先恐后地写小说。假如索·达希东日布①发表了一篇力作，德·米格玛尔②也会努力写一篇更好的作品。当时，洛岱丹巴、杉·嘎丹巴③等作家激烈地讨论着达·纳楚克道尔基的短篇小说《喇嘛爷的眼泪》④，我也被卷入其中。当时的讨论虽像两派学者之间的争论，但也赋予了我们重新审视达·纳楚克道尔基小说的兴趣和动力。

彼时我亦认认真真地重新阅读纳楚克道尔基的优秀小说，真正体会了那些作品从形式到内容的深刻含义。从此，我懂得了打开蒙古国小说主脉的真正钥匙藏在纳楚克道尔基的短篇小说里。他的惊人之处在于，能够写出富有细节描写和家庭心理的小说。从此，我开始从近处着眼，从中获取力量和鼓励。

成熟很久之后，人们也难免做出一些幼稚的事。不管怎样，这是我三十年经验的总结。毋庸置疑，争取表达上的优美，从而吸引读者的想法，阻碍我成为一名成熟的现实主义作家的进程。我道出这些推心置腹的话语，是希望新一代的作家们引以为鉴。这本小说集也收入了创作于六十年代初的《田鼠洞里的珍珠》。虽然读者至今都喜爱这篇小说，但其中编造的痕迹非常明显。刚刚创作的《月光曲》和《草原》等作品

---

① 索·达希东日布：蒙古国作家，著有长篇小说《戈壁高地》《沙漠盆地》等。

② 德·米格玛尔：1931—1997，蒙古国作家，出版《抒情中篇小说》《抒情中篇小说十部》等。

③ 杉·嘎丹巴：1924—1993，蒙古国学者、作家，著有《肥大的皮袍》《影影绰绰的阿勒泰》等。

④ 《喇嘛爷的眼泪》：达·纳楚克道尔基创作于 1930 年的短篇小说，中译本见陈岗龙、乌日斯嘎拉主编的《经典解读达·纳楚克道尔基》一书（民族出版社，2009 年）。

里，有我回归现实主义抒情的努力。这样，我就会失去另一种写作方法。为了不丢掉主脉，我们必须时刻想想《喇嘛爷的眼泪》。也就是说，这些是我们不能回避的。我写了近三十年的短篇小说，以上是自己说给自己听的一席话。

僧·额尔德尼

目录

contents

目录
contents

僧·额尔德尼

　　蒙古国著名作家僧·额尔德尼
（c. Эрдэнэ）（1929—2000）出生于肯特
省宾德尔县。1949 年、1955 年分别毕业
于苏赫巴托军官学校、蒙古国国立大学医
学院。曾任蒙古国作家协会书记等职。
1948 年开始创作，主要作品有长篇小说
《生活的轨道》（1984）、《扎那巴扎尔》
（1989）、《来世相逢》（1993），中短篇小
说集《蔚蓝的山》（1981）、《抒情中篇小
说》（1986）、《小说选》（1988），电影
文学《金帐》《不能承受的苦难》《戈壁
之眼》等。他的作品被翻译成德、英、
法、中等多种文字。他于 1965 年获蒙古
国国家奖。

霍兰与我

彼时才十七岁哟，我已觉得自己是个男子汉。直到那年夏天，我才知道自己是个彻头彻尾的软骨头。七月的一天，为了参加县里的那达慕①，我和家乡的"成吉思汗"，还有他年轻的妻子早早就出发了。那个被称为"成吉思汗"的人，就是黄脸昌巴。我悄悄地给他起了这样威猛的绰号，却从未向人提及。他控马②时，我只能给他搭把手。像我这样的软骨头，不过是干些苦差事：晚上趁着凉爽湿润，拉着如传说中风驰电掣的马儿去吃夜草；清晨牵着它们舒展舒展筋骨，白天饮一饮马。仅此而已。

黄脸昌巴三十来岁，有一双豹子似的黄眼睛，棕色的卷毛，长长的下巴中间有一块凹痕。他的罗圈短腿走起路来铿锵有力，他平时总爱紧攥着拳头。他的黄眼睛里从未流露过温柔，孩子们只要一看见他的眼神就开始哆嗦、缩双肩，像穿了木头裤子似的站在那里一动不动。昌巴是个贩马的高手，家里有不少牲畜和金钱。春天的小草刚刚冒尖，他便带上几匹马，给马套上好的马鞍，穿一身漂亮的衣服，一阵旋风似的消失

① 那达慕：蒙古语，意为"游艺""娱乐"。蒙古族体育竞技、娱乐的集会。传统项目（男儿三艺）包括赛马、射箭和摔跤。
② 控马：在赛马比赛之前专门给马吊膘的训练。

得无影无踪。他走遍克鲁伦县①、巴彦—乌兰县②、嘎勒希尔县③，还会到达里干嘎县④那里走一遭。等夏意正浓时，他会分门别类地牵着走势不同、颜色各异的好多匹马儿，从山脚下扬起一路尘土，哼着歌回到家里。黄脸昌巴的魅力正在于此。在家乡，有人说他有风骨、有朝气，是一条汉子；但是好多人说他爱吹牛，是个没有出息的家伙。我倒觉得他是一个像成吉思汗一样的人。

我们在大清早策马驰骋，一路向南。家乡离县所在地有两站地⑤远，路途险峻，须经过一个叫哲里木岭的深山峻岭。太阳刚刚升起时，"成吉思汗"说他要到沿途的人家里去喝一点酒，便丢下霍兰和我独自开溜了。我窃喜，自己还不到十七岁便是个男子汉了。黄脸昌巴的妻子名叫霍兰，娘家在很远的地方，她跋山涉水嫁到这里。她的外貌像明月般美丽，性格像微风般活泼。

我和哥哥往省里跑了近两年的时间，今年春天回来才发现黄脸昌巴娶了这么一位年轻漂亮的妻子。老家的人都说昌巴经常打她，打得她在深夜里大呼大叫。不过，我倒是没有碰到。

现在"成吉思汗"已无影无踪。我牵着他专为那达慕控好的四匹马，挨着霍兰赶路。"大汗"让我们趁着清晨的凉爽抓紧赶路，最好能翻过哲里木岭。

我时不时地偷瞄一眼霍兰，心里感觉无比幸福。如果让我和这样的美女纵马驰骋，就算走到天涯海角也心甘情愿。

太阳升上了晴朗的天空，迎面吹来徐徐的风，东山这边还落着荫，西山那边已被浅红色的阳光普照。露珠还停留在湿地里的草叶上，马儿

---

① 克鲁伦县：蒙古国县名，行政划分隶属东方省。
② 巴彦—乌兰县：蒙古国县名，行政划分隶属肯特省。
③ 嘎勒希尔县：蒙古国县名，行政划分隶属肯特省。
④ 达里干嘎县：蒙古国县名，行政划分隶属苏赫巴托尔省。那里产刀具和好马，旧时常常聚集绿林好汉。
⑤ 两站地：蒙古人常用两个相邻驿站之间的距离衡量长度，一站地约30—40千米，因此两站地约60—80千米。

踩上去时会沙沙作响，路上不时有鸟儿倏地飞起。

霍兰姑娘穿了一双红色的香牛皮靴，伸直秀气的脚蹬着马镫，蓝缎袍子下摆被她卷到了膝盖之上，绸缎袜子紧紧裹住了她的美腿。她优雅地坐在华丽的马鞍上，纤细的腰上缠着黄色绸缎衣带，身体随着栗色走马的颠簸微微地颤悠着。

栗色的月额走马嘴里衔着打有银色圆钉的马嚼子，娴熟地低头赶路。它的鬃毛光亮而平整，骑在这样的马背上，一碗水也能端平。马和主人的默契配合，如美好的音乐叫人舒心。

不过，我今天穿了一件沿口儿起了毛的绿色旧袍子、膝盖上打着椭圆形补丁的军裤和一顶被折坏了帽檐的旧帽子。我骑的是"成吉思汗"的马群里秉性最坏的花斑公马。

霍兰望着山顶，边走边唱。她用余光扫了我一眼，饶有兴致地微笑着说："桑匹乐，你也唱一首吧。"我的脸立马就红了。俗话说，孤独的人爱唱歌。我的嗓音还不错，放牛放羊时经常唱歌，听山谷中的回响。我像一头吃足了奶水的小牛犊，舔了舔嘴唇，拘谨地唱起"走上兴安岭高高的北坡"。霍兰大概从未想过我能唱得这么好，立刻拉住缰绳，眨着美丽的大眼睛对我笑了。我有了无限的勇气，拿出所有本领唱了一首远嫁的闺女想念母亲的歌。霍兰听完后，从袖子里拿出手绢擦了擦眼角的泪。我张着嘴不敢出声，完全没想到她会如此伤感。

"桑匹乐，继续吧。"霍兰边抽泣边说道。我没有勇气再继续了。

霍兰哭了许久，平静下来之后含情脉脉地对我说："你唱得可真好。"我听后羞得满脸通红。

当我们准备翻过山岭时，已到了晌午时分。这期间，我和霍兰彼此了解了很多。原来霍兰和我一样，也是个孤儿。我们在小山丘那儿下了马。天气虽然炎热，但从山岭吹来的风清爽怡人，风中带着针叶林的香味。山脚下的鄂嫩河①穿过翠绿的山林蜿蜒着伸向远方，转弯处的河水

---

① 鄂嫩河：发源于蒙古国小肯特山东麓，流域面积 94000 平方千米，是蒙古民族的发祥地，1206 年成吉思汗即位于此。

波光粼粼。

霍兰用白皙柔嫩的手取下绕着额头系在耳边的红色纺绸头巾，用它擦了擦额头的发丝。她一直看着我笑，可我不知道她在想什么。我不时地盯着那条来时的路，生怕此时"成吉思汗"会突然回来。

"你在看什么呢?"她问道。

"'成吉思汗'……"我一不小心说漏了嘴。

"什么?"她好奇地看着我问道。

我吞吞吐吐地说："啊，对……成吉思汗……不……"说完这番话，我感觉自己像个呆子，笑得很尴尬。

"什么成吉思汗?"因为好奇，霍兰的眼睛瞪得很大。

我赶紧转移话题道："不是，我是说昌巴先生是不是快要赶过来了?"

"那你老说成吉思汗，成吉思汗……"霍兰依然满脸疑惑。

我觉得事情已经败露，就说："昌巴先生长得像成吉思汗……"

"什么?"她笑得前仰后合，说道，"鬼才相信他像成吉思汗。他若是成吉思汗那样的大英雄，就不会打老婆了。他现在很放纵，今晚能到县里就谢天谢地了。"她叹了口气，侧身坐在草地上，用袍子的下摆盖住露出来的膝盖，随手拽了一根针茅草衔在嘴里，闭着眼睛像是在憧憬着未来，突然开朗地笑了起来。她伸过手来，说："拉我起来!"她的手柔软而温暖。

霍兰翻身上马，愉快地向我说："桑匹乐，咱们策马飞奔到河边去吧，河岸上特别美。昌巴一时半会儿还回不来，走喽!"说完她便策马下了山。我也赶紧骑上马，从后面追随而去。途中，她让我唱一首歌。我骑着马让起毛边的袍子下摆随风飞扬。我放声唱道:

　　褐色的雄鹰哟
　　飞翔起来有力量

唱得整个山岭都跟着回响。

我们到达河边时，马儿都已浑身是汗。

霍兰带着我朝一个废弃的渡口走去。那里有一片密林，满是杨柳树、稠李子树和野山楂树。我们下了马，把马拴好，愉快地聊了起来……

我已不知今夕是何夕。

"霍兰，你是我们这里的第一大美女。"

"我还有更美好的东西。"

"是什么？"

"没什么，是我的心呀。"

"那就应该幸福地生活……"

"你想想，我完全在别人的掌控之下。我的心里隐藏了所有的痛苦。别人都认为我身在福中不知福呢。"

"霍兰，你不能再这样继续下去了，离婚吧！他不是威胁你吗？如果你扔下他走了，那他也无计可施。"

"桑匹乐，如果遇到了像你这样的人……你太腼腆了，吻我吧……"

落在我们身边树枝上的小鸟，歪着头转动着小眼珠，好像在问："你们在干什么？"

霍兰枕着手，闭上眼睛说："等秋天你去省里，我就跟昌巴离婚，也去省里。只要能劳动，就能生活。我要当裁缝，不，清洁工总该可以，对吧？"

"是啊，我想当驾驶员或拖拉机手。霍兰你看，那只小鸟的眼睛多可爱！"

我们朝新渡口走去时，天已经擦黑了。我们都认为"成吉思汗"还在吃吃喝喝，所以根本没把他放在心上，愉快地走着。霍兰微笑着依偎在我的肩膀上，我面带笑容，唱着《褐色的雄鹰》①，夕阳也在山头上微笑着。

> 泉眼冒出的水，汲取再多也不干涸
> 遇到心仪的人，相识相依良辰难得

有一个人急急忙忙地骑马迎面而来，身后扬起了滚滚的尘土。霍兰拉住缰绳，恐惧地看着那个人，有气无力地说道："是昌巴。"我一下子慌了神，心跳突然快了起来。

"不可能，这是从县里出来的人。"

"不，不，一定是他。我们俩在那边时，他就去了县里。"

"怎么办？"

"是啊……就说我们在河边让马儿歇歇脚。"

"时间太长了吧。"

"是呀……"

彪悍的"成吉思汗"过来了。他骑到我俩身边，拉了缰绳，用他那豹子似的黄眼睛恶狠狠地盯着我们。他敞着衣襟，面色铁青地斜跨在马鞍上，手里拿着粗大的藤鞭。

"你是从县里过来的吗？"霍兰小心翼翼地问他时，他把牙齿咬得格格响，歪着嘴说："县里？你和这个软蛋子躺在林子里的时候我就……"

"你别胡说……"

"闭嘴！"昌巴冲过来大喊一声，把我拽下马，骂道，"你这垃圾货，你骑着人家的马，还和人家的女人……"

"昌巴！你这个混账！"霍兰带着哭腔喊道。

昌巴发了疯似的转动着黄眼珠，面目狰狞地喊道："闭嘴！看我怎

---

① 《褐色的雄鹰》：蒙古族长调民歌，在内蒙古呼伦贝尔和喀尔喀（蒙古国）蒙古族人聚居的地区广为传唱。

么收拾他!"说着他拽过来霍兰的缰绳,狠狠地往她的马身上抽了一下。

"我要下来。死也不跟你在一起。"霍兰哭泣着,狠狠地喊道。

"随你!不过我要教训教训这个小家伙!"昌巴说着举起棍子般粗大的鞭子朝我打了过来。

"昌巴,住手!"霍兰过来紧紧地拽着他的手。此时,我被吓破了胆,一动不动地站在那里。昌巴跳下马后,把几匹马的缰绳都连起来,拴在霍兰那匹马的脖子上,然后翻身上马,手里拿着霍兰的缰绳,恶狠狠地给马儿加了几鞭。我的面前扬起了滚滚的尘土,霍兰那可怜的哭喊声也消失了。

我才明白等待我的将是徒步行走的命运,于是攥紧拳头喊道:"我要报仇,一定要报仇!霍兰迟早会离开你的,你等着瞧吧!你这条恶狗!霍兰一定会离开你的!"我说完擦着眼泪抽着鼻涕站在那里,被昌巴抛在了野外。

霍兰与昌巴

下第一场雪时，我回到了家乡。申年多事，秋热未退就下了一场大雪，气温骤降。鄂嫩河岸林子里的叶子还没有落尽，在雪中看起来红红的一片。我是休假回来的。手头没有工作，自己也没有什么急事，所以从县里越过几个驿站，走家串户，与猎人们一起穿越山林，还去瞧了瞧埋着我脐带的故土，当我赶回去时便下了雪。我骑马顺着哲里木岭往下走，想到天气骤变，这场大雪一定会给人和牲畜带来不小的灾难，心里有些畏惧。二十几年前，我曾和霍兰姑娘越过这座山岭去恋爱，被黄脸昌巴一把拽下马。想一想，时间过得真快。之后的日子里，我只是偶尔听到关于昌巴和霍兰的消息，却从未谋面。听说他们的日子富得流油。据说，霍兰从年轻时被牛羊和家务缠身，过早地衰老，现在已很难看得出她从前的美貌。如果我能和霍兰见上一面就好了。在遥远的二十年前，黄脸昌巴和成吉思汗长得有点像。我和霍兰一起聊过、盼过的愿望也没有成为现实。对于昌巴，我一直怀恨在心，现在的我已变得像男子汉一样果敢了。无论如何，我现在可以直视着他争辩，甚至动手，只是没有勇气去猜想在昌巴的控制下，霍兰现在成了什么模样。想着这些，我从未想过能在这哲里木岭上遇到霍兰。不过偶有神奇的力量会让你梦想成真。我从未想过能见到四十年前压在我脐带上的那块红石，如今却了了心愿。

当我翻过第一座山岭时，看到前面有人赶着马车在下坡，后面跟着一条白狗。我急忙追上去，原来是霍兰。她好像认识我，又好像不认识。她理了理落到额前的头巾，又惊又喜地说道："哟，桑匹乐，你这是打哪儿冒出来的？"她镜子般亮堂的额头上长出了皱纹，一排整齐洁白的牙齿也有几颗已被金牙替代。只有她的眼神依旧充满朝气，不肯放弃她从前的美丽。我依然觉得现在的霍兰亲切、美丽。我熟悉她年轻时的模样。穷人家的姑娘嫁到富人家，会幸福，也会有难处。那达慕那天她骑着走马，身穿绸缎，剥夺了我年轻时的爱慕。霍兰懦弱又老实，才会被生活的枷锁折磨成这样。不过彼时我太年轻，太天真。十七岁的孩子，还能怎样呢？如果是个大男人，或许我就能带着霍兰走上另外一条路。

霍兰边走边给我讲述着她的生活。天空阴霾，似乎雪还要下，鄂嫩河水像凝固的铅。

"昌巴和几个人打猎去了。家里有好多条狗，好多头大犍牛。怎么说呢，为了这些我耗尽了青春。"

"你们没入社吗？"

"没有，昌巴在木材劳动组当仓库保管员。"

"公职人员，还养那么多狗和牛，他可真清闲啊。"

"是，所有的事都让我来承担。我们把犍牛分给那些牛少的人家代养，我刚刚给他们送去工钱。他这是在隐藏家产，其实我都不知道他有多少存款。"

霍兰的这句话让人听了心里难受。她口中的昌巴，根本不像与她生活了几十年的伴侣，更像是一位陌生人。说这话时，霍兰没有任何怨言，似乎她不是这家的女主人，更像是个临时的工人。我心里却感到一阵悲哀。

"霍兰！"我又难过又无奈地扭过脸去，险些哭了出来。我们各有各的生活，现在的我几乎和霍兰没什么交集了，但是现在唤一声她的名字也会让我感到难过，可我又无可奈何。

"霍兰！你还记得当年我们在鄂嫩河边的时候吗？"

"当然，那时候我还年轻，不像现在。你那时候还是个黄毛小子。"她大笑着说。

"被'成吉思汗'一把拽下马还哭鼻子的人，算什么男子汉。"

"不过，当年你控马还是很在行的。"说完她又笑了。

她的笑声和年轻时没什么区别，声音似乎回荡在大雪覆盖下的树林里。今天的林子里就是放上一枪也不会有回声，更别说笑声了。霍兰这么一笑，我的心里舒坦多了。就连我那匹冒着寒冷前进，浑身松垮的马，在那一瞬间眼睛也亮了，耳朵也竖起来了。马儿知道，悲伤的人不会策马驰骋，开心的人才会这样呢。

我们漫无边际地聊着，不知不觉地走到了她的家门口。

她家在县城的边上，是一座白色的大平房，外面还有墙围着院子。家里已取暖，靠墙放着几个彩色的柜子。估计是主人喜欢在宽敞的空间里睡觉，地上铺着地毯，屋里摆着两张不知何时打造的大铁床。那个彩色的柜子里，似乎封存着霍兰曼妙的青春和美好的愿景。

霍兰给我做了饭，又倒了奶酒。我喝了两三碗热酒，壮大胆子想着如果此时黄脸昌巴进来，我该怎样对付。假如他还像从前一样朝我发威，我就冲着他咆哮："闪开，你就吃着你藏在别人家的犍牛肉，给我消停一会儿吧！"

"临近那达慕，昌巴先生还在控马吗？"

"早不了。他已经过了那个爱炫耀的年纪。"霍兰说道。有什么是永恒不变的呢。温柔与威猛、美与丑相互对立，最后都无力挑战对方，只是落个平局。日子就这样结束了。我想，如果他这样去想，就只能守着箱子里的金银，外头的牛羊，遮遮掩掩地过一辈子了。结束了，结束了！

我刚叹息一声，霍兰就央求道："桑匹乐，你小时候唱歌真好听。来一首吧。"我唱了一首自己从小就喜欢的《褐色的雄鹰》。

> 褐色的雄鹰，飞翔起来有力量
>
> 年轻的岁月，时不待我在流淌

我唱歌时，霍兰低头擦着眼泪。屋外的狗儿突然相继吠起来。霍兰往碗里斟满酒，满不在乎地说："是昌巴回来了。"

在年轻的时候，她不可能就这么稳稳地坐着。嫁给一个威猛的男人，战战兢兢地过日子说不定也没什么不好，毕竟喜欢威猛的男人，不挨揍就不满足的女人也不少……管他呢！我做好了咆哮的准备。房门被打开，先进来的是伸出舌头舔嘴唇的三条白狗。昌巴随后进屋，把狗撵出去，和我寒暄几句。他没认出我。现在，我看着他，已完全想不起当年的"成吉思汗"。一个黄脸的胖老头嘴里嘟囔道："该死的雪，山林里都没法走路，又成灾了。我好不容易才打到一头野母猪……"他一边说着，一边把猎枪挂在墙上。看来我已没有必要朝他咆哮了。

霍兰出来送我。在拴马桩那儿，我握着她的手说："再见。"

"回去之前再来一趟家里吧。"她说。

我没有回应，翻身上马后，径自走了。

霍兰与我

（三十年后）

我在县宾馆睡到太阳升得老高时才醒来。带着鄂嫩河湿润气息的微风从开着的窗子里吹进来，走廊里一群孩子在嬉戏。宾馆高级房间内栗色木床上的白色床单散发着洗衣粉的芳香，枕头上则有青草的味道。床边的茶几上放着一暖壶茶、涂着稠李子果酱的奶豆腐等。显然，宾馆很重视我。他们通常给我们这些新闻工作者提高待遇，偶尔会施点恩惠。这又有什么不好呢？我离乡多年，他们亲切一些也无可厚非。十几年前我回过一次家乡，在外面一直漂着到了今日。人一旦上了年纪，乡愁就更浓了。最近这三四年，家乡的山水常进入我的梦里，我也常回忆起儿时的那些事。不知是陀思妥耶夫斯基还是哪位大家说过："人类最大的幸福，莫过于童年的回忆。"不是我厌倦了城市的喧嚣，是因为上了年纪，才想着要回来。我只要一有假期就会赶紧回来。除了乡愁，我这次回来也为了三十年来一直深藏于心的一个人，她便是霍兰。最后一次见到霍兰，还是在十几年前。几年前，黄脸昌巴去世，想到她孤苦伶仃，我就会猜想，她的日子大概也不会那么如意。每当想到霍兰这位初恋情人，心头就会氤氲优雅美好的雾霭。"初恋"这个词很优雅，像是遥远的雾霭中若隐若现的脸庞和低回迁转的美妙旋律。我虽过了给寡居的霍兰做伴的年纪，但亲眼见到她，回忆起往事心里就会舒坦，悲伤和孤独就会离开我。初恋的记忆里隐藏着日后所有的际遇、错误和仇恨的源头。

我在房间里盯着白色的天花板吸着烟，游走在记忆里，突然听到有人在敲门。

"请进！"

房间的门被徐徐地打开，进来一位穿着绿缎蒙古袍的高个子姑娘，带着些羞涩说："叔叔，马给您备好了。"

我感到奇怪，问道："马？来时我没骑马……"

女孩微笑着说："是妈妈为您准备的。"

"你妈妈是谁？"

"霍兰。"

"霍兰？"我一跃而起时，姑娘递给我一张纸条便赶紧转身退出了房间。在半张学生作业本上整整齐齐地写着：

> 桑匹乐，你还好吗？我听说你前天回来了，就让女儿帮我送去一匹马。中午来河边吧，你没忘了咱们曾经约会的地方吧？我在那里等你。

"天哪！"我叫出了声。原来霍兰从来没有忘记我。在三十年前，我们坐在鄂嫩河的渡口说了一整天的情话，畅想了彼此的未来。她让我去她家串门，原来是想约我去那里回忆往事啊。

我赶紧穿好衣服，走出宾馆，看到院子里的马桩上拴着一匹身材修长的灰白马，嘴里衔着马嚼子，正低着头。马背上套着陈旧却美丽的马鞍。那必定是霍兰的马鞍。马鞍精致宽敞、鞍鞒平缓。鞒缘的兽骨装饰已被磨得发黄，绿色皮鞍鞯的花纹已脱落。这些我再熟悉不过了。这物件也奇怪，三十年前霍兰的马鞍是崭新的，它跟随霍兰三十年，和它的主人都经历了许多，变得老旧。过了这么多年，这一切还是老样子，依旧坚固。没有什么能阻挡我们回到青壮年，这陈旧的马鞍便是让无情的岁月停留片刻的标志。这样一来，我变得神清气爽，骑上马一路狂奔，来到鄂嫩河岸边的渡口。

鄂嫩河啊！就像初恋情人般美丽。我与鄂嫩河好像少有相见的缘分。鄂嫩河带着美丽和生命的气息流淌在我心间，在我孤单悲伤时，常常温柔地提醒我：孩子，你有值得留恋的山河。八月，鄂嫩河在绿绿的山林间流淌，与蓝天和太阳交相辉映。在我们小的时候，渡口这边人来人往，如今物是人非，变得冷冷清清，少有牲畜来此留下蹄印；河两岸的土地已被拖拉机开垦。就这样，渡口这里留下了时代的印迹。三十年前，我和霍兰牵着黄脸昌巴的快马来到这里，避开去看那达慕的众人，找了一处远离大路的地方约会。时至今日，我还能准确地找到那里。我过了河，穿过河岸的树木到达约会地点时，霍兰像个提前到达约会地点的初恋女孩似的羞涩地对我说："你还真能找到这里。"说着她摊开手掌给我她刚采撷的几颗大稠李子，说："吃稠李子。"她说完后，不知为什么把脸转了过去。

我把稠李子放进嘴里，握住她的手问道："你还好吗？"

霍兰说："好。"她转过脸来看着我，泪水模糊了她明亮的黑眼睛。

霍兰今天穿了一件褶痕明显的蓝色缎袍，腰间系了绿色的纺绸细带，带子的头在腰的侧边打了个结，头上戴了一顶旧式草帽。这身装束不禁让我想起她年轻的时候。我看到她脚上穿了和当年去那达慕时一模一样的红色香牛皮靴子和绸缎袜子。莫非时光已回到了三十年前？回到年轻时代，难道就这么容易吗？稠李子依然酸涩，鸟儿的啁啾、鄂嫩河拍打河岸的声音皆一如往日。彼时霍兰的头发乌黑发亮。她常把头发梳到额头后面，包着头巾。我清晰地记得那年的那达慕，她包的是红色的纺绸头巾，但现在戴上这种旧式的草帽更适合。她有了鱼尾纹，双鬓虽没有斑白，可头发变成了浅黄色。十几年前见最后一次面时，她还没有现在这么精神。昌巴去世之后，她不会是越过越好了吧？黄脸昌巴在五年前就去世了。霍兰虽过了知天命的年龄，但是身体还是那么柔韧，充满了活力。我们真的回到了年轻时代。只是，总有一种后悔让我的内心纠结着。现在的霍兰让我想起在雾霭中丢失的希望、故乡和青春年华。是啊……时光匆匆……

霍兰和我卸下马鞍，坐在露水还未干透的密林中间。她取下帽子，用因常挤牛奶而变得又软又白的手梳理着自己浅黄色的头发，说道："我怕你不过来就回去，就赶紧让女儿过去找你。你没想到我们会这样见面吧？"

"当然没有。我刚还想着去你家里找你呢。"我跟她说了实话。

"我抱养了这么一个孩子，如今早就成家了，还有一个儿子。"

"是个好姑娘，让你有了外孙。"

"是啊，外孙特别可爱，是我的命根子。"

"老伴去世之后，你过得还好吗？"

"怎么说呢？昌巴去世之后，有过不少寂寞的日子。家里家外常常缺个男人搭把手。昌巴狂野，为了达到目的能下得去手。我在他的掌控下过了一辈子，现在却十分想念他。怎么说呢，这都是女人的命。"霍兰用颤抖的声音说完这些话，拽一根草衔在嘴里，低下头去。我们沉默了一阵子。鄂嫩河边林子里的土蜂"嗡嗡"地叫着，钻进林子里的马儿无法安分，偶尔会震落一枚熟透的稠李子。风带着鲜花和果实的清香从林间吹来，令人着实惬意。霍兰长长地叹了口气，伸出手温柔地抚摸着我斑白的头发，说道："我的桑匹乐啊……"

"那年的那达慕……咱俩就是在这里拴好马，一起畅想未来的。那年我才十七岁，还是个懦弱的男孩。现在我还记得你那天……"

我顿感悲伤，不禁流下了眼泪。霍兰用衣带的头为我拭去眼泪，用一双像熟透了的稠李子般黑色的眼睛含情脉脉地看着我。我们想留住对方的目光，彼此凝视了许久许久。从霍兰有了细细皱纹的脖子那里传来鲜花和果实的香味，温柔又温暖；随着脖颈上动脉的节奏，她满面红光，眼睛越来越亮，竟然变成了三十年前的霍兰，正在朝我微笑。我抱住她，闭上眼睛，聆听着她心跳的声音。

渡口那边传来孩子们的喧闹声，看来有人想渡河。

从那边传来大人的呵斥声："扶着彼此给我坐好喽，别掉进水里给我惹事。"

鄂嫩河边的密林随着孩子们的嬉闹声泛起波浪，鸟儿此起彼伏地啁啾，我和霍兰也不能躲在此处了。

霍兰赶忙站起来说道："达西老汉让我给孩子们采稠李子，我的命根子也在那儿。你瞧瞧桑匹乐。"

"桑匹乐？"我心里正纳闷儿。

"是啊，我给外孙取了和你一样的名字。"

我的嗓子里像卡住了什么东西。

这世界多么奇妙。能把自己的名字送给初恋情人的外孙，不也是难得的奖赏吗？这不就是对我爱着恋人，爱着家乡山山水水的赏赐吗？

霍兰和我骑上马，绕着路去接孩子们。我们碍于世人的眼光，没有一同走出密林，只好佯装是偶遇，唉，可怜的！

霍兰咬着嘴唇，眯着眼睛，想着心事。走出很远她才说："桑匹乐，对于人生，我们没有能力反抗。"她说完长长地叹了一口气。

聚集在鄂嫩河边的孩子们像鸭鹅般"嘎嘎"地喧闹着，那清脆的声音在山水间回荡，沐浴八月阳光的大地，顺着鄂嫩河松软的浅滩轻轻述说着遥远的未来。

牲畜扬起的灰尘

八月中旬，吹起了凉爽的风，绿色的草尖开始慢慢泛黄，蓝天与大地显得更加辽阔。在大自然的恩赐下，每一个牧民都丰衣足食，家家户户都摆着丰盛的美食。

故事就发生在这样舒爽的季节里。那是一个美好的清晨，南边的山麓上覆盖着深黄色的沙子，北边山麓绿茵茵的小山丘上氤氲着雾霭。雌雉谷横在杭爱和戈壁中间，宽阔的谷底里坐落着一座破旧的毡包。包里的女主人三十来岁，高个子。她从漂着油层的生铁锅里取出一指头厚的奶皮子，均匀地分放在木盘里巴掌大的两块奶豆腐上。毡包里侧的床上睡着两个孩子，一个从羊皮祆底下伸出皲裂的小脚丫，另一个则袒露着上身。刚才的美食是女主人留给孩子们吃的。毡包左手边的毡壁那里摆放着一张收拾停当的床，上面铺着廉价的床单；床底下是沿用了几辈子的旧碗架。床的右手边放着彩色的柜子，下面是马鞍、马嚼子和锅碗瓢盆等物件。女主人提着奶桶走出包，看到乳牛和牛犊"哞哞"叫着在等待她。东边的湖水里，野鸭在阳光下此起彼伏地叫着，迎面吹来混合着野韭菜味道的微风，人丁旺盛的人家的毡包、车马、牛羊和收音机里传来的歌声，都让她备感渺小。

女人今天如此激动，是因为这几天会有一场邂逅。丰饶的八月初，西边的赶畜者会陆续抵达这里，头一拨儿就有她的心上人。这几天，她天天朝着雌雉谷的方向张望着。今天也不例外，她走出毡包便向前面的小山丘望去，看到那里拥挤着几头牛羊，稀稀拉拉地安置着几顶赶畜者的帐篷。看到这些后，女人脸上的杂色雀斑也暗淡了不少，以往忧郁、沉思的眼神变得像今天的天空一样清朗。她一路小跑，急急忙忙挤了牛奶，给孩子们洗漱，给他们穿上干净的衣服，收拾好毡包，摆放了些食物和点心，进进出出时不停地张望着赶畜者过来的方向。终于在临近中午时，她看到有一个人牵着马朝这边过来。女人支开两个孩子，让他们出去玩，之后掀起毡包下端的毡壁，透过毡包的格孔一直盯着小路看。不一会儿，她看到那人牵着两匹黄褐色的马走近了毡包。那人身穿深绿色的袍子，袒露出一个手臂，卷了白衬衣的袖子。她一看就知道那是巴勒布尔，不知不觉地迎了出去。

巴勒布尔来到拴马桩那里，不紧不慢地下了马，将缰绳结了两个活扣儿，环顾四周，清了清嗓子，迈开穿着绿色粗面卷钩靴的脚，踩着灰色的土走过来问候道："钦查乐，你还好吗？"说话间，他那吸收了秋日油水的古铜色脸上露出了平静的微笑，牙齿洁白而整齐。他的胸膛在长途跋涉中吸收了阳光和风，变得更加宽厚健硕。她见到这位男人，既欢喜又羞涩，低头看着地说："好，你一路上可好？我看到那些被赶来的畜群，就猜到你来了。"

她看到自己等待的人，感到身心愉快，麻利地做好了一桌可口的饭菜。饭后，她从柜子里拿出一瓶奶酒给他。巴勒布尔翘着鼻翅一饮而尽，从两个嘴角里溢出了不少酒。喝毕，他用袖子擦着嘴，咂嘴道："今年特别顺利，你的老伴儿我不折不扣地接受了参加赶畜者协会的任务，顺利地完成任务后受到了嘉奖。这都不是吹出来的，是干出来的。这两年我的牲畜长足了膘。我用肥肉填满了城里人的胃口，再用劳动成果填满我黑色的腰。这一年来一路顺风，事业有成，这是我的福分啊。我赶了五年牲畜，一路顺风顺水，现在还有一个你这样嘘寒问暖的人，别提心里有多美了。"

他喝了几碗酒，脸上渗出了汗珠，视线变得模糊。钦查乐今天穿了一件年轻时穿过的蓝缎蒙古袍，身材修长，乌黑的长发散发着他熟悉的气味。他觉得她一定能承受男人的各种小脾气，便说道："亲爱的钦查乐，我也不能就这样在牲畜扬起的尘土里孤孤单单地过一辈子呀，也不知道什么时候能遇到照亮我黑夜的那个人。你说呢？钦查乐。"

钦查乐感到紧张，说道："是啊，这样的人……"

"那个人就是你呀。"巴勒布尔笑着站起身走过来，握住她的手，想要把她抱在怀里。

"干什么呢，孩子们要回来了。"钦查乐说着，赶紧闪开了。

巴勒布尔情不自禁地笑着走到床边，交叉着十指枕在头下躺下去，露出了壮硕的胸膛。两个孩子回到包里，看到母亲的床上躺着一个陌生的叔叔，害怕地靠着彼此，站到门桄子旁边。巴勒布尔坐起来，从腋下伸出手，在身后拿出香牛皮的钱包，抽出两张十图格里克①的红色票子问道："钦查乐，你家邻居还是代表吗？孩子们过来，用这些钱去买糖果吃吧。"这句话勾住了两个孩子的心，他们咽着口水走过来，拿到自己的那一份后，便争先恐后地跑了出去。

巴勒布尔又喝了一瓶，趁着钦查乐晚上出去挤牛奶的空当儿脱了衣服，舒舒服服地霸占了那张床。第二天他吃完钦查乐做的拌汤，又喝了一瓶酒，临走时说："钦查乐，明天从达辛其楞②来几个人。多个朋友多条路，他们都知道咱俩的关系。独木不成林，单丝不成线啊，你一定要去哟。"

第二天清晨，钦查乐挤完牛奶上交之后，给两个孩子吃了早点，反反复复地嘱咐他们要在家附近玩耍，然后穿上自己那件旧袍子，骑上公社分给她家的那匹棕色的老马出发了。她在马背上晃晃悠悠朝着赶畜者的帐篷走去，回味着睡在固执、满身酒气的男人身边经历的种种，心想："如果他能说到做到，那我去哪儿也行啊。我也想有个人跟我一起

---

① 图格里克：蒙古国货币单位。
② 达辛其楞：达辛其楞县，行政划分隶属蒙古国布尔干省。

分担抚养两个孩子的艰辛，送他们去上学；我也羡慕别人崭新的毡包、收音机和新袍子，可更希望两个孩子有个父亲，免得看别人的脸色。比起我，这男人既聪明又健硕，一定能用博大的胸怀抚养好两个孩子。巴勒布尔特别喜欢孩子。孩子们还小，不用担心他们不肯接受。这一辈子，我终于找到了一个可以托付终身的好男人。"

被赶过来的一群群的牛羊吃着草，山脚下、小山丘上稀稀拉拉地坐落着赶畜者的帐篷。毡包只有两三个，其余的都是帐篷。位于左翼的那顶纯白色毡包是巴勒布尔的；比起那些又黑又旧的帐篷，达辛其楞这帮人的毡包真是好太多了。离毡包还有一段距离时，钦查乐下了马，给马上了绊子，战战兢兢地进了包。包里有三个当地的男人：一个是名叫丹巴，外号叫"大下巴"的中年男人，他的下巴像锤子头一样方，此人脸大眼细，在当地没有什么威望；第二个是合作社的助理会计，有着姑娘般白净的脸，爱吵架好告状；第三个是被称为大象勇士①的"蓝脸"官其格，他和巴勒布尔一样，是一条鲁莽的汉子。旁边还有一个老汉，大概是和巴勒布尔一起赶牲口的，身上的衣衫破旧，神情疲惫。

钦查乐走进毡包时，他们正坐在地毯上玩牌九。

巴勒布尔用黏人的眼神看着钦查乐说道："啊，来啦。我跟他们吹牛说要吃你们当地姑娘收拾干净的羊肠。我们整天在牲畜扬起的灰尘里生活，没有多少这样的好日子。苏嘎尔先生，是不是该收拾羊肉了？"一脸疲惫的老人走出毡包，一刻钟便收拾停当。钦查乐收拾好羊肠，在旁边的毡包里煮了一锅羊肉给他们端过去，玩牌的几个人卷起袖子吃了个痛快。"大下巴"丹巴从毡包墙根拿起一瓶白酒，垫着衣袖拍了一下瓶底，瓶盖就飞出去了。第一杯酒大家都敬巴勒布尔。墙根那里有一排白酒瓶，等待着被拍开。

喝了白酒，赌徒们的话就多了起来，他们大声地争论着牌桌上的输赢。钦查乐悄悄走出来，进了老汉的帐篷。老汉也喝了点酒，坐在满是

———

① 大象勇士：蒙古式摔跤段位。在蒙古式摔跤中，从第七轮、第八轮中胜出者被称为"大象勇士"，冠军被称为"狮子勇士"。

补丁的破旧帐篷的中央说道："孩子，过来坐。我和你说说心里话。有钱的人都住洁白的新毡包，没钱的只能住在这样破旧的帐篷里。不过这也没有什么可抱怨的。我在牲畜扬起的尘土里生活着。到底谁在过这样的日子？我是为了抚养那几个孩子才赶牲口的，不劳动，哪儿也活不成啊。只能拿出自己的一技之长给国家效力，来养活自己。赶牲口可不是一件容易的事，一开春就得离开家，到了初冬才能回去，整天担心留守在家里的人，忍饥挨饿是家常便饭。不过靠自己的劳动生活，没有那么丢人。不都说只要主意正，钢铁磨成针吗？不过我现在对巴勒布尔有些看法。他仗着自己有一膀子力气，开始办糊涂事了。人不是越活越真诚才对吗？虚名和钱财会点燃人的欲望。孩子，你知道巴勒布尔现在都在干啥吗？他只想着自己，从不考虑别人的死活。去年我们一起出来赶牲口，到了秋天，他是第一个把牲口赶回去交差的。他赶着最瘦的牛羊出来，结果把牛羊喂得浑身是膘。我倒不是嫉妒他，他真的在贪污国家的财产，也做过不少损害朋友的事。他给那些当官的送去过冬的肉食，赢取虚名和奖金，成了头等的好人。最后损失的都是国家的牛羊。这成何体统？去年他在集市上卖了五六头犍牛。今年没准儿会卖掉十几二十头。

"我这是咸吃萝卜淡操心，不管不顾也不是不可以。我劝他收敛一些，他反而跟我生了气。我和他父亲几乎是同辈啊。孩子，看来你认识巴勒布尔。去年秋天他从城里领回去一个姑娘，据说是一个娇生惯养的女人。"

听到这里，钦查乐瞪大了眼睛说："什么？巴勒布尔有老婆？"还没等老汉回答，她便从帐篷里跑了出来。旁边的毡包里，赌徒们还在划拳，其中一个人大声喊道："北斗七星天上照，戈壁的姑娘瘦又高。"巴勒布尔接着怪叫道："鸿雁的胡须像叶子，下雨的云朵在天上；爱到骨子里的是央金，共度良宵的是钦查乐。我抓牌了，你们要不要？"另一个人醉醺醺地接过去说："央金姑娘守家园，钦查乐姑娘守床边。"包里的人阴阳怪气地笑作一团。钦查乐胸中憋闷得喘不过气来。她用手

23

月光曲

压住胸口，长长地叹了口气，离开了毡包。

正值日暮时分，黄昏笼罩了大地。

一九六三年

老去的雄鹰

　　太阳照到毡壁的顶端①时，扎布老人在毡包里醒来，睁开了眼睛。他的眼角有了青紫色的浮肿，眼球深陷在眼窝里。他勉强地转动晕沉沉的头，用黯淡无神的眼睛打量着毡包内的一切。他高挺的鼻梁骨内的鼻翅变得透明，鬓角瘦骨嶙峋，似乎要穿透他的皮肤。从他的脸色可以看得出，老人活在世间的时间不多了。他用干枯的手拽着绑床腿的细绳，艰难地侧过身子，拿起茶几上兑水的牛奶沾了沾嘴，然后看着照在毡壁顶端的阳光发愣。毡包外面是充满生机的夏季，但扎布老人过靠天窗看天，靠门缝看世界的日子已有些时日。照在毡包毡壁顶端的点点阳光里也蕴含着世界的模样。一辈子策马驰骋的草原，亲身经历过的那些往事，在他瞑目之前是无论如何也不会被遗忘的。他每天清晨醒来时都盼望自己早些脱离眼前的苦难，可是这样的日子依然在持续。人的命也够硬的，就这么残喘着，也还在延续。他病了快一年了。扎布老人本打算去年春天小草儿冒尖时去另一个世界，只是没能如愿。他逢人便说："我大概有七条命吧。"他从未想过关于死亡的话题，不过也不畏惧死亡。因此他看开了一切，透过疾病和痛苦，坚强而平静地等待着死亡。人一旦意志坚强了，身体的疼痛也会随之减少。"这么好的天气，出去

---

　　①　蒙古人常以此表示时间，太阳照到毡包毡壁的顶端时大约是下午四五时。

时怎么把门带上了?"他想冲老伴儿发火,又克制自己,不能这样烦恼。为了遮盖生病的身体散发出的令人作呕的异味,他点了松香,开始想自己的心事。听到包外鸟儿的鸣叫和远处马儿的嘶鸣,他不禁叹了一口气;他听着老伴儿挤牛奶的动静,心疼她日渐老去变得无力的手。开始时,挤奶声均匀有力,一会儿挤牛奶的声音变得断断续续。扎布老人想:"可怜的老伴儿,在儿子复员回来之前,可能要独自生活了。"他本想坚持到儿子退役回来,不过发现自己早已没有了再坚持半年的气力,也不想给老伴儿添麻烦,只希望早一些走。他觉得,只要心里一直期盼,就可以让死神来得快一些。他的病情恶化,越来越严重,他不吃不喝已有些时日了。现如今他已命垂一线。等待死亡时,人可以躺在那里回忆往事。这也是扎布老人活着的唯一意义。他早已把自己归为死人。他只担心人还没死神志就不清了,不过现在他的身体越差,神志却越清晰。他真想用意念控制自己,在合适的时候把自己交出去。不过他不知道有没有这样的机会,彼时又会有怎样的征兆。

今天早上,他身上的疼痛突然消失了。他喝了一点牛奶,在松香弥漫的毡包里伸了伸疲乏僵硬的身体,突然感觉胸口很舒服,头脑也不沉了。听听自己的心跳,它虽然有些缓慢,透过枕头却能听得非常清楚。扎布老人看着挂在毡包门右侧的马鞍,摊开鞍鞴的马鞍在马嚼子和马笼头上面。老伴儿从不动他这些东西,好像主人愿意,就随时可以翻身上马,策马驰骋似的。一字摆放在炉子上的奶皮子像阳光似的呈现出金黄的颜色。位于墙根的箱子上,老伴儿点燃的佛灯之火摇摇晃晃,像黑色的花朵。

那年夏天雕上花纹的毡包顶椽在阳光下密密麻麻地暴露着。"我们家毡包的木头不错,儿子复员回来之后应该会换成新毡子。"左手边老伴儿的床头旁放着漆有红底金色法轮的旧式柜子。"应该给它重新上个漆,那是老伴儿和我的第一件家具呀。"除了那个旧式的柜子,一切都在慢慢变老,包括那盏佛灯。老人突然想:"这样就可以了吧,我自己不中用,还这样麻烦别人,什么时候是个头儿?"

　　老伴儿挤完牛奶进来时，他指使她，请邻里的孩子们去叫周围的老人们来家里聚会。想到扎布老人到现在还惦念着他们，他的三个老伙伴欣然来赴约。他们来到扎布老人毡包前熟悉的拴马桩旁下了马。面对扎布老人，他们不知道该聊些什么，战战兢兢地进了毡包。走到死亡边上的扎布老人倒是乐呵呵地聊起了那些愉快的往事。他身穿栗色的绸缎袍子，胸前戴着一九四五年解放战争时获得的勋章，背靠着垫高的枕头，坐在那里等他们。奈登是扎布老人年轻时的同事，身体强壮，皮肤黝黑，外号"辫子"（直到前不久他还留着辫子）；道尔力克与扎布一起共事多年，在家乡颇有威望，外号"菠萝"（鬼知道他为什么有了这么一个外号）；扎木苏是扎布的堂弟，说话时声音尖细，外号"蚊子"。他们都没想到老伙计在临终前还能这样开怀作乐。大家都知道扎布是一条硬汉子，不过老伙计们听说他已病入膏肓，就减少了来看望的次数。周围的老人们一天天在减少，可真轮到自己打年轻时亲密无间的好友要去世时，他们的日子一下子就变得支离破碎。扎布则想着让这几位老伙计开心。"辫子"过来坐在炉子旁边弄烟袋时，扎布老人打趣道："'辫子'，你的精神头儿可越来越好了。别人都说你要娶个年轻的，看来此话不假。我们俩是在同一年结的婚呀，还记得你为了博取道丽金的芳心所做的那些傻事吗？为了从大木箱里盗出道丽金的破马鞍，被恶狗撕烂了小腿。当时可真穷啊，都牵不来一匹配着马鞍的马。现在老也老了，也享福了，反倒变得蠢蠢欲动，还想娶个年轻的。""辫子"听到这里立刻放了心，把烟袋揣进怀里，说道："那只恶狗！伤疤现在还有呢。"包里的人全乐了。大家原以为此次参加老友的聚会，定会悲伤不已，没想到这里变得像那达慕一样热闹。

　　扎布老人劝道："我这只'飞蝗'（给自己取的外号）估计也活到尽头了。想在死之前好好看看你们。想在死之前听你们吹拉弹唱，好好热闹一下。如果是在过去，我们应该约定来世相见。不过大家都知道，世上的人，谁都有生死。来，堂弟，你别盯着鼻尖在那儿垂头丧气，快倒酒，给我也来一点，放一点黄油也好！你们就想着这是给我送行的！

难道只有在下葬之后才可以喝闷酒不成？一定要在我还活着的时候，痛痛快快地喝，快快乐乐地热闹一下。"扎布老人说到做到，喝了一点加黄油的热奶酒，酒一下肚，眼睛亮了，鬓角也有了血色。他知道世上的人无法逃脱生老病死，所以依三位老伙计之言，喝了点酒，毡包里的人变得有说有笑。每逢大家聚会，"辫子"总会唱几首。今天大家也叫他唱。他也不服老，拉起落满灰尘、音色沙哑的马头琴，用断断续续但充满阳刚之美的大嗓门唱了起来：

> 长着羽翼的故乡
> 风景迤逦多宽广
> 人的命运总无常
> 幸福苦难自思量

　　唱到这里时，坐在碗架旁边的扎布的老伴儿将脸转过去，偷偷地擦了擦眼泪。

　　"'辫子'，你还真是朝气不减当年啊，不过我这只老去的雄鹰就要归天啦……"说到这里，扎布老人叹了一口气，又迅速赶走了悲伤的情绪，继续说道，"'菠萝'，你说说那年是怎么捉弄我的？"道尔力克老人手腕上戴着金表，鼻梁上架着墨镜。他在讲故事之前闷笑了几声，说道："当时我是小组长，扎布是宣传员。那年的任务可够重的，因为那是在战前。当时我也年轻啊，为了凑齐军队所需的马匹和羊绒，我们俩没日没夜地挨家挨户跑，去摊派任务。当时小组的地盘有现在的一个县那么大，根本走不完。有一天我和几个人去呼尔门县①，回来时看到路上睡着一个牵马的人，走过去一看，原来是他，睡得可真踏实。我想逗逗他，于是就把他的马牵走了。想想当时的自己，可真够无聊的。他醒

---

　　① 呼尔门县：行政划分隶属蒙古国南戈壁省。

来之后只好步行，大概走了半个驿站的距离①，脚都磨破了才找到一户人家。后来为这事，他差点没整死我。"他们这样回忆着年轻时的那些事儿。

"蚊子"扎木苏喝醉之后爱哭，这次他也没能忍住，流着哈喇子嘤嘤地哭了起来。

扎布老人打趣道："你别败了我们的好兴致，连哭起来都像只蚊子。"大家听了都笑作一团，只有扎木苏嗔怪道："你的心，向来就跟石头一样硬，你就不知道留下来的这几个都是些敏感的人吗？"说完站起身准备回去。扎布老人央求道："堂弟啊！我怎么会不知道你的内心呢？我是在逗你玩呢，你去帮我把马群赶回来吧，我想看一看。"

扎木苏把马群赶回来时，大家让扎布老人坐在毡子上，把他抬到了包外。这是他生活了六十几年的人间在用美丽的夏日欢送他吗？夕阳下，温暖的微风吹来艾草和婆婆丁的芳香，似乎在安慰他说，面对死亡，一定要坚强，且还要保持镇定。家乡蓝色的山头在雾霭中若隐若现，似乎预示着生命的大限。扎布老人觉得，这是他最后一次看太阳、风、天空和远处的山头了。马群中的马驹们在撒欢，一匹苍老的公马在远离马群的地方站着打盹。

扎布老人看着它，歪着干裂的嘴唇笑着说道："你们看看那匹老马，还真有骨气。那些母马都嫌弃它，年轻的马儿也肯定都嫌它老，它真是可怜！不过我可能要先它而去了。"老人在外面待了几刻钟，因为阳光和微风，他的呼吸变得顺畅，目光也变得炯炯有神了。

"堂弟，你把我套马杆的套绳给我解下来。"他把套绳交给"辫子"说："你还想娶个年轻的，这个适合你。这可是用黄羊皮做的好套绳。你靠着它一展才华吧。"老人拿出花纹被磨光滑的玛瑙鼻烟壶，送给道尔力克说："好马还需配好鞍呢。"

扎布老人最后说道："我这一辈子都在守家乡，守着牲畜。'辫子'

---

① 半个驿站的距离：驿站和驿站之间的距离大约为 30—40 千米，半个驿站的距离大约为 15—20 千米。

歌中所唱的那只苍老的雄鹰马上就要归天啦。我在世上活了六十几年，没有什么遗憾的事。我有温柔的老伴儿，有传递香火的儿子，还有这么多老伙计。我和大家在一起，非常满足。扎木苏，你要学会控制你的情绪（扎木苏哭着离开了），我们都会陆陆续续地归天的，没办法，这是自然规律。不过我们的蒙古也不会后继无人，祝你们儿孙满堂，幸福美满。好了，抬我回去吧!"

在黎明前，扎布老人去了另一个世界。

一九七〇年

太阳鹤

我挥别夏日的夕阳，坐在寺庙旧址旁干涸的井边。在这十五年间发生了许多令人称奇的大事。原来这里有座寺庙，现在没有了。我不明白它为什么会消失，却也不为此遗憾。小时候，我拉着母亲的手攀上这里长长的青木台阶，进入庙内。喇嘛们正聚在一起开法会，法号声声，香火袅袅。龇牙咧嘴凶神恶煞的、慈祥和蔼的佛像在佛灯的照耀下分外耀眼，人们纷纷跪拜磕头。如今这里发生了翻天覆地的变化，留下的只有寺庙的石头地基，方形石头地基之间的缝隙里长满了灰菜和黄蒿。这也没有什么可遗憾的，或许皆是因缘。这口井如今也已干涸。听说，当年挖井的人中包括我的父亲。如今父亲去了另一个世界。寺庙、父亲，还有好多东西已不复存在。战争频发，家乡的壮丁都被拉去充军，已一年有余。哥哥也在其中，不知他们还能不能回来。战死沙场，是再正常不过的事。

明天我也将动身。虽说去省里的学校不似赴战场，可谁能知道在这变幻莫测的世界上等待我的将会是怎样的命运。

我捡起小石子扔了进去，石子儿陷进井底的淤泥里，发出沉闷的声响。我是来和家乡的夕阳道别的，所以要在这里坐到太阳落山。到了挤晚奶的时间，家家户户都放烟熏蚊蝇，烟雾低回在八月碧绿的草地上。

月光曲

不远处，一棵树旁的泉水边有一群红顶鹤在悠闲地吃草。夕阳照得它们浑身通红，雏鹤们像是在比赛，扇动翅膀奋力奔跑着。我知道它们来自远方，心里默默地与它们说了一声"再见了，家乡的红顶鹤"。前后那些被称为"巡警"的小树林也被夕阳映得通红。我认得那些与我一同长大的小树们。泉眼旁边的那棵落叶松如今已年迈，佝偻着背。或许，新苗代替老树是世间的法则。

　　小时候，我想抓住雨后的彩虹，就会一直跑到小树林那边，这些被称为"巡警"的树也没有阻拦我，还与我一同成长。

　　被挤了奶的奶牛们一身轻松，摇头晃脑地走在熏烟袅绕的小路上，它们要去吃草。从西边的牛圈里走出一头公牛，用力地刨着地，像是在说："有没有人来和我较量。"阳坡上长满了野艾，夏营地格外显眼。孩子们忙着分开母羊和羊羔。东边那户人家的蒙古包外来了一个骑着白马的醉鬼，手里舞着红色的风雨帽，嘴里叨叨着一些别人听不懂的话。他应该就是"特赫"① 帕拉海。"特赫"倒无所谓，应该有这样的外号，可这"帕拉海"是什么意思呢？据说，他小时候别人都担心他长大后是个坏孩子，诅咒他就给他取了个这样的名字。帕拉海是这里少数几个没被抓去充军的男人之一。他常常醉酒，闹得家家户户不得安宁。他因一只手经常抽筋才免于被充军。帕拉海的叫喊声惊扰了红顶鹤，它们从熏烟上飞过，落在泉眼旁边的那棵树下。

　　现在，已近黄昏。明天，我就无法坐在这牛栅栏或井边欣赏家乡的落日了，我要去远方。那头公牛叫了半天也没找到对手，清脆地"哞"了一声，跟随奶牛们走了。我心里设想着帕拉海和那头公牛决斗时彼此头破血流的场景，不由得笑了。

　　傍晚，我的邻居僧吉德老人的姑娘们挤完牛奶，唱着婉转的歌。歌声飘过那片让人舒爽的湿地，乘着晚霞被传到远方。

　　天空看着多遥远

_____

① 特赫：野公山羊。

> 下起雨来大又急
>
> 人生看着多漫长
>
> 日复一日须珍惜

　　她们在思念自己被拉去充军的男人。我开始懂得人与人之间的相思，此时的我，像有东西卡在喉咙里，险些哭出来。

> 恒河上空的雉鸡
>
> 落在外头鸣声清

　　母亲常说恒河是佛家的吉祥之地，我想它无处不在。这些红顶鹤是否来自那里？是非交替、生死轮回的世界多么辽阔！不知我会不会有一天也能到恒河边。父亲常说，人世间本无永恒可言，活着需要智慧和勇气。此话很有理。我若真具备智慧和勇气，莫说省里的学校，就连那神奇无比的恒河也有机会到达。

　　我忧伤地聆听着姑娘们的歌声。夕阳西下，被夕阳照得通红的鹤群远远望去成了一片淡淡的青色。再见，家乡的太阳！鹤群似乎也在等待着夕阳西下，它们缓缓地起飞，从熏烟上空飞向远方。再见了，鹤群！明天我将追随你们而去……

　　今晚的天空星群密布，空气温暖可人。母亲递给我几条哈达，让我去向附近的几位长辈问好道别。出远门前须向长辈敬献哈达，聆听他们的祝颂词，这样可以保佑出行之人一路平安。其实我还有一个比聆听祝颂词更重要的事——在泉眼旁边的那棵树下静静等待相好的女孩，我的心跳开始加快。在这温暖的星空下，我愿聆听世间所有的声音。原野上马儿在嘶鸣，青蛙睡眼惺忪地呱呱叫了几声，狗儿也吠了几声，它们都像在呼朋引伴。我等待的人，像是赤脚驾云而来，伴着星光到了我身边。她刻意和我保持一定的距离，坐在我身旁，说道："因为煮酸乳误了事，你是不是等了很久？"前不久，我们还在无人居住的夏营地的草丛里玩捉迷藏，如今却变得羞于触碰彼此。我们听着对方的呼吸，默默地坐了很久。除了旁边那匹马吃草的声音，再无其他声响。她穿了一身短款的卡其布袍子，袍子上沾满了奶渍，散发着煮酸乳的味儿。我身穿粗布新衣，脚蹬香牛皮靴，在黑暗中看了一遍又一遍，担心她看不到我的新衣服和靴子。尤其是那双靴子，我盼了很久，母亲卖掉一头大畜①才给我买了这双穿起来有些不跟脚的靴子。

"萨恩皮勒的父亲、巴特尔的母亲都给我钱了，母亲说把卖羊绒的钱分一半给我。我到了省里，给你捎一些做靴子的皮革来。"

"省城的商店应该有好多货吧。"女孩认认真真地说道，话语里充满了期待。

我们处在变声期。母亲说我的声音已经变粗，是个男子汉了。她的嗓音又尖又细，像是从腹腔内发出来的，很温柔。黑暗中我能感受得到她眼神中的忧伤。我要去省里上中学，而她只能待在家里围着锅灶做奶食品，心中自然忧伤。我爱她爱得心痛。她用袍子的下摆裹住沾满牛粪的双脚，脸贴在腿上哭了起来，那么可怜。我不曾想过有一天我们童年的天真会被打破，让我们看到世间的残酷，体验人生的离别。爱可以用思念传达，也可以用身躯表示。此刻我们在黑色天幕的银河之下，星群密布的夜空下享受着在一起的苦与乐。我们怀念突然飞逝的童年，潸然泪下。哭过之后，我们的心里舒服了好多。

"毕业之后我想去参军，当了军官把你接过去。在此之前，我每年暑假都会过来看你。"

"我会一直等你。如果哥哥拉货去省里，或许我会跟他一起去。你要记得经常写信给我。"

"一定。"

"你母亲一定在等你吧。"

"没关系，母亲说我的声音已变粗，是个男子汉了。"

---

① 大畜：蒙古族的五畜（也叫五珍），是指马、牛、骆驼、山羊、绵羊。马、牛、骆驼的个头大，被称为"大畜"。

　　她轻轻叹了口气，往我手里塞了一个软乎乎的东西，说："这是我儿时的头发。你还记得为了让我当'共青团员'给我剪了头发的事吗？"那时的我很淘气，一刀剪短了她的长发，给她剪了一个"共青团员"的发型。不曾想，儿时的头发如今成了稀有珍宝。

　　她已经感受到了这一切。生活原本很像童话，如梦似幻，却又很现实。童话般的故事已不复存在了。我们挨着彼此躺在一起，仰望夜空。我期盼童年的故事再一次降临！离别时分，我向上苍祈祷，希望它赐予我童年的故事，让我如愿以偿。在银河里，飞着一群红顶鹤。是带着家乡阳光的那些太阳鹤正在声声唤我去远方。

　　"看，太阳鹤，看到了吗？太阳鹤！"

　　生活毕竟不是童话。青涩的恋人留给我的，只有几缕青丝，青丝上皆是儿时的气味。带走家乡的阳光和儿时童话的太阳鹤，如今你们在何方？它们还在声声唤我奔赴远方呢。

一九七一年

红色的降落伞

一　周六

浩尔勒玛站在理发店的大镜子前，端详着自己的长睫毛和黄眼球。每当她把头发染黑之后，眼球就会显得更黄。现在还没有一种化妆品可以让黄眼球变成黑色的。不过有好多男人都说她的黄眼球好看。米格木尔也说："你的眼球染上了太阳的颜色。"这话听起来让人感觉有点别扭。浩尔勒玛觉得今天的自己不错，那件淡紫色的短款薄衫看起来不会那么夸张。她最满意自己晒成古铜色的大腿，可是腿上的青筋也变得越发明显。几年前，她还是一位体育名将，常在几千人的游乐园里跳健美操，展示自己的美丽与健康。那时候，她可没想过有一天腿上会有青筋。面对岁月，体育健将也无可奈何啊。

三十出头时，她的身体不再那么柔韧，于是就做了跳伞员。她是女跳伞员中的佼佼者。大家都说浩尔勒玛不光是体育健将，还是一位集美丽与智慧于一身的女人。这些赞美常常让她自信满满。为了掩盖鱼尾纹和随着年龄增长越来越明显的青筋，她经常染发，特地穿一身短款薄衫出门。尽管这样，和所谓的"太阳色的眼球"一样，她不得不接受岁月送给她的缺陷。

浩尔勒玛站在镜子前，熨平衣服上的每一个皱褶后，走出门去。夏天明媚的阳光映入她的眼帘。一想到大家羡慕的眼神，她的脚步变得异常轻快。她能注意到每一个人的眼神，羡慕、嫉妒和恨都是通过眼睛传递出来的。她不觉得这有什么，女人生来敏感嘛。

周六的大街上盛开着五颜六色的"花"，淡紫色的那一朵便是浩尔勒玛。想到这些，她迈着轻盈的步子，抬头挺胸，一阵风似的走在大街上。每一个男人都愿意多看她一眼。今天阳光明媚，是个好日子。迎面走来一位"大鼻子"，他大概是一位欧美游客：穿着运动短裤，长满体毛的腿露在外面；鼻梁上驾着大墨镜，脖子上挂着好几台照相机。他走过来说道："尊敬的女士，请留步，您可真是一位美丽动人的蒙古族姑娘，请允许我为您拍张照片。"话音刚落，还没等浩尔勒玛搭话，他就按下了快门。看到她和外宾有说有笑，有人投来了厌恶和鄙视的眼神。浩尔勒玛反而觉得很开心。外宾夸她是美女，这怎能不叫她开心呢？小小的一件事就可以让她的世界快乐起来。用愉悦的心情感受户外，方会觉得阳光灿烂、天地宽阔。城市街道就是生活的一部分，步行在此多舒服。此时的她理解了爱的全部意义，准备把爱洒向全世界。

她真想打开一把红色的降落伞，飘在熙熙攘攘的人群之上大喊一声："我爱你们！我爱天和地、城市和乡村，爱大山和大川！"

"春天如孩子的脸"是路人皆知的话。多愁善感的浩尔勒玛和大家一样"爱"着这句话。其实，大家并不是因为春天的天气善变才这么说的，而是在说它和孩子一样天真。春天牵挂着每个人的喜怒哀乐。可是，也有好多人不这么理解。

两位贵妇人身上穿着锦缎，从大老远就嘲笑浩尔勒玛。把头发扎起来的那位还是浩尔勒玛的同学，她现在是这座城市里有名的贵妇，早不把浩尔勒玛看在眼里了。那倒也无所谓，可恨的是她经常在浩尔勒玛的背后说三道四。

擦肩而过时，她眯起眼睛嘲讽道："我的大健将，你还好吗？"浩

尔勒玛心里一沉，火红色的降落伞和"大美女"带给她的喜悦在瞬间
随风而去。"我到底做错了什么？"一这么想她就非常难过。阳光开始
变暗，天空开始有阴霾。当初有人告诉她，有好多人在背地里说她坏话
时，她根本不相信。她曾是一名体育健将，好多事她根本不在乎。后来
改行当了跳伞员，那些闲言碎语还在穷追不舍。自从当了跳伞员，那些
女人更嫉妒了。她们夸张地跟别人说浩尔勒玛如何嫁了个小自己几岁的
男人，眼球如何如何黄，如何如何爱染发之类。"她们为什么这样？我
到底做错了什么？"想到这里，她原本晴空万里的心情就布满了乌云。

二 周日

宝扬图丘陵上正在举行跳伞演习。天气好得任何人都想跳一把试
试……从城里来这里看跳伞的人们三五成群地聚在丘陵上。他们有的下
图拉河①游泳，有的在河边晒着太阳。浩尔勒玛的男人米格木尔独自坐
在远离人群的地方。朋友们都说他娶了一个比自己大几岁的老婆，可他
打心眼儿里喜欢浩尔勒玛。也有人说他找了一位体育明星，更有甚者说
他在吃软饭。这些流言皆出自女人之口。不过这丝毫不能阻挡他对浩尔
勒玛深深的爱。米格木尔深知浩尔勒玛不是他们口中所说的那种人，不
过风言风语听得多了，也难免会信以为真。

今天，米格木尔感到幸福才是，不过他昨天因一件小事生了气，说
浩尔勒玛像极了《三座山》②里那个与她同名的女主角。他现在回想起
来，真是后悔自己昨日的言行。他看到今天浩尔勒玛的双眼无神，试图
恢复它的神采，都以失败告终。现在，他正想着浩尔勒玛落地之后应该
怎样安慰她。

---

① 图拉河：蒙古国中北部的一条河流，全长 704 千米，流域面积 49840 平方千米，发源
于肯特山特热勒基国家公园，流经蒙古国首都乌兰巴托南侧。
② 《三座山》：蒙古国作家达·那楚克道尔基（1906—1936）于 1934 年创作的四幕歌
剧，描写了云登和南斯尔玛两位青年的爱情悲剧。剧中浩尔勒玛（一译浩日劳玛）向云登求
婚遭拒绝，后佯装成云登的"恩人"，与贵族少爷巴拉干带大队人马杀死了云登。

红色的降落伞

从机场起飞的"蚂蚱绿"把跳伞员带到空中，让他们逐一跳下来。米格木尔知道现在跳伞的是男队。浩尔勒玛乘坐的是三号飞机，到时五颜六色的降落伞像花朵般开在空中，缓缓地降落，那样子非常好看，令人兴奋。等她一落地，他就跑过去跟她说："用你太阳色的眼睛看着我！你是为了照亮我，从玫瑰花里降落的女神！我发誓，以后决不叫你伤心！"浩尔勒玛太阳色的眼睛一定会愉悦，昨晚的不愉快也会云消烟散。生活在充满阳光的世界上，为何还要相互嫉妒，相互伤害？最轻的流言也是毒害心灵的蛇蝎。他与浩尔勒玛要徜徉在欢乐的海洋里。几岁的年龄差真的有那么不正常，是被人嘲笑的理由吗？他们俩的私事关别人什么事？回宾馆时，浩尔勒玛肯定会说今天的天特别蓝。喜欢蓝天的人会是个坏人吗？因为太在乎，他才说了那么一句不过大脑的话……

米格木尔想着这些时，第三架飞机接近了宝扬图丘陵的上空。现在是以浩尔勒玛为首的女队员的演习时间。大家都喜欢女队员，于是聚在一起往上看。飞机升到额定的高度后，几个小黑点像石头似的落了下来。大家一起屏住呼吸，心里默数着一、二、三、四。过了一会儿，快速坠落的那几个小黑点就成了蓝、黄、浅蓝和白色的花朵。可是，红色的那朵花一直没有绽放。

"我的天啊，有人坠落了！"有人喊道。米格木尔伸出手，狠狠地拍了一下脑门，大喊一声："该死！"拼了命跑过去。救护车发出了刺耳的鸣笛声。米格木尔被吓坏了，无助地哭着奔向事故现场，嘴里不停地嘟哝着："降落伞没打开吗？破伞！降落伞没打开吗？到底是怎么回事？"

一九七〇年

回　热

　　筏夫巴图和索纳木、巴勒吉德夫妇，三人连上六条平底船，自乌兰汗山的山脚南侧出发，顺着鄂嫩河流一路向前。正值叶黄时节，天气温热，河里没涨水，近日又无雨，此时撑筏而行十分顺畅。

　　巴图刚刚退役回来，在家乡的一家木材厂当筏夫。几年来，他一直在异乡漂泊，如今得以在家乡平缓的河水上撑筏而行，自然觉得非常幸福。

　　巴图站在船头。他一手拿着被筏夫们磨得光滑的白桦船桨，另一只手叉着腰。秋日的阳光穿透清澈的河水，河水泛着浅浅的绿色，好像河底藏着无数个翡翠色的宝石；河的两岸也很美，船只随着筏夫呼吸的节奏平缓前行；岸边的林子里排列着高低相同的叶子浅黄的稠李子树、叶子金黄的柳树；翠绿色的松树覆盖着高山，河水里倒映着险峻的河岸。眼前是一片丰美的草场，有人在那里劳动；附近还有草垛、帐篷和淡蓝色的炊烟。在远处，山林里蓝色的湖水若隐若现。天空依旧湛蓝，巴图似乎刚刚感受到大自然的颜色、气味、声响和味道。

　　颜色有一万种，气味也有一万种，河水或许也可以有一万种。潮湿的松木身上散发着怡人的松香味。从河岸的湿地里传来干草、炊烟和糖蜜的味道。

看到这些，巴图挺起胸膛，张开双臂，感叹道："啊，世界如此美好！如此辽阔！"他高高地挽起裤筒，隐隐约约露出在军校里锻炼出的腿部结实的肌肉。他敞开了黑色的粗布上衣，把晒成古铜色的胸膛露在外面。他到了逐渐成熟稳重的年龄，可他充满智慧与力量的脸庞还显得那么阳光，难掩他内心的激动。天人合一表现出来的美丽和气质，在他看来多么完美。

巴图这样激动，是因这舒适的工作和回热的天气，更是因为美丽的她。

船上有一座梭形的小屋，门前铺着些干草，经验老道的老筏夫索纳木四仰八叉地躺在那里。他的手脚修长、胸膛宽厚，他把靴子脱掉扔在一边，晒着他那细长的脚板。他方形的大头枕在交叉的双手上，正在那里闭目养神。如果他站起来，定是一位威猛的汉子。他的脚边立着一个高烟筒的铁质小灶、一口沾满黑灰的生铁锅和一把斧柄很长的利斧。

索纳木的女人巴勒吉德从小屋里走出来，伸了个懒腰。她丰满的身体被绷得很紧，双乳也变得很挺。她的前额很宽，眉毛有些稀疏，稍厚的嘴唇搭在古铜色的脸上，显然是一位干干净净的美女。

"巴图，你去休息吧，我盯一会儿。"她说着，走到船边，挽起袖子，把袍子的下摆翻过膝盖，双手捧起河水洗了洗脸。

巴图温柔地看着她，问道："不叫你男人来吗？"

"我想让他再睡一会儿。"

"那还是我盯着吧。"

"你不累吗？"

"没什么可累的。"

"那就让你继续累一会儿。"巴勒吉德笑着说。

她踢了一下自己男人细长的脚板，喊道："喂，喂，起来起来！"她的男人揉着眼睛坐了起来。

巴图做梦也没有想到四年之内巴勒吉德的变化会这么大。在他参军之前，她还只是一个没有完全发育、身体瘦弱、肤色黝黑、羞羞答答的姑娘。待他四年后退役回来时，她已长成了亭亭玉立的大姑娘，还嫁了人。回来后，巴图在乌兰汗山第一次见到她时就看呆了。

索纳木大巴勒吉德近二十岁。羡慕他的人还制造了不少风言风语。不过看起来除了年龄，好像没有什么不和谐。如果硬造谣，谁又能躲得过呢？

巴图很后悔自己当初的判断，所以这次与他们夫妇一同出来赶路时，他又喜又惧。

巴图非常了解索纳木。他看起来像鲲鹏一样威猛，却是一个勤劳、谦虚的人，在家乡颇有威望。这次大队领导特意派他出来，向这位经验丰富的筏夫学习。这两天来，美景和巴勒吉德的美貌始终牵动着巴图的心。每次看到她那吸收了阳光雨露、河水气息的动作和神态，巴图就像被蛇缠住的小鸟一样无处藏躲。如果没有道德的约束，他一定会做出比现在更可笑、更可悲的事。巴图像个悸动的少年，时刻提醒着自己要保持清醒。他只能趁机多看她几眼，等待着自己的内心平静下来……

一轮圆月挂在树梢，又是一个安静而温暖的夜晚。六艘平底船跟随月光在河面洒下的白线静静地前行。索纳木撑着桨站在船头。梭形小屋的门口已被火光照亮，巴图和巴勒吉德在屋里。巴图用胳膊支在干草上，侧身躺在那里，看着在小灶边和面的巴勒吉德发呆。他想不明白，为什么巴勒吉德连和面的动作都那么得体？过了今夜，他必须得想个法子离开他们夫妻俩。

屋外偶尔传来划桨的声音，船走得很稳。巴图瞥了一眼巴勒吉德，急促而小声地唤道："巴勒吉德。"

巴勒吉德转过来看着他，脸上露出了微笑。

"巴勒吉德，你变了。"

"哪儿变了？"

"一切都变了。"

"你怎么知道的？"

"我一看就知道了。"

“我变成什么样了？”

“变得很完美。”

“以前很不完美，是吗？”

“我没想到你会变得这么美。”

“这倒是句实话。以前你根本没用正眼瞧过我。”

“可不嘛，唉，怎么说呢？如果早知道你这么美……”

“那你会怎样？”

“我可能什么都做得出来。”

“那时候你根本看不上我，我倒是暗暗地喜欢过你。”

巴图转动着眼珠坐起来说：“现在……现在……”

巴勒吉德没有回答，朝巴图微笑了一下，用温柔的声音朝她的男人喊道：“索纳木，时间不早了，收船吧！”

一九六二年

送往天堂的发条车

活到八十三岁，铁匠赞布拉老糊涂了。他是一个嗜酒如命又有些驼背的黑老头。他的手艺是从父辈那里继承来的，无论是木材、铁还是金银，只要到他手里就变得服服帖帖的。

老了以后，他的手脚再不听使唤了，眼神也变得很差。附近的女人们请他过去，做一些诸如给锤子上把，给锅碗瓢盆打补丁等杂活儿，作为回报，她们会给他一些低度酒。

他在别人的屋檐下铺着防潮的生皮革，旁边放一壶比酸乳清水好不到哪儿去的低度酒，时常喘着粗气，挥动变了形且散发着木屑、铁屑味儿的手指干着活。他往大瓷碗里倒满低度酒，咕咚咕咚灌下去，喉结也跟着上下移动。

我们这些孩子已笑成一团，他透过圆帽檐瞪了我们一眼，咆哮道："赶紧滚开，你们这些小恶魔们！"他常常喝醉，把手里的工具往旁边一扔，在两户人家之间来回踱步，握住他发黑的拳头，喊天骂地。

那年夏天，他捡起搁置很久的工具，剪着铁丝开始做一件奇怪的东西。我们天天守在那里，看他能做出什么名堂来。铁匠赞布拉偶尔也会叫我们上前帮忙。有时手中的大锤落地，他便骂道："你们这些断了手的小恶魔们！"起初老头做了两大一小的铁辋木轮，用铁轴把两个大轮子连起来，安装齿轮，再装上小轮子。

现在，不仅是我们这些孩子，就连大人们也开始好奇老头到底在做什么。他也不告诉别人做的是什么，被人问烦了就会生气。他给三个轮子安装了齿轮，用铁板做了一对机翼。那天早晨，我们从未见过的怪东西即将竣工。我们这些孩子翘首企盼，看那个怪东西怎么能飞上天。

那天早晨晴空万里，没有一丝风。赞布拉老人在装有机翼的发条车上拴好长长的麻绳，让我们拉着它奔跑。他挽起衣摆跟着我们拼命地跑，嘴里大喊："喂，小恶魔们！跑起来，快！"

我们像骑了快马似的，扬起灰尘一路奔跑，边跑还边频频回头，希望我们身后的怪东西能够缓缓地飞上蓝天。最终，它让我们失望了，始终没有离开地面。我们像一群被抛到岸边的鱼，张着嘴气喘吁吁地站在那里。赞布拉老人把双手放在胸前，大口地喘着气，嘴里含糊不清地喊着："你们……这些小恶魔们……"

我们无精打采地拉着那怪东西往回返，把它放在铁匠的屋门外。或许是缺了某些零件，它才没有飞上天吧。

发条车的失败让老头一蹶不振，接连喝了好几碗低度酒。他绕着他的发条车咆哮："我什么都会做！你们瞧好喽！我要坐着这辆发条车去天堂。到了那儿我从圣母手中接过金碗将美酒喝个够。我要从天堂放下夹子惩罚你们这些吝啬的臭婆娘们！"

第二天，可怜的赞布拉老人已无力起床。三天后，他去了天堂。

老人笃信能够送他去天堂的那辆发条车最后沦为我们的玩物，它的两个机翼很快就被我们拆掉了。后来，老头的后辈们在两个大轮子中间装上长条木，将它改装成了运水车。

或许老铁匠始终相信他的发条车真的能把他送到天堂吧。

一九六〇年

45

洪格尔·珠拉

森警叫我在黎明前赶过去。想到他要给我讲洪格尔·珠拉的故事，我就起了个大早。

年迈的母亲已疾病缠身，每天都痛苦地低声呻吟着。她借朦胧的灯光揉着双眼，睡眼惺忪地小声问道："孩子，天色尚早，你这是要去哪儿？"

"和森警一起去打猎。"

"孩子你要记住，那可不是一个可靠的人。"

天还未亮，我们就朝山林走去。

森警可没有别人想象的那么怪异。他不合群，行踪古怪，心里总憋着事，加上他总把这一带山林子当成自己的命，就容易被很多人当成坏人。

据说，他常把山林当成家，在山林里一待就是几天几夜。数九隆冬的寒夜，他在密林深处点一把火，烤野兽来充饥，在他拳头大的烟斗里填满烟叶，躺在他那张棕熊皮上吞云吐雾才会过瘾。崇拜他的人都说他是"大黑天"① 的化身。

我已离乡多年，今年用一个月的假期陪在老母亲身边。年少时，我和大家一样讨厌这位森警。后来读了一些书，开始对世界万物有了兴趣，好奇这位森警的生活。我想尽办法让他讲述山林中的各种故事，悲喜与共，总是为他着想，自然就成了他最亲近的人。

刚刚破晓时我们就上山了。透过黑压压的森林，偶尔可以看到蓝色的山头，我便想起了他给我讲的故事。

关于洪格尔·珠拉的故事，我还是那么感兴趣。

洪格尔·珠拉！森警说起这个名字时，几乎不直视我，他变得又高冷又威猛。我便想到洪格尔·珠拉与他有一段难舍难分的情感。当我央求他继续讲时，他说："八月底，我们要去松林山的北边猎熊。到时候我讲给你听。"今天我们的目的地，正是那里。

森警侧身骑着一匹早已年迈且跑起来慢腾腾的枣红马，警觉地盯着黑压压的密林。他的坠着铜环的皮质衣带上挂着桦树皮的刀鞘，里面是一把大刀，刀柄是用兽骨做的；背上挎着一杆护木有些脱落的快枪；嘴里叼着一支配有青铜铁环的扁桃树根制作的大烟斗。他不停地吸着烟斗吞云吐雾，像火车头似的。细呢风雨帽两边的护耳在他走路时总是一扇一扇的。

对于上山这件事，他的马早已轻车熟路，而我穿过那些茂密的树林时马镫被卡住，树枝抽打我的脸庞，让我又急又恼。

朝霞从林间投射下来。不熟悉这里的人多半会把倾斜的大树根看成林子里的大石头、野猪或者大黑熊。八月的山林迤逦无比：从针叶林的树冠上，从白桦和柳树的枝叶上，滴着昨夜凉爽的露珠；饱尝了露水的花朵和果实散发着各种芬芳，叫人无法用言语赞美。太阳缓缓升起，山坡上的第一缕阳光穿透了林间的雾霭。树木的影子向山的那边慢慢延

---

① 大黑天：又称大黑、大时、大黑神或大黑天神，或音译为摩诃迦罗、莫诃哥罗、玛哈嘎拉等。他本是婆罗门教湿婆（即大自在天）的化身，后被佛教吸收而成为佛教的护法神。在密宗中，大黑天是重要的护法神，是专治疾病的医神和财富之神。自13世纪起，蒙古人把大黑天当作军神。

伸，沐浴阳光的露珠停在林间的花朵上，犹如璀璨的珍珠、宝石。

我们出来得早，此时已到了松林山的北麓。爬上高处回头望，透过云雾缭绕的山林，看到雪山之巅在蓝天和阳光下闪耀着温暖的光芒。

犹如仙境般的景色使我陶醉，我几乎忽略了身边的森警。此时我的马警觉地剪动着耳朵，森警轻手轻脚地跳下马，背上猎枪，把偏缰留给我，消失在密林深处。

过了几刻钟，我的马儿再一次剪动双耳，跳到一边时，从远处传来了枪声。枪声在山林间久久回荡。

等鸟儿恢复歌唱，山林里除了小溪的流水声之外听不到任何动静时，我赶紧朝着枪声响起的地方跑去。

森警悬腿坐在树墩上，嘴里叼着他的大烟斗又在吞云吐雾。他的身旁躺着一头大棕熊。

我们在溪水旁边生火，在小铜锅里熬茶。小溪流的哗哗声听起来很新奇，像是有人向平静的水面投了一枚石子。鸟鸣声、溪流声和风吹过山林的声音汇聚成交响乐，虽然平淡，但让人心旷神怡。

太阳升上了高空，树木的影子越来越短，从雪山那边吹来的秋风依然凛冽。

森警长长地叹了口气，这个举动使我充满疑惑。

"洪格尔·珠拉每次都在这里等我。"他一边说着，一边侧卧在草地上。

冷不丁的一句话，让我瞬间目瞪口呆地屏住了呼吸。

"可怜的洪格尔·珠拉，她是一个美得让你惊艳的姑娘，也是这片山林的主人。她像一位仙女，让我尽情地感受从内到外的所有美丽。老弟，就说她是花仙子也没有一点错。她谙熟每一朵报春花的绽放时间，也熟悉稠李子树添新芽的日子。这山林里有世界上最美的一切。

"她常说山林里有金叶银花，只是我们这些肉眼凡胎找不到而已。

"她认为落在树叶、花瓣上的每一滴露珠都是圣泉；她能分辨空气和微风里花朵和果实的芳香。她真的是一位花仙子。

"你无法想象，她有多么爱这个世界。

"她爱这里的树木、花朵和飞禽走兽。她所热爱的一切也成了我们短暂的幸福乐园。

"老弟，你听得见瑟瑟的秋风吹动树叶的声音吗？我的洪格尔·珠拉能够用她奇妙的方式诠释自然界的各种声音。她唱起歌来棒极了。每当她唱起歌，山林里回声连连，花朵和叶子也跟着摇曳，天空中总有雄鹰展翅飞翔。

"那一年洪格尔·珠拉十七岁，是一位温柔朴实的姑娘。她的黑眼睛如山泉般清澈，嘴唇如胭脂、玛瑙般粉红。她出生时带着大自然的恩赐和美丽。

"老弟，那一年洪格尔·珠拉才十七岁呀。我们打小就一起给富户嘎日迪家放牧。时光荏苒，我们不知不觉地长大了。在某个黑暗的日子里，富户嘎日迪的眼睛恶狠狠地盯上了洪格尔·珠拉。她把洪格尔·珠拉许配给了自己那个又聋又傻的儿子。

"嘎日迪的儿子把洪格尔·珠拉关在屋子里，如豺狼般对她咆哮，像毒蛇般监视她。那个样貌古怪、内心恶毒的家伙形影不离地跟着洪格尔·珠拉。一有人靠近她，就对她非打即骂。可怜的洪格尔·珠拉，如秋叶般枯萎了，眼神浑浊了，粉红色的嘴唇也失去了光彩。我们偶尔躲过那傻儿子见见面，不过她总说，被玷污的身体已无法承载纯洁的爱恋。

"那一年又到了春暖花开的日子。河水解冻，树木开始抽芽，候鸟都回来了。

"洪格尔·珠拉跟在富户嘎日迪的畜群后面，唱着一首令人心碎的歌。她的傻男人，骑着一匹良驹跟在后面监视她。

"那天晴空万里，莺歌燕舞，万物充满生机，可洪格尔·珠拉的眼神里只有重重的雾霭。她忘记了自己曾经那动人的微笑。

"大家都说，五月的一天，富户嘎日迪的儿媳跟人私奔了。

"我和洪格尔·珠拉约定在这里见，是家乡的山林让我们躲过一劫，赠予我们山泉和野果，让我们果腹。

"洪格尔·珠拉恢复了昔日的光彩。夏夜的群星爱慕她，雪山的凉风抚慰她，鸟儿围着她，山石护着她，树木为她抵挡了炎热和恶人。

"富户嘎日迪的儿子把牙咬得咯咯响，到处呼喊，像个破锣似的，扰遍了这里的山山水水。

"洪格尔·珠拉的确是一位花仙子，不过她开始怀念那些牛羊，于是我们走出了山林。那恶毒的傻儿子趁我出去打猎时，跑来勒死了洪格尔·珠拉。

"我满腔怒火，砸烂了那傻儿子的头，一把火烧了他们的家，自己逃到了边陲。

"时过境迁，我又回来了。老弟，估计那时候你还是个躺在摇篮里的婴儿。"

话音刚落，他轻轻地拈着名叫洪格尔·珠拉的花嫩嫩的花骨朵，用颤抖的声音对我说："洪格尔·珠拉就是这样的一朵花所生的。"

一九六〇年

野 火

　　天气转暖，山林里的积雪开始融化，变成黄色的雪水，带着林中粗草、干枯的针叶和隔年草的气味，自山上往下流。为了能汇入大海，它们弯弯曲曲地穿过丘陵，齐心协力地冲破阻挡它们去路的每一个障碍，唱着欢歌奔腾向远方。雪水历经阻碍，最终汇入大江大水乃是自然法则，人的生活亦是如此。

　　那个春日的黄昏，巴尔哈斯坐在灶口那里，为他那杆老式猎枪准备子弹。去年冬天，他去山林里打猎，猎到几百只松鼠和十几头猞猁，用换来的钱从合作社里买了锦缎，托人从远方的银匠那里捎了银饰。今天他又准备猎枪，想趁着春天打几头狼。他的女人娜姆吉乐玛喂饱那几条吃人食的猎犬，从毡包外喊道："巴尔哈斯！野火！着火啦！"

　　"什么火？哪儿着火了？"

　　"东边的山顶上红通通的一片。"

　　"风打哪儿吹着？"

　　"北边。"

　　"哦，那就无所谓。"巴尔哈斯若无其事地说道。娜姆吉乐玛从她男人的嘴里听了无数次"无所谓"。她知道自己的男人是个不管闲事的人，所以也只能默不作声。心里有话的人会经常叹息。每叹息一次，淤积在心里的一团黑烟就淡去一些，心里也会稍稍舒服些。可是在一个严肃无趣的人面前叹息，也并非易事。

她的男人经常说"这事女人不能去掺和"，每次这样，娜姆吉乐玛也只能深深地叹息一声，接着默默地继续忙乎着。东山的山坡上着了通天大火，火光照亮了黑夜，滚滚黑烟挥散不去，就像一头罕见的巨兽受了伤，倒在血泊中打滚。正在吃食的狗儿们摇着尾巴，发出呜咽声。娜姆吉乐玛见过无数次野火，不过她不安地觉得这次肯定要发生什么。这不是她第一次有这样的感觉，每次当她感到害怕的时候，她都觉得可能要发生什么。今天，她觉得等待她的是一场厄运。这种畏惧与不安，娜姆吉乐玛其实早有预感。

当年巴尔哈斯三十出头，还未娶亲时，他对家乡那些轻浮的女孩们了如指掌，还常把她们的风流史挂在嘴边。周围的男人们将他捧为绝世高手，他自然也吸引了那些没见过世面的姑娘们的芳心。那是革命后的第二十个年头，当时大家都以血缘结盟；那年头家有万贯之财的人，说话自然蛮横一些。巴尔哈斯的父亲巴岱家里有几百头牛，是当地的首富。巴尔哈斯为人凶残，乡里乡亲看到他都让一步，没有人敢惹他，也不敢在背后说他的闲话。当时，大家就怕那种人际关系复杂、心狠手辣的人。巴尔哈斯用他的果断和快人快语征服了家乡善良的人们，不管好事还是坏事，他都想争个第一。他平时隐藏自己的狼性，一旦时机成熟，在周围黑暗时，就会跑过来咬断对手的脖子。当那些不听父母劝阻的傻流氓们手持棍棒到处撒野时，巴尔哈斯却可以袖中藏刀，微笑着朝他们走去。巴尔哈斯觉得男人的乐趣在于浴血奋战，单纯的娜姆吉乐玛则觉得应该为那些热血男儿拍手称赞。她刚刚二十岁，心里羡慕那些已作人妇的女子，但她天生羞涩，觉得嫁人是一件古怪至极或叫人恐惧的事。巴尔哈斯常来她家做客。娜姆吉乐玛也很主动，每次巴尔哈斯的到来都令娜姆吉乐玛心中暗喜。父母平时为她操碎了心，不过这次却没掺和独生女的人生大事，静静地等待着结果。娜姆吉乐玛无法忘记三年前的那个冬天。前一天晚上家里来了个熟人，叫她在月亮升起时到牛圈的北边等他们。他叫她别害羞，还说她是最幸运的女人。

娜姆吉乐玛的大脑一片混乱，在她犹豫不决时，毡包的天窗里照进了月光。平时从未被抉择折磨的她，此时切身地体会到了其中的滋味。她战战兢兢地穿上衣服，哆哆嗦嗦地到了约会的地点。牛圈的北边站着几匹浑身落霜的马，阴暗处有几个人正坐着吸烟，烟头忽明忽暗。

娜姆吉乐玛悄悄地走到他们身边时，巴尔哈斯一句话也没说，不顾她的羞涩一把搂住她，用胡子拉碴的嘴亲吻她，让她骑上一匹马鞍精致的走马，在月光下的雪地上纵横驰骋。路遇一户人家时，几位她也认识的女人给她戴上婚礼专用首饰，将她的长发分成两块梳理，给她穿上嫁妆时，娜姆吉乐玛终于忍不住开始哇哇大哭。女人们劝她："都快成新娘的人了，不应该这样。应该笑对生活，悄悄咽下那些苦涩的泪水。"随后她们又教她婆媳之道。那个冬夜，娜姆吉乐玛糊里糊涂地成了巴尔哈斯的女人。

娜姆吉乐玛给汪汪叫着摇尾巴的猎狗添了些食物，进包看到她的男人正用铜勺熔铅。她突然想起有一次巴尔哈斯诅咒某人时说，在他的七窍里灌满熔铅。

"野火大得吓人，怎么办？"

"你又不是没见过大火，又不是没见过大火烧林子。"

"为了灭火，人们肯定会忙上一阵子。"

"该灭火的肯定会去灭。火势会把狼群赶下山，到时候好好打上几头。"

娜姆吉乐玛虽然讨厌他打打杀杀的，但嘴上又问道："老头子，吃什么？"

"你不是就喜欢做拌汤吗？就它好了。"巴尔哈斯说着瞥了一眼老婆，继续说道，"你胖了一大圈，不会……"

"闲待了三年，能不胖吗？"娜姆吉乐玛气呼呼地说道。

巴尔哈斯坏坏地笑道："女人胖一点，也不是什么坏事。"

第二天清晨，山川笼罩了一层野火的蓝烟，树木发出刺鼻的焦味。

趁着春日的干旱，火势迅速蔓延。如果原野上的隔年草着火，那人和牲畜只能给大火让路。在密不透风的山林里，大火吐着红色的芯子，仗着百年的苔藓和松香，从这个山头蔓延到那个山头，山间的石苔也被焚烧一空。火势仍在蔓延，风势也助纣为虐，把火苗从这个山头送到那个山头。只有一场大雨才能熄灭这场林间的大火。

男女老少都准备上山灭火时，巴尔哈斯却独自在山野中游荡，准备打狼。在春风的催促下，那场大火在一夜之间烧毁了几户人家的房屋、牛羊圈和牲畜。仅过了两三天，附近几座大山上的树林就被烧成了灰烬。县政府给各乡下通知，要求每户出一位劳力，带上半个月的干粮上山灭火。

巴尔哈斯看到乡长的通知满不在乎地说："灭火不如去打狼。活生生的狼是比野火更大的敌人。"乡长在包外遇到娜姆吉乐玛，责怪她一家说："老人们都上山了，你俩就这么留下了？娜姆吉乐玛，你俩可真是不是一家人，不进一家门呀！"

娜姆吉乐玛流着泪进了包，和巴尔哈斯说："你不去，还不让我去吗？"

巴尔哈斯装腔作势地说："去的人都是想在荒郊野外睡陌生男人的婆娘。你那么想去，就随你的便吧！"

每一次争吵，巴尔哈斯都这样执拗地过着嘴瘾。过完嘴瘾，他便带着六条猎狗打狼去了。娜姆吉乐玛觉得自己不去会让大家看不起，挨人骂；去的话又被这样凶巴巴的人嘲笑，也是件令人尴尬的事。她待在那里左右为难，不知如何是好。想一想，嫁给巴尔哈斯之后，她从未觉得幸福，反而比同龄的女人们差了好多。现在的女性都有了可喜的变化，读书识字、异地求学和参政议政时都能见到女性的身影。当地的年轻女人们聚集在乡里的红色活动室里唱歌。她们唱："嘛呼，语言文字是瑰宝，红旗升起冉冉飘。"她们用歌声宣布，女人不再是男人的附庸和家里的奴婢。这些都是女性新文化的标志。娜姆吉乐玛却无暇参与这些活动。除了参加乡里和县里的那达慕时自己穿一身盛装，戴上金银首饰，给马儿套上镶着银泡子的马鞍之外，好像再没什么惬意的时光了。她每天清晨拖着满是奶渍的袍子独自穿过路上的泥泞，到牛圈给三十多头乳牛挤奶，然后从早到晚忙着酿奶酒、做奶酪奶干、鞣制皮革、缝补衣服和鞋子等杂事，辛劳程度和奴婢无异。

如此想来，她是世界上最不幸、最受束缚的人。想到这里，娜姆吉乐玛便第一次鼓起勇气，不计后果地带好干粮，朝烟雾弥漫的远山走去。

孟克和娜姆吉乐玛枕着马鞍，躺在篝火旁休息。组里的其他人都横七竖八地睡着了。他们组废寝忘食地和北边林子里的大火奋战了两天，大火还是蔓延到了山坡。他们深感无奈，只能躺着休整一下。伴随着风过树林的声音、马儿吃夜草的动静和未燃尽的木头噼啪作响的声音，人们的鼾声传到耳边。娜姆吉乐玛拉过来孟克瘦骨嶙峋的手放在自己的乳房上，让他感受自己怦怦的心跳声。在充满危险却令人愉快的夜晚，伴着烟雾和来自山林的风声，她体验到了从未有过的幸福。

"孟克，你还不困吗？"

"不困。"

"巴尔哈斯肯定听说咱俩的事了，如果他过来了怎么办？"

"能怎么办？实话实说呗！"

"他可什么事都做得出来。"

"他还能怎么样？像他这样蛮横无理的人，你越怕他，他就越得寸进尺。现在早就不是那个人吓唬人、受窝囊气的年代了。"

孟克把手放在她的乳房上，感受着她的心跳。"为了和这样的美人在一起，即使决斗身亡也值得。"在近处吃草的马儿突然受了惊吓，娜姆吉乐玛以为有人过来了，浑身颤抖了一下。周围又恢复了安静。孟克躺在那里一动不动，看来他早有了化险为夷的办法。他四年前去拜兴特①入伍，接受严明的军纪，看尽人间冷暖便明白了人的性格会随着时

---

①　拜兴特：地名，位于蒙古国中央省。

代变化，懂得了打铁还需自身硬。年轻时，他目睹一窝蚂蚁互相残杀；渐渐成熟时，他开始思考未来的生活和人生理想等大问题。

当他焦急地等待退伍时，却于正月初得了坏血病，住进医院。父亲去部队给他请了几个月的假。当他躺在铺着干草的勒勒车上时，耳边传来狼嚎声；他用细细的嗓音轻轻呻吟，把眼睛眯成一条缝仰望天空时，真希望自己死在那里，好让年迈体弱的父亲省心。那时的他做梦也想不到，有一天他会躺在满是焦臭味的山坡上，感受身边这位女人的心跳。当他浑身肿胀、奄奄一息时，父母从山林里采来针叶和枸杞，制成汤药给他喝下，他才有了从病榻上站起来的气力。一场大火呼啸而来，让他再也坐不住了，顶着父母的劝阻上山来舒活舒活筋骨，好让自己在原野上透透气。

孟克觉得此次上山是接受了命运的召唤。他问娜姆吉乐玛："如果巴尔哈斯追过来，你回去吗？"

"是啊，还能怎么样呢？只能回去。"

"我们一起努力让事情往好的方向发展。"

"回家还不如在山里走走呢。"

"那黎明时咱们就走吧。"

"好啊，不知道别人会怎么说我们。"

"娜姆吉乐玛，你是怕违背伦理。肯定会有人谴责你扔下丈夫跟别人私奔。束缚女人的纲常伦理还少吗？女人们被伦理束缚，受了多少罪呀！伦理应该公平才是，不能男人一套，女人一套。"

"人言可畏啊。"娜姆吉乐玛叹息着说。两人默不作声地躺了一会儿。孟克闭上眼睛，进入半梦半醒的状态。

"孟克，孟克，你听，大雁！"

"是啊，大雁！"孟克已睡意全无。弥漫着烟雾的天边传来大雁的鸣叫。

"娜姆吉乐玛，天快亮了，我去备马吧。"

听着大雁的鸣叫，娜姆吉乐玛真想和它们一起消失在天边。她说：

"巴尔哈斯会追过来吧……"

孟克和娜姆吉乐玛走在山坡上，走出了很远。他们看到霞光照耀着山顶。阳光一照，迂回在湿润低洼处的烟雾便开始升腾。孟克和娜姆吉乐玛伴着朝阳走在山坡上。他们什么也不去想，成了那一刻最幸福的人。他们不想未来；不想怎样应对别人的闲言碎语；不想怎样向父母交代；也无暇顾及在百步之外的密林里，有一位无情无义的汉子正用充满红血丝的眼睛看着他们，以百发百中的命中率咬着牙在瞄准他们……

如果朝阳跟他们说："只要有我的光芒，你们就什么都不缺。"他们一定会说："朝阳啊，朝阳，有了您，我们什么都不缺。"娜姆吉乐玛深爱着这位将她从黑暗的洞穴里带到阳光地带的男人。而此刻孟克鬓角的血管凸起，艰难地喘着气，而他的眼神和一言一行里带着希望和愉悦。娜姆吉乐玛早已忘记自己褴褛的工服、干裂的嘴唇和被烟雾熏臭的头发，陶醉在甜蜜的爱情里。

孟克含情脉脉地看着娜姆吉乐玛感叹道："你的眼睛可真美。"

"是吗？身在幸福中，什么都是美的。"

"如果是我让你的眼睛变得如此美，那我岂不功德圆满了？"

"是啊，孟克，你就是我的佛……"

太阳升起来了，山间的烟雾逐渐变得稀薄。他们站在山坡上，看到山谷中野火烧过的地方长出了新绿。

"你看，小草多绿！"娜姆吉乐玛说道，高兴得像个孩子。

孟克则指着那个山谷，若有所思地说道："野火烧过的地方也能长出新绿，这真不错！"

清晨时分，巴尔哈斯回到自己的驻地。他气呼呼的，脸色非常难看。一想到自己的生活被人踩在了脚下，他就气不打一处来，可又不想让人知道自己的窘境，所以刻意掩饰自己的情绪。如果被他们瞧出来，他的威望和地位可能从此不保。"一定要让他们知道，我舍弃那个荡妇就如同扔掉一条小虫子那么容易。"他仿佛听见有人说巴尔哈斯被他的女人甩了，真想痛痛快快地骂一通。现在，他只能别无选择地做一个复仇者。

"我要在密林里找到那个让我受尽侮辱的家伙，让他的鲜血染红大地。我可不能让他小瞧喽!"巴尔哈斯这样想着，咬牙切齿地回去了。他看到几个男人正准备上山灭火。

"兄弟们，火灭得怎么样了?"巴尔哈斯问道，就好像什么都没发生。

其中一个男人冷嘲热讽地说道："没有你，野火还不是照样被扑灭了吗!"

巴尔哈斯极力控制自己的情绪，说道："我的女人不是跟你们去灭火了吗? 我呢，到北边打狼，就想问问她是否平安。"

"她很好，不用你担心。"

另一个男人说："昨晚和我们在一起。今天早上可能去别处灭火了吧。"说完大家笑作一团。

巴尔哈斯没想到他们会这样取笑他。要在以前，他们别说嘲笑，连喘都不敢。巴尔哈斯根本无法明白，是他的妻子果断的决定改变了人们的态度。他不知道，狮子般浑身威猛的家伙，终究有一天也会寂寞孤独，还带着满腔的怒火。

巴尔哈斯断定他们早有预谋，心里想着对付他们的法子，可不知道自己应该往哪儿去，便径自下山去了。当他在大火烧过的地方骑马赶路时，五六个小伙子追上来，其中一个说："巴尔哈斯，你去哪儿啊? 为什么总躲着我们走?"

巴尔哈斯拽住缰绳，不耐烦地朝他们喊道："你们想怎么样? 我不是告诉你们我在打狼吗?"

"巴尔哈斯，把你的猎枪给我们吧。"

"说不定你一气之下闹出人命。孟克和娜姆吉乐玛已经难舍难分了，把猎枪给我们，回家好好冷静一下。你在那儿打狼逍遥时，我们都在辛辛苦苦地灭火。你别再惹祸了，世间无限宽广，你一定能找到适合自己的人。"

面对咄咄逼人的年轻人，巴尔哈斯气急败坏，狠狠地给马加了一鞭，朝山林奔去。站在密林里宽阔的空地上，巴尔哈斯看到两个骑马之人正在下山。看一眼便知那是孟克和娜姆吉乐玛。巴尔哈斯钻进榆树丛。孟克和娜姆吉乐玛在慢慢地下山，没发现躲藏在暗处的他。巴尔哈斯把马拴在树上，给猎枪上了膛，匍匐在榆树丛里。那条大路离巴尔哈斯仅三十步之遥。现在巴尔哈斯什么也想不起来，脑子里空空的。孟克和娜姆吉乐玛过来了。娜姆吉乐玛活泼的笑声在山林里回荡时，巴尔哈斯骂了一句："啊，这个荡妇笑得真浪骚！"他骂完后，咬牙切齿地准备扣动扳机。相爱的两个人并不知道即将到来的灾难，他们的脸上依然洋溢着愉悦的笑容。巴尔哈斯瞄准她女人的双乳之间，准备扣动扳机。此时他看到，孟克正在用他瘦骨嶙峋的手抚摸它。娜姆吉乐玛靠在孟克身上，微闭着双眼在撒娇。几天来，娜姆吉乐玛简直变了个人，她变得活泼、温柔、神采飞扬。

她的双乳能让生活、爱情、天地、日月、山林和花草感到愉悦。让那对双乳染上鲜血的人，必定是禽兽一头！巴尔哈斯发现，自己现在别说抚摸，就连看一眼那对乳房的权利也没有了。他缓缓放下了黑洞洞的枪口。娜姆吉乐玛还在笑，她的笑声点缀了生活、爱情、山林、花草和包括昆虫在内的所有飞禽走兽。

一九六四年

嘎勒希尔县的神驹

一九三六年，国家那达慕的头一天要赛马。宝扬图丘陵南坡上的比赛终点已人山人海。聚集在这里的人们各个穿着华丽的衣服，戴着昂贵的首饰，骑着好马。若要细看，那些小伙子们将藤鞭横放在马鬃上，手里拿着檀木刮汗器，绸缎衣带上佩戴着银质道具，各个朝气十足；姑娘们戴珍珠头饰，配以金色的梳子，马具也多有镀银。在聚集着看那达慕的人群中也有给马套着破马鞍的穷苦牧民、知识丰富的长辈、充满军人气概的中年男人和身穿蒙古袍或西装的城里人以及警察、公务员等形形色色的人。

赛马即将闯过终点，人们也纷纷兴奋起来。赛马的主人和他们的伙伴以省或县为单位聚集，有的急性子甚至独自骑马登上博格达山的南坡，为的是一睹赛马的全貌。

嘎勒希尔县①盛产举国闻名的快马，那里的人今天各个平静如水，若无其事般抽着长烟嘴的烟斗。

有一个汉子用烟斗指着不远处正与朋友们聊天的矮个子男人，高傲地说道："今年从杭爱②来了一个黢黑的家伙，代表省里参赛。我看呢，

---

① 嘎勒希尔县：地名，位于蒙古国肯特省。
② 杭爱：蒙古国杭爱省，位于蒙古国中南部。

他参与吊马，还不如干他的木工呢。"说此话的汉子穿着浅黄色的纹龙高领袍子，头戴棕色的细呢风雨帽，脚蹬双层油皮的胶粘底靴子，佩戴着达里干嘎县产的银刀，人长得像体壮膘肥的三岁公牛，四四方方、强壮无比；被指的那位约莫四十来岁，穿着普普通通的袍子，骑着一匹浅黄色的马，似乎在逃命时用尽了浑身的营养般消瘦单薄，慈祥的眼神里装满了历经风雨后的计谋和耐力。坐在他旁边的那位把缰绳缠在膝盖上，从怀里拿出翡翠鼻烟壶说道："达格丹，你那匹月额枣骝马出发时气力十足，指不定就拿冠军了呢。"

达格丹把玩着朋友的鼻烟壶说道："说不定能走运，希望至少可以保住前五。"

此时有人喊了一声："赛马过来了！"人们更是乱了方寸。故作镇定的嘎勒希尔县的人们纷纷起身骑上马，疯狂地向前跑去。现在大家都只有一个心思：到底谁家的马能夺冠？

达格丹和他的朋友故意与发放名次牌的人保持一定距离。南边的小丘梁那里扬起了漫天的灰尘，不一会儿，前面的那几匹马并列着冲出了扬尘。人们目不转睛地盯着赛马，都想一睹冠军马的风采。他们开始失声叫道："栗色马！是一匹栗色马！"的确是一匹栗色马在向前冲刺，当人们屏住呼吸心跳加快时，栗色马已冲出很远，其他马被落在后面。

在终点线，裁判和马的主人们纷纷又惊又喜地喊道："真是一匹神奇的快马！"

正在拿个老式单筒望远镜观望的达格丹说："和我那匹月额枣骝马真像！"

坐在他旁边的朋友抢过去望远镜看了看高兴地喊道："哎哟，就是它！绝对是它！它可太帅了！"

过了一会儿，杭爱省黑达格丹的那匹月额枣骝马轻盈匀速地飞驰着接近了终点。达格丹和他的朋友骑着马与终点线的裁判保持一定距离。瘦弱的达格丹发出一声响亮的呼唤后，那匹马听到主人在叫它，便更加欢腾雀跃，裁判费了九牛二虎之力才追上它。

月额枣骝马一停下来，达格丹便跳下马，手里拿着鹈鹕嘴做的刮汗器跑过去，抱下来满脸灰尘、眨着大眼睛的儿子，吻了吻他的额头，不停地擦去眼泪。

众人围过来问这是谁的马时，他只轻描淡写地说了一句："我的马，我的马。"

月额枣骝马似乎明白主人的喜悦之情，低着头，围着主人转。它的头上佩戴着带有钢质嚼环的马嚼子，双目炯炯有神，汗水刚刚晾干的鬃毛犹如绸缎。就这样，被嘎勒希尔县的人们嘲讽为杭爱黑男人的穷牧民达格丹和他的那匹月额枣骝马在那达慕上拿了冠军，领到冠军牌，满心欢喜地往家乡走。

刚出乌兰巴托时，就有爱马的有钱人过来承诺要以玉石烟嘴、走马、绸缎和珍贵兽皮兑换，并跟着他不停地抬高价格，这反而让达格丹倍受煎熬。

达格丹把自己的这匹马视为宝马，况且这是他爱子的唯一坐骑，所以给整箱的金子他也不会卖。

这也没有错。对于杭爱的黑达格丹来说，世界上没有什么比这匹月额枣骝马还珍贵。在五年前一个风暴肆虐的冬天，嘎勒希尔县的人们纷纷来鄂嫩河、呼尔哈河流域过冬。第二年春天他们回去时，给这里的人们留了几匹瘦弱的马。就这样，达格丹家有了一匹瘦弱的骒马，小草发芽时给他们生了一匹月额枣骝色的马驹。达格丹的儿子高兴得几乎要蹦起来，他终于有了自己的坐骑。初夏时分，那匹骒马突然死了，父子二人便一起养大了这匹马驹，最后放到别人家的马群里养。

第二年春天剪马鬃的那天，达格丹和儿子一起去草地上的马圈看热闹时，他们的那匹月额枣骝色小马驹也在等待着剪马鬃的人们。如今小马驹的四条腿如黄羊般敏捷，它的肩胛高耸、臀部宽大、尾巴细长、眼睛又大又亮，额上还有白色的月形。家乡的汉子们挽起袖子，手里拿着马笼头，去征服已吃饱喝足的马匹。每当套绳的声音响起，月额枣骝马就受到一次惊吓，最后趁着别人不注意它，跨过坚固的马圈，朝南山跑去。人们纷纷夸赞这是一匹好马，几个小伙子骑着马追了半天，才在远处的山坡上追上它。剪马鬃的人们都对达格丹说，如果不从现在加以规训，它很可能会成为一匹野马。一位具有相马经验的老人看了月额枣骝马便赞不绝口地说："它里里外外都具备一匹快马的特征。如果好好训一下，明年的那达慕上拿个好名次也说不定。是不是嘎勒希尔县的马驹？"看到大家对月额枣骝马如此赞赏，父子二人也非常开心。

达格丹唯一的儿子真是交上了拥有良驹的好运。月额枣骝马和他们父子二人在一起时，他们经常给它梳理鬃毛、配马具。放在马群里时，他们隔几天就去看它一次。

第二年夏天，达格丹亲自控马，然后参加县那达慕的赛马，第一次拿了冠军。达格丹看出这是一匹善于比赛的蒙古快马，于是在它四岁时加强训练，在省、县举办的五次那达慕中连续夺冠，因此它和它的主人达格丹开始名扬天下。此时嘎勒希尔的人们并不知道这是他们丢弃在杭爱的马驹，闻有此马有的高兴，有的惊奇，有的动心。

一九三七年初夏来临时，树木开始泛绿，小草开始长高，鸟儿开始鸣啼。嘎勒希尔的马驹、蒙古的快马、达格丹的月额枣骝马站在主人家门前的拴马桩旁，用清澈聪颖的眼睛望着远方。夏日来临时，它的身子变得格外轻盈，每次看到远山时，都想回到马群中去尽情地撒欢。它知道，夺冠的季节就要来了。

打南边来了一个骑马之人，到拴马桩前下了马。月额枣骝马怕生人，于是向后贴着耳朵、喘着粗气在原地直立。此人的眼神比主人的更犀利，也更冷。他盯着它看了一阵子，嘴里嘟囔了一句，迈着大步进了包。假如月额枣骝马懂人说的话，那它就能听懂刚才的那句话：总有一天，你会栽在我手里。

过了一会儿，主人抱着破马鞍走过来，小主人和他的妈妈在主人的身后哭着。它从未见主人如此难过。主人的脸黑得像马桩周围的土。主人套上马鞍骑上去时，它围着马桩绕了一圈，顺着主人的意思在刚才来人的那条路上向前奔跑。有一个陌生人与它并排前行，而留在家里的人则哭成一团。他们走过茂密的树林和潺潺的流水，穿过高山和平原，终于来到一处房子特别多的地方。主人在那里下了马，卸下套在它身上的破马鞍，爱抚一下它的额头，说了一句祝福的话，坐到一辆臭气熏天的黑车里走了。

当月额枣骝马不知所措地望着那辆大黑车时，车突然爆发出一声巨响，吓得它一跃而起，奔向家乡那群青青的山峦。

从此月额枣骝马再也没见过主人。它的小主人倒是偶尔骑一下它，不过在那年夏天，似乎完全忘记了训练。

七月的一天，月额枣骝马和许多来自家乡的同伴被人赶出了家乡的地界。几天后，周围的环境变得非常陌生。那里的山峦光秃秃的，没有水源，草色不好，与它的家乡有天壤之别。有一天，围上来几个人将它擒住，由一个黑高个牵着，到了附近的几顶白色毡包前。在那里过了一夜，第二天太阳升起时，黑高个开始训练它。新主人的外貌和言行与原来的主人完全不一样。原来的主人看着舒服，时常考虑它的感受。

杭爱那里常有习习的凉风，而这里只有灼热的阳光，水和草的味道也和家乡的不一样。月额枣骝马知道此时自己已落入他人手中，而它也只能望着北边青青的山峦黯然神伤。过了几天，它的身体已逐渐适应，脚步也变得轻快，不过它还是无法适应赛前的训练，常常浑身发抖，两眼发黑。尽管这样，还是没有哪匹马能跑得超过它。新主人控了它一个月，有一天带着它走了三天三夜，到达那达慕现场。那里人声鼎沸，马儿到处奔跑，显得纷乱嘈杂。它知道，已到了它一显身手的日子。有一天，它和前来参赛的几百匹马一同出去，围着那达慕会场聆听少年的声音时，浑身顿时变得轻快，有了使不完的力气。它在蒙古音乐的陪伴下，从彩旗飘扬的蓝色大楼门前呼啸而过，争分夺秒地用钢铁般的四蹄奋力朝前，追上了前面那几匹马。

这样，它一直名列前茅，听从背上小孩的指挥一路向前。两旁的马如果先它一步，它就奋力追赶，赛程过半时，很多对手都落在了它的身后。

　　它向后贴着耳朵感受后面越来越远的马蹄声，睁开明亮的眼睛跑了一会儿，终于看到了那达慕的赛马终点线。此时从旁边追上来三匹马，新主人骑着其中的一匹。他举起长鞭，用沙哑的声音高声呵斥，它感到内心憋闷，四肢发软。终点线就在眼前。新主人又操着沙哑的声音在呵斥它，后面的马也越来越近。它从未挨过旁人的鞭子。只是这个新主人不停地高声吼叫，没头没脑地抽打它。月额枣骝马受了惊吓，向前跑了几步，前面两条腿像被什么东西绊了似的滚了下去。它奋力挣扎，可连头也抬不动。其他赛马从它身边呼啸而过，马蹄扬起的灰尘盖住了它额头上洁白的月形。它浑身是汗，肌肉在抽搐，清澈的眼睛里布满了血丝。

　　它似乎在奇怪自己的气力为什么会突然消尽。它伸长脖子喘着粗气，连朝自己身下混合着汗水的红土打个响鼻的力气都没有了。月额枣骝马浑身颤抖地躺在赛道上，流下了晶莹的泪滴。

一九六二年

礼炮声声

一九四五年的仲夏，天气异常干旱。那年大战的余温，飞向东南的投弹飞机伴随着部队野外训练的枪炮声，既给我们留下了信心，又让我们深感危机。那年夏天发生的一件事，距离现在已有二十年之久，可依然清晰地保存在我的记忆里。那年夏天，因为战争的缘故，那件事释放了我们压抑已久的青春能量，所以现在想来伤感而美好。

我们军官学校的二十个年轻人趁着暑假回到家乡。我们的家乡位于鄂嫩河中部的水草丰美的山林地带。我们从温都尔汗驿站出发时晚了一些，便没有顾及驿站那匹瘦弱的老马和衣衫破旧的老驿差，在蓝天白云下纵马驰骋，奔向家乡那云雾环绕的山林。那时候我们穿着制服，制服是红饰条的黑裤子、带红边的帽子、红蓝色的标志和刻着马头的铜质护心镜。制服穿在身上，我们觉得自己很神气，处处炫耀，弄得乡下的人畜不得安宁。驿站的人员也为忙着回家的二十位小伙子备好了马匹，这是他们必须执行的任务。从温都尔汗驿站出发，我们一路驰骋来到杜兰驿站。我们入住驿站的帐幕时，那里的孩子出来迎接，都带着羡慕的目光，欣赏我们气派的制服。听老乡说，几个毡包之外的那顶白色的大毡包是属于驿站长的。

驿差从大毡包出来之后，满口官腔跟我们说："鲁莽的小沙弥们，没有换乘的马匹，你们走不成了。"于是，我们去找站长要马匹。宽敞的毡包里铺着大毡子，左右两边刻着花纹的床沿儿上坐着几位红褐色脸的中年男人，他们在和站长聊天。这家的主人靠着黑缎面的枕头坐在那里，无视我们的存在。他穿着一双棉线贴衩袜、绿色的油皮靴、白色咋丝绸的高领衬衣；细胡须已被他捋顺，额头中间是两条几乎要连在一起的浓眉，戴着银质护心镜以显示男子汉英勇的气质。毡包的毡壁上挂着盖有獾皮外罩的火药筒和至少能装七钱弹药的黑色大枪；一顶刻着花纹的钢质大火撑子摆在毡包中央，火撑子的铁项圈上刻着"千畜富户"几个金字。屋里的摆设给这家的主人增添了十足的士气，也压制了我们的狂傲。

他说："你们这些人真不把驿站的马匹当回事。如果马匹累死了，怎么办？"他皱起的眉头像一把拉满的弓。

其中一个拿着大舀子喝酸马奶的黄脸汉子说道："该怎么应付这些军官呢？不能让他们再骑马了，要不给他们找一辆车吧。"

战乱在即，我们都把自己当成人物，于是编了诸如假期短暂等理由，又拿出盖着公章的公文给站长看。站长果断地打断我们的抱怨，说道："好了，小沙弥们，你们先去驿站的帐幕里喝点酸奶休息吧，等明早我再想想办法。"

我们知道自己奈何不了这位壮汉，只好去驿站的帐幕，在地上铺好大衣躺下，吸着香烟吞吐着蓝色的烟雾，等待给我们酸奶的人。过了一会儿，进来两个女人，她们抬着一个大木桶。其中一个穿着挤奶时的袍子，是一位朴素的乡下姑娘；另一个穿着黑缎的裙子，脚上穿着丝绒袜，看时髦的穿着和打扮像城里的姑娘。乡下姑娘羞涩地转身出去，城里的姑娘从木桶里盛新鲜的酸奶给我们喝。我们像小狗似的舔着嘴唇，围在这位身材丰满，像圣母般美丽的姑娘身边，争先恐后地和她搭茬聊天。姑娘对我们二十个黄毛小子挑三拣四，故意显示出她优越的一面。她越这样，我们越蠢蠢欲动。我们原本都赶着回家，现在谁都不介意喝着酸奶在杜兰驿站里多住上几天。

那天晚上，我们一起聊起站长的女儿，结果越聊越兴奋，都想从威武的站长家的毡包里把她叫出来。就这样，我们做了一个可笑的决定。天黑后，我们走出驿站的帐幕，听着狗吠声小心翼翼地来到站长家附近，鼓动我们中间一位胆大的家伙去执行"任务"。他从毡壁的格孔里把手伸进去乱摸，嘴里还喊："喂，喂，出来呀，出来呀。"

我们站在远处，屏住呼吸等待着结果。此时，听到那位好汉突然惨叫了一声："哎哟，我的手！"

我们像受了惊吓的牛群，翻过马圈，慌慌张张地跑到帐幕里。那位兄弟跑进来，满脸痛苦地骂道："你们这些小狗，怎么扔下我跑了？"

"发生了什么事？"

"还能是什么事？我的胳膊差点被拧折了。站长还说要没收我们的马匹，让我们坐着驼车回家。"

"活该，谁叫你先不去探一探就伸手进去？"

我们愉快地聊天嬉闹，一夜都没睡。

站长果然说到做到，给我们准备三辆驼车后，自己大清早去了省里。我们感到非常无奈，但也只能赶着驼车，慢悠悠地走向遥远的宝扬图驿站。骟驼们鼓着肚子，张着嘴拉着破旧不堪的勒勒车逆着风往前走，还不时地回头看看挤在车上的我们。那天的天气热得无法用言语形容。走到半路，我们便失去了耐心，解开衣带呼喊着抽打骆驼，让它们跑起来，把驿差的抱怨当成耳边风。中间那辆车的骆驼突然耍起性子，弄断绳索朝荆棘丛跑去，我们这些"军官"们一个个被甩下车，那辆本来就破旧不堪的勒勒车轮也成了废品。那一次，我们的确很放肆……

我们与父母和亲人团聚后，过了个惬意的暑假，于八月末骑着马，扬起一路灰尘到了杜兰驿站。此时，我们商量好要一起教训一下那位凶巴巴的站长。日落时分，我们把浑身湿透的马儿拴在马桩上，走进站长的毡包。毡包里弥漫着哀伤的氛围，户主的脸色也很难看。他的女儿背对着我们坐在床上，正在把整理好的衣物放进包裹；她的母亲站在碗架旁，给她备着盐羊肉、奶酪奶干等食品。包里的其他几个人的脸上也写满了哀伤。看到他们的表情，我们也不敢再闹了。

户主看着我们温柔地说："孩子们，一路可好？"

"好，好。"

"都坐吧。"

我们坐在毡包的外围。

"给孩子们弄点喝的，明天让他们骑着驿站里现有的马匹出发吧。他们肯定快开学了。姑娘，你套上爸爸的马鞍，跟他们一起走吧。"站长交代完，坐在包里的人便陆陆续续出去办事。看到站长这么轻易就给我们更换了马匹，还让女儿跟着我们走，我们几个谁都不吱声，觉得事情有些奇怪。当我们出发时，杜兰山西边的原野上笼罩着暮色，我们带着站长的女儿，像归巢的鸟儿似的出发了。我分到了一头短尾大肚的老骒马，它套着破旧的马鞍，系着并不结实的细绳马镫，真令人沮丧。可一想到要和站长漂亮的女儿一起赶路，我就立刻兴奋起来，心跳开始加速，早已难掩激动的心情。当我们到达杜兰山顶时，那里的暮色正浓。温都尔汗耸立在天地间，在黄昏里闪耀着光芒。

大家骑着马爬上山顶后，激动地喊道："省城，省城就在那里！我们要策马下山喽！"

此时突然发出了一声惊天动地的巨响，马儿受了惊吓跳跃起来。我们看到，远处的夜空中有几十枚炮弹在爆炸。

"那是什么？到底发生了什么事？是高射炮！"

当我们不知所措时，夜空中绽放了红、绿、黄色的礼花！

"是礼炮，礼炮！战争结束啦！"我们开始欢呼雀跃，兴奋地给马加鞭，朝山下狂奔。

我努力不被站长的女儿落在后面，用皮鞭狠狠地抽打着我那匹老骒马。此时，脚下的细绳马镫突然断掉，我勉强抱住了鞍鞒，还是摇摇晃晃地坠下马去。我的双脚被马镫拖着，在地上打了好几个滚。我趴在地上，被他们远远地落在了后面。

"喂，兄弟们，等等我！"我的心里非常焦急，大声地喊道。站长的女儿看到我，调转马头，停下来问道："你没事吧？"

"没事，只是倒霉，摊上这么一匹老骒马，马镫断掉了而已。"我一边说着一边站起来，嘴里继续嘟囔道，"你们先走吧，我不就是骑了一匹老马，从马上摔下来了吗！这是我们之间的小秘密，你必须守口如瓶，给我保守秘密。"我接好马镫后，翻身上马，和站长的女儿一起走。远处炮声隆隆，秋天的星空中盛开了五颜六色的礼花。

我说："战争终于结束了，哥哥应征入伍，现在他该回来了。"

听到我这句话，站长的女儿突然摇摇欲坠。她靠在我身上，一边哭一边说："哥哥，我的哥哥，他再也回不来了……"

天空中绽放的礼花和隆隆的礼炮声，宣告着战争已结束。

"唉，有好多热血男儿也回不来了。如果战争再继续下去，我们也会被拉上前线。"

此时，我这个骑着老骒马的穷小子让站长的女儿靠着，轻轻地为她擦去脸上的热泪，用温柔的话语安慰着她。

远处的礼炮，依然在继续，五颜六色的花朵装点了夜空；相爱的两个人，紧贴着彼此，怦怦的心跳声温暖了彼此。

一九六三年

田鼠洞里的珍珠

康拉德·冯·布尔肯先生很不情愿地把长着奇大脚板的瘦腿伸到办公桌底下,谢了顶的后脑勺靠在椅子蓬松的靠背上闭目沉思。

"不知这次哪个姑娘夺冠?那个名叫莫妮卡,来自汉堡市舞剧院的姑娘虽然是大长腿,可相貌平平,别人看着已不再新鲜。她的舞倒是跳得很棒。那大长腿……"想到这里,他用长着浓密汗毛且又短又胖的手指敲着办公桌。手指戴着牛虻般大小的镶钻金指环,光芒闪烁。

"现在,来自多特蒙德、埃森、汉堡的老板们正在为他们选送的姑娘们疯狂,押金也不少。我一定要让他们啃一口泥!这古老的柏林,能入眼的美女越来越少啦!多么美的天使都有瑕疵。你们根本不知道我康拉德喜欢的是什么样的美人儿!"想到这里,康拉德收起瘦长的腿,睁开了眼。

康拉德是西柏林的大出版商,也是花边杂志《新时代》的主编,上流社会的人都说他是一本选美百科全书。他还有一个本事,能把女性的美变成金钱。

那些上流人士整日在美酒的世界里推杯换盏,在美女堆里放肆浪荡,行一时之乐。他们皆吹嘘说冯·布尔肯是一位无所不能的天神。

当冯·布尔肯年过半百,头发所剩无几时,依靠常年在美女堆里混迹的经验，创办了一本名叫《新时代》的花边杂志，赚了个盆满钵满。近几年依托杂志，连续举办了几届选美大赛，冠军女郎几乎一丝不挂地被登上杂志封面，杂志从此不断再版，深深吸引了那些上流阶层和无聊人士的眼球，为他赢得了无限商机。

几天前，刚刚发布了今年选美大赛的通知，所以我们不难想象此刻冯·布尔肯伸着长腿，闭目沉思的原因所在。

西柏林，是这个世界上令人心惊胆战的丑恶之所。这里聚集了西方古怪的莽汉、时刻想着盈利的奸商和骗子、杀手、流氓、强盗和假装正经的法西斯。

康拉德·冯·布尔肯认为自己是政治的晴雨表。他混迹于西柏林的娱乐场、大大小小的酒店和妓院，仔细观察每一个女人的言谈举止，对他有用时开始花言巧语，如果感到特别有用就挥金如土，以达到他占为己有的目的。

今晚，冯·布尔肯准备去凯宾斯基大酒店。他驾驶一辆新式的欧宝汽车，傲慢地坐在车里，嘴里哼着一首墨西哥民歌。

选帝侯大街上车水马龙，商店、展厅、酒店、别墅、银行、公司的牌匾五颜六色；映入眼帘的广告五花八门，从女人的胸罩到巴伐利亚白酒，还有双人房车，令人眼花缭乱。

女人们披着金色的长发，穿着束腰的上衣和迷你裙在大街上来回穿梭；斜戴着军帽、醉醺醺的美国大兵像饥饿难耐的乌鸦，跟在她们身后大声地说笑，指指点点。

对于冯·布尔肯来说，这一切都不值一提，所以他根本没看在眼里。

凯宾斯基大酒店高高的玻璃窗里灯光闪烁，舞厅里传来令人萎靡的爵士乐。冯·布尔肯从酒店的大门进去，把帽子扔给身穿礼服的服务员，骄傲地推门走进餐厅，与那里的每一个人点头示意，之后找了一张桌子独自坐在那里。

熟悉他身份的服务员不敢让他久等。

舞池里聚集了西德最漂亮的姑娘们，其中也不乏想登上《新时代》杂志封面的女郎。

这里还有西柏林引以为自豪的美、法军官和公子哥，正围着试图闯进上流社会的中产美女献媚。

舞厅里响起名叫《滚石》的舞曲，微醉的男人们紧紧搂着同样微醉的女人们跳舞。舞曲的节奏越来越强，女人们像害了小儿麻痹似的抖动着腰身，男人们则无耻地将身体贴在她们身上吸取体温。

对于康拉德·冯·布尔肯来说，这也很无聊。他认为只有新奇的东西才能吸引上流社会的眼球。在他的眼里，这个社会都非常落伍。他点了一杯法国烈酒，盯着舞池想：这些女人的舞姿如此陈旧，都只是过过场罢了。在这古老的柏林，新奇的事儿太少了，找到一位美女更如同大海捞针。想到这里，他很不满意地往桌子上扔了几个法郎。

他坐进汽车驾驶室，不知道去哪里好，后来还是决定到郊区去"狩猎"。柏林的郊区什么稀奇的事情都可能发生。布尔肯把车开进娱乐一条街的小巷子里，看着那些酒吧和餐厅的牌匾。什么"红鹦鹉"，什么"佩佩"，简直俗不可耐。他突然看到一个低矮的房门口挂着一个"田鼠洞"的标牌，那几个字像影影绰绰的鬼火。

"叫什么不好，怎么叫田鼠洞？不过倒是可以进去看看那里到底有什么田鼠吧。"他把汽车停在门口，进门时，他的头碰到了门框，他骂骂咧咧地走了进去。狭小的空间里弥漫着烟雾，有几个长相可恶的家伙在一起喝啤酒，大声喧哗着。

餐厅的老板是黄皮肤的高个子，有一双海藻绿的眼球。老板猜到来客的身份不俗，便走过来深鞠一躬，朝服务员喊道："洛丽塔，过来为这位先生服务！"

洛丽塔从旁边的屋子里走过来。冯·布尔肯用他蓝色的眼睛上上下下盯着这位年轻的女郎，心想："这只田鼠倒是很可爱，这也是咄咄怪事！她不仅可爱，还很性感。"想到这里，他便目不转睛地盯着洛丽塔破旧的缎子礼服里微微隆起的胸部。

　　洛丽塔躲避着冯·布尔肯色眯眯的蓝眼睛，低头问道："先生，您要点什么？"

　　"我的小田鼠，如果你这洞里有法国白酒就来一小杯！"

　　洛丽塔转身离开时，冯·布尔肯盯着她的腰身和大腿，饶有兴致地嘟囔道："没错！她可真是田鼠洞里的珍珠。"

　　洛丽塔用托盘送来一小杯酒。冯·布尔肯的双眼直勾勾地看着她。

　　"看看她的嘴唇，这风骚的样子果然是蒙娜丽莎！"

　　"可爱的田鼠，你就是蒙娜丽莎！你就是田鼠洞里的珍珠！"

　　洛丽塔带着疑惑问道："先生，什么意思？"

　　冯·布尔肯并不回答，拉着她的手，让她坐到自己身旁说："行了，不要装，我可是见过世面的人。"

　　"先生，我真不知道是什么意思。"

　　"你不懂？好吧，你们这些理解力超差的家伙们。不过无所谓，我问你，你想过富太太那种上流社会的生活吗？"

　　"我……我不知道……"

　　"你叫什么名字？"

　　"洛丽塔。"

　　"好的，洛丽塔，你可真是田鼠洞里的珍珠。我让你走出田鼠洞，登上充满欲望的大平台。他们看着你定会垂涎三尺。"

　　"先生，我要去工作了。"

　　"等等，你听我说。你看过《新时代》杂志吗？"

　　"看过。"

　　"我是那本杂志的主编康拉德·冯·布尔肯。我们杂志刚刚公布西柏林选美大赛的消息。我来推荐你吧。等等，你听我说！你不知道自己有多美吧。田鼠你可想好喽！拿下桂冠的姑娘，至少能拿到一万法郎的奖金。届时你将跻身上流社会，过上公主般的生活。"

　　"好了，就这么定了！这是我的地址。从明天起，你将住进柏林的豪华宾馆，服装由我们给你准备。用不了多久，你这颗珍珠就要飞上云端喽!"他说完拍了一下她的屁股,站起身。

洛丽塔呆呆地站在那里,不知如何是好。冯·布尔肯从钱包里拿出一点钱,扔给绿眼睛的老板说:"给!这是违约金!你应该清楚可爱的田鼠还回不回洞里!"说完朝洛丽塔挤了挤眼,哈哈大笑。

绿眼睛老板生怕冯·布尔肯反悔,赶紧麻利地收好钱,露出大牙俯身致谢。坐在角落里的人们看到他滑稽的样子,也大笑起来。

出门时,冯·布尔肯又一次撞在门框上,骂骂咧咧地走了。

夜深之后,洛丽塔才下夜班换下工装。她的美貌给"田鼠洞"里的美酒佳肴增色不少,老板给她准备的工服质地还不错。

洛丽塔平时穿彩色的粗布皱褶裙,脚上穿一双薄底鞋,围着羊绒围巾。"这件围巾是彼得送我的礼物,几乎花光了他一个月的工资。他总说我这样娇嫩的脖子不能配粗质低廉的围巾。我所有的衣物里,它是最贵的。亲爱的彼得,如果我在选美中拿了冠军怎么办?那我们的日子将会多么幸福。不过我应该不会那么幸运吧?"换工装时,她满脑子想的尽是这些问题。

她的大衣袖口已破损,大衣穿在身上显小。她伤感地乱想着"……真可惜,我还只是个孩子,太小。"

彼得下了班,在家里等她。洛丽塔脸上带着梦幻般微笑进屋时,彼得吻了她玫瑰色的嘴唇,说道:"我给你带了奶油面包。"

"谢谢你,亲爱的。"

"今天发薪水了。明天咱们去你的'田鼠洞'里坐坐。"

听到这句话,洛丽塔动情地说:"亲爱的,你可能不知道我为什么这样激动。如果幸福降临了,那就是奇迹,听我慢慢给你讲。"

夜已深,郊区非常安静。温润潮湿的春风从小屋的窗户吹进来,伴着淡淡的烟味。

洛丽塔将冯·布尔肯的话向彼得转述了一遍后,问道:"你有什么好的点子?"彼得抚摸着她常年泡在洗碗池里变得柔软的手,说道:

"我不是跟你说过你是一位绝世美人吗？无论如何，冠军女郎肯定是你。你给他们瞧瞧一个普通的女孩如何能比贵妇们还优雅！"

"我真有那么美？"

"那当然，你简直完美。洛丽塔，咱们在四年前认识时，你还只是个孩子。那时候他们都说你是一个可爱的女孩。你长大之后，更美了。"

"彼得，命运里永远充满了未知。如果我们拿了布尔肯所说的大奖，接下来该怎么办？"

"那样咱们也能在一起过日子呀！"

洛丽塔孩子般天真地闭上眼睛，双手合十后说道："太好了！那么多钱，我们用来干什么呢？现在就好好计划一下。得在郊区买个小房子，里面添置一些便宜的家具，得有个果园才是。汽车就不买了，太贵。我们再买两套像样的工服。"

洛丽塔沉浸在自己的想象里。彼得觉得非常难过，泪水在眼眶里打着转。"可爱的洛丽塔！你不知不觉地把我当成了你的男人。洛丽塔！我要永远和你在一起！除了死亡，什么都无法使我们分开……"

此刻，两位年轻人像飞出牢笼，飞向雪山的鸟儿，忘记了眼前的各种艰辛和种种束缚，驱散了未来的雾霭，沉浸在短暂的轻松和愉悦中。

洛丽塔甚至说她希望自己可以有一儿一女，女儿的长相要随她。

第二天，冯·布尔肯带着洛丽塔来到位于选帝侯大街的一家宾馆。一位瘦高个的中年女人，身上戴满了五颜六色的装饰，穿着暴露的衣服，在等她。冯·布尔肯象征性地吻了她瘦瘦的手，对洛丽塔说："亲爱的田鼠，这位玛德琳夫人将教会您选美的规矩。您也知道，多余的衣服会遮盖女人的美。亲爱的洛丽塔，我晚上过来欣赏你脱胎换骨之后的风采吧。"

玛德琳——亲自示范，告诉洛丽塔怎样在上流社会的男子中间举手投足，怎样对视，坐下时怎样抬起裙摆。

冯·布尔肯为洛丽塔准备了廉价但看起来不错的衣服，还给她留下一点钱，解决她的伙食和化妆费用。

玛德琳女士回去之后，洛丽塔才发现自己处在一个危险的境地。她在铺着土耳其高级地毯的房间里坐立不安，一整天只喝了一小杯果汁。她觉得照此下去事情会变得非常可怕。晚些时候，她接通了彼得的电话。

"我该怎么办？现在的我忐忑不安。"

"亲爱的洛丽塔，你要坚强一些。我想办法到你身边保护你。"

"我总害怕，你下了班就赶紧过来吧。"

有人在敲门。因为害怕，洛丽塔浑身都在颤抖。未等她同意，冯·布尔肯就带着一位法国少校进来了。

"好，亲爱的洛丽塔，你都学会打电话啦？对，你这么美，没有人不对你动心。我的小田鼠，莫纳里拉大人渴望一睹您的尊容。"

莫纳里拉少校直勾勾地看着她，轻轻地吻了她发烫的白嫩的手，说道："你可真是个美人！年轻时，我是一位诗人。在马塞，我曾有一个跟您一样长着蓝眼睛的姑娘。或许红颜多薄命吧。我叫她埃斯梅拉达，她带着私生子溺水了。"

"长官，咱们还是聊聊别的吧。"洛丽塔哀求道。

冯·布尔肯笑着，故意伸手摸着她的膝盖说："对！莫纳里拉大人大概不知道您是个敏感的人。"

莫纳里拉盯着冯·布尔肯的手，笑着用法语说道："诗人都喜欢敏感的女人。您说得千真万确，她的确是田鼠洞里的珍珠。为了放这颗珍珠在您的怀里，我会毫不吝啬地投资。"

洛丽塔一句都没听懂。

冯·布尔肯对莫纳里拉说："您中意的是巴黎的美女，不知这位柏林美人能否让您满意？我只是想让这颗珍珠的价值最大化，别无他念。"

少校看着洛丽塔颤抖的腿正要说笑时，外面有人在敲门。惊慌失措的洛丽塔突然想到那可能是彼得。她推开冯·布尔肯的手，准备跑过去开门。少校不耐烦地喊道："行了，进来吧！"

门开了，彼得看了一眼洛丽塔，盯着两位陌生的达官贵人。"洛丽塔，你怎么变了？那个法国佬正恶狠狠地盯着我！洛丽塔，我可爱的洛丽塔！"

冯·布尔肯生气地收了他瘦长的腿，吼道："年轻人，你从外面带上房间的门！"彼得依依不舍地看着洛丽塔，慢慢退出去，关了门。

冯·布尔肯抽着雪茄，很不满意地问道："刚才那位年轻人，是你男朋友吗？"

洛丽塔没有回答。

"这些无关紧要。赶紧脱了你的披肩，用你今天所学的本领展示一下你的身材！"

"求求您饶了我吧，我太累了！"

"莫纳里拉，您来帮帮这位小姐。"

洛丽塔不得不褪去披肩。冯·布尔肯前前后后看了半天，捡起地毯上的披肩对洛丽塔说："明晚在凯宾斯基酒店的大厅里决定您的未来，到时候，千万记得要活泼一些。好了，莫纳里拉少校，尊贵的洛丽塔现在需要休息。"

凯宾斯基酒店娱乐大厅侧边的房间里，玛德琳女士正在为洛丽塔化妆。彼得躲到酒店大厅的柱子背后，期待着一睹洛丽塔的风采。前来选美的各色女郎在化妆间来回穿梭。

娱乐大厅里聚集了柏林的大咖、贵妇、英美法军官、官员、作家、编剧和记者。大厅里灯光闪烁，那些身穿绸缎，戴着金银首饰的贵妇们散发着各自身上的香水味，手拿香槟穿梭在纸醉金迷的世界里。大厅中央是圆形舞台，舞台上写着：美丽稀有，生活因美而美。

音乐响起。玛德琳女士为洛丽塔戴上写有姓名和生日的黑色绶带，为她赤裸的上身披上褐色的绸缎披肩，临上台时嘱咐道："该上台了，记得要稳，保持你的优雅。"

洛丽塔走进娱乐大厅，看到大门的幕布后面站着几位她的竞争者。

她们也戴着写有姓名、生日的绶带。洛丽塔觉得，那些人里她是最难看的。

一位小伙子走上台宣布："女士们，请摘下你们的披肩。各位热情的上流人士在等待激动人心的那一刻。尊敬的女士们，请上台。"音乐响起，幕布被拉开。

接下来发生的一切，对洛丽塔而言简直是一场梦。女士们一上台，大厅里沸腾起来，记者们争先恐后地过来拍照，坐在评委席里的评委们像发情的猫一样提高嗓门彼此争论。洛丽塔只是看着，什么也没有记住。

下面有人在喊："洛丽塔！洛丽塔转过来！洛丽塔不要害羞！美人洛丽塔！"洛丽塔不知道都是谁在喊。

洛丽塔按照玛德琳的要求，扭动身子走在舞台上。舞台上铺着柔软的地毯。她知道自己的动作失去了连贯性。殊不知，观众和评委更喜欢这样自然的一面。

洛丽塔下台走进化妆间，暂别了喧嚣。她像被狼撵过似的，心跳变得很快，浑身颤抖，感到异常乏力。

玛德琳给她倒杯水，说道："幸福之门已向你敞开，你没听到下面的人都在喊你的名字吗？"

此时冯·布尔肯进来习惯性地拍了一下洛丽塔的屁股，骄傲地说道："珍珠，你还记得我跟你说过什么吗？这些还不够，我要让你登上我的杂志。半个小时后就出结果。尊贵的洛丽塔，仅仅几分钟，你的命运就会被彻底改变了。是啊，我们能改变别人的命运！"

没过一会儿，音乐再一次响起，主持人上台宣布道："女士们，请你们再次走上台来，各位嘉宾和评委在等着你们。"

玛德琳摘下洛丽塔的披肩，说："洛丽塔，上台吧！快快乐乐地走上去！"

同台的候选人有的恶狠狠地瞪着洛丽塔，有的难过地低着头。

幕布被拉开，"土蜂窝"再次沸腾起来。选手们站在台上一字排列开。台下观众热情地喊叫、鼓掌，有的在献花。首席评委康拉德·冯·布尔肯站起来，向观众挥手致意，然后宣布："先生们，请听评委会的决定。德国美女的确让我们有些眼花缭乱，不过我们的目的是优中选优。通往幸福的生活之门已向她们敞开。先生们，我们一致认为，本次选美的冠军是洛丽塔·布鲁克曼小姐。"

"没错！洛丽塔！美丽的洛丽塔！"台下的观众附和着。

冯·布尔肯再次举起手，宣布道："各位先生！选美冠军洛丽塔·布鲁克曼小姐将获得价值八千法郎的项链和一万法郎的现金奖励；其他选手获得纪念品一份。"他拖着长腿走上台，示意礼仪小姐过来。

他从银色的小盒里拿出宝石吊坠的金项链，戴在洛丽塔白皙的脖子上。

对于洛丽塔来说，这一切都像一场梦。大厅里的人闹得沸沸扬扬，有人把她拽下舞台，女士们过来热情地拥抱，同时欣赏着她脖子上的名贵项链；男士们请她喝香槟，有的趁机揩油。

洛丽塔现在没有能力躲避他们。她真想找个安静的去处好好想一想这两天发生的一切。

少校莫纳里拉身穿礼服，满身酒气，寸步不离地跟着洛丽塔，在跳舞时故意贴近她，嘴里皆是胡言乱语。

彼得还站在酒店大厅的柱子后面等洛丽塔。他想进去看个究竟，可又有谁请他进去呢？从娱乐大厅里传来隆隆的舞曲，令他深感不安。"洛丽塔！我可爱的洛丽塔！我们的决定应该没有错吧？以后洛丽塔是众人皆知的耀眼明星，都不能在巷子里出现。现在又有多少富人盯着美女啊，她或许会因此惹上麻烦。洛丽塔你快些出来，我带你赶紧离开这里。洛丽塔，我们之前要是没有走出这一步就好了。"

酒店的玻璃门被推开，人们纷纷拥出酒店。彼得准备去迎接洛丽塔，他听到大家都在夸赞洛丽塔的美貌。

洛丽塔终于出来了。她脖子上的宝石项链在夜里耀眼夺目。彼得犹豫了一阵子，走到洛丽塔身边，轻轻地叫了一声："洛丽塔！"

洛丽塔匆忙转过身，把手递给他说："彼得！你一直在等我吗？"

洛丽塔身旁的冯·布尔肯讨厌地瞪了他一眼，冷笑道："小伙子，你可真是个幸运儿。不过，现在尊贵的洛丽塔已不比从前。你会成为她路上的绊脚石。"他又向洛丽塔说道："现在尊敬的莫纳里拉先生要送你回去。你这两天就在宾馆里待着，哪儿也别去，我们的记者会去找你，你无论如何也惦记着点我的好。"

洛丽塔伤感地看了一眼彼得，把手抽回来说："再见，不久我们就会见面的。"

冯·布尔肯别有用心地朝莫纳里拉眨了眨眼说道："尊贵的少校，晚安。"

洛丽塔呻吟一声，睁开眼。她出了一身冷汗。

"点灯。门外有人。我的手心都是汗。光亮！光亮！门……"洛丽塔喘不过气来，瞪着眼，艰难地张开嘴唇说，"带我离开这里。"她从噩梦中惊醒。

她感到浑身乏力，摸了半天才找到电灯的开关。"到底发生了什么？太可怕了！如何才能熬到天亮？天一亮，记者们就会来。赶快回家吧。莫纳里拉说什么来着，让我做尽缺德事也要让他享受，然后和马塞的埃斯梅拉达一样溺水身亡也不会遗憾。这是什么话？彼得你赶快过来吧，有你在，我什么也不缺……"

她听到走廊里传来的脚步声，警觉地起身坐在床上。

恐怖的夜晚刚过去，冯·布尔肯就带记者过来了。他们使出浑身解数给洛丽塔拍照。其中一个年轻人想教洛丽塔摆出撩人的姿势，说道："美人如此忧郁，说来也怪。看来必须在她的照片下写一行字：谁来撩拨这位忧郁的美女？"

在之后的日子里，洛丽塔心里越来越郁闷，总有一种不祥的征兆。她的照片已登上西柏所有的日报。

"赶紧回去吧，我必须离开这个可怕的境地。莫纳里拉说下午要来。

他可什么都做得出来，走！现在就走！"

洛丽塔把项链取下塞进衣兜，找一张便签写下"我回家了，尊敬的莫纳里拉先生，请您不必等我"几个字，扔在桌子上走出了房间。酒店的服务员和保安似乎都拿奇异的眼神打量她。走出宾馆，她挨着街上的墙根去找电车站。

似乎满大街的人都在看她。"为什么都看我？如果他们围上来大声地喊我的名字，我该怎么办？"

洛丽塔挨着墙根继续走，终于找到电车站上了车。一上车，她就觉得大家在她背后议论她。洛丽塔在电车的角落里找了一个座位，坐在那里望着窗外。有一个浓眉大眼、鹰钩鼻子的中年男人好像从宾馆一路跟踪她到了电车站，从电车的另一个门上了车，貌似还在一步步逼近。"他不会是在跟踪我吧？这人太可疑了！我该怎么办？如果是个流氓，我该如何是好？"等到了下一站，电车还没停稳，洛丽塔便跳下车急急忙忙地朝宾馆走。她频频回头，没看到那位"流氓"。看到洛丽塔慌慌张张回来的样子，酒店服务生也觉得奇怪。进了房间，洛丽塔反锁房门，给彼得打电话。

"彼得，你能马上过来一趟吗？"

"亲爱的洛丽塔，恐怕现在不行。下了班，我马上去找你。"

"彼得，我该怎么办？在这里我总是忐忑不安。"

"我可爱的洛丽塔，你不是一个坚强的女孩吗？既然事已至此，你还是选择坚强吧。他们是不是在折磨你？洛丽塔，你不要理他们。如果你足够强硬，他们就不会拿你怎么样。我深夜两点下了班就去找你。"

"好的，彼得。听你这么说，我的心里踏实多了。你一来，我们就一起回家。我以后再也不离开你了。"

彼得高兴地笑道："洛丽塔，你真是个可爱的孩子，还是德国的选美冠军……我可爱的洛丽塔，你要坚强一些。"

"彼得，再见。"

"再见，洛丽塔。"

听了彼得的鼓励，洛丽塔舒服了些。没过一会儿，莫纳里拉就来了。他穿了一身羊绒西服，身上有本土香水才有的香味。

莫纳里拉吻洛丽塔的手，说道："让我们好好庆祝一下这个相识的夜晚吧。"说完按铃叫了服务员。

"洛丽塔，你看起来一脸疲惫，是被康拉德折磨成这样的吗？"

"是的，我现在很累。"

"你是不是有点孤单？"

"是的，非常孤单。"

服务员进来时，莫纳里拉问洛丽塔："咱们喝一杯当地的勃艮第红酒如何？"

"谢谢，我不喝，您自己喝吧。"

莫纳里拉示意服务员出去，对洛丽塔说："你这么年轻、漂亮，怎么会闷闷不乐呢？我认为不能只是凭空憧憬未来，选择乐在当下，忘掉世间的不快和罪恶才是。洛丽塔，让我来给你解解闷。"说着他准备去抱洛丽塔。洛丽塔推开他的手，想起彼得跟她说过的话，就对莫纳里拉说："有一个人能让我走出孤单。"

"是哪位？"

"是一位工人。"

"年轻人？"

"是的，年轻人。"

"难道我老了吗？"

"我们聊聊其他的话题吧。"

莫纳里拉大笑道："你的生活变了，思想也应该跟着变，这是顺其自然。"

"我不要改变我的生活，我不需要金钱。"

莫纳里拉笑得更开心了，说道："你只需要一个同龄人？"

"是的。"

莫纳里拉咬着嘴唇思忖片刻，故作平静地问道："洛丽塔你说得对，爱情是世界上最强大的东西。您的男朋友在哪里工作？"

"在康拉德的化工厂。"

"我有幸知道这位幸运儿的名字吗？"

"汉斯·彼得。"

莫纳里拉失望地叹了口气，说道："原来如此。如果没有遇见你，我的世界将会静如死水。我是法国上流社会有身份的人，很绅士，也尊重您的美貌。如果需要，记得要联系我。"说完伤感地吻过洛丽塔的手，回去了。

洛丽塔长长地舒了口气："终于可以摆脱他了。一整天我什么都没吃，等彼得过来时给他准备一份可口的晚餐吧。"她按铃叫服务员。

莫纳里拉坐进车里，把电话打到冯·布尔肯家里，说道："咱们在凯宾斯基共度晚餐吧。我爱人和警察局少校布里克·尼尔也去。"

连日来忐忑不安的洛丽塔终于休息了片刻。现在已是深夜两点，彼得该来了。洛丽塔幻想着自己日后的生活，她决定不贪图金钱，不进入冯·布尔肯、莫纳里拉等人设下的圈套，准备过和往常一样贫穷但真实的日子。

过了深夜两点，彼得没有来。洛丽塔一往坏处想，又变得忐忑不安。她仔细听着楼道里的脚步声，不时地朝窗外张望，像被关进牢笼里的野兽。现在已是深夜三点，彼得还是没来。

电话铃声响起时，洛丽塔慌慌张张地接起来。

"洛丽塔！洛丽塔！"

"彼得，发生了什么事？"

彼得因为紧张而上气不接下气地说："洛丽塔……我……我现在在警局。再见，洛丽塔！不必担心，我们很快就会见面的……我什么也没做。"

洛丽塔听到那边有人凶巴巴地吼了一声："好了，到时间了，把他带走！"

"彼得！彼得！"洛丽塔在电话这端大哭起来。

直到黎明时分，洛丽塔的情绪才稍稍平息了一些，无论如何，她都一心想回家。这一个晚上，她快崩溃了。

她不知道事情为何会变成这样，更不知道该怎么做。

"无论如何我都要离开这里……如果昨晚回去的话，就能见到彼得了。现在一切都晚了。如果是重大案件，我该怎么办？如果昨天……"

洛丽塔准备叫一辆出租车回家。在那辆眼看就要散架的旧式欧宝车里，洛丽塔惊恐地观察着周围。到了家，洛丽塔生怕家中有人，触了电似的抽回准备掏钥匙的手，向后退了几步。屋里好像有什么动静。她不敢开门，呆呆地站在门外。

她想到了电车上的"流氓"。

他们抓得了彼得，那同样可以抓我。越这样想，洛丽塔就越觉得房间里有动静。

她呆呆地盯着门，下了楼梯，走出楼房。

朝霞穿透了笼罩在城市上空的浓烟。可怜的洛丽塔不知去向何处，站在城市的街角瑟瑟发抖。

周日清晨，康拉德·冯·布尔肯给莫纳里拉打电话说："我去安慰你的洛丽塔吧，我想她现在已濒临崩溃。只有你莫纳里拉一个人能帮到她。你得想好让她躺在你的哪条大腿上。"

洛丽塔脸色苍白、眼神呆滞地回到宾馆，一头扎到床上，呆呆地躺了很久。她现在心乱如麻，可又没有任何办法。

一个毫无生活经验、心地善良的女人在黑暗里挣扎时，她又能怎么做呢？更令她难熬的是，她不知道与自己生死相依的恋人，现在到底怎么样了。

冯·布尔肯进来时，洛丽塔都没有起来，用忧郁的蓝眼睛看着他，微启嘴唇当作问候。冯·布尔肯以为他的田鼠疯了，坐在她身边抚摸着她的手和脚说道："我的珍珠，你为何如此伤感？我这次来，就是为了让你走出困苦，你需要我做些什么？"

洛丽塔什么也没说，伤心地哭起来。冯·布尔肯不忍心看她年轻美丽的身体哭得抽搐起来，转过脸去说："洛丽塔，我知道你的情况。你这么年轻，生活突然改变时感到不安是正常的事。既然我给了你最初的幸福，日后当然也会帮助你。上帝赐予你的美貌和金钱会把你带到一个殷实的人的身边。"

洛丽塔哭着说："我现在什么都不要，不管贫穷或富有，我都不需要！"

冯·布尔肯自然明白她在说什么，于是假装慈悲地说："洛丽塔，我不懂你在说什么？你说的是谁？"

洛丽塔告诉他为了彼得的事情操碎了心，可找不到一个可以帮忙的人。

冯·布尔肯说要先了解被捕的原因，直接拨通了当地警局的电话。洛丽塔屏住呼吸，静静地坐在一旁听着。

冯·布尔肯寒暄几句之后，询问彼得被逮捕的原因。

"怎么说呢……那个……我在为好朋友做事。我这个人心软，很心疼这位姑娘。她现在就在我身边。"

大概对方说了几句不令人期待的话，冯·布尔肯闷笑了几声说道："好的，什么？"对方说的话洛丽塔完全听不懂。

冯·布尔肯故作大惊小怪，瞪大眼睛说道："好！原来这样啊，那这事就难办了。尊敬的上校，给您添乱了，抱歉。"说完他挂了电话。

他朝洛丽塔泄密似的压低声音说道："洛丽塔，你的男朋友被卷入了一桩案子。他有勾结共产党的嫌疑，就是叛国罪。现在的形势不容乐观，警察面对这样的人，想做什么就做什么。洛丽塔，彼得或许真的是共产党，只是瞒着你不说而已。太吓人了，这是一等重罪，这样的事全世界都不多。"

洛丽塔嘴里艰难地吐出"死……死……"几个字，放声大哭。

冯·布尔肯冰冷的蓝眼睛里的计谋越来越明显了。他说："洛丽塔，你可真是一位执着的女人……为了帮你，我们愿意铤而走险。不过也无所谓，办法不是没有。莫纳里拉是警局的老熟人啊。我跟他商量一下。说实话，莫纳里拉为了你，什么都愿意做。"他一边说着一边动手动脚。

可怜的洛丽塔变得疲惫不堪，她根本无法相信眼前发生的一切。

"说彼得和共产党勾结。现在的生活简直乌云密布！彼得，如果可以，我愿意把心打开给你看。"

洛丽塔没有了下决定的勇气。她满脑子都是"如何是好"，然而苦于找不到"就这么办"的答案。

可怜的女孩，刚走出"田鼠洞"，又进了"狼窝"。可又有什么办法能使她逃出"狼窝"呢？饿狼们都在龇牙咧嘴地等着她呢。

洛丽塔反锁房门，双手捂着脸，一动不动地窝在软椅上。

天色已晚，苦难的一天即将过去。明天会怎样？洛丽塔也不知道自己坐了多久。她听到有人在敲门，这令人畏惧的敲门声让她多少有点意外。

"尊贵的洛丽塔，请您开门。"门外的声音非常轻松。

"是莫纳里拉来了，我不去开门又能如何？冯·布尔肯说什么来着？"

洛丽塔有气无力地说了一声"来了"，起身去开门。

莫纳里拉握着洛丽塔发烫的手，怀疑这姑娘生病了。

"你还好吗？"洛丽塔听到莫纳里拉这样瓮声瓮气地说。她的眼神为何如此暗淡？

洛丽塔用一只手扶着墙说："我现在疲惫极了。"

莫纳里拉坐在地板上，温柔地向洛丽塔伸出手，面带微笑地说道："过来坐，不必担心。我过来是为了解决你现在面临的问题。关于你男朋友的情况，康拉德已经告诉我了。作为这个区域的警卫队长，我可以帮你。我刚刚去警局见了他们的负责人。我承诺要送他们钱。"

"把我的钱全都拿去给他们吧。"洛丽塔焦急地说道。

"你这是什么话？这些钱对你很有用，这事我来办吧。你且放心，并不是所有的人都能这么美。我可以为您做事。我是个受过军事训练的硬汉，同时也是一位慈善家。洛丽塔，我们一起共进晚餐吧。喝一点本地的好酒，你再舒舒服服地睡上一觉。明天一早，我就去警局兑现自己的承诺。"

被心事所烦之人，突然有了救命稻草自然会紧抓不放。当晚莫纳里拉说了不少让洛丽塔宽心的话。

洛丽塔吃了点东西，喝了点法国红酒，开始有精神了，情绪也渐渐平息。莫纳里拉那几句贴心的话，令洛丽塔生疑。

她突然感到浑身乏力，头脑变得晕乎乎，然后眼前一黑，莫纳里拉的说话声也越来越远。原来莫纳里拉的那瓶红酒有足够的后劲。

"我已浑身无力，烟雾笼罩着莫纳里拉，我必须躺下……"洛丽塔想举手示意，可浑身乏力；想呻吟几声，但喉咙里发不出声音。

"你怎么把我举起来了？"她感到浑身轻飘飘，不知是在梦里还是因为自己已经晕厥了才产生这样的幻觉。

有一个东西重重地压在她身上，捂住了她的嘴。她无力推开，也喊不出声。她的身体软绵绵的，只有心在痛。接着，她失去了知觉……

洛丽塔睁开了眼。房间里的光线昏暗。原来这不是灯光，是透过窗帘的朝霞。

洛丽塔清醒后，明白这一切都不是梦。莫纳里拉把大手放在他胸毛浓密的胸口上，睡得正香。原来再强壮的人都会疲惫。他的身体看着像海拉斯的塑像，不过一旦醒来，他什么事都做得出来。

洛丽塔不敢动弹。她回忆着昨晚发生的一切，往事像黑暗中的一道闪电。在关键时刻，她变得无比清醒。

洛丽塔悄悄地挪动身体，看着睡在她身边的男人。"你是来拯救我们的吗？你们这些肮脏的阴谋者！彼得到底怎么了？"

她那美丽的身体被玷污了。他们用她最爱的人和她开了个玩笑，把她骗得晕头转向！洛丽塔掀开身上的法式棉被，悄悄地下了床。

桌上放着莫纳里拉的手枪。洛丽塔恐惧地看了一眼手枪，闭上眼倒吸了一口气。

苦难的昨天已过去，新的一天已来临。微微的朝霞试图穿破城市上空的层层浓烟。

在这样一个普通的清晨，从西柏林的一家宾馆里传来了枪声。那枪声在周围的房屋之间久久回荡，惊扰了朦胧的黎明。

一九六〇年四月　柏林

克里米亚的孩子

俄罗斯、鞑靼的两个小男孩站在旧码头的消波块①上打鱼。鞑靼男孩叫易卜拉欣，俄罗斯男孩叫瓦洛佳。易卜拉欣瘦高个、头发卷卷的，一只耳朵上戴着红铜材质的耳环，他犀利的眼神预示着这孩子长大之后必定和所有鞑靼人一样凶猛威武。瓦洛佳稀少的淡黄色的头发垂在额头上，淡绿色的眼睛如黑海般温柔。他比易卜拉欣高一些，不过看起来更老实本分些。八月是克里米亚最好的季节，现在茫茫的海边却不见人烟。南风吹来，海面上升起小波澜，拍打着黏有黏糊糊的海草、爬着小虫子的石堤。雅尔塔这座疗养城市昔日的热闹哪儿去了？除去偶尔路过的几辆军用车，海边的路上静悄悄的。在胡杨、柏树和梨树间，那些破败陈旧的白色大别墅用它伤透了的眼睛无精打采地看着周围的一切；它被炮弹袭击的伤口黑洞洞的，看起来有些瘆人。如果不是这座城市刚刚解放就有一拨人闯进来整理他们的居所，升起炊烟做饭，驾着马车来回穿梭，它就和一座古城废墟无异了。

艾佩特里山淡蓝色的山峰不停地把云朵扔向大地和大海。易卜拉欣

---

① 消波块：又称为防护块或弱波石，是在海岸或河堤边放置的大型水泥块，用来吸收海浪或大水拍打的冲击以保护海岸或河堤，常见的外形有点类似正四面体，是由中心点水泥块往四个方向伸展，分别对应正四面体的顶点。

像一条鱼似的沉入海底，待人们都担心他时，手里抓着些许海星或螃蟹爬上岸。瓦洛佳悬腿坐在海堤上，目不转睛地盯着鱼漂。"如果爸爸在，我们会撒渔网抓好多鱼。今天的鱼儿怎么都不上钩了？鱼儿不会也为了躲避战乱跑没了吧？不知爸爸现在在哪里，他去打法西斯已经好久没回来了。是这个泥鳅一样的黑货把我的鱼儿都吓跑了吧？他应该是叛徒鞑靼人的孩子。"想到这些，他把鱼竿安放在堤岸的缝隙里，啃了一口被海水泡软的黑面包。易卜拉欣也觉得累了，抱着双腿坐在岸边，忧伤地望着远方。在远处天地的连接处，有军用轮船冒着白烟在行驶。"如果爸爸在身边，我们就会扬起白色的船帆，一直抵达苏呼米①和敖德萨②。我爬上桅杆，吃着多汁的芭蕉，看海豚嬉戏。不知爸爸何时回来？我真想吃面包。如果我给这个俄罗斯家伙烤螃蟹，不知他愿不愿意给我吃一些面包？"

"一有战乱，鱼儿就去安全的海域了吧？"当瓦洛佳想到这里时，易卜拉欣又跳进海水里。瓦洛佳觉得是他把鱼儿都吓跑了，于是生气地说道："喂，你把鱼儿都吓跑了，请离这里远一点！"

易卜拉欣甩了甩他长着卷毛的头，用双手擦了一把脸，说："你自己到那边去！这海是你的吗？"

瓦洛佳清澈的眼神突然变得浑浊，他握紧拳头朝易卜拉欣走了几步说："你这孬种，在说什么？"

易卜拉欣也不甘示弱，龇着小狗似的白牙，说道："我可不怕你，来呀！"

两个男孩相互对视了一会儿，又回到各自的领地。瓦洛佳想，如果爸爸在身边就好了，他转过头伤感地望着海面。易卜拉欣也觉得爸爸在身边是件超级棒的事，望着艾佩特里山顶叹了口气。

海面上掀起波澜，目之所及没有一艘轮船和渔船，可是战争似乎已

---

① 苏呼米：格鲁吉亚阿布哈兹自治共和国首府，文化中心，位于黑海东岸，是海港城市。

② 敖德萨：乌克兰第二大城市，敖德萨州首府。敖德萨为黑海沿岸最大的港口城市和重要工业、科学、交通、文化教育及旅游中心。

经结束了好久。艾佩特里山淡蓝色的山顶将奔向海洋的云朵截开，砸到大地上。有一处云朵爬上了山脚下的教堂塔尖。"修女们说法西斯打进来时，姆拉牧师把自己的金子都藏到教堂里了。如果能找到那些金子，就能买好多食物啦。鸡肉、奶酪、带葡萄干的点心……"

"喂，小家伙，别生气啦，咱们一起吃烤螃蟹怎么样？"易卜拉欣说道。

"你想吃面包就吃吧，不过，它有点儿发霉了。"瓦洛佳说。

瓦洛佳捡到一个被海浪拍到岸上的红色救生圈，上面标着"M. T. 72"，应该是扫雷船上的。他思考着说道："这艘船不会被法西斯打沉了吧？我爸爸在上面。"消波块那边来了几头海豚，正在阳光下跳跃、嬉戏。

"喂，你看，海豚在玩耍。"

"是啊，好久没见到它们啦。"

两个男孩又重归于好。易卜拉欣带着几个海星和螃蟹；瓦洛佳把钓到的几条小鱼用鱼钩穿好，带着一小半面包下了消波块。他们来到海边破旧的凉亭里，把之前游客用来晒太阳的木板砸烂后烧了火，把螃蟹埋到灰堆里烤熟，还一起烤小鱼吃。待肚子稍饱之后，两个男孩的情绪也好了许多。他们开始商量一起去教堂里找金子，再从市场上买各种美食吃个饱。

教堂是石质结构的老建筑，坐落在艾佩特里山脚下，那里是这座疗养城市的边缘。它是这座城市少数几处完整保留下来的建筑之一。法西斯阻止他们解放这座城市，教堂的墙壁已被子弹打得千疮百孔，镶着五颜六色的石头的塔尖也已被炮弹炸烂。教堂打着大铆钉的一个大门板也被炸碎，不过大铁链还链着那两扇门。易卜拉欣和瓦洛佳一起砸烂门板走进去。教堂的长廊里又冷又湿，不时传来死尸的恶臭味和霉味。阳光斑驳地照在长廊尽头圆形祷告大厅的地板上。祷告大厅那边有两个黑洞洞的门。两个男孩从垃圾堆里找来镐头当作护身的兵器，警觉地走过圆形长廊，走进大厅。在教堂里，一丁点儿的声音都可以形成令人毛骨悚然的回响。

"瓦洛佳，你看!"易卜拉欣停下来，指着巩固教堂顶部的石辐喊道。石辐上挂着一条腐烂发霉的麻绳。

"是自杀用的!"瓦洛佳小声说。两个男孩害怕至极，站在原地不敢动。

"姆拉把金子藏在那边的某一个房间里了吧?"易卜拉欣小声说道。

"可能藏在什么地方呢?"

"应该在地砖下面。"

"撬开看看?"

"当然。"

"真要去那边?"

"对。"

易卜拉欣走在前面，瓦洛佳紧随其后，两个男孩穿过那个黑洞洞的门。房间里非常潮湿，弥漫着腐肉的异味。那里的窗户狭窄，外面被装了铁护栏。

易卜拉欣停下脚步，问道:"那是什么?"

他们都没看出那是什么。房间角落里的木头台子上，两个人交叉地躺在那里，身上盖着破毡子。他们胡子拉碴，手指已变形，眼珠已深陷。两个男孩明白那不是活人，而是两具尸体。此时，他们被吓得不敢呼吸。当易卜拉欣手中的镐头掉在地板上时，他们发出狗吠般的惨叫声，争先恐后地跑到教堂外面。

易卜拉欣坐在地上，眼里含着泪说:"面朝窗户的那具尸体像我爸爸，不会是我爸爸吧?"

瓦洛佳把手放在易卜拉欣的卷毛上，安慰他说:"他也像我爸爸。"

宽阔的海面上，一排军用轮船朝西驶去。远处炮声隆隆，震得海边地动山摇。

一九七七年十一月　莫斯科

娜仁嘎尔布

娜仁嘎尔布在黎明时睡了一小会儿便醒了。她出了一身汗，于是把身上的绸缎被子退到胸以下，接着深吸几口气，心里好受了一些。她的被子散发着不知是檀香还是樟脑的香气。她的心跳已渐渐平稳。或许今天是阴天，没有阳光照进大帐篷吧？要是在平时，此时帐篷里早已变得亮堂堂。是阴天，或许就会下雨。如果下雨……

帐篷外，唐古德卫兵像猫一样在轻手轻脚地巡逻，胡杨的叶子在微风中沙沙作响，马儿在吃草。娜仁嘎尔布坐起来，拿起银壶咕咚咕咚喝了几口水，凛冽的泉水浸润她的全身，使她感到舒爽至极。一切都像一场梦。如若是在另一个世界里换作另一个人，或许这样的场景会像梦幻般美好。现在令她不甘心的是，她才二十岁就不幸地落入敌人的手里。

一切都源于让她倍感舒爽的那壶水。或许这是龙王的陷害，上苍的惩罚吧。

戈壁大旱，莫说是泉水，就连井里的水也蒸发得一滴不剩。她还清清楚楚地记得，自己从遥远的家乡来到大漠绿洲的那天。为了穿越北方的茫茫戈壁，他们曾历经千辛万苦。一同迁徙的人们都听从她父亲的话，把口渴难耐的牲畜一头一头地抛弃在沙漠里，等牲畜数量减少到一半时，他们已在大漠里跋涉了几天。在灼热的烈日下，又渴又累的人们终于见到了这片绿洲。见到绿洲时，人们欢呼雀跃的样子简直无法用言语来形容。那天没有风，没有蜃气，绿洲里长满了树木，看起来就像人间奇迹。当人们赶着畜群加快步伐时，她的父亲劝阻道："绿洲离这里还有半天的路程呢。我们先把那几桶水分着饮了牛羊再走。不然闻见湿气的畜群会一路狂奔，直至它们累死，或者因为过度饮水而撑死。"

迁徙的人群准备派两个人骑着马去打探一下安营扎寨的地形。其中一个便是娜仁嘎尔布的心上人。他临走时说："我一定要忘掉干旱和仇恨，在绿洲里安营扎寨，从此过上幸福的日子。"有谁会知道，等待他们的将是死亡。那天日暮之前，浩浩荡荡的一群人走近了绿洲。正如父亲所言，牛羊闻到潮湿的气味就开始拼命地奔向那里。大家都认为去打探地形的两个人在那里等着大家，因此并没有惊慌。当人们在夕阳下穿越几百年的胡杨林到达他们唯一的希望——大漠绿洲时，他们看到前去打探地形的两位勇士躺在地上，鲜血染红了绿草。迁徙的队伍明白自己中了圈套，正惊慌失措时，忽闻马蹄声声，二十几个骑马之人挥舞着刀枪，喊着口号飞奔而来。迁徙的队伍拖家带口，行李众多，加之女多男少，人贫马瘦，仅有的武器只是两杆老式猎枪，所以根本无法反抗。而对手是大夏天穿皮袄袒露单臂，留着长发的唐古德人。他们的头上缠着红色和白色的头绳，插着鸟儿的羽翎，各个穿着锦缎斗篷，留着胡子，古铜色的脸上写满了凶狠的表情。

娜仁嘎尔布抱着自己死去的心上人痛哭时，一位英俊的男人骑着白马来到她身边，用鹰隼一样犀利的眼神直勾勾地盯着她。他的兵器和穿着异于那帮土匪。从那一刻开始，她那美丽的容颜为她埋下了祸根。如果那个男人没看见娜仁嘎尔布，或许那帮土匪抢了他们的牛羊，给他们几桶水就会让他们离开。骑白马的男子叽里咕噜说了些什么，那帮土匪就围了过来，其中一个面露凶恶的土匪说："天山的主人、兰德尔玛的化身想到与你们早年结下的仇恨，要抢光你们的牛羊，这里的蒙古人无论男女老少，都得成为我们的刀下鬼！"迁徙的人群只能默默地哭泣，没有谁敢站出来交涉。娜仁嘎尔布跪到土匪首领的白马前，央求道：

"不管您是哪位神仙的化身，都和我们一样是凡人。我们为逃避干旱才来到这里。我原以为你们不会吝啬这方世外桃源。请您饶恕我们这些善良无辜的牧民吧！"如果没有这次央求会发生什么？土匪们吓唬两句就放他们离开吧？如果娜仁嘎尔布没有因为这件事进入他的视野，他或许就不会提出交换条件。骑白马的人对翻译说了几句话，翻译对大家说："天山的主人决定大施恩赐。他命令你们把牛羊留在这里，拿着一桶水到沙漠里安营扎寨，然后把骆驼给我们送过来！"迁徙的众人只能照办。如果扔下牲畜自己逃命，那些牲畜会在沙漠里活活渴死。

第二天，唐古德骑着马过来，把迁徙的人都叫到一起。那位翻译说："天山的主人宽恕了你们这些居无定所的蒙古人。"转而指着娜仁嘎尔布说道："主人听到这个女人的祈求便软了心，准备娶她为妻，好让她陪伴自己。一旦有一天戈壁下了雨，你们就可以带着牛羊离开这里！因为娶了你们的美女，我们不会留下你们的一羊一羔。如敢违令，就抢了你们的牛羊和美女，让这里成为你们的葬身之地！"娜仁嘎尔布的父母听了，哭着说道："我们只有这么一个女儿，怎么能离开她！你们给老人和孩子留下坐骑和一桶水，把牛羊和其他东西都拿走吧！不要叫我们骨肉分离！"没想到唐古德人举起手中的刀喊道："这是天山的主人下的命令，是上苍的命令！"此时娜仁嘎尔布向前迈一步，说道："爸妈，各位兄弟姐妹听我说！"唐古德土匪放下了手中的刀，迁徙的人群也屏住了呼吸。娜仁嘎尔布早已料到，只有自己能从水深火热之中解救父母和乡亲。

于是，她继续说道："父母、各位兄弟姐妹！在我们的生与死之间，注定有无数次离别。如果我对大家而言有一桶水的价值，能帮助大家走出干旱，那我在世上也不白走一遭。你们也不必为我担心，等有一天下了大雨，旱情得到缓解时，请你们回到我们的故乡。唯一遗憾的是，我的父母从此将膝下无儿。各位乡亲，请你们念我的好，给二位老人收养一个女儿，让他们也享受天伦之乐！"说完她便骑上了唐古德土匪专为她准备的马。父老乡亲们哭成一片……

娜仁嘎尔布

每天清晨醒来后，娜仁嘎尔布都异常紧张地关注天气。如果阳光照着她缎布帐篷，她就庆幸自己可以躲过一劫，身体可以晚一天遭土匪首领的摧残。不过老天下雨是自然的法则，她再怎么紧张，那一天还是会到来。今天果然是阴天。

起初，唐古德人把娜仁嘎尔布推到自己安营扎寨的地方，让她进入一顶飘着璎珞的华丽的大帐篷，她看到红色的地毯上躺着一个彪悍的男子，身上披着锦缎。他操着一口蒙古语阴阳怪气地说道："我是震动天山南北的黑旋风博克尔汗。我见过天竺、准格尔、西藏、特伦德等地的女子。不过都说短暂的雪暴不需长久的风，英雄博克尔汗不需长久的伴儿。见到你，我的想法就变了，我阴霾的心里有了闪电般的光亮。我从未想过蒙古会有这样的绝代佳人，所以才请你过来。我这一辈子从未求过任何人。不过我现在要求你，请把你的美貌赏赐给我，做我的伴侣吧。

"等有一天旱情缓解时，我们穿越南边的茫茫戈壁，越过天山到佛的极乐世界里生活。雄鹰的翅膀也有疲惫的一天。你如此美貌，在戈壁恶劣的条件下干着粗活终此一生又有什么意义？和我去佛教圣地过神仙般的日子吧！或许我们有缘，我才萌生了这样的想法。你赶紧决定！饥饿的鹰隼在看着你。只要你答应，你就是我终身的伴侣。"

娜仁嘎尔布请求他给自己一点时间考虑。她思忖片刻之后说："等戈壁里下雨，干旱从此一去不复时，我就嫁给你……"

天啊！今天阴天了。一旦下了雨，旱情就得到缓解。一旦旱情缓解……娜仁嘎尔布虽然早已下了决心，但是不希望下雨之日便是她的末日。奇迹只出现在故事里。她冥思苦想，依然找不到一个稳妥的解决方案。她绝望了。救乡亲于水深火热的想法仿佛像一盏佛灯，点亮了她的心灵。其余的角落里，漆黑一片。

博克尔汗果然说到做到。他送来金银和锦缎作为彩礼。这样贵重的彩礼，娜仁嘎尔布别说是见过，她的梦里都不曾出现过。可这一切似乎都浸透着远方无辜者的鲜血。博克尔汗进来一次，便克制自己一次，用

月光曲

鹰隼一样犀利的眼神看着她。他曾许下诺言，如果三年不下雨，他就等三年。直到今天，他只进过她的帐篷几次。她在胡杨林里嬉戏玩耍时，他远远地站着守护她。三天前他进来对她说："我有一种预感，可能很快就要下雨了。"

他的话果然很灵验。娜仁嘎尔布似乎在做着梦，在床上一动不动地躺了许久。帐篷外，唐古德卫兵嘴里哼着歌或祈祷词，在来来回回地巡逻。娜仁嘎尔布静下来聆听自己的心跳时，有一两滴雨落在了帐篷上。她屏住呼吸继续听，没听到任何动静。外面只有风吹胡杨树叶的沙沙声和马儿吃草的声音，还有一种模糊不清的动静，好像有一只猛兽在她的头顶上俯视着她。她不禁打了个寒战。

博克尔汗施魔法悄悄进来了？娜仁嘎尔布从未见过像博克尔汗那样眼神犀利的人。他化作鹰隼在她的头顶上盘旋，等待着下雨？不，这到底是怎么了？她是在做梦，还是已经疯掉了？她不敢睁开眼睛，正战战兢兢地躺在那里胡思乱想时，一声雷响把她拉到了现实里。"在打雷！在打雷！它在呼唤我！"想到这里，娜仁嘎尔布坐起来，梳理头发，穿上衣服准备出门。此时博克尔汗走了进来。他单耳戴金环，额头上镶着闪亮的钻石。"博克尔汗我说到做到了，你也应该说话算数！上苍赐雨，缓解了旱情，你也该给我解解渴啦！"他一边说着，一边把佩戴匕首的衣带解下，扔到了帐篷的角落里。

一言既出驷马难追。于是娜仁嘎尔布说道："我虽是个怯懦的妇人，可也得说话算话。我曾对着自己的家乡许过愿，然而两个愿望无法同时实现。我不是要和家乡永别了吗？一旦下雨，他们就会迁徙。我的另一个愿望是爬上北边的山峰，最后一次目送我的父母和兄弟姐妹。

"不管戈壁里的条件如何恶劣，可那里毕竟是我的家乡。我们蒙古人有一个习俗，在远行之前要朝着家乡祈祷，祈求一路平安。我必须这样做。不管我与你走到哪里，我必须去和我的家乡和父母道别。这是我最后的要求。只要您答应了，我就任您摆布。"

那是一场温热的雨。娜仁嘎尔布站在山峰上眺望远方。眼前的树木和干旱的戈壁在大雨中开始恢复生机。可这场雨也夺走了她生存的机会。博克尔汗迫不及待地看着她，三个侍卫也偷偷地瞄着她。她的衣服已在雨中湿透，更加显出她曼妙的身材。在雨中，乡亲们动身迁徙。如果是晴天，可以在那里站上半天，目送她挚爱的父老乡亲。是这场雨加快了事情的节奏。

"我亲爱的父母，挚爱的亲朋好友们！我以为我的生活会充满阳光，谁曾想会在异邦土匪的手里过暗无天日的日子。没有阳光，我要怎么继续活下去！亲爱的亲朋好友、父老乡亲！我用自己的命救了你们的命，希望你们记得我！如果活在你们的神话故事里，那就和活在现实里一模一样！戈壁，我的戈壁！哺育我的家乡！请您不要为我担心！无论生死，我和故乡心连着心！随着别人的意愿去哪里，哪里都是地狱！娜仁嘎尔布我的生命只与家乡有关！我是飞翔于家乡的蓝天，又落在故乡热土上的鸟儿啊。"

娜仁嘎尔布在心里默念着这些，像一头被饿狼追赶的小鹿似的跳下了悬崖。

老人与石人

永胡尔老人来到位于呼射图的石人旁边。近来他常常失眠，天还没放亮就醒来，又无事可做，于是给马套上鞍子到附近的某个丘陵上观望，回忆自己的往事。如果和年轻时那样身上有使不完的力气，骑上一匹好马想去哪儿就可以策马驰骋，那他还真想消失在远方。可惜现在这只可怜的"雄鹰"已经扇不动翅膀啦。

没有什么比一个男人渐渐老去，只能守在家里还悲催。不过苦恼又能怎样？人生在世，岁数都是个定数，每一个人都难免在历经一番磨难之后离开人世。老去之后还能站在丘陵上看看自己的家乡，给孩子们支支招，也算是一种幸福。他经历的一切，都是写在道路、原野和丘陵上。他丈量过的原野，似乎比他的一辈子还长。可说起来哪儿有那么长呢。如果和宇宙相比，人的一生就如同昆虫般短暂，今天刚刚生下来，明天就得离开这个世界。已经没有了智力和力气，人依然还活着，那是一种耻辱。

想着这些，老人给马上了绊子，像到别人家做客似的，拿出了烟管。夏末时下了一场雨，缓解了大地的干旱。草儿疯长、花儿开放的时候，只要还能动弹，男人们根本就不想躺在家里。永胡尔也坐不住了。这呼射图是他从小玩到大的家乡，这尊石人也是他儿时的玩伴。近二十年来，他们都住在克鲁伦河边，只有夏天游牧时才迁徙到这里住几天。去年春天成立了农场，呼射图山谷的平原成了耕地，那里的牧羊人都被统一搬迁到这里。今年春天耕地面积再次扩大，小丘陵上的石人现在成了站在耕地中间的"人"。

看外表，永胡尔和石人颇有相似之处。石人的三角鼻、尖鼻头、宽额大眼，好像是照着老人的外貌做出来的。永胡尔老人想磕掉烟锅里的灰，后来又作罢，向石人吐出烟雾，沉着一张黢黑的脸陷入沉思。

"你歪了。是不是开拖拉机的故意撞你？那些无赖。如果是常去我家的那个家伙，我非打死他不可。不过你也真够结实。自从我懂事之日起，你就一直伫立在这里。你是石头做的，只要不被人埋在土下，或者砸烂，就应该在这里。你经历过多少事啊，你是谁，在什么时候造出来的呢？那应该是很早的事了。你是他们供奉的神灵，还是战争纪念品？如果你不是石头，而是有血有肉的人，那应该有讲不完的历史吧。你在这方原野上守了几千年，什么没见过？我小的时候你就长着耳朵，那是专门用来聆听的大耳朵。不知后来谁给你砸烂了，那些手闲得发慌的家伙们！也有人开玩笑，给你的眼睛和耳朵上了妆。不过歪就歪了吧，可怜的。这世界上，别说是血肉之躯的人，就连这石人也在慢慢耗损。我们俩在倒下去之前，估计还能共同经历好多事。你瞧瞧！去年还好好的地，现在这呼射图变成耕地了！呼射图是以你的名字命名的吧。你比我强，你这石人还给家乡奉献了自己的名字。你站在这茫茫无边的耕地中间想什么呢？倒是那些拖拉机手不肯打扰你，耕地时远远地绕着你。有人给你的脸上了妆。如果那辆大拖拉机过来撞你，那就惨了。你倒无所谓，因为你是个始终沉默不语的石人。我就惨了，该没地方放牧了。真没想到，好好的牧场竟然会变成耕地。那么多辆拖拉机，把这里的地都翻了个遍，这都是欲望啊。还说这里要保留几万头羊，那么多羊要往里放？是要让羊吃面粉吗？以前这里绿油油的一片，多好！现在你看看，这里没有野草的芬芳，全是白茫茫的一片，灰尘不断。如今大旱，庄稼都没怎么长。它们只在春天绿了一下，烈日没晒几天就彻底蔫了。

以前在这里只要一下雨，就会长出绿草和花朵……"

永胡尔老人一连抽了好几锅烟，用充满血丝的大眼睛孤单地望着眼前的田野。石人被人用绿色颜料涂了眉毛和睫毛，呆呆地望着前方，尖尖的脑袋若有所思地稍稍歪向一边。

"这世道，石人都有思想了。我在世上活了七十几年，除了死亡，什么都见识了。现在的我形同虚设，成了孩子们的玩物。家里也彻底乱了套，现在没人听我的。他们为所欲为，根本不知道这都是祖辈们挣来的财富。为什么这么忙着耕地？在合作社时代，至少有让牛羊吃草的牧场啊。孩子们也真怪，都想在这尘土飞扬的耕地里当驾驶员。都是那个整天黏在我们家的"大脑袋"惹的祸。男人倒无所谓，当个司机也罢，毕竟现在大家都不再骑马开始开车了。一个女孩子家家，还要当什么拖拉机驾驶员，这像什么话！你看看那央金道丽玛整日胡闹的样子。她被那个黑乎乎的家伙吸引，离开了牛羊群。她必定会失去正道。他们是该冷静一些了。他们还讽刺我是个守旧的人。如果每个人都当拖拉机驾驶员，我真不知道还有谁来放牧？怎么就听不进去我的话了呢！你们也不想想靠着谁才有了今天的日子！你们的日子富有生机、井井有条、富足有余，这都是谁的功劳？现在我不中用了，不过还没成为你们的累赘，不掺和事儿了而已。等我哪天死干净了，你们就高兴了吗？"

永胡尔心里骂着，抬头看了一眼石人，又看着烟管被啃过的一头，大声说道："喂，你瞪什么瞪？这世上就属咱俩没有用了。"永胡尔年轻时是个心胸宽广的汉子。现在他变得又笨又懒，失去了昔日的光彩，为此，他的脾气也变得越来越坏。他不想叫现实打败。永胡尔这个黑老头曾是家里的主心骨，说起话来一言九鼎。邻里们也都这么说。是这个老人给如今枝繁叶茂的永胡尔家族打下了牢固的基础。大家都觉得现在的永胡尔老人气力不减当年，是家里备受尊敬的人物。他们一大家子大大小小二十来号人，小儿子一家、二女婿一家和老人形影不离，他们三家一起过日子。六个女儿有四个早已嫁人，现在还剩下未婚先育的四姑娘和小姑娘央金道丽玛没嫁出去，跟老人在一起。

永胡尔的"龙椅"是毡包内倚着北边毡壁的花色大柜子。他常常背靠着那个大柜子，面前放一壶奶茶，或在脸盆一样的大水瓢里盛满酸奶，朝他那年过花甲的老婆子德吉德和外孙们发令。能够做到对他百依百顺的，也只有他的老婆子德吉德一人。能够拿着出气的，还是她。家里人都知道永胡尔老人虽然已满头白发，可他一点都不糊涂，于是大家都围着他转，不过老人还是不满意。这里成立农场时，儿子儿媳、女儿女婿都像穿新袍子似的忙着加入了国营农场。对他们的举动，老人并没有反对。给公社放羊和给国营农场放羊本来也没什么区别。不过他的草场面积开始渐渐变小。小女儿忙着当拖拉机驾驶员时，老人就不依他们了。当老人熟悉的生活开始变化时，他就像犯了什么错似的，增添了许多烦恼。但凡有个知己，谁还会对着石人诉苦？

永胡尔这样对着石人诉苦，一锅接一锅地抽烟时，脑海里突然萌生了一个邪恶的想法。不知是因为看了呼射图山谷平原南边的大路上来回穿梭的汽车，还是那尊失去耳朵的石人对他说了些什么，老人突然决定拦车去省里，到大儿子那里住几天，好让家里人着急，另外他也想坐坐飞机。下定决心之后，永胡尔老人到路边挥手拦车。不一会儿一位年轻人开着一辆"吉尔"① 在老人跟前停了下来。看样子他是国营农场的拖拉机驾驶员。

小伙子问道："永胡尔大叔，您为啥拦车？"

"去省里。听说过机场主任达穆查吗？那是我大儿子。"

永胡尔老人透过机舱的窗户望着夏日的原野。从雄鹰无法抵达的高度俯瞰家乡，才知道世界原来如此辽阔，也叫人心旷神怡。十几年前，老人第一次坐飞机便领略了家乡的壮美和辽阔。从此他爱上了坐飞机。他生活了将近一辈子的家乡看起来富饶、温暖，像一首没有结尾的优美旋律：低矮的山脚下泛着绿色的草浪，辽阔的原野与蓝色的天宇相互连接；云朵在大地上的影子缓缓移动，偶见一两个洁白的毡包，牛羊在安

---

① 吉尔："吉尔130"，苏联"利哈乔夫"汽车厂生产的卡车。

详地吃草；泛着各种颜色的原野似乎保持着世世代代的宁静。不过又有谁可以风平浪静地度过此生？自从懂事那天起，永胡尔便在这片草原上策马驰骋，一年四季皆是没完没了的迁徙和转场。他生活中的酸甜苦辣无法用几句话概括。每个人的一生都不会像云朵在大地上的影子，可以轻飘飘地挪动。好在他的儿孙都已长大成人，家里的香火得到了延续。

原野和人类，就如同母与子，有着割舍不断的联系。生活的诸事都与这原野紧密相连。甚至人类的智慧、理想也和它息息相关。变幻不定的这片原野也考验着人们的毅力，把每一个人都锻造成合格称职的人。这样的考验，永胡尔经历过不止一次。他忘不掉四十年前的大雪灾里自己遭受的威胁。那一年，好多人家都穷得叮当响。他们赶着几头牛羊，在大灾来临之前转场到山林里，勉强保住了眼前的几头牛羊。谁曾想他们躲过了天灾，还是没能躲过人祸。春天来临，冰雪消融，他们准备返回家乡时，有几匹马被风雪赶着来到他的身边。他断定这些马没有主人，于是顺手带到了家里。等他带着几头牛羊在夏营盘里享受烂漫的夏日时，省法院突然传唤他，并定了他趁暴风雪盗取他人马匹的罪名。如果有人来找，他一定毫无保留地全部奉还。他好心地替人养着那几匹马，不曾想反倒成了盗马贼。他反复申诉几次，可法院根本不拿他当回事儿。到了下判决书时，他还一次次写申请，反复保证，这才躲过一劫。后来听说，有人从他嘴里得知那几匹马的来历，就把他当成盗马贼告了。那次永胡尔伤透了心，差点成了一位有名有姓的绿林好汉。原野如此辽阔无边，可这里依然发生如此令人郁闷、叫人恶心的事。

回忆青春时，一件件往事伴着飞机的轰鸣声，浮现在老人的脑海里。世上有迷人的夏季，更有干旱和暴风雪，这些他都曾经历过。人活够一辈子，才能看到四季的更替和气候的变化。年轻和年老时，观察世界的角度也会发生变化。年轻时顺着那条金色的土路奔向远方，感觉世界就在咫尺间。那真是一条金黄色的路。顺着这条路，找过失去的牛羊，忙过赚钱的生意，也曾骑着好马得意地一路向南抵达茫茫的戈壁；一路向北领略葱郁的山林；在这条路上识新朋会老友，将他们的秉性、状态和理想拿来与自己对比；在这条路上也学会了生活和那达慕"男儿三艺"的本事。所谓艺多不压身，学到的本领谁也不会嫌多。青年岁月现在想来仿佛是故事，可依然神奇无比！那纵马驰骋的青春岁月里，总有使不完的力气，觉得山小水浅，天地就在眼前。彼时骑上一匹好马，到自己想去的地方，进自己想进的家门，只顾游玩作乐，放牧赶羊，无忧无虑地度过了美好的时光。成家之后，有了自己的畜群，在这样一个夏日里，在这样一个绿茵茵的草地上支起洁白的毡房，在拴马桩旁迎接第一批客人，自豪地想着自己成了祖国大家庭的一员。然后便有了第一个孩子、第一次收获、第一次彷徨，为了不被人小瞧，学会了与人斗智斗勇。后来发现无论是抚养孩子还是面对畜群，他都不可以随心所欲。好在他没有缺失过男人的体魄和智慧。还有几年日子过得比较富裕。永胡尔家可以算在富人群里。人的欲望总是那么无止无尽，满足了基本的需求，还想两个人骑同样颜色的马，套上精致的马鞍，穿上漂亮的新衣。虽然也遭遇过天然灾害和恶人陷害，但生活的波澜并没有打倒他。不过也不能嗔怪生活什么。就在某一个时候，生活会发生变化，熟悉的一切也会遭到破坏。当一切变得顺心，周围安静下来时，总会有突如其来的变革彻底颠覆它。他在草原上住了一辈子，这期间发生了多少变化，改变了多少东西？大家曾经手忙脚乱地参加合作社，把自己苦心经营了一辈子的牛羊给公家，那不是件容易的事。不过除了跟随时代的步伐，人们还能怎么样呢？举国上下都忙着合作化运动，他不能一个人坐着吧？合作社其实也不错，他在家乡有了自己的畜群，家里也添了人丁。给合作社放牧时，待遇也还不错，个人的畜群用来食肉，那也绰绰有余。这世上的千变万化，是看也看不尽的。

永胡尔老人望着原野，想着自己的心事。故乡的土地如同他的母亲，他熟悉这里的每一寸土地；原野上的泉水、古墓、山峦和路口就如同他背过的经文；眼前的景色不断变换，家的旧址、驼队走过的地方、夏日放牧的地点、吃午餐投宿的地方、骑着快马参加比赛的地方一一闪现在眼前，叫人回想从前。

月光曲

"年老之后，人们都喜欢回忆往事，就如同夕阳的余晖更能衬托朝霞的灿烂一样。虽说已人到暮年，可我还没到生命的大限，所以只管回忆该回忆的往事，做该做的事，说该说的话就是了。既然如此，那为什么还要乘坐飞机给儿孙们添乱呢？这应该是我最后一次飞上老鹰都飞不上去的高度，俯瞰家乡了吧？"

农场五颜六色的田地看着像棋谱。仅仅用了一年，耕地就已经连到了天边。就算把这里全部变成耕地，他们也有足够的气力。现在，这里的汽车和拖拉机比牛羊多。好在那些机械不像羊群可以繁衍。这么多的粮食，怎么才能吃得完？或许已到了单靠畜牧无法生存的时候了吧？可能是因为人口越来越多，粮食不够吃才这样开垦草场吧？永胡尔透过机舱的窗口看见了自己的家。他们的三个毡包坐落在蓝色的丘陵脚下，邻里们住得都比较远，他们都是国营牧场的牧羊人。他家的夏营地没有被开垦，看上去像一个指甲盖般大小的岛屿。国营牧场的人说在那里可以放牧四五万头羊。莫说四五万头，四五千头羊也放不下。永胡尔看到了那尊石人。在望不到边的农田里，有一个绿色的小丘陵，石人就伫立在那里。"你成了农田的中心！你们瞧着，总有一天你也会让人连根砸掉。"想到这里，永胡尔老人感到有些难过。

"仅仅用了一年的时间，就发生了如此翻天覆地的变化？自从我懂事起就长着牧草的原野，让这帮家伙轻易地变了模样。常去我们家的那个"大脑袋"还炫耀说自己一次就从城里带了三十辆拖拉机过来。去年春天这里来了好多辆红色的拖拉机，弄得扬尘蔽日。他们盖了一个毡包和几个帐篷，然后就开始没日没夜地忙碌，还将那里称为中心农场。他们像着了魔，日夜不停地摧残这片原野。我们不反对他们忙，因为现在大家都很忙。他们还废寝忘食地进行比赛，比谁开垦的耕地多，比谁收的粮食多，一场场都是竞赛。常来我们家的那个"大脑袋"据说是开垦耕地比赛的第一名，拖拉机上插了一面小红旗。瞧他那雄赳赳的样子！小女儿还跟我炫耀说，他的照片上了光荣榜。一个女孩子家家，当什么拖拉机驾驶员，还不是为了让自己的照片上光荣榜，获得那面小红旗吗？现在不管男女，都想开拖拉机。现在大家的心里只有竞争，真是让人捉摸不透。那时候的生活多么宁静，我们只比畜牧头数和赛马的速度，生活如一条大河般平静，哪儿有这么多波澜？现在这汽车又快又有劲儿，都想把天和地调个个儿，每一个人都那么狂躁不安。现在的人还到处凑热闹，弄得灰尘漫天，还说这是在改天换地。这才一年啊！当年只觉得骑马奔驰在开满鲜花的草原上叫人爽快。你看看现在，我这糟老头坐飞机都飞到天上来了。现在的人想的不是在地上走，而是在天上飞，各个都忙。我也不想着在儿子家里好好休息几天，好像在办什么大事儿似的，整天苦恼。我为什么还要悄悄地跑出来呢，人啊，人……"

飞机缓缓落地。在一年前，中心农场里只有一个毡包和几顶帐篷，如今这里的建筑错落有致，简直是一座小城。看着这些，永胡尔老人想到了树丛下成群的蚂蚁，转而拿出儿子送给他的礼物。

永胡尔老人的突然消失吓坏了儿孙。家里人怕老人在野外发生不测，开始骑着马、骑着摩托车、步行去找，还动员邻居一起找，同时给中心农场报告了此事。中心农场正准备派人找时，远在省里的儿子来了电话，大家这才放心。这样一来，永胡尔的名望不但没有增加，还有好多人说他是老糊涂。一转眼，老人回来已有几天了。有一天早上，老人看到一辆拖拉机拉着犁，正在他家毡包旁拉犁沟。老人跑过去一看，原来驾驶员是经常去他家挑唆小女儿"下水"的"大脑袋"。他开着拖拉机，嘴里哼着歌。"你得意得都哼起歌儿来了"，永胡尔这么一想就气不过，骑着马过去横在他面前喝令道，"喂，停下！"

开拖拉机的小伙子停下，只穿着短裤和鞋子，像个细细的牛皮条似的跑下来说："永胡尔先生，您好吗？"他打招呼时眼珠子在滴溜溜地转，大有讽刺的意思。

永胡尔真想用手里的皮鞭狠狠地抽他一顿，大声吼道："你这是在干什么？拉零线吗？"

"永胡尔老人家，这不是零线，是标志。标志以南的都变成耕地啦。"

"是吧？非要犁到我家这边？"

"是的，我们接到通知，要从你们家这边开始，一直到呼射图农场。"

"那我们在哪儿放羊？"

"这个我不知道，估计会组织你们搬迁吧。"

"搬到哪里？"

"这个我也不知道。"

"'大脑袋'还能知道什么！"永胡尔老人一气之下甩出这么一句话，骑着马奔向中心农场。来到中心农场，他打算先找总兽医咆哮一番。中心农场的办公室由一辆绿皮火车的两节车厢改造而成。兽医是一位刚刚长出胡须的黄脸小伙子，也是老人在这里唯一的熟人。兽医经常给老人推荐优良的羊品种，一来二去他们就熟悉了。老人欣赏他，因为他对牛羊非常在行，还欣赏传统的放牧。老人现在看了他一眼，觉得他还是一只羽翼没有丰满的雏鸟。

"孩子，赶紧收回你那几头绵羊吧！"老人连个招呼也不打，坐在办公室地上拿出了烟管。

"永胡尔老人家，这是为什么？"

"我撑不住了，估计要回合作社。"

"怎么会这样？您不是要在比赛里拿第一，成为农场第一人吗？"

"狗屁第一人，现在都没地方放羊了。"

"哦，是吗？我们也在这儿争论呢。为了完成计划，他们把牧场都变成耕地了。这也不符合土地规划呀。"

"我不懂什么规划不规划，你只告诉我在哪儿放羊就行。如果没地方放羊，就让我过去。"

"现在有一个办法。您就把羊群赶到呼射图的农田里吧。反正今年颗粒无收，已经决定在那里放羊了。"

"只有你推荐的优良品种吃庄稼吧？除了它们，做梦也想不到会有吃庄稼的羊。"

兽医笑着说："不管怎么样，您都试试看。您的羊会胖得像示范的羊。"

永胡尔老人觉得兽医在拿他开涮，于是烟锅里的烟灰都没磕掉就把烟管塞进靴筒，跳起来喊道："什么示范羊？就那几头东西……幸亏羊不会骂人。"他带着气出门时撞了一下办公室的门楣。

在骑马回家的途中，永胡尔决定让全家搬到公社里，把国营牧场的羊群交给自己的女婿，他自己则选择隐居。他断定公社不会赶他走。"还说什么把羊群赶到庄稼里，这世界怎么就能到羊吃庄稼的地步？真是一帮蠢得要死的家伙。他们也不管庄稼长没长，随便开垦一通，完成任务就行了。兽医还说刚刚争论过，他们凭什么能让庄稼和牛羊群并存？"从早到晚，老人一直在奔波。现在他隐隐作痛的两条腿连马镫都蹬不起来，他只好勒马慢行。原野笼罩着黄色的雾霭，灼热的天气叫人难耐。他再次来到呼射图的谷底平原，骑到石人身边下马时，腿疼得就要爬行了。

"唉哟，差一点爬着走了，爬着走啊。我真是一事无成。如果我和你一样，是一尊石像就好了，就可以在家里装聋作哑，不闻窗外事。我这就是咸吃萝卜淡操心啊。现在身上连跑半个驿站的力气都没有了。咱俩现在都已经不行啦，成了别人的笑柄啦，而且只会越来越糟。"

永胡尔老人坐在石人投下的影子里抽烟。他突然觉得自己这么做并没有多大意义，纯粹属于瞎操心。这样一想，老人的心中便升起一股黑色的孤单，绞得他心里难受。现在他感到浑身乏力，视线模糊，哪儿哪儿都不舒服。

"行了，行了。如果我和你一样是一块大石头，那该多好。我现在都成了行走的尸骨，还操心什么国家大事？就不能安安静静地等死吗？可我不是石头，是人啊！难道就这样袖手旁观吗？我有眼睛，有耳朵，难道要装聋装瞎吗？请你告诉我！没有我，我这一大家子该怎么办？他们还说自己是农场首富，也不想想这是谁的功劳？还记得春天的暴风雪吧？孟胡丹（女婿的名字）愣是丢下羊群一把鼻涕一把泪地回来了。

如果不是他幸运地找到了家门，那还不是人畜两空？活该！如果没有我，他们根本不知道羊群会顺着风跑到哪里，肯定会毁了那几百头羊，然后悔得肠子发青，哭丧着脸待在家里。哎呀，他是一把好年纪，不过一点都不在行，就知道骑着那个"突突"作响的东西到处跑。他不是牧羊人，而是个稻草人。面对什么都那么畏首畏尾，沉默不言。如果替我和畜群着想，他就应该向上级反映一点什么吧，根本不可能，不可能。他们根本想不到这些。如果没有我了，真不知道这些人还怎么继续活着。"

农场那里的井边，有一辆红色的拖拉机在打转。永胡尔老人一看就知道这是"大脑袋"在往拖拉机挂厢上的水缸里装水。"大脑袋"在戈壁省参军，后来在省机场当充电车司机时，与去机场看望哥哥的央金相识。周围的年轻人都尊敬"大脑袋"叫他哥，所以永胡尔老人故意叫他的外号。老人感觉他们家加入国营农场的事，肯定是女儿和这位"大脑袋"商量着办的。他从部队复员之后当上了农场的拖拉机驾驶员，加上不停的甜言蜜语，央金才一次次征求全家人的意见，说要加入国营农场。老人本不愿意插手年轻人之间的事，可就是不愿意让女儿当驾驶员。

瞧瞧他俩！央金和"大脑袋"现在总围着那辆红色的拖拉机转，寸步不离。

"你愣在那儿想什么呢？现在的妇女和儿童都觉得和机器打交道是好事。真是一切旧貌换新颜啊。以前都为了一匹良驹神魂颠倒，现在是倾家荡产也要买一辆拖拉机。现在牛羊都怕它了。以前啥样？哪儿一有机器声，那里的牛马就吓成一团。现在那根本不叫事儿。就连我这匹年迈的枣红马，差不多都要视机器为伙伴了。现在我们真的要用机器放牧，喂它们粮食吗？这一天早晚会到来的，早晚会，你们瞧着。刚才不是说要把羊群赶进耕地里吃庄稼吗？现在可以把羊群赶到从我家门口绵延到天边的那些淡黄色的庄稼地里了。可有谁在庄稼地里放过牧？那些旱死的庄稼看起来真是没有一点营养。如果是好好的草地，现在早就长满了牧草。为了庄稼，这是糟践了多少钱？偏偏今年大旱，那些埋在地下的钱都钻不出来了。可能国家还比较富裕，才在谋划未来的事吧？唉，不知道了，你和我都不知道喽。"

老人对着石人说了这席话之后，心里舒坦了一些。那辆红色的拖拉机还在围着井口转。

"日子是平凡的，不过有些事非自己动手不可。其实我可以让家人干，自己袖手旁观就可以了。家务事啊，什么时候都干不完。如果我整天喝着酸马奶，走家串户和老友们叙叙旧、玩玩牌九，他们会说我老有所乐。我一插手，他们就说我老了还多管闲事。他们都说我爱离家出走，一天到晚神神道道，是个性格古怪的老头儿。估计还有人巴不得我早死呢。"

想起这些，永胡尔觉得心里别扭，真想出去跑几圈。他是真的闲不住。每天早晨，他把羊群赶进呼射图的庄稼地里喂饱，尽管他觉得这样做有点怪。没想到羊群那么爱吃庄稼。干旱的年份，庄稼绿色的根部蕴藏着丰富的营养，永胡尔的羊群吃得每一只都长了膘，真成了兽医说的示范羊，各个都洁白滚圆。永胡尔觉得把羊群赶进庄稼地里，和石人说心里话的时候最舒服。他不是没有聊伴，只是喜欢这样无所顾忌地想说啥就说啥的感觉。比起别人的絮絮叨叨，他觉得还是跟石人聊比较好。况且这原野上的泉水、山石、树木、云影、太阳、风和飞禽走兽都有自己的智慧、性格和语言。有人想了解这些也不难，需要人们依靠智慧、视觉和听觉去感受。大自然喜欢对善于思考的人多倾诉一些，还会教会他与人为善的技巧和透过表象看内在的方法。比起苦闷地躺在家里等死，户外生活给人的快乐更多。没有什么比待在家里更无聊。

兽医说永胡尔为"国营农场牧羊第一人"的荣誉奋斗了一辈子。而现在，他徒增了新的压力。那次的颁奖仪式非常隆重，国营牧场的领导、兽医、技术员和附近的牧羊人都纷纷赶来，那里成了小型那达慕现场。把羊群赶到庄稼地里喂肥从而创造新经验的牧羊人，让羊群安然过冬的牧户和今年的接羔能手，每人得到一面用金丝线绣着"社会主义比赛第一名"的小红旗，还得到了一千图格里克的现金奖励。"有这么好的比赛，我怎能袖手旁观？这不就是我老当益壮、老有所乐的证据吗？"

"世间的变化会改变每一个人。我现在的生活其实也不错。我余下的时间和淤积的苦闷也越来越少了。唉，还是觉得年轻时好。如果我的精神头儿再足一些，我就用奖金买一辆摩托车骑一骑，到时候谁能说不？想起年轻时，其实我也没有什么遗憾。年轻时我们做过什么，又做成了什么？至少没像呼射图的这尊石人般闲待一辈子。只是活得邋里邋遢，装聋作哑没管闲事而已。那时候的我目光短浅，智力平平，根本无法知道这世界上正在发生的一切。所以才回忆往事，羡慕现在的人哩。有时够愚蠢，把大事办得如同儿戏般马马虎虎。去公社中心，本来是为了捉弄一下"大脑袋"。我就说他带坏孩子，乱用国家的财产——拖拉机。结果倒好，他们反而冷嘲热讽，说我女儿早已登记，正准备当一名拖拉机驾驶员。"

有一天，永胡尔和往常一样，把羊群赶到庄稼地里，坐在石人旁边一锅接一锅地抽烟。此时秋意渐浓，微风瑟瑟，远处的山脚下晚生的小草泛着嫩嫩的绿意。长长的路上，忙忙碌碌的汽车在来回穿梭。有一辆运输车直奔石人而来，它的驾驶舱有些简陋。正当永胡尔老人奇怪这些人的来历时，从驾驶舱里扔出了为数不少的镐头和钎子，随后下来几位年轻人。他们过来一定是想把石人搬走。他们和老人打了声招呼，就拿起工具围住石人准备开工。

"你们打算把它搬走？它碍着你们什么事了？自从我懂事之日起，它就一直在这里。"

"这可不是一尊普通的石人，它是文物，我们准备把它拉到市博物馆。"

"什么，文物？真不可思议。"老人扶着石人站起来，抚摸了一下它尖尖的头顶。

有一个年轻人说："老人家，如果您去市里，可以顺便去看看这尊石人。"

"才不呢。我看了它一辈子，够了。"老人说道。

年轻人笑成一团，把石人挖了出来。

永胡尔不忍心眼看着熟悉的石人整个儿被搬走，背着手牵着马朝庄稼地里的羊群走去。他边走边想："他们真是一群闲不住的人啊。说不定我们这帮老家伙也能进博物馆呢。可我们都是普通人，前脚倒在大地上，后脚就被黄土埋了，怪可怜的。"

消失的小树林

帕乐玛在公路转向木材厂中心的小路口下了班车。司机有些心疼眼前的这位男人。他在城里上车之后，一路上沉浸在自己的思绪里，没说一句话。

司机说："反正都这么近了，干脆把你送到家门口吧。"

帕乐玛从钱包里拿出五十图格里克给司机，说："老弟，没关系。用这点钱买盒烟抽。我步行回去，顺便也解解乏。"

司机犹豫了一下，把钱塞进衣兜，温柔地说了一声："再见，兄弟。"

帕乐玛从车上拿了手提箱，独自站在路口发呆。一个月前，他看着妻子苍白的脸，默默地祈祷，希望自己还可以家庭美满。

现在是早春，似乎在这样的季节里人们不会遭遇不幸。路边的扁桃树开始发芽，远处的巴彦罕山上也泛起了绿意。巴彦罕山脚下是木材厂。帕乐玛家的烟囱冒着淡蓝色的炊烟。"可怜我那闺女，现在正在操持家务，照看她的弟弟妹妹吧。她应该没想过失去母亲的日子。我应该怎样向她开口？"这样一想，帕乐玛感到眼前发黑，泪水朦胧了他的视线。宝尔玛去世的那几天，他感到忐忑不安，整个人变得精神恍惚。今天早晨从城里回来，是想叫孩子们过去和母亲的遗体告别。一路上，他回忆自己和宝尔玛共同生活的十四年，她的音容笑貌仿佛还在眼前。是她，让他明白爱的真谛和家庭的美满。幻想彼此永远不会有困苦，一生一世可以在一起的愿望难道太过天真了？想起过往的日子，他总觉得是缘分牵着他们走到一起。他们在一起，更像是因为童年的天真和一场美丽的意外……

十四年前的那次偶遇和炙热的爱情，如梦似幻地萦绕着帕乐玛，挥之不去。那年秋天，大学生正在地里收割粮食。在巴彦罕山脚下的尤若河谷里，坐落着国营农场的大队中心。帕乐玛当时是财经班大三的学生，宝尔玛比他小一届。那时候帕乐玛很平凡，不过学习很努力；宝尔玛是美女，加之才艺突出，是好多男生心仪的女生。

优秀的女生往往在恋爱时掌握主动权，帕乐玛这样的男生只能默默地等待她们来选自己。生活中真是处处充满了意外。美丽和才艺属外在，做人还要看内在……

那天晴空万里，秋天的太阳炙烤着大地。两个"逃兵"来到位于博尔乐吉的小树林里采野果。尤若河周围的山上覆盖着郁郁葱葱的松树。然而博尔乐吉的小树林却在原野上，那里一棵棵挺拔的松树让外地的木匠看了未免垂涎三尺。

"你真的一直盯着我？"问这句话时，帕乐玛不够自信。他躺在地上看着朝向蓝天的松树枝，心跳得厉害。

"你就当是偶遇吧，就像被施了魔法，你突然出现在我眼前，让我一见倾心。"

"真奇怪！"

"哪儿奇怪？"

"你看博尔乐吉小树林里的这些松树，不长在山上，偏要长在这里。"

"大自然的性格，谁能摸得透啊。"

"人的性格也摸不透……"

"帕乐玛，你要相信我！爱情有时候就像病症，就那么悄无声息地来了。现在我的眼里除了你容不下任何人。这不就是人与人之间的缘分吗？"

帕乐玛没有继续说下去。他非常激动，拥抱宝尔玛狂吻时才发现她的脸上流着泪，那泪水的味道是苦涩的。博尔乐吉小树林里的松树在秋风中摇曳，五味子、野山楂等野果金黄、火红的颜色让人目不暇接，照亮了翠绿色的小树林。只有遇到对的人，爱情才会突然闪亮，并令人向往永恒吧。

不知不觉中，帕乐玛走到了家门口。他怕孩子们跑出来迎接他。"失去了爱人，现在要和三个孩子一起生活，我多么不幸，我要怎么告诉他们这一切？"

帕乐玛开门进屋，转过脸挂好帽子和大衣，站了许久。他不敢面对大女儿和小儿子的眼睛。二儿子还没有放学。十三岁的大女儿倚着窗台，静静地望着大路。他瞥了女儿一眼。她默默地弄着发梢。她一定察觉到了什么。

平时娇生惯养的小儿子跑到他身边说："爸爸，你怎么扔下妈妈自己回来了？"帕乐玛再也忍不住，抱起小儿子，把脸贴在他的脸上开始哭。大女儿明白发生了什么，也跟着哭。小儿子不明白姐姐和爸爸为什么哭，瞪大眼睛看他们，后来也跟着他们大哭。世间的法则，有时会让一个幸福的家庭瞬间陷入巨大的悲痛之中。然而面对悲痛，人们只能默默承受，别无他路！

上班之前，帕乐玛送孩子们去幼儿园和学校，然后一个人站在空旷的房间里发呆。他不知道自己接下来应该做什么，又觉得应该赶紧上班，好争取假期安抚孩子们受伤的心，帮助他们走出悲痛。家里的摆设还保持着宝尔玛生前的样子，现在看起来却冷冰冰的，有些瘆人。二儿子的床上有许多打开的相册，相册里有他和爱人十四年前摄于博尔乐吉小树林的照片，也有不少与朋友和孩子们的合影。过来慰问他和孩子们的人都会翻翻那相册，他自己也翻翻；遗体告别时用的那幅水彩画如今挂在北墙上，那是一位画家朋友画的。他的创作取材于一两年前的一张合影，那张合影上的她，双眼皮、大眼睛、瓜子脸、立挺的鼻子，嘴唇微启，整个人显得纯洁又知性，根本看不出已是几个孩子的母亲。活着的人不能跟随去世的人而去，只是想到妻子突然去世，他未免觉得可惜。她温柔、善良，正是享受生活的好年龄……

十四年……仿佛一瞬间……那么健康的人，谁承想会被病魔夺去生命……她赠予我孩子和幸福，然后自己像熄灭的佛灯般……那年秋天……十四年前的那个秋天……帕乐玛想起了博尔乐吉那年五颜六色的秋天，那个风过松林的声音伴着鸟儿的鸣叫、爱的眼泪的秋天，它伴着宝尔玛美丽的容颜出现在帕乐玛的脑海里。开车去那里吧。

厂长芒嘎乐愿意分担帕乐玛的痛苦，尽量帮他。尽管这些只是程序，也应该好好感激人家才是。共事两年多，他了解厂长的为人，但又觉得面对困苦时人心会变得更柔软，也能更真实地了解彼此。厂长和总工程师在很多事情上意见不合，这不是什么令人舒服的事。芒嘎乐的嘴里离不开"战斗"二字。他所有的话语，最后都归结到一个重点上：完成厂里的计划。他刚刚被派为厂长，第一次开会就提出了"抢占自然恩泽，拓宽前线战斗"的口号。帕乐玛讨厌那个"与自然战斗"的口号。他曾提出"合理利用自然资源，干好副业助力生产"的口号，被厂长当成了一种不可实现的美好愿景。厂长要求大家加快生产，并拿着"没有计划就没有厂"的口号逼帕乐玛。从外表上看，芒嘎乐的确具有"战斗"精神。他又高又壮，红扑扑的脸，三角形的黄眼睛里喷射着光芒。他常皱着浓眉，一副雷打不退的样子；他额头很宽，看上去彬彬有礼，然而他是一个磐石般的硬汉。他喜欢长话短说，喜欢开玩笑。他擅长在熊猫般的憨态可掬里隐藏猫一样的利爪。

帕乐玛进厂长的办公室时，厂长笑眯眯地站起来安慰他说："工作的事你不必担心。你已超额完成任务，我下文给了你假，快到自己心仪的地方休假去吧！"

帕乐玛才发现厂长办公室有了一些变化。办公室里多了一张宽大的柏树书桌。桌子的抽屉形如马掌，多如蜂窝。办公室的西墙已被棕色的木材装修一新，旁边的会议室里还放着一张结实的大桌子。帕乐玛讨厌他这种只按照自己的意愿做事的态度。

帕乐玛说："让我想想，或许来上班也是不错的选择。等孩子们放假之后再申请休假应该更合适。"芒嘎乐则拿出驷马难追的架势，摊开手说："你自己决定好了，我只不过是想尽力帮助你。"他一边说着，一边大步走到大书桌的后面……

行驶在巴彦罕山南坡弯弯曲曲的路上，帕乐玛陷入沉思。"厂长可真是个怪人。他的脸上总堆着笑，很难猜出他的喜怒哀乐。他是想在这一两个月里支我走吧，真是个怪人。他嘴上讲着什么与社会脱节等新理论，把别人都打入保守派的行列。他只喜欢骑在别人的头上为所欲为……"

"博尔乐吉小树林！博尔乐吉小树林在哪儿？"帕乐玛喊出了声。

"早已经砍伐了啊，工程师！"司机惊奇地看着他说。

"什么时候砍的？谁指使的？"

"一个月前，完成季度计划有些困难，所以在芒嘎乐厂长的指挥下……"

"停车，停车！"帕乐玛紧张地跳下车，朝原来的博尔乐吉小树林走去。离开大山，长在原野上的那片小树林，的确已经被毁，如今早已失去了往日的模样。十四年前五颜六色的五味子和山楂树丛变成了黑漆漆的一片；那些挺拔的松树现已成了几百个白色的树墩，只留下了几棵再也无法称之为小树林的小松树，看着叫人心寒。

"可惜了，那些树，可惜了，我的小树林！"帕乐玛在心里暗暗叫苦，跑到小树林前感到浑身无力，一屁股瘫坐在旁边的树墩上。"大自然的敌人！这是多么愚蠢的事，多么坚硬的心肠？他似乎在故意破坏我的回忆，给我展示他手中的权力。可为什么还假惺惺地朝我笑？我还要继续和他共事吗？能不能找一份其他的工作？我应该和他沆瀣一气吗？如果我走了，他马上找一个自己的手下顶替我的位置，然后就可以更加为所欲为。几年后，他毁掉的将不只是这片小树林，他会惹下几百年都无法弥补的大祸。难道我要替他铺路自己逃避，不经过任何努力就投降？他还说要给我假，所有的假都是法定的呀。他在我面前装作大好人，不过是想疏远我而已。现在早就过了桌子有多大，位子就有多稳的时候了！"

想到这里，帕乐玛折下一个小树枝，果断地朝汽车走去。折下来的树枝，他准备栽在家里。

"可惜了我的小树林！"他的内心里一直响着这样一个令他遗憾的声音。

冬林中

诺尔吉玛爬山爬累了，脱下兔皮帽时，她的男式短发冒出了微微的热气。敖其尔正牵着她发烫的手往前走，回过头来问道："还行吗？"他微微笑着，很显然是想听她回答"还行"。

诺尔吉玛说："还行，就是想歇歇。"他们找了一个大树墩，把上面的雪扫干净，坐了下来。博格达山①宰桑口的山林静悄悄的，树下积了厚厚的雪，啄木鸟填饱肚子后偶尔"咄咄"地啄一下树木，然后警觉地聆听着周围的动静。诺尔吉玛的手搭在敖其尔的肩膀上，脸颊上洋溢着幸福的红晕，她的呼吸还没有平稳，鼻子上的黑痣微微颤抖了一下。她的嘴唇很厚，正朝着敖其尔微笑。两个人依靠着彼此默不作声地坐了一会儿。

等诺尔吉玛的呼吸平稳后，敖其尔给她戴上兔皮帽，指着山上说："你看到了吗？"

"什么？"

"在那边，在那棵大雪松最下面的枝头上，父亲系的小红旗还在呢。"

---

① 博格达山：位于蒙古国首都乌兰巴托南图拉河畔，是一个自然保护区，也是蒙古国的国家公园。

"嗯，是的。"

"我爸爸可怜。他守了这个山口三十年，说护林是世界上最好的工作。我说我长大了要当森警，爸爸听了非常开心。那时候我真想当一名森警。"

"那为什么没当成？"

"要当啊，要当。等明年，我名义上是工程师，实际上是个护林的。我的山林，我的杭爱哟！"说完敖其尔叹了口气。诺尔吉玛拉着他的手放在自己的脸上说："我可不能吃山林的醋。"

啄木鸟发出"咄咄"声。乌兰巴托铁路上的火车在"呜呜"前行。片刻后，一切又恢复了宁静。敖其尔轻轻推了一下诺尔吉玛，指着二十步开外的一棵泛着暗绿色的大雪松说："别动，黑山鸡！"

"什么？"诺尔吉玛悄声问道。

"黑山鸡，它现在很敏感。"

原来那只落在雪松枝头上，抖落一团雪的便是黑山鸡。它尾巴很长，浑身黑色。

"它有什么故事吗？"

诺尔吉玛的心在"怦怦"跳，啄木鸟发出"咄咄"声。

"小时候爸爸一大早就带我上山，说要让我看黑山鸡春天的聚会。黑山鸡喜欢在太阳刚刚升起时聚会。其实那是它们在举行婚礼。黑山鸡有专门用来聚会的树。那棵树很不容易找，一般长在林间的空地上，阳光最先照到那里。就算你发现树底下有黑山鸡脚印的雪松，那也很可能是去年被它们遗弃的树。我和爸爸翻山越岭好几天，才能看到一次黑山鸡的聚会。你根本无法想象它们的聚会有多美。雄山鸡先落在树上，像孔雀一样开屏，然后伸长脖子唱起来，先发出呼呼声，再发出喷喷声。然后再飞来五只、六只或者十只，黑山鸡的聚会就开始啦。它们纷纷开屏，绕着树相互追逐。在清晨的阳光下，它们的尾巴是五颜六色的。它们发出的声音简直是山林里的交响乐，就好比龙王爷用打击乐在赞美春天。它们聚会时毫无防备，如果想杀它们，一次能杀好几只。诺尔吉玛，你看，那鸟多美。让我来叫它们。"敖其尔说着发出呼呼声。黑山鸡伸长脖子警惕地观察周围，转身飞走时抖落了雪松枝头上的积雪。

诺尔吉玛高兴得像个孩子，微笑时露出了洁白整齐的牙齿。她说："敖其尔，那鸟真好看！我都忘记了这片树林冬天的样子了。中学时，我和同学们曾在呼日乐陶嘎图河西边的宝格尼山口滑雪游玩。读大学的四年我都在城里。那时候如果有人提议我到博格达山的树林里游玩，我肯定跟他说我又不是孩子。现在好像真成了孩子。如果不认识你，估计我现在还在城里逛呢。"

"参加大学里组织的新年假面舞会，我也不承想会认识这样一个女生。"

"咱俩很快就彼此熟悉了。"

"是啊，速度快得有时让人惊讶。"

"前几天去你们家，我还插着小红旗，有故作威风的嫌疑。你爸爸和我爸一样，是个好人。"

"他最大的优点是热爱这片山林，热爱这里的山山水水。对于这些，他了如指掌。你知道禁区的护林工作吗？需要每天待在树林里巡查。城里有不少不懂事的人，但也有像护林工那样珍惜爱护树林的人。爸爸春天最辛苦。他给马套上马鞍，一天到晚望远镜不离手。好不容易劝退了几个去山林里的人，又会冒出来几个。有人故意闹事，说在自己的故土上想怎样就怎样，谁也管不着。爸爸有时会黯然神伤。今年暑假我在家时，有一天他回家，前面撵着几个人。他们手里拎着不少易拉罐、酒瓶和其他垃圾。爸爸说他们乱扔垃圾，他们却说爸爸是个背着枪的稻草人。我爸没忍住，发怒说他曾拿着枪参加过战斗。爸爸还告诫他们，如果不把垃圾收拾干净，就开枪打折他们的腿。那些人怕爸爸真开枪就依了他。我爸可真行。"

"一看就是个精神矍铄的老人。"

"他说是山林给他补充了新鲜血液。"

"应该是的，咱们一起往上爬吧。"

"好。"

两个人一起动身,朝接近博格达山中部的树林走去。太阳已偏西。阳光照在树下的雪地上,映出斑驳的树影。越往上爬,雪松就越多。雪松底下长着一排排的落叶松,偶尔也能看到彼此挨着的桦树和杨树。置身于这密不透光的山林里,诺尔吉玛有些害怕,不过想到这位善良的男人像山林的主人一样保护着她,她就特别满足。

"敖其尔,如果遇到熊怎么办?"

"这里没有熊。"

"那狼呢?"

"狼看见咱俩就夹着尾巴逃跑了。"

一只黑色的小松鼠在树上跳跃,"吱"叫了一声,跳上了光秃秃的落叶松。

"松鼠也会叫?"

"当然会。它想给同伴发信号,但是猎人也会循声赶来。"

"可怜的小松鼠!"

看到松鼠跳上树枝,诺尔吉玛像个孩子一样蹦蹦跳跳地喊道:"小松鼠,快过来,过来!"

她转过身,发现敖其尔像戴了隐形帽一样消失得无影无踪。诺尔吉玛知道他是故意藏起来逗她,于是绕着树去找,跑动时脚下扬起了林中的积雪。她一无所获。

诺尔吉玛站在原地静静聆听。此刻的山林万籁俱寂,只有她的心在怦怦跳。

她有些害怕了,用颤抖的声音喊道:"敖其尔,你在哪里?"

没有回应。从远处传来了野兽用身体蹭树木的声音。

"敖其尔!"

"唉,我在这儿呢!"敖其尔笑着从那边的密林里走了出来。

"你怎么开这种玩笑?"

敖其尔跑过来抱住诺尔吉玛,吻了一下她微微发烫的脸颊,逗趣道："你绕着树跑起来的样子像只小兔子。"诺尔吉玛再也忍不住了，一眨眼便落下了满含爱意的热泪。

敖其尔走到松鼠爬上去的那棵树下，把雪扫干净，找来些干柴火，把干粮拿出来放在地上。

"从小爸爸就故意让我吃苦，想把我培养成一个男子汉。他经常带我去野外。到了暮秋时节，我们一直向东走到特日勒吉。我们在雪后的山林里点上篝火，然后听爸爸讲山林和打猎的故事，在那儿过夜，太过瘾了。爸爸的故事很多，比如，咱俩一起骑着两匹良驹到达位于克鲁伦河、图拉河源头的山林里，冬夜，铺着熊皮，坐在篝火旁……"

"敖其尔，你说话像写小说。继续讲，继续！"

"每个人都应该了解自然之美，并把它当成自己毕生的理想。其实，一朵花不只是一朵花，一棵树也不只是一棵树。人们只知道一些表面的东西。其实森林非常富有，有时比我们的生活还要丰富多彩。那里有属于你自己的声音，还有生老病死和自然界斗争的法则。如果我说我知道树的语言，你一定会觉得我疯了。不过在这安静的冬林里，我们可以倾听树的诉说，也可以思考它们在说什么。比如说，你能看到那棵老雪松吗？我可以猜得到它的年龄。不过这没什么。你好好看看，它和别的树有什么不一样？"

诺尔吉玛眯起眼睛看了一会儿说："不知道。它很粗，它的很多树枝都折了。"

"是啊，你有没有看到它的根系都一节节地裸露在地面上？"

"看到了。那能说明什么？"

"看到它前面的那块大石头了吗？"

"看到了。"

"石头和树的斗争持续了很多年。乍一看，好像那可怜的雪松输了。其实我们都猜不到地下到底发生了什么。说不定雪松的根系已经穿过了大石头，大石头已千疮百孔了呢。"

"树根穿过石头？"

"是啊，你想象一下，经过很多年的争斗，老树疲惫了，正在呻吟和哭泣着。"

诺尔吉玛闭上眼睛静静地听了一会儿，说："真奇怪，刚才你藏在后面的那棵树似乎在咬牙切齿。"

"对，对。如果继续下去，你就可以和树对话了。俄罗斯作家库普林①的小说《奥列霞》里就有一个这样的姑娘。明年我就中专毕业了，你也大学毕业了。咱们一起去陶松臣格勒②或杜兰汗③的木材加工厂工作吧。"

"好啊。"

"咱们找一处林间空地盖一个木头房子，松香的芬芳会围绕着我们的家。闲暇时我们一起在山林里散步。在那散发着甜蜜和芬芳的山林里，我们在群星闪烁的夜空下，犹如歌里的一对鸳鸯……"

"敖其尔啊……我的敖其尔……"

"亲爱的诺尔吉玛，我们赶在天黑之前到那边的空地转一圈就回去吧。"

"那边的芍药谷里常有鹿群出没。到了夏天，那里开满芍药花，远远望去，碧绿的山林里点缀着粉色的花纹。"

"好的，如果遇到鹿，那更好！"

他们用雪熄灭了篝火，把东西装进背包里继续走。在诺尔吉玛的心里，这里不再只是茂密的山林，而是一个奇妙的世界。和树木对话，在她看来是神秘且值得期待的事。走在她前面的小伙子背着大包，牵着她的手，宽大的皮带上佩戴着匕首。他能够谙熟大自然的秘密，是一位集英俊与勇敢于一身的男人。

"敖其尔，芍药谷里要是有鹿群那多好。"

"是啊，应该有。"

---

① 库普林：1870—1938，俄国作家，著有《奥列霞》《决斗》《亚玛》等。
② 陶松臣格勒：地名，位于蒙古国扎布汗省。
③ 杜兰汗：地名，位于蒙古国色楞格省。

"我从没想过冬天的山林会这么美。"

"你戴着洁白的兔皮帽，鼻子上有黑痣，眼睛大得如同小麋鹿的眼睛，和这样可爱的你在山林里游玩真是……啊，我的山林，我的杭爱！"

"嘻嘻嘻，小麋鹿的眼睛有那么好看吗？"

"当然。那年春天我大概只有十几岁，爸爸去山林里灭火，带了一头小麋鹿回来。爸爸说它在大火中迷了路。我负责养它，白天给它饮几次水，给它喂树枝，小麋鹿很快就长大了。它的眼睛和你的一样，又大又黑。不过到秋天它就跑回山里去了，估计现在已经长成大麋鹿，大摇大摆地走在这山林里吧。"

"如果它在芍药谷里，你还认得出来吗？"

"或许能。绕过这座山便是芍药谷。"

敖其尔和诺尔吉玛绕过两座山，穿越密林时，远处传来了砍东西的声音。

在芍药谷的平地上，有人正剁着冻得硬邦邦的小鹿。诺尔吉玛看到后十分惊讶，险些叫出声来。盗猎者砍掉小鹿的头部，准备卸掉它的一条腿。他旁边放着小雪橇和大货袋。敖其尔放下背包仔细观察他。小鹿肯定是几天前杀的，他的身边没有猎枪。

诺尔吉玛用颤抖的声音小声说道："太可怕了，咱们赶紧走吧。"

"如何是好？如果回去报信，这个家伙会跑得无影无踪；如果在这里和他搏斗，我的小匕首根本不是他那大板斧的对手。"敖其尔犹豫了一下，突然怒从心生，觉得可恶的盗猎者毁了诺尔吉玛美好的幻想，于是他推开诺尔吉玛，大步流星地走到他跟前，大声喝道："喂，扔了你的斧头过来！"

那个人惊了一下，慢慢回头。他胡子拉碴，脸上的表情异常冷漠。他眯着眼睛呆了一会儿说道："你想干什么？"

"干什么不重要，扔下斧子跟我走！"

盗猎者拿着斧子朝敖其尔走了几步，停了下来。他穿着毡靴和崭新的皮大衣。由于害怕和憎恨，盗猎者在不停地颤抖。

敖其尔想吓唬他，故意说道："桑布，继续瞄准！"

盗猎者说："狗屁桑布！只有你和那条母狗……"他一边说着一边朝敖其尔走了几步。

敖其尔知道自己没有了退路，于是朝前走几步，抽出自己的匕首高高举起来，故意提高嗓门喊道："如果再往前走一步，刀就能插进你的脖子，我说到做到，把斧子给我扔了！"

那人犹豫了一会儿，把斧子扔到雪地上说："好吧，这真是冤家路窄！"他一边说着一边朝山下走去。

敖其尔示意诺尔吉玛拿了背包，两个人跟在盗猎者后面。诺尔吉玛原本要到芍药谷里看鹿群，现在她被吓得连说话的力气都没有了，流着眼泪，战战兢兢地跟着敖其尔下山。

雪山上的雪莲

人类与自然！这是永远处于友好和敌对的两股伟大的力量。这种友好和敌对，从人类的诞生之日起一直持续到现在。从受自然界控制的远古时代起，人类开始了解自然界神秘的力量和错综复杂的现象，而在这个过程中人类的智慧越来越强大，性格越来越坚强，最后成了自然界中最具有权势的一方。从此，人类开始知道并掠夺大自然的恩赐，渐渐背信弃义，成了自然界最大的敌人。现在面临的问题是：二十世纪的人类如何发展？人与自然的友好关系变成某一方绝对强势，是迫不得已才产生的？会不会有一个新的时代来临，让人类从强势到投降？这一切取决于人类的智慧和能力。

自然！她是抚养人类一辈子并赐予他们智慧的母亲。富饶、美丽、神秘的母亲——大自然放射着神奇的韵律、愉悦和希望。她能治愈人类肉体和心灵上的创伤……

八月初一个阳光明媚的日子，钢巴图与南斯勒玛来到他们的居住地。用南斯勒玛的话说，位于库苏古尔湖①水东南角的这个小岛，简直

---

① 库苏古尔湖：蒙古国北部湖泊，在蒙古国与俄罗斯边界附近，面积 2760 平方千米，水深达 262 米，是蒙古国最大的淡水湖，世界第 14 大淡水水源。保存了世界淡水的 1%~2%（380.7 万亿升）。

就是天堂。摩托艇慢慢减速抵达金黄色的柔软的沙滩时，南斯勒玛用厚实有力的双脚踩着船沿跳下来，愉快地说道："好了，钢巴①，我们要在这里开始新的生活。对于你来说，这里的空气、阳光和微风至关重要！你得像个男人一样坚强！脱下所有衣服，尽情地沐浴这里的湖水和阳光吧！你就当自己是原始野人好了！"

病快快的钢巴图勉强笑了笑，扶着南斯勒玛的手下了船，尽情呼吸着这里带着针叶林芬芳的湿润空气，眯起目光暗淡的眼睛看了一下周围说："这里可真美。湖水很凉吧？不知道适不适合下水？"

南斯勒玛用命令的口气说："哪儿有那么多禁忌！你不是说我的每一句话你都执行吗！"

脱衣服时钢巴图想起南斯勒玛刚才的话，感觉有些羞涩，不过没有转过身去。在这么一位矫健的女人面前展现瘦弱的自己，想想就有些沮丧。不过他现在已经是"野人"了嘛，就无所谓了。南斯勒玛也没有像个检查身体的医生似的，仔仔细细去看他。

"哦，还不错。你并非皮包骨头。我那年可比你差多了。沐浴着这样的空气、阳光和微风，你很快会恢复体力。不是有一首歌词说'微风一吹拂，浑身是力气'嘛。"

南斯勒玛积极向上的态度感染了钢巴图。"南斯勒玛的变化怎么这么大！二十年前她可是一位白净瘦弱的女生。二十三年过去了！"他一边想着，一边在潮湿的沙滩上果断地迈着大步走进湖水里，突然大喊一声，跳起来潜入水中。在大河边长大的他果然非常善于游泳。

南斯勒玛看着向湖心游去的钢巴图说："对！钢巴，干得棒极了！不过第一次下水时间不宜过长，赶紧上岸吧。"

钢巴图和南斯勒玛把船固定好，卸下所有的户外用品开始搭帐篷。钢巴图首先架的是他的画架。这里真是画家的乐园。这边是阳光下泛着涟漪的蓝色湖水和远处高耸的雪山；那边是郁郁葱葱的大树林，还有五颜六色的花草。烧火熬茶时，南斯勒玛带着一个桦树皮的小圆桶去采山

---

① 钢巴：钢巴图的简称。

李子。钢巴图则望着她的背影陷入沉思。她一点都不像年过四十的中年妇女。二十几年前初次认识时，她是一个瘦弱无力的女孩，她浑身上下，只有脸上的青春痘表明她是健康的。如今的她又高大又健康，矫健得像个运动员。她现在是位著名的生物学家。她坚强乐观地生活，义无反顾地追求理想才变成了今天的她。熟悉她的人也都这么说。

二十三年前，钢巴图还是列宁格勒市（现为圣彼得堡）列宾美术学院大四的学生时，患了肺炎。他从学校请假回来，到图日呼日呼酸马奶疗养所养病。那年他二十三岁，南斯勒玛只有十九岁，是国立大学的一名大学生。图日呼日呼酸马奶疗养所位于博格达山东侧的山口，那里溪水潺潺，树木葱郁。疗养所的食堂是几座白色的木头房子，那里还有一两个凉棚和舞场。疗养所男患者住在一边，女患者则住在另一排房子里。钢巴图和南斯勒玛的病房门对门，所以第二天他们就认识了。钢巴图很快就喜欢上了那位眨着黑眼睛，爱说爱笑，牙齿洁白的女生。画家的眼睛，观察周围时异于常人。晚饭后，大家一起爬山消食。每次爬山时，太阳已从博格达山头偏西，斜阳照着东边的巴彦祖尔赫山。年轻人在这里的密林和花丛里尽情地聊天、尽情地玩耍、尽情地歌唱。

他们相识的那天晚上就是如此。钢巴图给南斯勒玛画了一张铅笔素描，大家都围过来说画得惟妙惟肖，还有人说眼睛画得特别好，一笑就眯成一条线的特征得到了充分的体现。那次，他们在一起待了整整三个月……

南斯勒玛采了满满一桶山李子回来，弄得自己满脸都是果汁。他们一起做了一顿丰盛可口的野餐。野果炖的食物非常好吃。钢巴图第一次在野外露营，起初还担心自己不能适应，吃了一顿可口的野餐之后，所有顾虑都消失了。

并不是每一个人都能从大自然中获取生活的力量，感悟到生活的美好。大自然的花草树木看似沉默，可它们具有人类无法想象的交响乐、数不尽的颜色和变幻无穷的力量，每一朵花、每一株草都精细无比。能感知这些，才能与大自然为友并融入大自然。只有为大自然和生活尽情付出的人，才能感受得到大自然的韵律、语言和颜色，从而将它们融入自己的体内，变得越来越美……

想到要住在一起，钢巴图和南斯勒玛都有一些羞涩。于是，他们就在篝火旁促膝长谈。

"近十年里，我等于把地球转了一遍。国内的各地，我基本都走遍了。后来我习惯了一直游走，不喜欢总待在某个地方。有人说我是个奇怪的人，一个女人家，何必总是风餐露宿。在大学的时候，我就已经知道自己所剩时间不多啦。我不想给别人压力，想自由自在地行走，然后一个人死在野外。大学时跟着研究动物的考察队走了几次。爸妈劝我说这样只会让病情加重。没想到，我走着走着，病就好啦。我也没想到自己会对动物那么感兴趣。我开始忘掉我身上的病痛。生孩子时，大夫说那样会对病情不利。不过一点事都没有……"

"孩子现在在什么学校？"

"今年大学毕业，学的是高数专业。"

"你的病都好了，为什么不找个伴儿呢？"

"谁会看上我这样一个到处游走的人！我有自己的孩子，所以还是一个人比较好一些。"

"不会感到孤独吗？"

"身在这美丽的大自然里，怎么会孤独？晚上听取蛙声一片也非常有趣。"

"再怎么浪漫，也不能用青蛙代替伴侣吧？"

"我能够感知孤独，也学会了控制孤独。如果没有爱，就算在一起又有什么意思呢？"

"二十三年啦。我们曾经爱过彼此。至今我也不知道那能不能叫真爱。我一直记得你那时候的样子。时间没能冲淡我心里的你。"

"那时候，我们像挚友，常常分担彼此的痛苦。"

"谁说不是呢，我们在图日呼日呼的小溪旁伤感地迎接黎明。那时我们都非常珍惜自己本该拥有爱情的年轻岁月，所以才像害怕什么会突然来临而每天生活在感伤里。"

"估计怕的是病痛吧。我觉得自己不能像其他女生一样享受身体的愉悦，所以难过。当时的你很善良，不过也没来追求我呀。我以为你想着别人，就控制自己，只和你做能诉苦的朋友。那是二十三年前的事了……"

船身上写着"豁埃·马阑勒"①几个字的小白船沿着湖边行驶，船身后泛起一道白色的浪花。钢巴图开船，南斯勒玛撒网之后看着水面。"钢巴的脸色现在好多了。他一直都那么单纯善良，一直那么相信我。具有文艺范儿的人，都这样吗？作为男人，他很胆怯。二十几年前年轻时就这样。当时我们只聊美术和文学。他还担心自己得了绝症，有那么多才华来不及展示。他能坚持到现在，真是奇迹。应该是他的理想让他坚持到现在吧。有人用毅力坚持，有人则因为有梦想才有了坚持不懈的动力。对于钢巴图来说，当一个著名的画家是他毕生追求的幸福。与世隔绝是他的缺点。是因为他长期画都市和工业题材才变成这样的吗？不过现在已经重新开始了……"

"谁也不敢相信南斯勒玛是一个四十出头的人。如果不看她眼角的鱼尾纹，根本猜不出她的年龄。她的身材匀称得体，不过比别的女生要壮硕一些。她每年夏天都这样用几个月的时间跋山涉水，翻山越岭才变得这么年轻。库苏古尔湖可真美。不知道什么时候能爬上西岸的雪山？据说到那里要绕过库苏古尔湖才可以。就看我的身体状况了。如果体力这么恢复，说不定哪天就站在雪山顶了呢。那还能多活几年呢。这世界从来就是那样变幻莫测。我让南斯勒玛站在开满雪莲花的雪山腰，为她画画，背景是雪山，远景是蔚蓝的湖水和穿过云朵的阳光……"

"那样会不会太装腔作势了？估计画她撒网捕鱼的样子会好一点。也不知道她在想什么？据说到了二〇〇〇年，水里的漂浮物也能吃。二

---

① 豁埃·马阑勒：《蒙古秘史》的开篇第一句为：奉天命而生的孛儿帖·赤那，和他的妻子豁埃·马阑勒，渡过大湖而来。《蒙古秘史》对"豁埃·马阑勒"一词的旁译为"惨白色鹿"。

三十年之后，我们在库苏古尔湖水里人工养殖水产品。估计她的脑海里都是这些事。南斯勒玛的迷人之处不是她的身材，而是她总是想着大千世界和遥远的未来。"

钢巴图和南斯勒玛在小岛上度过了三天的时光。钢巴图找到了画雪山的最佳视角。看到青青的高山和湖水在早中晚的不同变化，钢巴图彻底被大自然令人称奇的色彩和变化折服了。他甚至觉得，如果早几年跟着南斯勒玛出来周游世界，或许还能画出旷世名作。原来他并不喜欢野外写生，现在开始动摇了。西岸的雪山和这一汪湖水，并不像他曾经想象的那样静止不动，它每时每刻都在变化，这里的山水富含人类的性格也说不定。存在于变化中的自然界规律，同样考验观察者对时间变化的判断能力和思考深度……

太阳在雪山顶上开始西下时，湖水呈现出它的丰富多彩。钢巴图放下手中的画笔，仔细观察着，想要摸清湖水颜色的变化规律。南斯勒玛在显微镜下观察着什么。她停下手中的工作对钢巴图说："钢巴，我常常想库苏古尔湖的未来。在湖水里人工养殖鱼虾是技术层面的问题。如果从生活或审美的角度考虑，那是另一件事。现在这里没有多少游客。大家知道库苏古尔湖，却不肯亲自来。在这个小岛上，除了咱俩，几乎没来过其他人。这个小岛，的确很美吧？"

"当然啦。我都没想过能在这样的小岛上住下来。谁会知道湖心还有这么好的小岛，周围是树木和野果。夜晚'苏赫巴托尔'① 号轮船开着灯从这里经过时，我常常忘记自己身在何处。"

"钢巴，你画一画库苏古尔湖的未来吧，或者做一个针对游客的建设方案。"

"当然可以。就比如，咱俩住的地方可以盖玻璃或木头房子和庙宇呀，就跟童话里的一模一样。"

"钢巴，你画的雪山真不错。"

"这有什么呢，画作而已。如果能亲自去一趟那盛开雪莲花的地方，

① 苏赫巴托尔：1893—1923，1919 年和乔巴山（1895—1952）组建了蒙古人民革命党。

或许观察世界的角度就变了。只要能到那儿就可以。"

"能，一定能。在大约二十天之后，等我们环游库苏古尔湖的旅行接近尾声时，你不仅能到雪山脚下，还能爬上山顶。"

"亲爱的南斯勒玛，这是下辈子才能实现的事，我根本想都不敢想。不过现在我的身体变得越来越轻，呼吸也顺畅多了。如果我在你的帮助下能多活几年，那多幸福。"

"以前你就像一尊佛，坐在那里一动不动。现在我要让你变成人。"

"毕竟我一天天在老去……"

"如果摆脱了缠身的病魔，四十来岁算什么。"

"明天咱们去哪儿？"

"今晚就走。'苏赫巴托尔'号轮船一开过来，我们就出发。我有东西要让他们捎。晚上坐船是另一种美妙的体验。我们逆着东边那条河流航行近五十千米，然后到达一个神奇的地方。那里名叫麋鹿湖。在那里我们可以看到人类的力量或者人类的愚蠢……"

起初，钢巴图不敢相信自己的眼睛。当他拿着画笔和颜料抬头时，一头雄鹿站在眼前大树的后面，抬头看着太阳。它的旁边还有一头母鹿！

"你看，那儿有两头鹿！它们是从哪儿冒出来的？"

"估计是湖水结冰后过来的。所以它们只能等湖水再次冰封才能回去。幸亏它们是一公一母两只。"

"如果是一只呢？"

"它们无论如何也不会单独待着。就算游过去，也要去寻找自己的伴侣。动物都有惊人的力量，你根本不用担心它们会淹死。"

南斯勒玛带着怜悯的眼光看一眼钢巴图，长长地叹了一口气。钢巴图拿着笔的手在颤抖。晚上"苏赫巴托尔"号过来时，他们迎了上去。趁着月光，看到摩托艇的人们纷纷围过来，七嘴八舌地问着诸如打哪儿来、去哪里等问题。船长似乎明白了来者是何人，鸣笛表示欢迎。"苏赫巴托尔"号拉着两艘货船，看起来非常气派。游艇贴近轮船时，船长探出身子说："南斯勒玛，您好啊。我早就听说您来了。在岛上住了几天？和谁在一起？"一听这问话的口气，就知道他们彼此很熟悉。

"我和一个野人在一起。他很有绘画天赋，不是只画鱼虾的平庸之辈。让他画一画你们的汗赫①吧。报酬嘛，再说。我们一周后出发，您帮我们准备一下能熬到西岸的雪山的食物。"

听南斯勒玛这么说，轮船上的人欢呼起来。他们也没在夜里遇见过人。钢巴图和南斯勒玛从船长那里取了新出版的报刊，给他们一封需要转交的家书后，与他们作别……

他们在一条并不是很宽，但水很深的河面上逆流而行，中午时抵达麋鹿湖。麋鹿湖在森林深处，它的前面还有一个蔚蓝的湖。麋鹿湖水很深，湖面很大，半径足有半公里。眼前是一座青青的山，山坡上到处是树墩，偶尔能看到一两棵顽强地活了下来的树。树墩、树墩、树墩……在这里，大自然似乎演奏着悲怆的交响曲。南斯勒玛给钢巴图讲这些树墩的来历。自从在哈特嘎勒②建毛纺厂之后，周围的树木被砍了近四十年，用来喂饱那台大机器。工厂所需的蒸汽和电，全部出自这些木头。每年他们会砍几千立方米或一两万棵树。就在前几天，那些牛车排成长长的阵形，往工厂里拉木头，而树墩的数量每天都在以成千上万棵的速度增加。当时面对燃料问题，谁也没有别的办法。好在那些大机器现在已经给柴油发动机让路了。

这是人类掠夺大自然的一个小例子。这片森林恢复需要几百年。如果是合理砍伐，也不会到这般地步。可惜的是，并非所有人都知道树木的世界里同样有生死存亡，那是一个活生生的世界。除此之外，为了眼前的利益，用最简便粗暴的方式掠夺大自然，反受其害的例子也不在少数。掠夺大自然的恩赐，是在掠夺人类生活的未来，但愿这样的事少之又少。如果没有砍一棵种两棵的观念和方法，群山和树林就会永远地演

---

① 汗赫：库苏古尔湖东岸的地名。

② 哈特嘎勒：库苏古尔湖南端西岸的地名。据中国地图出版社 2015 年版《蒙古》一书介绍，从哈特嘎勒到汗赫，行程约 200 千米，乘吉普车至少要 11 个小时。

奏这样悲怆的交响曲！

在日落之前，南斯勒玛和钢巴图二人在麋鹿湖边找了一处最佳观察点。南斯勒玛之前也来过两次，不过猎人曾经向她提及的奇迹都没有出现。现在，她要看到那个奇迹的冲动越来越强烈了。最主要的是，钢巴图看到那个奇迹，会更加崇拜大自然。这是一个美妙的傍晚，似乎预示着奇迹的出现。这里刚刚下过一场暴雨，树木砍伐很严重的山顶上挂着完整的七彩虹。麋鹿湖映照着天空，它的暗处已被金灿灿的阳光照亮，倒映着天上的七彩虹。钢巴图如同身处梦境，长长地叹了一口气，含情脉脉地看着南斯勒玛。她那愉悦的眼眸里，似乎装着整个麋鹿湖的水。看到那样的眼神，钢巴图不禁惊了一下。远处还有轰隆隆的雷声。

"你快看那边！"

钢巴图顺着南斯勒玛的手指望去，只见在彩虹和阳光的陪伴下，出来了近十头大小不一的麋鹿。它们似乎是从地底下钻出来的。这是钢巴图第一次见麋鹿群。第一个出现的麋鹿离他们只有二百步，它在阳光下眨着碗口大的眼睛，好像在闻什么，鼻孔张得很大。它朝湖水走了几步，他俩以为它要饮水时，它抬起头来纵身一跃，一头扎进了深不可测的湖水里。跟在后面的那几头，似乎一直在等待这一刻，也纷纷跳了进去。别说是城里人钢巴图，就连生活在乡下的南斯勒玛也没见过这样的一幕。她失声叫道："这又是大自然的一个秘密……"

此时潜水的每一头麋鹿嘴里衔着一株水草上了岸，陆陆续续走进了湖边的密林。

南斯勒玛握着钢巴图爱出汗的手喊道："我们又发现了大自然的一个秘密！这不正是你上好的画作题材吗？"

"是啊，麋鹿湖！"钢巴图说着，就跟发现了新大陆似的，脸上洋溢着喜悦。

夜里，两个人谁也不困。安静的夜里偶尔传来夜鸟的鸣啼和蛙鸣声。这里的安静让人联想到世界的安宁。在这样安宁的世界里，两位老熟人成了彼此的伴侣。彼此没有畏惧和羞涩，也是一种幸福。如果大自然有自己的交响乐，那么这麋鹿湖和宁静的夜晚将悲怆的曲子换了个舒缓的调子。大作曲家贝多芬为朱丽叶而写的曲子就是在蓝色多瑙河岸边完成的；普希金的抒情诗，大部分是在金秋的米哈伊洛夫斯克①完成的。那些伟大的艺术家，都善于倾听大自然，了解大自然。

"钢巴，你在想什么呢？"南斯勒玛问道。

"往事……"

"生活总有一天会重新开始。我就做到了。我们第一次找住处时，我就说要从那里开始重新生活，你还记得吗？"

"当然记得。我以为你说的是我的身体状况。"

"是啊。我们发现了麋鹿湖的秘密，所以当我们周游库苏古尔湖时，你会变得像山林里的大树那样健康。"

"那从明天起，我也去潜水，衔一株水草上来……"

几天后，"豁埃·马阑勒"号抵达了汗赫。他们二人游遍了库苏古尔湖东部的所有角落、支流和岛屿。钢巴图的身体现在已有了明显好转的迹象。他们一起准备野餐，吃林中的野果和蔬菜，饮用蓝色的湖水，呼吸新鲜的空气。他们感到越来越快乐。在汗赫，南斯勒玛有很多老熟人。她的朋友在湖边的空地上盖了一座座红色的木头房子，前面有湖水，后面有树木。住在水边的人们都说南斯勒玛是一位天使，越活越美丽，越活越知性。其中一位名叫额尔赫斯勒的养鹿人视南斯勒玛为己出，他们的到来给养鹿人全家带来了欢乐。南斯勒玛曾央求老人讲讲自己的经历。

于是，老人就讲起了自己的故事。

"我原是乌梁海②部落的侦察兵。一九四六年退伍回家。'二战'那几年，我在太平洋一个舰队负责巡逻工作。那时候真难。一九四五年秋

---

① 米哈伊洛夫斯克：俄罗斯斯维尔德洛夫斯克州北部的一个城市，位于州府叶卡捷琳堡西南 163 千米。

② 乌梁海：蒙古族的部落名。库苏古尔省的南部主要居住着喀尔喀蒙古人，也包括乌梁海、和托辉特、达尔哈特的少数民族部落。

天，我们与日本部队打仗。我们登陆施科坦岛①时，该死的日本人也骑着摩托艇来了。我还没怎么立功，就戴上了两枚金灿灿的勋章，于一九四六年冬天回到家乡。家乡的变化非常大，这可把我愁坏了。那时候我还年轻，回来才发现家乡的一个小流氓强行和我的妻子住在了一起。参军打过仗的人能怕一个小流氓吗？我什么也没想，就跑到他家里直接朝他开枪。报仇之后，我让妻子回了娘家，自己就跑到这里。起初这里的一切都很陌生，每天打猎吃肉，在篝火旁过夜。从小看着长大的山林成了我的家。这期间我也想了很多。比如，什么是我活着的意义？我参军打仗的二十几岁究竟有什么意义？后来我走着走着就到了林钦勒浑贝县②养鹿人这里。他把我当成兄弟，敞开家门欢迎我。我呢，是个从小在森林里长大的孩子，在这里生活很舒服。不过缺点东西。在这片封闭的树林里，我总想起自己在部队里的岁月。那时候我像长着翅膀似的在水面上飞翔，这些说起来像个故事。于是，我决定下山。我知道哈特嘎勒和杭嘎之间有水路，有摩托艇。于是在第二年秋天的一个晚上，我到了哈特嘎勒。那里来了一辆摩托艇，人们在往船上装货。摩托艇的排水扇上缠了什么东西，几个水手在那里吃力地修理。高个子船长站在旁边指挥着。他名叫其德尔巴勒，是他给了我一个全新的生活。我一辈子都忘不了他的恩德。没有他，就没有我今天的老伴儿和孩子。我很幸运地在那天遇见了他。我说我会修船，他就二话没说直接让我上手。我一说俄语，他感到很惊讶。我脱了衣服潜到水下，仅用几分钟就把缠住的铁丝取下来了。期间只上来换过两三次气。我在舰队当水手时还在打仗，碰见过比这个更复杂的毛病。我告诉船长我的经历，然后就成了'苏赫巴托尔'号上的水手。两年后的秋天，我带着我的老伴儿去呼和穆森打草。我的老伴儿年轻，我们刚刚成家，还陶醉在幸福里。那时候我早就忘记了曾经的苦难。那天我倒霉透顶，竟然有人抓我去当兵。当时老伴

---

① 施科坦岛：在西北太平洋千岛群岛南部，呈东北—西南向，长 28 千米，宽 9 千米，面积为 255.12 平方千米。

② 林钦勒浑贝县：地名，隶属蒙古国库苏古尔省。

儿有身孕，孤单单地留在打草时临时搭的茅屋里。他们叫我骑马穿过山林，我毫无办法。我想了很多，骂自己倒了血霉，生活总不会好到哪儿去。过了一天，来抓我的两个人准备在一条水流湍急的河边吃午餐，叫我只穿着内衣内裤去打水。我拿着一个带把儿的破锅走进树林之后，突然萌生了戏弄他们的念头。他们留下我的衣物，很明显是不相信我啊。于是我藏在密林里，弄湿我的内衣，充气后系在锅把儿上等他们。没过一会儿，他俩就叫我快点。我没出声，在暗处看着他们。其中有一个说让那条狗跑了，接着两个人朝河边跑了过来。我把衣服和锅扔河里，衣服很快就漂到了很远的地方。他们两个看到后，大声吼着朝那衣服开枪。我那件衣服泄了气。他们俩商量了一阵子，把我的衣物卷成一团扔进河里，骑着马走了。这可把我高兴坏了。我在那里一直等到落霜时分，然后没日没夜地往家跑。这样我就有了新的生活，也算享福。我一辈子在这湖边生活，现在想起来，我的这些经历像个故事，也像个梦。我每天清晨起来看一眼西岸的雪山，才能确定眼前的这一切都是真的……'

为了给额尔赫斯勒老人画像，钢巴图在那里逗留了几日。他以前给很多人画过像，从未受到如此多的干扰。钢巴图觉得，画像时不仅要画出一位老水手的相貌特征，更要体现出他与大自然友好相处的智慧和力量。只有画出这样一幅画，他曾经的愿望才能实现。老人这么多年来一直看着库苏古尔湖水和远处高耸的雪山过日子，欣赏画作的品位不会低。年轻时经历的一切，在他的生活中化成了怎样的勇敢、平凡和悲喜？

也是在一个晴朗的早晨，钢巴图和南斯勒玛从汗赫出发，开始了他们的环湖之旅。现在谁也看不出钢巴图曾经是个带病之躯。他黝黑的脸庞让他看起来完全是个健健康康的中年男人。他自己也忘掉了病痛，一心想着要爬上自己梦寐以求的雪山。今天的湖水清澈无比，阳光能照到湖底。"豁埃·马阑勒"号划水而行的样子看起来很可爱。南斯勒玛拿出一个红苹果，用洁白的牙齿咬了一口，指着西南方向说："看到那座青青的高山了吗？最高的那座是我们的目的地。"苹果是水边的汗赫居民送她的。

　　钢巴图也拿出一个红苹果，咬了一口，他的嘴角沾着苹果汁。他说："行！就到那儿。"他一边说着一边走过来搂住南斯勒玛的脖子，继续说道："你能到的地方，我也必须得到。"

　　西岸的雪山！从雪山顶上俯瞰整个库苏古尔湖多好！人这一辈子，能有几次这样的机会……南斯勒玛和钢巴图沿着湖的西岸行驶，抵达了七山湾。那里四面环绕着高山密林，中间的这一汪水像是大地的眼眸，在仰望天宇。现在，七山湾的湖水映着周围五颜六色的世界。翠绿色的山林映在湖水里，湖面上游着洁白的鸿雁。钢巴图看着眼前的这一切惊呆了，有一种目不暇接的感觉。他眼睛平时总是静如止水，有微微的眼角纹。现在，他的眼神里满是愉悦和欣喜，似乎散发着阵阵光芒。南斯勒玛知道他现在有多激动，也不说话，微笑着与他同行。他们二人在七山湾里抛了锚，在爬山的第二天晌午抵达了雪山的山额。越往上爬，山上的树木植被就越少，而这山额上的植物与山脚的植物也截然不同。站在这里，可以一览湖水和它周围的一切。北边的湖水泛着深绿的涟漪，在阳光下闪闪发光；湖心的那座小岛犹如蔚蓝湖水里碧绿的镶嵌物，圆圆的样子看着像经过人为的雕琢；湖水的东边是寂静的密林和巍峨的高山，山林富有层次感，山上缭绕着云雾。这里的世界舒展无比，自由无限。站在雪山的山坡上看这一切，令人流连忘返、心旷神怡。在这里，人们看到的不是自己的渺小，而是人类能够主宰大自然、主宰世界的神奇力量。钢巴图和南斯勒玛坐在长满苔藓的巨石上，陶醉于眼前的一切，不肯离去。

　　"亲爱的南斯勒玛，如果艺术家有幸福可言，那幸福都是你给我的。住在湖心小岛时，我就想到了一个主题。从山顶上看这库苏古尔湖，它就像一位遥望故乡的美女。如果能把我们现在看到的这一切都展现在画布上，那一定会是一幅神奇的画作。如今我找到了一个画家一生中最满意的选题。我感激你，这幅画就送给你吧。"钢巴图说这些时，声音在颤抖。

南斯勒玛靠着钢巴图的肩膀说："我知道你是天才画家和杰出的诗人，所以才带你来。我一直相信你的病会好起来。现在的你，真像换了个人。我能想象，一个画家站在雪山上，找到自己代表作的灵感是一种什么样的感受。亲爱的钢巴图，生活、大自然和人都很美！我们在这里熬茶喝，然后去找雪莲吧……"

午后，南斯勒玛突然像看到猎物似的站住，大声叫道："看那儿，雪莲！"他们找了很久，正准备放弃时竟然遇到了雪莲！

雪莲！大自然为了给这朵传说中的花朵创造生长环境，专门开辟了一块半月形的平地。那里这儿一朵，那儿一朵，盛开着很多雪莲。雪莲下面的叶子有巴掌那么大，越往上叶子就越小，皆呈浅绿色；它的茎又粗又高，花朵可以承载一只浅黄色的小雀。

"它们都是有生命的，它们在看我们吧？"钢巴图轻声问道。

南斯勒玛牵着他的手说："是啊，它们是有生命的。我们走近了好好看看，亲爱的，你伟大的画作一定用得着它！"

远处的山脚下，库苏古尔湖水泛着深蓝色的涟漪，近处的雪山顶上，苍穹辽阔无边。

一九七七年

管理者

秋天冷冷的清晨。时节已是暮秋，树叶早已凋零，不过冬天还没有来临。这时候的清冷和深黄色令人倍感孤独，很不舒服。"赶快下一场雪吧。"合作社社长龙本从办公室走出来，这样想着。他早已熟悉周围的一切。不过平凡而孤单的一天，他总能发现一些新奇的东西。龙本看到那些新东西才能安心。他不喜欢坐在办公室，待在办公室里，就见不到新奇的东西。所以他每天早晨去办公室批示一些文件，给文员简单地交代一下任务就出来转。这是他的工作方式。有人说他不够稳，可他并不在乎。他会自然而然地来到合作社库房、车库或者柴房里转。他觉得现场指示效果最佳。

今天早上，他以主人的犀利眼神观察周围的一切，希望有新的发现。秋天早已粉刷的房子和整整齐齐的毡包冒着炊烟。在暮秋清冷的清晨，炊烟使人倍感温暖。还有几户没做好门楼。龙本想进去跟他们说一声。合作社中心的小公园里，树叶早已落尽，有几只喜鹊围着光秃秃的树枝转。他本想在那里栽几棵松树和云杉，恐怕来不及了。有了松树和云杉，这里的冬天就能绿起来。在龙本的眼里，今天的喜鹊也格外好看。合作社北边的山林里，只有几棵树上还留着黄色或红色的叶子。别的树叶都掉光了，那几片叶子为什么就没有凋零呢？这些应该问问老人，听他们怎么说。他们这一辈子都和大自然走得很近，见过的东西自然就多。

龙本看到一个新奇的东西。小学校舍的门口钉了大五角星，上面还盖着绿色的毡子。那边框的木头又宽大又难看。"这巴德玛罕达校长的大眼睛真是个摆设。"想到小学，龙本想起了自己的小儿子。昨天见校长，叮嘱他给教室的门做好保暖层时，校长说："马上做。您儿子第一季度的学习成绩不理想，得督促他多复习。"除了点头答应，还能怎么样呢？龙本的两个儿子给他惹了不少麻烦。大儿子也不好好学习，七年级时辍学，被一桩刑事案件缠身，几年前被送进了监狱。他希望小儿子强一些，可小儿子也不行。除了怨自己还能怨谁呢？孩子不上进，是自己没教育好，这能怨谁？都说孩子随他父亲。他审视了一下自己，并不觉得比别人差。妻子呢，也是当地有名的美人，虽然没那么聪明，也不至于愚蠢啊。儿子变成现在这样，不能指责她一个人。不过实在郁闷的时候他也会嚷嚷几句。让妻子给孩子温习功课时，妻子说："我每天和幼儿园里不懂事的小东西打交道，根本没时间照顾咱儿子。你还是别让我工作了。我也是为了日子宽绰一点才去工作的。"他说："家里又不愁吃穿，还是离职照顾孩子吧。"妻子说："怎么不愁？你当了十几年社长，看看你的家！你不会觉得自己是个了不起的人吧？总有一天你会退休。你不是说得找机会攒钱吗？"每次吵架，妻子总占上风，龙本最后都无法还嘴，输给妻子。他觉得打理家庭琐事比管理一个合作社还难。现在的合作社越来越富，可他们家里还是那样。中饱私囊，只关心自己绝不是龙本的性格。龙本是一个豁达乐观的人。他总是想，既然和大家在一起，当大家好起来时自己也能富裕。他的外表也随了这样的性格。他又瘦又高，手脚特长，脸面永远那么干净，保持着一贯的古铜色。他的眼神有些忧郁，喜欢长话短说，说话时拉长音调。他平时不怎么爱热闹，可偶尔也会开个玩笑。听他说话就知道，这是一个朴素的人。气急败坏的人听他几句劝也就消了气。他基本上只穿旧衣服。那两件他用来应付场面的衣服早已被大家熟知。每次召开重大的会议，举办

月光曲

隆重的仪式时，大家都说："领导今天穿黑西服，亏待了他那件衣带很宽的灰白色蒙古袍啦。"他也有执拗的时候，动了倔脾气谁也劝不住，他只顾"呵呵"假笑。他那么一笑，就说明开始动倔脾气了。急火上身时，他干过剪掉蒙古袍袖头、消灭合作社里的狗等可笑的事。尽管错了，但是他也达到了自己的目的。在很长一段时间里，社员干活儿时已经不穿蒙古袍了。有人说他这是和传统的民族服饰作对。直到前几年一个小伙子蒙古袍的衣摆缠住打草的镰刀，让他送了性命时，大家才明白了社长的良苦用心。

龙本在合作社中心的空地上背着手慢悠悠地溜达，这儿瞅瞅，那儿瞧瞧。合作社的院子里长满了野草，人们竟然在草丛间走出了一条土路。去年另一个合作社的社长过来说："你们的合作社像喇嘛的屋子一样干净。"估计他是嫉妒才这么说。

看到自己在空地上建造的房舍，他就像如愿以偿地装修了自己的房子似的，心情格外舒畅。不过最近他总在想一件事："那时候匆匆忙忙也做了一些面子工程。这些房舍不仅仅是我们的，将来也是孩子们的。我们给某些项目投钱，做出来的东西质量不合格。这种行为根本不是为后代着想，心里装着的都是自己。我们无法保证现在的房舍固若金汤，不过至少也得撑个十几二十几年才是。"

龙本喜欢小而精的东西，看到大而乱的东西就头疼。为了让大家知道杂乱无章的东西容易被损坏，他也绞尽了脑汁。为了让合作社电厂骑摩托车的人爱护环境，他甚至做过一件可笑的事。巷子里索拉油泛滥时，有一天龙本在电厂的厂房墙上用索拉油画了一头猪。骑摩托车的员工看见那头猪就说在侮辱他们，要求画上去的人马上给擦干净。起初龙本并不言语，后来"呵呵"了一声说："老弟，你从合作社的仓库里弄一些白灰来，粉刷一下厂房，这样就能盖住我画的那头猪了。记住，以后可不能随地倒索拉油哦。"骑摩托车的小伙子弄明白了墙上这头猪的来历，后来就连索拉油桶也被他擦拭得干干净净。

龙本的对面走来种牛厂的三头牛。它们各个肋骨突出，走起路来摇摇晃晃，无精打采。龙本手里拿着木棍驱赶它们往前走，遇到一个骑马的人，便吩咐道："你把它们赶到种牛厂的院子里关起来吧。"他觉得管理种牛的那些人不尽责，用完种牛就扔到一边了。"夏天还在到处奔跑祸害的强壮种牛，现在却皮包骨头了。就这么三头种牛咋就不能好好饲养呢？真是的。"他一边感伤地想着这些心事，一边继续往前走。

宝莉老人是公社里还没来得及搭门楼的几户人家之一，得找个劳力帮她盖门楼。"她的独生子在外求学，那孩子可真够争气的。宝莉老人已过了古稀之年，再坚持五六年就能享清福。她家原来的人丁多兴旺啊。不过她唯一的女儿在嫁人的当年不幸去世，仅仅过了两三年，儿子也因为一场车祸离她而去，剩下她一个人，孤零零的。当人们七嘴八舌地议论她怎么挨过苦日子时，她竟然抱养了一个婴儿。大家都担心她怎么把儿子抚养成人。今年秋天她不是跟儿子去乌兰巴托，把儿子送到国外的学校了吗？合作社给她的儿子做了一身新衣服，这和她亲生的有啥区别？她儿子真是个品学兼优的孩子。他一定能报答养母的养育之恩。再看看我家那两个。我们是有多不幸，有了这么两个孽子？"

他信步向前来到巷子的中间。放学铃声一响，孩子们纷纷跑出校园。九岁的儿子也蹦蹦跳跳地跑了出来，犹如春天撒欢的小羊羔。"无所谓，怎么说他也是个男子汉，如果长大之后不走错路，那肯定不会比别人差。现在他还小呢。等他进入高年级，自然就会努力了。"

他这样一想，心中的那点伤感也烟消云散了。远处有几个猎人带着猎狗准备去打猎。龙本看一眼他们的马和狗就知道他们是谁了。"原来是巴拉登他们组的。是为了补齐那几头鹿吧，如果能打头野猪回来，就在合作社的食堂里拼盘炒鹿肉和猪肥肉吃，这么吃不会伤胃吧。"

他路过合作社商店时，一个名叫巴勒吉尔的老牧马人拦住他的路，气呼呼地说道："我说领导，你给我断断案子。合作社干部硬说是节日储备，不肯卖给我。不过我也要过节呀。"龙本不知事情的来龙去脉，拿起巴勒吉尔递过来的申请书仔细读，只见上面歪歪扭扭地写着：儿子娶媳妇，申请婚礼用酒十瓶。龙本这下开心了，说："当然同意。儿子娶媳妇也是大事，真是大事。"说着在申请书上写下"同意"二字。老人这才安心，甩起手，用牧马人特有的罗圈腿，扬起土路上的灰尘走了。"可怜的老巴勒吉尔，连路都走不动了。他是在硬撑。他说什么来着？那句打趣的话是什么来着？对，对，不是说牡马吗？现在哪头是牡马对他来说都无所谓了。如果是在以前，他还不得咆哮一番，说自己早已选好了哪匹哪匹马呀？说后来毛乐姆的老马一样了。那时候的牡马多矫健，现在却只能站在马群边上打盹了。这也难怪，我年轻时他骑着一匹三岁的马拿过那达慕的赛马冠军。如果按巴勒吉尔老人的说法，牡马的寿命和人的一样长。只可惜那匹老后被人剪去了鬃毛。牡马一老，母马都嫌弃它。那次他说，还不到我们嫌弃他的时候。现在的他，都彻底不聊马了。如果找一匹身强力大、速度如飞的好马加以繁殖，肯定能赚个盆满钵满。去年出口的马匹里就有几千头没有达标，所以这巴勒吉尔老人闹腾得有道理呀。"

"概览"一遍之后，龙本准备去附近的重点户家里转。如果不远，他就不喜欢开车。他更喜欢骑着马沉浸在自己的思绪里。在马背上想事情是个美妙的体验。没有比在马鞍上垫上软乎乎的垫子，浑身放松地骑在马上，让微风吹拂自己的脸庞更惬意的休息方式了。每次他骑马出来时人们都说："我们的老干部龙本身体倍儿棒。"这是因为策马驰骋看起来更令人朝气蓬勃的缘故吗？先到自己喜欢的人家里去转转。他当然有喜欢去的人家。老狗耷拉着耳朵躺在温暖的牛圈里，看到他站起来用沙哑的声音"汪汪"叫了几声，朝他走了几步就开始犯懒，舔了舔嘴，又回去躺下了。龙本喜欢狗。尤其是他们家的这条花色老狗，不爱吵闹，挺不错。家里的男人去打猎了。那是个好猎人，每年都打几十头狐狸、狼和猞猁。女主人脸上带着笑出来迎接他。龙本给他们家帮过忙。那年他们脱离合作社进城务工，生活无法自理，靠给人清理茅坑度日，龙本叫他们重新加入合作社，还给分了房屋和牛羊。龙本没为此邀过功。他喜欢这家的女主人才用手中的权力给他们办了这件事。这个秘密，除了他和她，没有人知道。他们偶尔见个面，知道彼此平安就好，从不露出任何蛛丝马迹。龙本今天来得正好。

龙本从他们家出来时，心里惬意极了，就像在秋日温暖的晌午到河边、树林里散过步一样。杨树的叶子已基本落尽，一群喜鹊在围着它飞。龙本认为，有几只是他们合作社的喜鹊。杨树正在抖落它身上的最后一两片树叶。"道丽玛苏荣真是个美人。她不给人添任何麻烦，做的饭菜、熬的奶茶都那么好，说起话来像朗诵。她身上的这些美，我到后来才发现。算了，估计都是我的性格造成的。不过也没有关系，我们只是老了，又不是死了。"

他突然想唱歌，想了想唱什么，便开始极不自然地唱道：

> 山涧里的小草哟，安安静静在生长
> 听闻她的消息哟，爱恋的心在感伤

他会唱的歌大概只有这首，而且心动了才唱一唱。

林子里有几头小牛在吃草。"这是东日布家的牛犊啊，怎么还在林子里吃草呢？如果不从现在开始用点心思，估计这几头小牛和去年一样，成活率不到一半。这个年轻人，真不努力。"他一边想着，一边来到东日布家。他们两代人在河岸上一起住。别看他们家的牛羊圈摇摇晃晃经不起风吹，自己住的房子好着呢。他家的马桩上拴着几匹马。几条大狗直接冲过来，险些把龙本拽下马。听到狗吠，东日布的老婆探出头，看了一眼就进去了。"这些人又在耍钱。我一进去，肯定又装得什么都没发生一样。"龙本刚一进屋，几个小伙子就说要回去，一个个都出去了。家里弥漫着刺鼻的酒精味，东日布喝得醉醺醺的，身上穿着羊皮大衣，袒露着单臂。家里有白色的床、花色的柜子和镜子、毡子、绸子拉帘等。

龙本喝着茶坐了一会儿，指责道："东日布，你的那几头牛犊昨晚就没回来吧？"

东日布满不在乎地摇头晃脑说："没回来就没回来呗，又不是让狼拽了去。"

"你还想不想保管省里的畜群了？"

东日布干脆地说："不想让我管，就收回去呗！"

龙本"呵呵"笑着放下手里的奶茶碗说："那你明天把那几头小牛送到索纳木他们组里，两天之内到中心校去当锅炉工吧！"

出门时龙本便知道，第二天东日布就会去求他，希望可以继续放牧。原本愉悦的心情又开始郁闷。"这个货，真应该把他赶走，不过也没有能顶替他的人。他虽然絮絮叨叨的，可终归还是看着几头牛犊呢。现在东日布这样的家伙在合作社里越吃越肥，越来越金贵了。"

龙本想着这些心事往回走时，天已擦黑。

明天，依旧如此。明天依旧会悲喜交加，也总有新鲜的人和事。作为这里的管理者，得看到日子光鲜亮丽的一面才是。只有这样，日子才能越来越好。

暮秋的雨

暮秋清晨的太阳刚露出脸，达西尼玛就起身出发了。当他喝足妻子起大早为他熬的奶茶时，二儿子在外面喊了一声："爸爸，马备好了。"达西尼玛拿起从不离身的那个皮包，准备出门时，正坐在炉火旁扬鲜奶的妻子德吉德耐着性子说："大儿子今天回来，你又不在家，你就不能在家里待上一两天吗？"

达西尼玛搂住她的腰，把脸轻轻地贴在她的脸上，说道："亲爱的德吉①，你的老头子明天就赶回来了。如果儿子来了，你先让他吃好休息好。他在驿站提供的马背上颠簸了那么长时间，想必会疲惫不堪。"

德吉德依偎在他怀里，撒娇道："好的，老头子，你去吧。"

他们已年过四十，但喜欢跟对方撒娇嬉闹。达西尼玛是一个个子中等、性格开朗的瘦男人；德吉德个子颇高，尽管她的美貌在日渐消失，但依然温柔可人。母子二人望着在朝阳下越走越远的达西尼玛。他们在这样的忙忙碌碌中，过着平凡而温馨的日子……

达西尼玛趁着清晨的凉爽，骑着马慢慢地走在去驿站的路上，心里盘算着今天要去哪几户家里跟他们交谈什么，安慰谁，给谁交代任务，甚至都想好了要和谁吵一架。他管辖的这一组有六十多户，在他们中间

---

① 德吉：德吉德的简称。

月光曲

执行公务并非易事，毕竟战争持续了三年，今年秋天每家每户的日子都很拮据。不知是不是心理作祟，今年收成明明还不错，但眼前的山川在他看来依然荒凉一片。达西尼玛在一九三九年的哈拉哈河战役中受了伤，在部队医院医治了几个月，然后就被派回家乡担任了现在这个组长的职务。他每天忙着征税、收肉食和羊绒；备马匹和车辆，给驿站备马。这些工作和前线的战士所做的没什么两样。

他的眼前是穿过原野伸向远方的驿站之路，路边是泛黄的野草和散落在原野上吃草的牛羊。既然决定了从最远的那户开始工作，那就只能不顾马匹和自己的疲惫一路向前。这方山川，他走了多少遍啊。此时前面来了两个骑马之人，好像是一位军人和一位驿站的差役。"难道是省军部派来的代表？是要加征马匹还是临时征兵？"达西尼玛骑着马走近他们，看到那位穿军装的人很不一般，好像穿着红蓝相间的将军制服。达西尼玛以为是谁，原来是他的儿子。"原来是我的宝贝儿子！"达西尼玛在心里叫道，勒马停下来。他想起儿子前几天来信说过，军官学校的服装和将军的制服一样，非常漂亮。儿子孟胡尔早已认出了父亲，像其他想家的孩子一样，脸上带着羞涩的微笑下了马。

达西尼玛下了马说："你妈妈早有预感。还真是，我儿子看起来真像个将军。我说，你都比爸爸高了吧？"他一边说着一边吻了儿子的额头，继续开心地说道："不行，还不行呢，你的裤腿还有点长。在马镫的皮带上擦破了皮吧？你妈说你今天回来，不让我外出，你还真回来了。"

他们三人坐在路边闲聊。父亲说，儿子来信说自己被奖励了几天假期之后，他们是如何天天盼望的；儿子从马鞍上卸下麻袋那么大的行军袋，上下翻找着拿出了两盒香烟。那香烟盒已被磨旧。达西尼玛像收了珍宝似的，嘴里不停地说着："唉哟，这……唉哟，这……"

怎么能不高兴呢？他想让儿子当军官的想法顺利地实现了一半。现在儿子努力学习，还受到了嘉奖。虽然只有十五岁，但儿子真是长大了。当父亲的能不骄傲吗！达西尼玛觉得没有奋斗就没有生活，现在又逢战乱，对于一个男人来说，哪儿有比当兵更合适的职业？所以儿子还很小他就送他去参军。仅仅在军校过了一年，成熟稳重代替了儿子原本稚嫩的外表，估计在部队里受了不少苦。达西尼玛犹豫了一阵子要不要和儿子一起回去，又觉得既然出来了，那走上两三户再回去才是。他离开通往驿站的路继续往前赶，还时不时地回头看一眼儿子和那位驿差，心里感到无比畅快。

达西尼玛一家可真够幸运！他心里想着要完成手头的工作，在马背上颠簸了许久，终于在日头偏西时到了扎斯来家的门口。扎斯来喜欢离群独居，现在他家住在一个名叫希尔阿尔格图的山脚下。夏天他喜欢在山脚和山坡放牧，秋冬季节则在山间的荒凉地带选址过冬。他们家有五个马群，两个儿子是驿站的雇佣。扎斯来为了自家的马群，经常废寝忘食。两个俊俏的女儿还未嫁人就在家里生了孩子，一天到晚就忙着挤马奶。他们一家人都很怪，所以达西尼玛才特意过来转转。

扎斯来家的马圈很宽敞，只是连个拴马的地方都没留，似乎是故意对客人冷漠。每到夏秋，他就忙着给驿站卖酸马奶，根本不顾老乡们的感受。达西尼玛在他家门口下了马，正在绊马腿时，扎斯来走出毡包，展开双手伸着懒腰。他大肚便便，垂下来的肚皮盖住了衣带；他那深红色的脸油腻腻的，看起来还挺威严。他伸完懒腰，扭动着脖子，一连打了几个饱嗝。

"你是喝足了秋天的酸马奶在伸懒腰吧？你可得知道吃独食的猪不会肥。"达西尼玛一边这样想着，一边走到他身边问候道："独居沟壑间，喝足酸马奶的扎斯来先生近来可好？"

扎斯来用厌恶的眼神看了一眼达西尼玛，立刻咧嘴笑道："光临寒舍的大老爷您好呀。"说话时几次哈腰做祈祷状，在礼节上没有输给达西尼玛。他们走进毡包时，扎斯来那个年轻的老婆几乎赤裸着上身。看到有人进来，她赶紧穿上衣服，在上座位置给达西尼玛铺了毡子。右侧的大桶里装满了秋天油香的酸马奶；家里的佛龛等摆设都落了一层厚厚的烟灰。左侧的碗架上东倒西歪地放着锅碗瓢盆。扎斯来年轻的老婆像孩子般唯唯诺诺地给达西尼玛敬上一大瓢酸马奶。

达西尼玛正口渴难耐，于是拿起酸马奶咕咚咕咚一口气喝完，故意挑起话头说："真是醇香的酸马奶呀。扎斯来，你今年到县里和驿站那边卖酸马奶，挣了不少吧？"

扎斯来捋了捋垂到额前的黑发，摇着头说："酸马奶现在还不用交税吧？"他的额头上已有了细细的皱纹。达西尼玛故意迎合他似的，摸自己的后脑勺时，突然摸到了自己头上的伤疤。"你这条恶狗，我是福大命大才活到今天，估计你是一匹小马驹也不想给我吧。"这样一怒，达西尼玛的脸就有些红了。

扎斯来的父亲巴德玛台吉原本有五个儿子，到一九二九年时，只留下扎斯来一个。他在家里自然被娇生惯养。那年秋天的这个时候，达西尼玛发现了巴德玛一家藏在寺院库房里的金银，便登记在册归为国有。黄昏时分回去时，路上突然蹿出三个骑马之人，打破他的脑袋后逃之夭夭。如果不是被路人发现，估计他会死在那里。他虽然不知道那三个凶手到底是谁，想必非扎斯来莫属。达西尼玛心里想，这家伙或许在后悔当时没有打死我，于是说道："我说扎斯来，听不听我的由你。现在是战乱时期，我无须赘言，还是开门见山吧。三天后，带着十匹好马去县里登记。你以在驿站当差为由，找各种理由推托到了今日，如今多说无用……"

"那您让我离开驿站吧，看谁给你们准备换乘的马匹。"

"我说，你是仗着自己有几匹马，领着工资自己在那儿发财，这果真是在给国家效力吗？你真行，我可知道你。如果你还是这个国家的公民，就得服从我们的领导！"

"达西尼玛老爷，请您高抬贵手，没有人说不服从领导。时至今日，我一直是呼之即来挥之即去，只要您愿意，可以把我的马匹整群整群地带回去……您说了算……老爷请您海涵！"扎斯来一边说着，一边跪下来，双手扣胸开始磕头。

"你这是在干啥？"他的妻子嘻嘻笑道。

达西尼玛真想一脚踢翻他，站起来丢下一句："你少给我装模作样，你是拿出十匹马，还是拿出一整群马，自己看着办！"达西尼玛说完气呼呼地起身，走出了他们的毡包。

他准备骑马离开时，从毡包里传来了夫妻二人粗细不等的嘲笑声。他骑着马走了一小会儿，回头望去，看到扎斯来的老婆正在泼水送他。"这个恶毒的婆娘，在泼水诅咒我。你大爷我可有七条命呢。"他越想越气，赶紧快马加鞭离开那里。

人总有无法忘怀的东西。扎斯来的蠢女人的诅咒也无所谓。话说在被扎斯来打破头的第二年，成立集体农场时，扎斯来成了那里的领导。人们忙忙碌碌地折腾了一年多，浪费了不少牛羊，最后农场解散，达西尼玛还成了"左"倾偏激分子。就这样，早在一九二四年就入党，为革命事业献出一切的人被开除了党籍。负责那次定罪的正是扎斯来。这一点，达西尼玛一辈子都忘不掉。在遭陷害时，有一天他们俩在农场旧址的拴马桩前相遇了。

"你吞进去的东西都卡在喉咙里了吧？我的大革命家。现在被党开除，成了个平头百姓了？"

当深深的委屈和怨恨袭来时，达西尼玛一个人悄悄地在春天的原野上哭泣过，那时陪伴他的只有随风移动的飘蓬。

现在回忆这些时，达西尼玛情不自禁地摸了摸自己带在身上的党员证，心想："你大爷我现在有七条命，依然是一个把党员证带在身上的汉子。"他一边想着这些往事，一边催马向前。

夜晚来临时，他来到发小登布日乐家。如今他的遗孀巴德玛嘎尔布在操持家务。巴德玛嘎尔布与她的母亲和几个孩子，还有公婆一起住。登布日乐和他在哈拉哈河战役之前入伍，登布日乐在白兴特的部队服役时突然暴病身亡。每次达西尼玛到她家，巴德玛嘎尔布就特别高兴。或许是大老远就看到他的身影，巴德玛嘎尔布开始急急忙忙地打扮起来，还给孩子们穿一身干净的衣服。她可爱的脸庞和活泼的性格让这里的不少男人动过心，那些人里面也包括达西尼玛。不过她嫁人之后，性格就收敛了许多。她现在丝毫没有舍弃对已故丈夫的爱和思念，至今还守着妇节。真不知道她守到什么时候？

孩子们见到达西尼玛叔叔都非常高兴。巴德玛嘎尔布杀了一头羊好好招待他，尽量挤出时间让他陪孩子们多玩儿一会，还不时地让他教今年入学的儿子识字。达西尼玛可怜她，只要能帮上忙的，都尽量满足她。巴德玛嘎尔布是个要强的女人，争取什么事都不落在别人后头。比起扎斯来，她的觉悟可真高！她走路干活都那么活泼可爱，有自己鲜明的特色。她对男人的依赖感若有若无，可以体现她的美丽和良好的沟通能力。这些达西尼玛早就知道。

杀了羊收拾干净后，他们开始煮肉，烫好酒后又叫来住在附近的三位老人，办了个小型的家宴。

巴德玛嘎尔布往大碗里倒满酒，献给达西尼玛，脸上带着微笑说："这是前天才酿的马奶酒，就好像知道你要来似的。"

"不知前线那边怎么样了？我赶制了几件羊皮，准备送给前线的士兵当礼物。"

"我们的红军正在一步步夺回并解放曾经失去的故土。你的礼物送的正是时候。刚刚去了一趟希尔阿尔格图的扎斯来家，我让他上交几匹马，可那家伙还打着自己的小算盘呢。"

"只要性子改不了，那肯定还是那副德行。"

"你们在哪里过秋？"

"如果住得和你近一些，还能听听你说的新鲜事儿。我的大领导，家里没有男人支撑，实在是太难喽。大儿子现在十三岁，据说要被征去当脚夫了。走时得由大人带吧？"

"你家就免征了吧。"

"别人会说闲话的，说你偏袒战友的女人……"

"你是烈士家属。"

巴德玛嘎尔布低头沉默了一会儿，说道："不用躺下来休息一会儿吗？那点酒喝了吧。"她说完就出去了。老人们都回家了，孩子也出去帮着母亲弄牛羊。

"阴天了，看样子要下雨。"巴德玛嘎尔布有些慌张地跑进来说道。

"应该是一场暮秋的雨。"

"达西尼玛，躺下来休息吧，孩子们弄好牛羊估计要住公公的毡包。"巴德玛一边说着一边往大木碗里斟满了奶酒，直爽地说道，"我一直盼着你来。"

此时达西尼玛的脑海中闪过撒娇的德吉和路上遇到的儿子。看样子要坏事了……巴德玛嘎尔布的大眼睛里装满了希望，她纯厚而干净的嘴唇微微动了几下。

达西尼玛一口喝完木碗里的酒，整理了一下衣服，戴好帽子说道："巴德玛嘎尔布，今晚我必须得走。早上在路上遇见我儿子了。他有几天假期就回来探亲了，所以我得走。"

巴德玛嘎尔布低头沉默了一会儿，说道："走吧走吧，你不用心疼我，也别给我免这个免那个。如果真心疼女人，肯定不是这样的。我只是怕你被冷冷的秋雨打湿……"

达西尼玛什么也说不出来，迅速站起身走出去，骑上马便没头没脑地向前狂奔。夜幕四合时，下起了雨。暮秋的雨，除了没有雷声，和夏天的暴雨没有其他区别，而且还冰冷刺骨。达西尼玛身上的棉袍不一会儿就湿透了。萧萧风起，冷冷的秋雨像水做的鞭子一样抽打在马的身上，马儿刚被抽打时还挪挪步，最后就再也走不了了。达西尼玛突然想起现在正是马儿被驱赶时容易脱膘的时节，他偏偏骑着这匹马走了整整一天。这一天的行程里，有对扎斯来的怨愤，也有对巴德玛嘎尔布的歉意。如果马儿走不动了怎么办？那样会在这场大雨里冻死的。前面出现了一座山的黑影，那是巴拉图小镇。这座建在山脚下的破败古镇，如今能救他一命。小镇就在眼前，但坐骑僵成了木头。秋雨虽然已停，不过暮秋少有的大风险些把他吹下马。达西尼玛冻得瑟瑟发抖，不停地给疲惫的马儿加鞭，勉强进了古镇。走到主城墙大门那里时，看到有火苗在闪烁，这让他起了疑心。达西尼玛下马走过去。原来古镇的墙角有个人。起初他还觉得那个点火取暖的人有点可怜，不过他的旁边站着几匹马，它们被拴在了一起。仔细一看，那马是扎斯来家的，足足有十来匹呢。他想起自己说过要让扎斯来交出十匹马。"这个赖皮，这是准备把好马都转移到别的地方，还是遇到了盗马贼？说不定他是一个亡命之徒呢。"达西尼玛边走边想，不知不觉走到了火光里。盗马贼看到他后迅速站起身，从墙角拿起枪时，达西尼玛直接走过去说道："你别闹，我都快冻死了。"

盗马贼又惊又疑，说道："谁不是要冻死……"

达西尼玛本想烤火取暖，又觉得如果不当机立断，事情就会更糟，于是说道："你有火啊，不用急着离开。你大爷我得把这几匹马带走。"他一边说着，一边从从容容地朝那几匹马走去。他感到后背发凉，但已没了回头路。他故作镇定地骑上自己的马，牵着扎斯来家的那几匹马，在火光的映衬下走向城门。

"喂，你是要让我走着回去吗？"盗马贼叫道。

"你可是一条汉子，前面不远处就有好马和马鞍呢！"达西尼玛说完后，吹着口哨走了。

他被暮秋的冷雨打湿的身体，突然感到一股暖流，令他温暖无比。

铁木尔与楚伦

一

铁木尔在半梦半醒之间翻了个身，继续躺了一会儿。很长一段时间以来，铁木尔感到非常累，常常这样半梦半醒地熬到天亮。她努力地掩饰自己的身心疲惫，所以别人眼中的她还是那么朝气蓬勃。两年前的秋天，深不见底的山谷带走了她心爱的人，从此她便念念不安。

她拼命干那些连男人都畏惧的重活儿，偶尔听到一句"铁木尔真是铁一样的姑娘"时，心里会稍稍得到安慰。现在，她正躺在驾驶室座位后面的吊床上辗转反侧。昨天她和都嘎尔、巴桑、巴图索尔在蟒蛇岭爬了半天也没爬上去。下了雪，坑坑洼洼的伐木小路变得泥泞不堪，根本无法通行，他们四人就把各自驾驶的 MA3① 停靠在一起后，躺下来休息。睡觉之前，四个人挤在铁木尔的驾驶室里吃了点干粮，分享一瓶乐天派巴图索尔带来的烈酒时，铁木尔聊起了已故的丈夫。她知道，因为这个话题今夜她必定无眠。结果还真是如此。在车上酣睡的那个小伙子是铁木尔管辖的伐木小组成员，他们只是偶尔说笑，说自己竟然被女人

① MA3：明斯克汽车厂生产组装的重型卡车。

管着，但从不闹事，默默地听从铁木尔的调度。她的丈夫在生前从不甘落后，所以现在她也应该督促他们继续努力。对她而言，生活的一半是遗憾和回忆，另一半是没完没了的工作。她认为变成现在这样的状态，都是命运使然。

都说雪落无声，其实不然。大片大片的雪花落在卡车的隔片和驾驶室上，遇到热气便融化成水，滑到干枯的草尖上，弄得草尖沙沙作响；雪落在有零星树叶的树枝上，树枝无法承重而被大雪压断，那声音惊动了寂静的山林。三个小伙子喝了点酒，睡得很踏实，他们偶尔说几句梦话，听起来像是山林深处的野兽在驾驶室外哭号。不会有哪个野兽敢靠近满是索拉油味的汽车，可能是男人去世之后，她变得太敏感了吧。就这样，铁木尔在半梦半醒之间辗转反侧，无聊地聆听着来自山林深处的动静。

“他们三人睡得可真踏实，估计拿枪顶着他们也醒不过来。我和他们已经非常熟悉，不过我一点都不欣赏丈夫之外的其他男人。是因为我常常聊起楚伦才这样吗？他们对我还有点那个意思呢。都嘎尔的眼里只有他老婆；巴图索尔的年纪比楚伦小，不过他为人过于谨慎，每一步都走得小心翼翼；巴桑有些好色，一喝醉就噘着嘴说我可爱又懂事。我觉得他说的可爱就是傻。他们根本比不上我的楚伦。爱会让人看起来完美无缺。我失去了那个完美无缺的男人，恐怕再也遇不到那么好的人了。不过能怎么样呢？又不能单身一辈子。如果早知道二十几岁就守寡，那我宁愿不嫁。那年秋天，楚伦带着我走向这山林，如果没有发生那件事，生活的意义又在哪里？或许这就是人的命运吧。但那命中注定的爱情也只有三年期限而已。楚伦是个难得的好人，因为这样，不止我，他的好多朋友也都感到遗憾，大家都非常怀念他。失去他的不单是我，还有他的朋友们，但最伤心的是我，事故的主要责任也在我。如果在他疯狂工作的时候劝劝他，或许事情就不会至此。我们都太争强好胜了。我们想把日子过得好一些，想在亲戚朋友中间有面子，这又有什么错？我们的确太求上进了，只顾着日子更好，都不珍惜自己的身体。我俩都认为劳动才能创造财富。不甘落后的我们想挣更多的工资，每次比赛都拿第一。楚伦越这样，我越是给他鼓励加油。难道这样就错了吗？上学时，我没有一件像样的礼物，也不为此难过，现在我的物欲膨胀了？并不是。我如果是一个物欲膨胀的女人，不会找一个普通的驾驶员，而会嫁给一个有权有势的人。当时追求我的男人不少呢。是因为我们彼此非常相爱，才更渴望进步？我们只是想过上好日子。我可以懵懂无知，不缺爱的女人的确可以懵懂无知。巴桑说我懂事又可爱，是因为他听了别人的风凉话吗？谁知道呢。当时她们说我想成为官太太，而不是一个满身油污的驾驶员的老婆。楚伦听到这种风凉话后对我说，要让我美得像个女王。他那么冲动，我除了开心，还能怎么样？我们都知道挣钱不只是为了把我打扮得漂漂亮亮。尽管有时我们疲惫不堪，但也都觉得那是我们应做的事，该拿的工资。我们还是不够聪明。出事那天，我其实可以不让楚伦出工，但我没那么做。尽管他三天三夜没有合眼，我还是不敢相信他会遇难。他说再走两趟就能拿"决战"冠军，从厂长那里拿到他之前承诺过的一千图格里克。他那么一说，我也动了心。他又不是第一次参加"决战"。不危险的地方，他就把卡车交给我开。那天他说要带我一起出工时，我还开心的呢。难道注定了我要眼睁睁地看着爱人离去？二十几岁就失去我爱的人守寡，我是多么不幸！如果楚伦还活着，那该多好。那我就不会像现在这样，在山林里独自瑟瑟发抖了。车窗外下着雪，雪夜很温暖，我却独自一个人……"

"你不是独自一个人，铁木尔，你不是独自一个人！"好像有一个人在贴着她的耳朵这样说。她不知道此人是谁，在哪里，但那句话却清清楚楚地在耳边。秋天下雪时很温暖，就算是寒冷的冬天她也冻不着。正当她暖暖地酝酿一点睡意时，突然听到这么一句话，她便浑身颤抖，腰身和双乳间渗出了冷汗。车窗外好像有人或野兽的踪迹。难道楚伦没死，现在跋山涉水回来了？她这样胡思乱想一番后，又惊又怕，心跳开始加速，血液开始沸腾。树枝接二连三地被大雪压垮，原本寂静至极，静到只能听到汽车水箱里水流声的山林开始痛哭和窃窃私语，车窗外的人或野兽似乎在叹息，又好像在张牙舞爪地朝她走来。

"楚伦，我该怎么办？"

她不知这句话是她张口说出来的，还是只在心里默想了一下。

"你现在很幸福。你不是一个人。现在有三个好小伙儿在陪你。他们都对你很好。大家对你都不错。咱们还奢求什么呢？就算你现在还忘不掉我，但必须保持愉悦和幸福。你有我们的骨肉，我们的后代，所以你不会孤单！你现在没有任何牵绊，还那么美丽。你的美，会夺走别人的心！"

半梦半醒之间听到的这席话，像是他人的表白，也像她自己的心声。如果是在梦境里，她应该感觉不到双乳间渗出的冷汗。她此时想到楚伦常说，她的乳房像少女的。车窗外似乎真有一个人，在她迷糊中慢慢地朝她走来。很显然，他不会是楚伦。但……

"你到底是谁？如果你是来扰乱我内心的，请你离开！"

"你的心，不可能那样平静。你一刻没有忘记楚伦，就无法平静！你也没有必要忘记他。就算你惦念一辈子，也不会影响你什么。他们都说你又漂亮又懂事。现在没有人嫉妒你，在你背后说风凉话。你本没有错，一丁点儿错都没有。他们无法阻止你当驾驶员的意图。据说，这次决定甚至惊动了上级。他们爱护和尊重你，爱你的人也不在少数。所以你不会孤单。你现在依然年轻漂亮，很多人都羡慕你。你现在不用急着出名，好多人都认识你。一个女人因为怀念丈夫而当卡车驾驶员的事，在他们看来就是英雄事迹。你不是一个人。只是你现在失去了丈夫，所以才在这里瑟瑟发抖。你说，你还不为男人操心……"

"是的，是的。我再也不会遇到像楚伦这样的好男人。"

"这句话是谁说的？难道是我自己？不，不。我要收起杂念睡觉。怎么才能熬过这漫漫长夜？"

"铁木尔，我在这儿呢！"好像有一个人在她耳边说话。铁木尔惊醒了。左侧车门开了，进来一个人。铁木尔想喊，但喊不出来，只是哼哼了几下。进来的人关上车门，爬上驾驶座说："铁木尔，你别害怕，我是巴桑!"

铁木尔刚缓过来,对他说:"你这个混蛋,为什么在夜里吓人?"一边说着一边哭起来。

巴桑摸索着紧紧地握住她的手,焦急地说道:"铁木尔,我忍不住了。你就可怜可怜我。我彻底睡不着了。"

铁木尔害怕得浑身在发抖,说:"你赶紧离开这儿!你为什么要这样吓唬我?"说这话时,她非常委屈。巴桑不知道到底发生了什么,耷拉着脑袋坐在宽大的驾驶座上,一声不吭。

二

楚伦从"马兹"重卡车的后视镜看出铁木尔脸上的心事,同时被她明亮的眼神吸引,叹了口气。铁木尔的这双眼睛是一切的导火索。那年秋天,楚伦硬拉着铁木尔上山,在后视镜里看到那双眼睛,便暗暗发誓要一辈子陪着这双眼睛,成为一个幸福的男人。把她想象成自己的终身伴侣,那双眼睛就给他诗意和独享的骄傲。但事情的进展还是一波三折。铁木尔那双异常好看的眼睛里交替着喜悦、悲伤、担忧和爱意,叫人一辈子都看不够。那年秋天与她一同上山时,她孩童般好奇地观察大自然的神奇,叫他坚决相信这就是他日思夜盼的那双眼睛,总有相见恨晚的感觉。楚伦不怎么在乎周围的女孩。沙尔河国营木材厂刚刚建立时,他在自愿来这里工作的第一批驾驶员之列。来到这里之后,他每天忙着伐木,工作占据了他的绝大多数时间。这也是男人应该做的,如果在木材厂努力工作,收入还不错。都说木材厂的驾驶员是赚钱的大咖,没有多少人知道他们为此付出了什么。领导分配计划时,常常承诺很高的奖金,让员工进行比赛,争取早日完成工作量。爱起外号的驾驶员们管这种做法叫"决战"。楚伦常在"决战"中拿冠军。他出发之前认真检修,上山不分昼夜地干上三四天,就能顺利地完成月计划,拿到"决战"冠军。但楚伦开始反对这个让人和机器都无法承受的"决战",在工会上提出批评意见，因此受到木材厂领导的冷落。就在那年夏天，大家都说从城里来了一位名叫铁木尔的美女，她是组织派来的劳动保护监察员。

大家都说她在城里待不住了才来木材厂。还说美女都喜欢待在城里，一旦离开城市就会被人说三道四。铁木尔中学毕业后，没能考上大学，在首都一家制衣厂当工人，后来从综合技校的财政函授班毕业，申请到林场工作。她离开生活了几年的大城市，完全是因为那场糟心的爱情。楚伦想的是在木材厂立住脚跟，从未想过娶妻生子，所以才不怎么关注周围的女生。

有一次楚伦正准备参加"决战"，厂长叫住他，用厌恶的口气说道："听说你每次竞赛都拿冠军，挣了不少钱，还得了便宜卖乖，说这样的竞赛违反什么劳动保护条例，对人和机器都不好。你是不是应该闭上嘴？"别人的风言风语，楚伦一般都当成耳边风。但那一次，他直接跑到劳动保护监察员那里告状。劳动保护监察员是一位身材微胖、皮肤白皙的姑娘。她穿一身蓝色的旧衣服，头戴粉色的头巾，衣服和头巾非常合适，看起来很漂亮。

"监察员同志跟我一同上山吧！你看看我们的'决战'走的是什么样的山路！然后再批评人也不迟！"

监察员不情愿地看了他一眼，说道："我可没时间跟着你们在山路上折腾。"

"哦，是吗？"楚伦一边说着，一边伸出手一把拽着那个姑娘走出来，把她扔进了驾驶室。他的怒气在山路上稍稍平息后，他才注意到铁木尔的那双眼睛。虽然木材厂的人说铁木尔的美不只在这双眼睛上，但那双眼睛一定是美中之美，没有人发现而已。在这金色的秋天里，她放眼望着山林里深黄色的树叶，异常温暖的黑眼睛里藏着孤独与温柔。

坐在她旁边的楚伦突然动了心，说道："请原谅我的鲁莽。我刚刚被厂长批评了，动了怒，就把你拉到山上来了。"

铁木尔笑着说："你们这些臭男人，脾气都一样。"

一切就是这样开始的。劳保监察员就这样被动地感受了运木材的崎岖山路。看见一次他们劳动的环境，她就心软了。心软并不是因为楚伦挣钱辛苦，而是看到他在呛人的索拉油黑烟里驾驶着"马兹"，通过羊肠小道穿山过林。行走于悬崖峭壁时，她开始暗暗敬佩他。他个头不高，但很强壮；他的黑眼睛里透露着安详，脸上长满胡须。他是那几个驾驶员中最普通的一个，而此时在铁木尔的眼里，他是极品男人。他们在秋天金色树林里与野营的其他年轻人奏乐唱歌，最后直接在"马兹"上一起过夜。

楚伦半开玩笑半认真地对野营的小伙子们说："这位美女是我新交的女朋友。"

他们也半信半疑地说："我还以为你领一位仙女来给我们开开眼界，原来你们这是在度蜜月。"

楚伦和铁木尔在山脚下感受穿越森林的秋风，闻着树木的芬芳，对着彼此说火热的情话。他们都认为在山林里彼此相守是一种缘分……

现在，铁木尔看着照在蛇坡上的太阳和寂静的秋日山林，沉浸在自己的思绪里。秋天的山林很美，却也让人倍感孤独。这样的孤独，她感受过三次。那年下山之后发生的种种变化，都与一去不复返的往事有关，金黄色的山林恰恰是时光流逝的最好见证。或许正因为如此，她觉得世间最大的幸福便是与楚伦驾驶轰隆隆的"马兹"在满是霜雪的冬夜里行走在悬崖边上；在被晒软的松香刺鼻的气味中浑浑噩噩地熬过一个又一个闷热的夏夜；在春夜里听着震耳欲聋的山风，一起挤在车上过夜；在生机勃勃的夏天离开运木材的路，在山涧或小溪边稍事休息时走进长满苔藓的花丛中嬉闹打滚。这种幸福感，不仅来自年轻的自信与大自然的美丽，更来自人类征服自然的力量。散发着索拉油味的大卡车和满身油污的驾驶员，有融入美丽大自然的魔力，有与大自然交战的力量，也能带来稳妥无比的日子。

铁木尔在后视镜里看到楚伦的眼睛里布满了血丝，眼角正耷拉着。

"老公，停下来歇一会儿吧？"

楚伦把车开到高处，给车换齿轮时说道："铁木尔，现在昼短夜长。天黑之前再走两趟吧。这样明天就能轻轻松松地拿到'决战'的第一名。"

"咱们放弃'决战'吧，免得受苦受累。"

"也不是非拿不可。咱俩又不缺钱花。但就是不想落在后面。比赛就是比赛啊。"楚伦微笑着说。过度劳累的楚伦微笑时只能勉强地上扬一下嘴角。

"是这样，不过没有必要拿冠军啊。"

"如果不拿冠军，你的楚伦就不是楚伦啦。"此次笑起来时，楚伦露出了一排整齐洁白的牙齿。铁木尔喜欢他这样的幽默感。即使再苦再累，一两句话就能把人逗乐。

"你已经三天没合眼了。这里的山路崎岖不平，我也不能替你开车。"

"过了前面那座山，山脚下有一条河，到了河边你来开。到时候我打一个盹儿。你是铁木尔，我是楚伦①，这点苦累算不得什么。"楚伦说自己没事，那就肯定没事。这一点，铁木尔也习惯了。

世界上最疼妻子的人，大概只有楚伦一个。从办公室硬拽着上"马兹"时，铁木尔从未想到他会是这样一个温柔的人。现在，她非常贪恋他的温柔。生活是一片汪洋，叫人望不到岸。三年前，她想都没想过自己会嫁给一名普通的驾驶员，两个人一起过上幸福的生活。

"老公，在这个月的工会大会上，咱俩一起提议取消，怎么样？"

"还是算了吧。因为上次的事，好多驾驶员都对我不满呢。他们说不应该破坏现有的制度。他们说就算没有'决战'，卡车总有一天还是会坏掉，而人睡多长时间也不会觉得够。"

"人一旦习惯了，错的就变成对的了。"

"是啊。人倒无所谓，可以忍。但这些卡车就被糟蹋了。以前厂里的工作时间是恒定的，充分考虑人和卡车的休息时间。"

---

① 铁木尔意为"铁"，楚伦意为"石头"。

"领导觉得有激励机制更好。"

"是啊，后来事情就变质了，大家都是为了钱。"

"可不是嘛，但也得想想。如果你是大队长，就应该和同志们一起商量，在整个大队里开展一项固定的比赛机制，而不能只针对驾驶员。这样'决战'的奖金不就成固定的奖金了吗?"

"我老婆可真聪明。但这也得看大家的觉悟。本来是一两个人的专项福利，现在平均分给五六个人，肯定有人不高兴。"

"那倒也是……"

夫妻俩在车上想着各自的心事。"她的眼睛可真美。"楚伦这样想着，想在高处的斜坡上休息一下，于是停了车。等到要继续往上爬时，沾满泥泞的齿轮开始在冻土上打滑，车轮下的石头和树根被抛出很远。这里刚刚下过一场小雪，路上非常滑。"大家说应该修一条运木材的专用公路。"铁木尔用余光看到楚伦握着方向盘的手开始微微颤抖。卡车像一头野兽，用尽最后的力气呼啸着朝斜坡边上爬去。铁木尔大叫"唉哟，不好"时，旁边的木头就被撞倒了。

楚伦大喊一声："不行了!"他用脚踢开驾驶室的门，把铁木尔推了出去。此时铁木尔失去了知觉，不知道接下来发生了什么。几秒或者一分钟后，她看到可怕的一幕：黄色的"马兹"横着滑下去，撞到一棵大树稍稍停顿后翻了车，大齿轮依然在转动。

"楚伦! 楚伦!"

山林里传来回声。卡车撞断斜坡上的大树后，继续往下滑，越滑越快，最后被撞成了几块。

寂寞的山林里，依然回荡着那撕心裂肺的叫喊声。

一九八四年

我们必胜

哈瓦那的白色建筑鳞次栉比地耸入云端，犹如海市蜃景。蓝色的加勒比海水环抱着这座城市，城市与海水成了和谐的一体。来自各国的游客在海边黑色花岗岩的环形堤坝上悠闲地散步，那里穿梭着各种车辆，既有可以陈列在博物馆里的老式福特，也有苏联最新产的日古力①。

埃莱梅纳领着五岁的儿子罗德里格斯，思绪沉沉地走在堤坝上。离哈瓦那二十千米处，是连接欧美的海峡，那里穿梭着迅速前进的货轮和扬起白帆的小船，大轮船能够运输几千吨石油。埃莱梅纳看着它们驶向哈瓦那的旧城堡和立着灯塔的海关，心里热切地期盼着："亲爱的马塞洛，你会不会乘着这些船中的一个回来？"

小罗德里格斯似乎猜到了母亲的心思，问道："妈妈，爸爸什么时候回来？我想爸爸了。"

埃莱梅纳不忍让儿子看到自己的眼泪，转过脸说道："爸爸会回来的。只是咱俩不知道到底会乘坐哪条船回来。"加勒比海面上卷起羊毛般的海浪，呼啸着冲过来拍打堤坝。堤坝上还有头戴墨西哥宽檐帽的老人和孩子，他们手里拿着鱼竿在钓鱼。

徐徐吹来的海风飞扬了埃莱梅纳乌黑的披肩发，她犹如罗克韦尔·

---

① 日古力：苏联伏尔加汽车制造厂生产的汽车品牌。

肯特①素描中的人物，在微风中显得弱不禁风，带着重重的心事。

白色的轮船划破浪花驶向哈瓦那海关时，有黑色的小船出来迎接，给它们带路。

"亲爱的马塞洛，但愿你还活着，愿圣母保佑你！"埃莱梅纳这样祈祷，望着辽阔无边的海面。

马塞洛、埃尔南德斯、曼努埃尔、冈萨雷斯四个人被带到瓦尔帕莱索②附近的海军监狱。他们在名扬天下的"特雷斯·阿拉莫斯"③只逗留了几天就被拉到这里，看来不是什么好事。他们被捆住手脚，眼睛被蒙上，被一辆警用"吉普"拉到这里。不难想象，他们可以被列入失踪者名单。冈萨雷斯两年前在瓦尔帕莱索当过海军，直觉告诉他，现在他们就在大海附近。有人用枪杆子不停地打他们，把他们关进了又冷又臭的牢房。他们用牙齿解开彼此的眼罩，又解开同伴身上的绳索，才发现这里是一个方形的屋子。它并不像船上那样摇晃，顶上的那盏汽灯发出微弱的光。

冈萨雷斯胡须浓密，眼神里闪着智慧的光芒。他把耳朵贴到牢房的墙上听了一会儿，说道："东边有人，西边是大海，我能听到海浪的声音。二十千米之内的事，我猜得都很准。"

牢房的角落里坐着身材瘦小的黑人埃尔南德斯。他抱着腿不耐烦地说道："大海，大海？大海能救我们出去吗？"

马塞洛站在牢房中间，望着天花板说："朋友们，我们到了接受酷刑的地方。"

冈萨雷斯愤恨地说道："但愿像《圣经》里那样发一场洪水，把我们和皮诺切特④一同带向地狱。"

---

① 罗克韦尔·肯特：1872—1971，美国版画家。

② 瓦尔帕莱索：智利的城市，南美洲东岸重要海港。

③ 特雷斯·阿拉莫斯：圣地亚哥政治犯拘留中心。

④ 皮诺切特：1915—2006，智利政治家。1973 年 9 月 11 日，以智利陆军总司令皮诺切特为首的军人集团发动军事政变，该国总统阿连德在军事政变中以身殉职。

　　大力神模样的汉子努埃尔在牢房的角落里若有所思地沉默了一会儿，开启他厚厚的嘴唇说道："马塞洛，我们现在已入狼口，估计很难如愿。这太令人遗憾了。不要再讨论被捕的原因了。只是，马塞洛本应该自由自在地活着。"

　　马塞洛用后脑勺顶住牢房的墙，闭上睫毛长长的眼睛，说道："我愿意与大家一起去死。"在圣地亚哥机床厂建立反独裁者的秘密组织时，他已料到了日后将面临的种种危险。他作为工厂已解散的工会领导，为取得对方的信任，甚至听信了来自陌生人的消息。有一天，他带着妻儿在圣地亚哥工会附近的巷子里散步，一辆警车横在他们前面，从车上跳下来三个壮汉，用枪杆打马塞洛的胸口，将他打晕后扔上车便扬长而去。几天后，马塞洛在"特雷斯·阿拉莫斯"看到被捕的还有他的几名同志。

　　"我要和你们一起死。如果还有另外一个世界，我希望在那里我们依然彼此信任和依靠。独裁者的魔爪不会永远侵略智利，智利没有那么不幸。就算我们死了，智利人民会永远活下去。我们的子子孙孙会生活在自由的智利，永远地纪念在反皮诺切特的斗争中牺牲的我们。我的埃莱梅纳！我的罗德里格斯！"马塞洛用颤抖的声音说道。

　　"美丽的智利为何陷入这样的水深火热之中？难道是我们的过错？同志们的过错？"埃尔南德斯感伤地说道，用他宽厚的额头撞击着膝盖。

　　第二天狱警带走了埃尔南德斯。他们以为他会很快招供。两个小时后，狱警拉着奄奄一息的埃尔南德斯过来，把他扔进了牢房。他的嘴唇遭到电击，胸口被钉子刺了无数次。

　　临走时，狱警恶狠狠地喊道："如果和这个黑鬼一样不肯张嘴，等你们的会是地狱！"

　　曼努埃尔把埃尔南德斯抱进去，骂道："唉，一群畜生！肮脏的畜生！"除了谩骂，他毫无办法。

　　被折磨得奄奄一息的埃尔南德斯清醒后，用微弱的声音说道："同志们，再见！我们必胜！"他一边说着一边握紧拳，放在胸口上，停止了呼吸。其他三个人以为他们也会遭到这样的酷刑。但是，并没有。

"把你们扔进尸坑里，你们在那里下地狱吧！"

敌人的这句话只有一种理解方法：敌人要他们站在尸坑前朝他们开枪。不过事实并非那样。刽子手们能够想得出正常人完全想不到的酷刑。卡夫卡的小说《在流放地》①里的酷刑比起皮诺切特的酷刑简直不值一提。两天后，他们三人在全副武装的士兵的监督下来到尸坑边。刽子手们打开货轮船舱般沉重的铁盖子，往臭气熏天、黑洞洞的坑里放进一把长梯。一位军官带着挑衅的口吻喊道："本来应该让你们靠墙站着枪毙你们。不过这次打算给你们最轻的酷刑尝尝。你们要知道，这里没有出路，你们的灵魂都没处去！不过在里面你们有足够的时间思考。先生们，请吧！"

被逼之下，三位同志踩着长梯到了坑底。为了让他们三个看清坑内的东西，刽子手们盖上盖子时，故意留了一条细缝。尸坑的角落里堆放着无数个人的尸体。

"我的天啊！"冈萨雷斯失声叫道。曼努埃尔跳起来想要抓住渐渐被拽出去的梯子，怒吼道："唉，你们这些万恶的刽子手，总有一天你们会下这种地狱！"

马塞洛也试图抓住梯子，说道："原来这就是消失。但我们在为我们的人民和自由而战斗，我们的心，永远不会消失！不管等待我们的是怎样的地狱和怎样的酷刑，我们要和埃尔南德斯一样一起选择英勇地牺牲！"

冈萨雷斯握紧拳头，喊起口号："我们必胜！"

三位依靠着彼此坐在坑底的角落里，一起聊天。他们聊着国内独裁者势力趁势夺权、人民团结阵线沦陷、总统阿连德②以身殉职、当时的工人应该如何应对、逃难到国外去的智利人民、逃出独裁者魔爪的领导

---

① 《在流放地》：奥地利作家卡夫卡于1914年创作，1919年首次出版的小说。小说中描写的是"杀人机器"带来的种种酷刑。

② 阿连德：1908—1973，萨尔瓦多·阿连德·戈森斯，智利医生、政治家、总统。

月光曲

人科尔巴兰①和阿尔塔米拉诺②应该如何拯救祖国、他们三人自己的过失以及妻儿的命运。

他们大约在坑底熬了一天一夜。狱警没让他们喝一口水。尸体腐烂而发出的恶臭味叫他们难以忍受。狱警透过铁盖上面的缝隙朝里面看了看，故意侮辱他们："如果谁先死了，记得把他堆到那些尸体上。"很快又过了一天。在这尸坑里失踪，是一件令人不堪联想的事。此刻他们正回想着在两年前的圣地亚哥广场上飘扬的红旗，他们祝贺阿连德总统，自由沐浴阳光的那一刻，似乎那一刻会永远定格……

冈萨雷斯安睡般地闭着眼睛坐在角落里。他突然跳起来，走到铁盖下面，大声叫道："曼努埃尔，你快过来！"

等曼努埃尔跑过去，他异常兴奋地说道："我想到了一个绝妙的主意。曼努埃尔你两米高，知道吗？你想想，我们三个加起来会是几米高？够不到那个铁盖子吗？马塞洛，你快过来！不管怎样，我们先从这里逃出去，再和敌人决一死战！"

这样，他们三个像杂技演员似的，踩着彼此的肩膀成为"巨人"时，站在最上面的马塞洛的指尖刚刚碰到铁盖。

曼努埃尔用尽力气踮起脚尖说："马塞洛，你想想办法，应该没有人把它锁上。"马塞洛咬着牙，用十个指尖顶住铁盖用力一顶，铁盖与尸坑之间有了一点缝隙，看来它的确没上锁。刽子手们做梦也没想到这里的人会逃跑。接下来，他们三个安排了周密的越狱计划：得有一个人推开铁盖逃出去，然后干掉这里的哨兵，拿走他们的刀和刺枪；四周的哨兵大概不会想到会有人越狱，所以可以切断铁丝网直接逃出去；冈萨雷斯说这附近就有大海，得找一艘渔船或别的漂浮物逃出去；就算我们越狱失败，死在温暖的太平洋里比死在这臭气熏天的尸坑里好百倍。

第二天夜里，马塞洛准备冲出去。这倒不是因为他是领导，而是他看到了其他两位的期待。别说是刀，他们手里连个石头都没有。夜深人

---

① 科尔巴兰：1916—2010，路易斯·科尔巴兰，智利共产党前总书记。
② 阿尔塔米拉诺：1876—1938，路易斯·阿尔塔米拉诺·塔拉韦拉，智利政治家。

静时马塞洛说："同志们，动身吧，愿上帝保佑我们。"曼努埃尔把坑里的尸体拿过来摞在脚下。马塞洛推开沉重的铁盖，探听了一阵外面的动静就迅速跑了出去。冈萨雷斯和曼努埃尔的心跳开始加速，他们静静地等待着马塞洛的回音。半个小时后，上面的盖子被掀开，伸进来一把长梯。从尸坑里出来，他们两个才发现今夜阴云密布，偶尔才能看到一两颗闪烁的星星。

曼努埃尔在嘴里祈祷道："啊，玛利亚圣母保佑我们！"监狱角落的台阶和周围屋顶上的探照灯让这里变得犹如白天。好在尸坑周围只有一盏汽灯，发着微弱的光。

马塞洛在洞口附近的土包后面藏好之后轻轻唤道："同志们，我们得替埃尔南德斯报仇。"对于他们而言，机关枪和刺枪都是武器。从尸坑十步开外的地方，到拉着铁丝网的那块地方有个三角形的盲区，两个探照灯都照不到那里。

马塞洛说："我们一个个爬到盲区里。曼努埃尔你先来！"哨兵没有注意到他们的行动。冈萨雷斯兴奋地小声说道："大海，大海的味道！"曼努埃尔用手中的刺刀挑开了铁丝网。他们根本没想到这样会引起敌人的注意。幸运和圣母果然没有眷顾他们。他们还没走出十步，就响起了刺耳的警报声。

马塞洛把机关枪交给冈萨雷斯吩咐道："你是海军，应该知道什么时候开枪。别在探照灯下暴露了自己。"说完他便弓着身子向前冲。不一会儿，探照灯刺眼的白光开始追这三位越狱者。

"大海，大海就在前面！"冈萨雷斯兴奋地叫道。曼努埃尔高大的身子早已在探照灯下完全暴露。他也不再躲闪，迈着大步说："那边有船在等我们吗？还是不要去海边了吧"冈萨雷斯闪躲着探照灯，说道："海边无处藏身，我们会像猎物一样任人开枪。"

海风告诉他们，这里离大海很近。冈萨雷斯朝追上来的吉普车开枪，打爆了车灯。重机枪的子弹拉着红色的线从他们头顶上呼啸而过，照亮了夜空。英雄曼努埃尔就这样牺牲了。他跑着跑着就脸朝下倒下，一声都没来得及吭。

马塞洛抱着曼努埃尔的头喊道："他不行了。"

狱警包围了冈萨雷斯和马塞洛。他们嚣张地喊道："抓活的！活活抓住这些恶狗！"

冈萨雷斯朝他们射完为数不多的子弹后，喊道："抓活的？在大海里等着吧！马塞洛，我可是一条大鱼，我想带着你消失！"他们在碎石满地的海边逃跑，后面的狱警步步逼近他们时，他们被电光弹击中了。他们很快就到了海边。海边悬崖下呼啸着滚滚大浪。

冈萨雷斯平静地朝马塞洛说了一声："马塞洛同志，再见！"然后朝狱警开枪。但没过一会儿，拉着红线的子弹就穿透了冈萨雷斯的胸膛。马塞洛拿起冈萨雷斯的机关枪，扣动了扳机。没子弹了。那一瞬间，他毫不犹豫地想到了自己的结局。他扔了枪，走到悬崖边。蓝色的大海似乎朝他张开了温暖的怀抱。

马塞洛大喊一声："再见了，埃莱梅纳；再见了，罗德里格斯；再见了，智利！"然后双手抱在胸前，纵身一跃，跳下悬崖。

埃莱梅纳带着儿子在黑色花岗岩的堤坝上散步。每看一次儿子，她都觉得他和父亲一模一样。想到儿子可能会失去父亲，离别的感伤就会刺痛她的心。她带着满满的期盼，望着航行在加勒比海上，朝哈瓦那海关驶去的轮船。一群幼儿园里的小朋友排着队走了过来。他们高声唱着：

> 最难忘战士英勇
>
> 铸就那不朽楷模
>
> 我们要舍生忘死
>
> 决不会背叛国家
>
> 我们必胜！我们必胜！

泪水模糊了埃莱梅纳的双眼，她满怀期望地望着辽阔的大海，继续挪步向前。

伊莎贝拉

美因河畔的法兰克福机场霓虹闪烁，起飞和降落的飞机发出震耳的声音。我们乘坐的"伊尔—62"① 像一匹筋疲力尽的马，低声咆哮着停在机场的旅客通道口。乘客们经过通道，走进宽敞的候机大厅。从莫斯科到这里的三个小时旅程里，我和邻座的一位女士聊得还算惬意。邻座妮娜·阿列克谢耶夫是某单位负责与国外做动物皮毛交易的职员，还因工作原因去过蒙古，所以我们很快彼此熟悉，一起聊天，还分享了一瓶从谢列梅捷沃机场的酒店带来的香槟，不知不觉中飞了半个欧洲。妮娜·阿列克谢耶夫是一位依然保持风韵的中年女人。她的手上戴着钻戒，脖子上戴着昂贵的项链，衣着也非常得体。坐在她身边和她聊各种趣事，是一件非常美妙的事情。这次她要去阿姆斯特丹做生意。我们聊起蒙古的兽皮和宝石时，她说："资本家就爱小看我们，说我们戴不起好饰品。其实不然，比如我是一个普通的职员，就算我戴不起伊丽莎白·泰勒②那样昂贵的饰品，也不能叫他们小瞧咱。和他们做生意，我没亏过钱。"她的这些话，我听着非常舒服。下了飞机，妮娜·阿列克谢耶夫和我告别，到另一个大厅去办理到阿姆斯特丹的登机手续。我不

---

① 伊尔—62：苏联伊留申设计局研制的四发动机远程喷气式客机。
② 伊丽莎白·泰勒：1932—2011，美国影视演员。

得不与她作别，一个人有些孤单地到了哈瓦那。作为一名记者，我很不适应这样的冷清与孤单。我要去采访一个和平会议，所以没有什么比多认识一个旅伴更叫我开心的了。旅客们陆陆续续走进半圆形大厅，那里有黑色花岗岩的茶几和红色的靠背椅，游客们有的坐在那里休息，大多数人走到对面买饮水和啤酒等边享用边休息。我也买了一瓶啤酒，坐在那里喝着看来往的旅客。我只认识其中的两个人，一个是穿着黑色长袍戴镶钻十字架的俄国牧师皮缅，另一个是智利共产党著名活动家、作家瓦洛佳·泰特尔博伊姆①。过了二十分钟，我们正准备飞往非洲时，机场广播员用温柔的女声抱歉地通知我们，由于地中海上空有雷雨，飞行时间将推迟一小时。旅客们叹息一声，再次回到餐厅。我又点了一瓶啤酒。看来得在西德美丽的城市法兰克福多待几十分钟。想必我的新旅伴妮娜·阿列克谢耶夫此时已到了阿姆斯特丹。这次坐在我身边的是另一位接近中年的女人。她有一头乌黑的波浪卷发，快速眨动着碧绿的眼睛；她的皮肤白皙，宽大的额头上有细细的皱纹，薄嘴唇上涂了棕色的唇膏。她算不上美女，不过看着令人舒服。她和旁边的一位中年男人用西班牙语聊着天。那个男人高个子、白头发，看着气质不错。他们大概是一对夫妻。不知道为什么，我想仔细看看这个女人，大概是因为我没怎么见过西班牙女人，动了好奇心。我想起伊莎贝拉应该是深黄色头发。"她不是黑头发绿眼睛，黄头发的女人有的也有绿眼睛。伊莎贝拉现在会在哪里？她的眼睛像海水那样绿，跟这个女人的一模一样。夏天，波罗的海就泛着这样的绿色。那年夏天我和伊莎贝拉在罗斯托克②附近的疗养胜地瓦尔讷明德③认识，那已是二十六年前的事了。如果现在遇见她，我还认得出来她吗？"

当我沉浸在自己的思绪里时，高个子男人站起来朝食品柜台走了几步，回过头来问道："伊莎贝拉，咱们喝点红酒怎么样？"

---

① 瓦洛佳·泰特尔博伊姆：1916—2008，曾是智利共产党中央委员会政治委员会成员。

② 罗斯托克：德国梅克伦堡-前波莫瑞州最大的城市，人口接近 20 万。

③ 瓦尔讷明德：德国罗斯托克市外港，位于波罗的海南岸瓦尔诺河河口，距罗斯托克市11 千米。

"好的，来一瓶葡萄牙红酒！"

一听到"伊莎贝拉"这个名字，我忍不住站起来仔细打量了一遍那个女人。黑头发，绿眼睛。她不是伊莎贝拉。伊莎贝拉是深黄色的头发，绿眼睛。

不知为什么，我当时就没想到女人可以把头发染成各种颜色。那个女人根本不搭理我。就算她是伊莎贝拉，在二十六年之后的今天我还是不敢见她。我的心跳开始加速，整个人都提起了精神。二十六年来，我对伊莎贝拉的爱从未改变。我们在瓦尔讷明德度过的日日夜夜，是我一生中最美好的回忆。那年我二十四岁，彼时欧洲女孩都爱穿短裙。那年伊莎贝拉二十岁，刚好穿了一条短裙，她的眼睛眨得很快，和眼前这个女人一模一样。我稀里糊涂地走到那个女人面前，问道："你是伊莎贝拉吗？是那个二十六年前叫我迪尔迪德的伊莎贝拉吗？我来自蒙古。"

女人的眼睛越睁越大，直直地看了我一会儿，突然大声叫道："你是迪尔迪德，我的蒙古！果真是你！"她一边说着一边跑过来紧紧抱住了我。

我突然变得不知所措，无聊地揉着自己的手说："伊莎贝拉！伊莎贝拉，我们见面啦！已经二十六年啦！二十六年！咱俩还是有缘。"刚才那位高个子男人买了一瓶红酒回来，看到我们惊呆了。伊莎贝拉松开手，在我的脸上吻了一下，用西班牙语告诉她的丈夫（我以为是她的丈夫）刚才发生了什么。他和我握手时，伊莎贝拉介绍道："他是智利将军亚历杭德罗，目前是我的丈夫。"

"目前？我不明白什么意思。"

"不用明白，尤其是那方面的事。"

我猜了个大概，把话锋一转问她道："现在是准备回家吗？"

"是的，我得回去一趟。我还是那个原来的我哟，我的蒙古朋友。"伊莎贝拉说着再一次吻我的脸颊。我们三个人坐下来喝着红酒等航班。

一九五八年夏末，我用一个月的时间逛遍了民主德国的各大城市，最后决定到瓦尔讷明德度假一周。我大学毕业后，在中央一家报社才当了一年的记者就被派到这里来。此次的旅行对我而言非常难得。瓦尔讷明德在波罗的海岸，是一座海关城市。那里有很多一两层的房子，屋顶铺着红瓦，那都是资本家和有钱人盖的。我住的宾馆非常小，它所在的沙滩有一半都泡在海水里。宾馆里除了我只有两三个人，伊莎贝拉便是其中的一个。我刚到宾馆就注意到她了。那时我已厌倦了德国女孩修长的美腿和短裙，伊莎贝拉引起我注意的是她那深黄色的头发和迅速眨动的绿眼睛。我很想认识她，无奈我们之间语言不通，只能等待个好机会。好在命运没让我等很久。我的翻译罗伯特·恩津先生想让我这位来自大漠的蒙古人领略一下波罗的海的风采，于是准备让我挤在游客中间，登上那艘航行于波罗的海的客船。想到要看到大海，我兴奋得整夜都没合眼。第二天清晨到达瓦尔讷明德海港，我才看到我们将要乘坐的是一艘围网渔船。秋冬季节它用来捕鱼，而夏天就成了供人们游玩的客船。那天只有十几名游客，不过住在同一个宾馆的那个女孩也在其中。清晨的波罗的海风平浪静，阳光下绿色的海水伸向天边。我们乘坐的客船渐渐驶向海水深处。我站在船尾，看着深不可测的海水。我明明知道这艘船很安全，但也难免心生畏惧。游客们在藤椅上晒太阳，喝着啤酒聊天。恩津过来和我一起喝啤酒聊天。那个女孩站在船尾望着海面，海风吹散了她的长发，让她略显孤单。今天她一改平日的短裙，下身穿了一条浅黄色的喇叭裤，上身穿了一件深红色的高领短袖。喇叭裤紧贴着她的腿，让她看起来非常漂亮。

我喝了一些啤酒，借着酒劲走到她身边说："可以认识一下吗？我是一名蒙古国的记者。"

她用绿眼睛看着我说："啊……蒙古……蒙古在遥远的地方，我听说过。我知道一点你们的历史，很独特。我叫伊莎贝拉。"她一边说着一边朝我伸手。我赶紧上前，握住了她温暖的手。我们就这样相识了。伊莎贝拉能讲一口不太地道的俄语，据说她的英语和法语都很不错。

她用俄语问道："你叫什么名字？"

"登德布。"

"哦，迪尔迪德，很好！"说完她哈哈大笑。我马上就从"登德布"变成了"迪尔迪德"。谁会想到海面上也和戈壁一样，会突然起风。我们航行三个小时，看到海岸，准备返回时，头顶飘来了一团乌云，接着便刮起了大风。刚刚还平静如镜的海水片刻过后，突然卷起大浪，时而把客船高高地举起来，时而又把它扔到浪底。这是四级左右的海风。富有经验的老船员用广播喊话让游客宽心，说这里的海风不会超过七级，所以游客一定会非常安全。他劝晕船的游客进船舱躺在椅子上，或者干脆来一点烈酒。

第一次坐船的我觉得自己肯定会晕船，于是拿出从蒙古带来的烈酒，与恩津先生每人喝了二两。伊莎贝拉不敢喝烈酒，她的脸色变得苍白，眼眶里有泪水在打转。海风越来越大，灌进船舱的海浪彻底打湿了我们。幸好我还带着卡普伦雨衣，就赶紧过去给伊莎贝拉披上。她干呕几下，在我怀里瘫软下去。我抱着她，尽量让她少受风吹雨打，同时按摩她的肩部和颈部。她偶尔睁开双眼，用眼神鼓励我继续。一个小时后，尽管海风已平息，海浪依然没有收敛。打进船舱的海浪越来越少时，我们看到了期盼已久的瓦尔讷明德海港。伊莎贝拉依然很虚弱，闭目躺在我怀里。

晚上我们在宾馆的小餐馆吃饭时，伊莎贝拉穿着短裙走进来，直接坐到了我旁边。我们分享一瓶低度酒后，开始随意聊天。原来伊莎贝拉是南美洲的智利人。她的父亲是智利共产党的著名活动家，于一九三六年到西班牙参加反法西斯战争，战后回国。一九三八年，他和一部分同志被捕入狱，于"二战"结束后的第九年越狱，逃到欧洲，现在他在维也纳暂住。十几天前他让女儿来这里，自己为执行党的秘密任务去了葡萄牙。他的父亲一辈子都在为工人阶级的自由而奋斗，自己则过着居无定所的流浪生活。伊莎贝拉特别赞赏父亲的做法。伊莎贝拉虽然刚刚二十出头，但也继承了父亲的事业。我给她讲蒙古，讲戈壁生活。伊莎贝拉说我能够在海风中坚持下来非常不易，她很开心自己叫我迪尔迪德，还说蒙古人就应该英勇无比。伊莎贝拉不是一个轻浮的女人。她的美，并不是因为她的短裙下有一双修长的美腿，而藏在她深邃的眼神和得体的一举一动里。

那个夜晚，我们过得非常愉快。伊莎贝拉说她雇了一辆车，第二天可以去罗斯托克市里转。原来宾馆外面的那辆旧奔驰是伊莎贝拉租来的。那天晚上我满脑子都是海浪和伊莎贝拉，几乎一夜都没合眼。呼啸的海浪是大自然威力的象征，而倒在我怀里的伊莎贝拉简直是极品美女。并不是所有的不凡都带着美感。我又觉得我早已熟悉大海和伊莎贝拉，它们都很平凡。我得感谢遥远的波罗的海，是它让我见识了平凡中的美丽和大自然的威力。

第二天晌午，我们动身去罗斯托克。伊莎贝拉启动那辆梅赛德斯奔驰，穿过松林中弯弯曲曲的土路，进入柏油路便把车速提到了一百迈。别看她在大海上不行，在陆地上她非常勇敢。我们很快就到了罗斯托克，把汽车放到一边开始逛街。我们在"大象"餐馆吃了饭回来时，已到了落日时分。这里没有寒冷的北风，落日的余晖照着平静的海面，让它显得更加辽阔，远处的轮船也被染上了落日的颜色。伊莎贝拉说要带我去海边。我们钻进她一直随身携带的帐篷里，望着渐渐消失在天边的轮船。尽管我们在一起有看不完的美景和聊不完的话题，不过我们都选择了沉默。当我隔空感受伊莎贝拉的体温，感叹我们彼此离得太远时，伊莎贝拉突然抱住我的脖子，用身子靠着我说："我的蒙古朋友，我的迪尔迪德，你在想什么？"我本想说我们彼此太远，但什么也没说，直接把她搂进怀里，吻了她涂着香艳口红的嘴唇。伊莎贝拉抱着我的脖子，发出愉快的呻吟。自从那次开始，我们成了无话不说的恋人，畅想了各种美好的未来。

很快到了我离开瓦尔讷明德的日子。我在瓦尔讷明德住了七天，次日清晨就得动身去柏林。前一天晚上伊莎贝拉说好要送我去罗斯托克，到了清晨又说送到海边更合适。当然如此！那时的我们大大方方地叫着彼此"亲爱的"，好不羞涩。我们也都知道有一天我们会分别，再也见不到彼此。

我和伊莎贝拉来到海边。她抖一下金黄色的头发，望着大海，一大滴眼泪从她的绿眼睛里流出来，顺着脸颊缓缓地往下滑。我再也忍不住了，开始低声哭泣。

"走吧，我的朋友。让我们记住彼此吧！"伊莎贝拉这样说着，独自站在海边。

尽管过了二十六年，当时的一幕幕依然清晰地刻在脑海里。从法兰克福到哈瓦那的飞机上我们一直聊过去，谈现在。伊莎贝拉现在和她的父亲一样在执行党的任务，这次需要秘密入境。总统阿连德以身殉职，以皮诺切特为首的军方发动政变时，她的父亲突然消失得无影无踪，伊莎贝拉带着母亲和妹妹逃亡到欧洲。她现在要去组织反对独裁者皮诺切特的运动。伊莎贝拉没有聊运动可能会造成的牺牲。不过从她的言谈举止里不难看出这个女人愿意为人民牺牲她的一切。令我骄傲的是，二十六年前我就爱过这样优秀的女人。

我和伊莎贝拉在哈瓦那市的机场分别。和二十六年前在瓦尔讷明德的那次分别一样，伊莎贝拉流了一大滴眼泪，吻我的脸颊时说："谢谢你还记得我，祝你好运。"

"亲爱的伊莎贝拉，智利在等你，我们必胜！"

我们大概不会再相遇了。

前线护士

中午时分，七月灼热的阳光晒着哈拉哈河右岸的巴彦查干高地①和哈玛尔大阪山②。这里升腾着淡黄色的雾霭，好像从天上洒下了被烧红的尘埃。在这样灼热的中午，一辆马车穿过雾霭，一步步远离战火连天的河边，慢悠悠地朝西走去。那是一辆前轮小后轮大，有些笨重的双马敞车，上面插着一面红十字小旗。一匹蒙古马用力地拉着那辆车，车上躺着四个受伤的战士，其中三个是蒙古人，一个是俄罗斯人。车的旁边走着一位瘦小的战士，他背着一杆没有刺刀的步枪，腰里挎着两颗手雷和一个水壶。无论是拉车的马，还是它的主人，看起来都无精打采的，他们还在让伤员远离前线。那匹棕色的马用它短而有力的腿把地面踩出一个个小坑，闭上眼伸长脖子在吃力地往前走；它瘦弱的主人大概刚刚告别童年，用他的牧草帽扇一下腿，望着前方慢慢地向前迈步。看起来丝毫不起眼的这匹马和它的主人在战乱频发的六月中下旬，在前线附近的救助站和野战医院之间走了无数趟，穿过弥漫的硝烟拯救了无数个伤员。野战医院是由六个苏联医生和十八个蒙古护士于六月初在哈玛尔大

---

① 巴彦查干高地：Баянцагаан，地名，位于蒙古国东方省。

② 哈玛尔大阪山：Хамар даваа，地名，位于蒙古国东方省，在巴彦查干高地南 25 千米处。

阪山右侧组建的。十八位护士中的八位两两组成一组，负责用双马敞车从前线运送伤员。

甭提今天有多热了，是那种没有一丝风的闷热。让人失去方位的淡黄色雾霭里掺杂着呛人的火药味，令人作呕。护士桑布走在这难闻的雾霭里，觉得自己沦落到今天这一步，与去年春天应征参军有脱不开的关系。部队到乌兰巴托征兵时，其他同学都一身肌肉、强健无比，只有他一个人的前胸像鸟儿的那样凸出，人瘦到能够看得见身上的每一根青筋。他虽然也为此感到羞涩，但还是褪去身上所有的衣服，像只一岁的羊羔般躲在一位同乡壮汉的身后去应征。米谢林看了他一眼说："让这个瘦男孩去护士连！"米谢林现在是野战医院的手术大夫兼中校。这位瘦男孩其实是他们家乡的驯马高手。但现在看他闻到火药味就干呕的样子，他似乎不太像一位前线战士。不过他又能怎么办呢？

"唉哟，这车怎么这么硬，你那匹死马拉起车来磕磕绊绊的，真和它的主人一模一样。唉哟，唉哟！"

抱怨的这位是躺在马车靠前位置的一位战士。子弹穿透了那位矮胖战士的左胳膊。另外两个战士，一个被炸弹炸成了重伤，另一个的腰背上受了点轻伤。重伤的是一位年轻的苏联战士，头发犹如深秋的枯草般浅黄，子弹穿透了他的胸膛。从六月初开始，桑布一直在运送伤员，因此谙熟他们的秉性。受了轻伤的人，喜欢抱怨；而那些受了重伤的，会少言寡语或干脆一声不吭。如果他一声不吭，那一定是到了攸关生死的时候。那些少言寡语的伤员需要安慰；而那些抱怨个不停的伤员，不理他们就是了。这几天伤员的人数在继续增加。从伤员的集中停放点到野战医院有十几千米，桑布每一次都能把伤员安全地送到医院。不过七月初的那两天，他眼看着四名战士死在他的车上。没有什么比束手无策眼看着有人死去更让人焦灼的了。前线的战斗越来越激烈，护士连的战士们就得加班加点，根本顾不上吃饭和休息。算上这次，今天桑布总共走了三趟。

黎明时分，双方开始用大炮攻击，太阳升起时装甲车也加入战斗。

装甲车的后面是苏联红军和蒙古的骑兵队。关于交战结果，有人说胜了，也有人说情况不妙。日本军队分成两拨，在黎明前渡河，准备在巴彦查干高地包围苏蒙先遣队。上午，双方的飞机连番轰炸了对方的军事基地。又热又累的战士们趁着中午的炎热，在浅黄色的雾霭中暂时放下烧红的枪，喝几口满是火药味的温水就当是休息。装甲车、坦克和大炮都冒着热气，让这里变得更加闷热。

桑布并不理会那位抱怨的家伙，继续往前走。他想让那位用蓝眼睛望着天空的苏联战士说句话，于是开口用磕磕绊绊的俄语说道："战士你不会死，米谢林医生不会让你死，我要安全地把你送到地方。"他一边说着一边摸那位苏联战士的额头。这样炎热的中午，他的额头却冒着冷汗。

"他早就死了，你连死人活人都看不出来，真是差劲的家伙。这样下去，我们都得死！"那位战士又开始抱怨。

"闭嘴，我知道是死是活，还有心跳的人怎么会死?"

那位战士吼道："唉哟，能不能快点，拜托你让那匹马快点！你自己健康，所以不会知道别人的痛苦！唉哟，恐怕还没到医院我就被折腾死了！你得知道我流了多少血！唉哟，唉哟！"

桑布拉住那匹忙了大半天的马，把车停下来后，取下水壶，往三个战士的嘴里倒几口水让他们喝。把水壶递给那位抱怨的战士时，他用没受伤的手一把推开水壶，皱着眉咬着牙说道："谁要喝你的尿！赶紧把我送到医院！"

桑布再也忍不住了，说道："估计你不是在战场上受了伤的战士，而是中了流弹的孬种，有本事你继续喊！"他一边说着一边抽出腰带，狠狠地抽了一下那匹马。那匹马已被折磨得筋疲力尽，突然冷不丁挨了抽吓了一跳，拉着沉重的车开始小跑。桑布也跟着车跑，心想："你就继续叫吧！你是在庆幸自己中了流弹就可以免上前线吧，你这个只会抱怨的家伙，你叫啊！最好把眼珠子都瞪出来！"他越想越气，无情地抽打着他的那匹可怜的马。现在他只能拿马出气。

　　那个战士越说越狠，说道："我这样半死不活的，还不如叫人一枪打死我！一样是战士，为什么有人在前线流血，而有些人在敌后保命？"

　　桑布紧紧地咬着牙，看着那位苏联战士长满粉刺的脸。他的脸越来越苍白，看了叫人难受。"保命？这话多毒！你没听米谢林大夫说吗？前线护士就是在前线打仗的战士。只有你这样的家伙才会夸大自己的伤情，你只是擦破了皮！如果我手里拿着枪，才不会像你那样一见到血就后退。"

　　正当桑布气急败坏地运送伤员时，在巴彦查干高地、哈玛尔大阪山的东边战事再一次激化，空气中弥漫着热浪和火药味。桑布一直抽打着马，到达野战医院后才收手。车轮不再转动时，那匹马似乎料到自己已完成了任务，准备低头吃草时，被那辆敌车压垮了。从住院楼里跑下来抬着担架的战士，转走了伤员。

　　桑布对那位抱怨者下令道："不管怎么样，我让你活着到了目的地，现在自己下去走！"当他抱起那位苏联红军时，他还望着天空。"唉，我的天，赶紧送去做手术！"桑布喊着，像个小孩子似的坐在地上呜呜哭起来。他只能用苦涩的泪水洗刷自己面对死亡的无奈。桑布哭了一会儿站起来，看到米谢林大夫正坐在帐篷门口的箱子上，写着一张纸条。桑布糊里糊涂地跑过去，带着哭腔说道："中校同志！战士们阵亡时我还活着。我应该去战斗，战士就应该去战斗。"

　　那位满头白发的瘦高个中校明白他的意思，用绿眼睛瞪着他说道："什么？参加战斗？你还想怎样？"然后把手中的纸条递给他，用温和的口气说，"你是不是前天给坦克旅送过伤员？你拿着这纸条去那里！听懂了吗？坦克旅参谋部在哪里就送到哪里！明白吗？"

　　桑布重复了一下："坦克旅参谋部，明白！"他把纸条放进口袋，从阴凉地挑了一匹马，没套马鞍直接骑上去，直奔坦克旅参谋部。两天前，苏联红军坦克旅和日本部队展开了一场激烈的战斗，那次桑布参与了运送伤员的工作。坦克旅的先遣部队来到巴彦查干高地脚下，把坦克都藏起来。这是一次大行动，苏联红军完成得干脆利落。

桑布到达坦克旅时，他们在准备动身，通讯车和运输车辆排成一排，战士们正在拔营。看到来了一位骑马的蒙古兵，一位小军官迎上来，用蒙古语喝道："站住，你想干什么？"

"找指挥官。"桑布说着把纸条递给那位军官。军官跑到正在看地图研究战况的首长面前递过去纸条。一位上校扫了一眼纸条，给其他军官交代几句话，自己坐一辆"爱姆卡"走了。

小军官跑过来用俄语说道："好侦查，指挥官说谢谢，知道了。"说完示意他回去。桑布起初以为"好侦查"说的是他，后来才想明白说的是刚才牺牲的红军战士。当他无精打采地准备回去时，空中绽放了红色的信号弹。两天前隐蔽好的坦克一下子都冒出来，扬起了漫天的灰尘。战士们坐着汽车过来，纷纷跳下车，爬上行进中的坦克。桑布看到后面有一排装甲车。远处，车辆引起的灰尘开始遮天蔽日。坦克从他身边呼啸而过时，桑布感到紧张，不知不觉地骑着马和坦克齐头并进。

坐在旁边那辆坦克上的红军愉快地喊道："继续！向前！"

桑布怕自己被落下，待马儿靠近时，爬上了那辆坦克。那位红军说："伙计，你用什么战斗？"说着拿一把锹递给他，坦克上的红军笑成了一团。此时桑布才发现自己除了腰里的那两颗手雷，没有任何武器。桑布后来才知道前方有炮弹和炸弹的爆炸声，机关枪在乒乒乓乓作响，头顶上呼啸而过的也都是炮弹。红军纷纷跳下坦克，一边跑着一边开枪。桑布知道自己没有枪，就没下去。他看到哈拉哈河岸上有日军的堑壕、炮兵连和正在行进的装甲车，才知道敌人就在不远处。他跳下坦克，拿着手雷，在坦克的掩护下向前冲。他看到印着五角星的坦克冲进日本的炮兵连。红军战士纷纷越过日军堑壕。这次他彻底明白了这是一次你死我活的战斗。他如果不拼命就会牺牲。不管有没有武器，他必须得拼命。没有枪，那还有一双手；就算没有手，还有牙。他现在来不及想别的了。他看到身旁有四个日军，他们在边撤退边开枪。桑布没看到前方，只看到附近有灰色的日本军服和他们用来裹脚的白布。原来是带枪的四个日本兵。他把两颗手雷一一扔到脚下，完全没想到自己也会被炸飞。手雷爆炸后，四个日本兵相继倒下。他跑过去拿了他们手里的枪。现在终于有枪了！他用余光看到敌人，直接朝他们开枪后，继续往前冲。一辆燃烧着的装甲车下躺着两个坦克兵，他们拿着小机关枪在射击。桑布也想那样射击，但是找不到目标。他突然觉得，还是手雷比较好用。在不远处的哈拉哈河岸上，接二连三地发生着爆炸，有车辆在燃烧，有骑兵和步兵在撤退。他看到右手边的日军堑壕上插了一面白旗。

两位红军停止射击后才注意到桑布，其中一个长得像蒙古族人的问道："战士，你是从哪里冒出来的？"

"战士需要战斗。"桑布用俄语自豪地说了这么一句话，想弄明白前方到底发生了什么。他准备起身时，右肩突然感到异常疼痛，眼里冒着金星便失去了知觉。

在模模糊糊中，他告诉自己"我受伤了"，接着好像有人在扶他。在失去知觉前，他本想喊一声"重伤的人是说不出话的"，但发现自己真的说不出来了。

不知过了几个小时，还是过了几天，护士桑布醒来时发现自己躺在医院的病床上，于是他用俄语说了一句："战士你不要死。"这次他听得很清楚，说这话的，就是他自己。

老　友

　　巴兹尔固日为了校长的女儿去参军。不管怎样，我们都相信他参加过张家口战役①，像个真正的军人，完成了自己的任务。

　　一九四四年，我们在军校学习。班里有两个"小魔头"，一个是巴兹尔固日，另一个是章其布僧格。巴兹尔固日因为才华横溢，被封为"小魔头"；章其布僧格则是因为力气大，也成了"小魔头"。当时我们都十七八岁，正是热血沸腾的年纪。巴兹尔固日喜欢唱歌、画画，还写诗。那年元旦，在首都学校高年级举办的晚会上，他唱了一首俄罗斯男低音歌曲《草原》，一下子声名远扬。那年冬天，他突然成了男低音。他学俄语，模仿普希金、莱蒙托夫②写诗，放着俄罗斯著名歌唱家费奥多·伊万诺维奇·夏里亚宾③唱片模仿。他听着听着就激动，睫毛长长的眼睛里常常有泪水在打转，然后长叹一口气说："唉，真是个奇妙的世界。"在那年的迎新晚会上，他不仅自己出了名，还爱上了国家剧院很红的一位女歌手，把写给她的情诗读给我们听。我们觉得他的诗可以

---

①　张家口战役：1945 年 8 月，中国军队和苏蒙联军在张家口击溃日本军队的一场战役。

②　莱蒙托夫：1814—1841，米哈伊尔·尤里耶维奇·莱蒙托夫，俄罗斯诗人、作家、艺术家。

③　费奥多·伊万诺维奇·夏里亚宾：1873—1938，俄罗斯男低音歌唱家，被誉为世界低音之王，是一位具有独创精神的艺术家，嗓音洪亮，音域宽广，富有表现力。

和普希金的大作媲美，纷纷说那位女演员一定会给他回信。没想到过了几天，只来了一张小纸条，上面写着："小弟弟，就别再打姐姐的主意了。"为此，巴兹尔固日伤心极了。等明白过来之后，他决定给校长的女儿策仁拉姆写信。周末，策仁拉姆来学校里的俱乐部跟我们一起跳舞。她长发上系着绸子的发带，红扑扑的脸，眼神里透露着聪颖。"小魔头"章其布僧格也喜欢和她跳舞。那也是个帅小伙，因为个子高，每次都站在队列的最前面。木马上叠放十顶帽子，他也跳得过去。单杠也玩得特别好。"单杠能手"官布苏荣先生都夸他。他用细长的手指握住横杠，并住长杆子似的两条腿，风驰电掣般转上二三十圈，下来稳稳地站在地上。他的嗓门奇大，在宿舍走廊的这头喊一声，那头的窗户都跟着震动。他外表似硬汉，不过为人懒散马虎，爱惹是生非。有一次我们在他的带领下到酒吧里抢几盒香烟抽，整个部门受了三天的纪律处分。

巴兹尔固日给策仁拉姆写的情书比给那位歌手写的还要动人，简直是撼天地泣鬼神。到了五一劳动节的舞会上，我们才发现那封情书并没怎么打动策仁拉姆。因为策仁拉姆自始至终都在和章其布僧格跳舞。我们的巴兹尔固日仅得到一次共舞的机会，垂头丧气地从舞池里下来，叹了口气说："她说我是孬种。都是那章其布僧格惹的祸。他硬说自己是县里的纳钦①，又说自己善于骑烈马。我一定要和这位丑陋无比的士伐勃林②决斗一次。"当时我们都曾熟读普希金的《上尉的女儿》，所以"士伐勃林"马上成了章其布僧格的外号，策仁拉姆随之也成了"上尉的女儿"。校长先生很自然地就成了"上尉"。我们带着看热闹的心情给巴兹尔固日煽风点火。在当时，我非常想观战。

周末的一天，我们请章其布僧格和巴兹尔固日站在五步之外，下令叫他们开始决斗。

我们的巴兹尔固日双腿在颤抖，嘴唇也在风中抖着，看来他非常紧张。

---

① 纳钦：начин，进入第五轮（前八名）摔跤手的称号。
② 士伐勃林：普希金创作的长篇小说《上尉的女儿》里的人物。

"振作起来！有什么好怕的?"我悄声说道。

就在此时，"土伐勃林"喊着口号冲上来，手中的利剑熠熠生辉。巴兹尔固日按照我们之前的训练迅速闪到一边，章其布僧格扑了个空，险些啃泥。巴兹尔固日其实完全可以在他转过身来时，打掉他手里的那把剑。鬼才知道发生了什么。巴兹尔固日竟然忘记了动手，笨拙地准备刺剑时，章其布僧格转过身来，一下子打落了他手中的武器。那把剑被挑出好远，扎在地上。巴兹尔固日示意投降，摘手套扔在地上耷拉着脑袋走远时，我差点没哭出来。这一局，也就这样了。过了一会儿，开始比射击。我们的这个周末，既没唱歌跳舞，也没玩耍放松。输掉决斗之后，巴兹尔固日难过了几天。不过那时正临近期末，他一备考，这事儿也就被忽略了。只是一有空他就画讽刺章其布僧格的画，写嘲笑他的诗。不过，章其布僧格根本不理会那些不疼不痒的小事。如果事情做得过分了，本可以过来揍他一顿，不过一想到期末考试还得"分享"巴兹尔固日的试卷，也就作罢了。没过几天考试就结束了，学校放了暑假。听到苏联红军取得重大胜利，我们这些孩子也很开心。

一九四三年冬天，我们根据巴兹尔固日的提议，给乔巴山统帅写申请，希望可以让我们上前线。我们在军官学校学会了射击，准备与希特勒他们大干一场。不过校长达格登叫我们过去，说："你们的申请我交给乔巴山统帅看了。统帅认为你们年龄还小，应该在校学好本领，做一个优秀的军官。"我们听后非常兴奋，天还没亮就全副武装地开始长跑锻炼，用ΠΤΡ①练射击，直到腰酸背疼。训练虽然很艰苦，我们都以军人的标准要求自己，咬牙坚持。

暑假开始时，一队队的红军开始不分昼夜地向东行军。我知道，不久我们就要对日本宣战了，他们是前去参战的红军。

巴兹尔固日是东方省人。他回家之前，拿出写给校长女儿的情书读给我听。这次他并没有抒情，情书写得很普通。他在情书里写道："我可能要参加解放内蒙古的战争，把日本鬼子赶走。我虽是个孬种，但会

---

① ΠΤΡ：PTRS-41，反坦克步枪。

比谁都英勇。我要让你看看，章其布僧格和我，到底谁是爷们儿。"我能说什么，故作轻松地和他开玩笑说："如果你真能参战打日本人，别说是校长的女儿，那个女歌手也会嫁给你。"你知道接下来发生了什么吗？秋天开学时，巴兹尔固日没来学校。打电话给他们县政府，那边的人说早在八月初他就去乌兰巴托上学了。我们怕他故意逃学，便委托警卫连和警察局找，但没找到一点线索。于是，我们在全国范围内找。估计他父母都吓坏了吧。我们把他在放暑假前给我们透露的想法告诉校长。此时校长的女儿收到一封巴兹尔固日的信，一部分是诗歌体的情书，另几封信里，他透露了要参战的心情。我们开始找前去参加解放战争的同志打听他的下落。当我们正找得着急时，九月末的一天，巴兹尔固日突然就回来了，就跟从天上掉下来一样。他穿着一身苏联坦克兵的制服，前胸上还有金光闪闪的抗日勋章。他蓄了胡子，戴着印有红五星的船形帽，看起来很潇洒。不仅如此，他还带来了部队首长签字盖章的荣誉证书。证书上写着：苏赫巴托军官学校学员巴兹尔固日，在 X 团参军，参加张家口战役，英勇作战，特发射击板一块、金笔一支，以资鼓励。就这样，巴兹尔固日真成了战地英雄，叫我们羡慕不已。他给我们讲自己的参战经历。八月初，蒙苏联军跨境时，他把军校肩章换成部队肩章，坐上从马塔德县①出发的军车到了边境。他在边境被发现，随军医用车把他遣送到东方省。他半途下车逃跑，找到一支红军部队，说自己得了阑尾炎，部队信了他的谎言。带出境之后，他才开始说实话。部队又准备把他遣送回来。

　　苏联红军喜欢他用男低音模仿夏里亚宾唱《草原》，就想带着他，首长也批准了。他和苏联红军一起参加张家口战役。他说他和装甲兵一起冲锋陷阵，消灭了近十个日本鬼子。关于这些，我们都深信不疑。事情就是这样的。此后，校长的女儿策仁拉姆相信他是一位真正的男子汉，开始与他恋爱。三年后，巴兹尔固日从军校毕业提干时，两个人结为夫妻，妻子随他去了边防部队。

---

　　① 马塔德县：位于蒙古国东方省。

　　巴兹尔固日其实有成为歌唱家或诗人的才华，不过当上军官同样实现了自己的价值。他现在拥有上校头衔，膝下已有几个孩子，生活美满至极。

　　偶尔见到他，我总那么激动，这真是"灰白的大衣穿在身，多年的老友感情深"啊。

绵绵的群山间

初春晴朗的一天，一个硬朗的汉子独自走在克鲁伦河谷里。周围的群山相互依偎着延伸向远方，山上开满了蓝莹莹的报春花，远远望去，蓝蓝的天和蓝蓝的原野交相辉映。长这么大，乌拉穆巴雅尔从未见过这样漫山遍野的报春花。他穿了一件肘部漏了洞的棉衣，衣服里的棉花露在外面。他用皮带捆好自己厚实的冬靴，用胳膊夹着，光着脚在匆匆地赶路。他独自小跑了一会儿，躺在蓝莹莹的报春花上休息，遥望着晴朗无云的天空。这一刻，世间的种种丑恶，似乎从这个花香四溢的世界上消失了。

乌拉穆巴雅尔在劳改所里待了两年多，刚刚被洗清冤屈释放。昨晚夜深时，他搭一辆顺路车来到县城找大兄哥。他求大兄哥骑摩托车送他一程时，睡眼惺忪的大兄哥揉着眼睛慢腾腾地说道："没汽油了。明早我去别人家借点汽油回来送你。"他的这句话让乌拉穆巴雅尔伤透了心，他吃饱喝足躺下之后突然坐起来，穿上衣服，说了一声"我走了"就跑了出来。

他一路小跑，中午时分到了自家附近。对于一个结婚不久的小伙子来说，没有什么煎熬能比得上想妻子，这两年他想妻子想疯了。进劳改所才过几个月，他便一刻不停地想她。在劳改所硬邦邦的床上辗转反侧难以入睡时，他似乎能听到妻子在黑暗的角落里呼唤他；在户外劳动时，他把偶尔映入眼里的女人幻想成妻子。妻子巴德玛在家里没有人帮衬，加之队里的牛羊又多，所以在两年时间里只来探视过他一次。如今他的冤屈得到洗涮，他正在匆匆地奔向日思夜想的妻子。

乌拉穆巴雅尔像个撒欢的小狗似的从草地上爬起来，在绵绵的群山间迈步朝家走去。克鲁伦河谷里的群山都那么整齐，叫匆匆赶路的人分辨不清自己的位置，总以为他的家就在这座山后面，等翻过之后才发现山的后面还是山。

他匆匆赶路，晌午时分终于看到了自己的家。那是蓝色的群山脚下两座洁白的毡包，包外是他熟悉的羊圈、悠闲地吃草的羊群和拴在羊圈边上的一匹马，这匹马是他们家牧羊的坐骑。乌拉穆巴雅尔一看到自己的家，突然浑身没了力气，一屁股坐到盛开的报春花丛中。老丈人的小毡包冒着淡淡的炊烟。他的毡包反而没有一点冒烟的迹象，家门紧闭着。看到这个景象他慌了神，不过想起大兄哥说过"巴德玛守着牛羊在急切地等你回来"这句话，心里平静了许多。两年的时间也不算太短。一个少妇在这个时候跟了其他男人也说不定。不过乌拉穆巴雅尔相信她。他摘下一朵报春花闻了闻，待心里平静后，穿上自己的旧靴子，压住内心的激动朝家走去。只看到包门紧闭就感到紧张是完全多余的。那里有他熟悉而又温暖的面孔啊。妻子手里提着木桶从老丈人的毡包里出来，看到远处的人，便站着仔细打量。乌拉穆巴雅尔想试试妻子能不能认出自己，于是停住脚步，故意让她看清楚。巴德玛似乎已猜到，转身进包里，手里拿着一个望远镜出来一看，就认出了对方。巴德玛赶紧走进毡包，包好头巾后出来迎接他。乌拉穆巴雅尔朝她跑过去。之前她一定接到了他被释放的电报通知，不过大概也想不到他这么快就回来了。

夫妻二人在绵绵的群山间开满报春花的原野上相见，相互拥抱亲吻时，世间的一切丑恶似乎被隔在九霄云外，辽阔无边的大原野上只听得到小鸟的鸣叫。乌拉穆巴雅尔真想马上褪去妻子身上的衣服，不过还是控制住了自己，舒舒服服地躺在地上，望着蓝蓝的天。此时，他的每一根细鼻毛都在自由地跳舞。蓝蓝的天上，有一架飞机拉着长长的线在飞，不禁让人惊叹世间的辽阔。

"巴德玛，看那儿，飞机!"

巴德玛望着天空说："是啊，它飞得多高!"

乌拉穆巴雅尔掀开妻子的衣摆，爱抚她的腹部，发现她的肚子已微微隆起。

他惊讶地坐起来，问道："你不会是……"

巴德玛转过脸去，面朝着盛开的报春花哽咽着说："我……我等不到你，所以……"

乌拉穆巴雅尔与她拉开距离坐到一边，默不作声地点了一支烟。他的喉咙里好像卡着什么东西，叫他说不出话来。他真想大骂一声"你这个不守妇道的荡妇!"然后撕开她的衣服蹂躏她。可他做不出来，只能操着男人沙哑的声音，跟妻子一起呜呜地大哭。哭够之后，他突然觉得蜷缩在地上的妻子有些可怜，于是用手背擦了擦自己的眼泪，说道："唉，就这样吧，毕竟在这两年多的时间里，你在独守空房。不过也不应该对我失去信心吧。人啊，什么都想得出来。我有时候真想和那些狱警一拼到底，然后一辈子待在监狱里。因为我在那里太难过了。不过我也不应该为这件事难过。"说完他叹了口气，低下了头。

巴德玛坐起来，慢慢脱去身上的衣服，说："肚子里的这个小家伙，我是不久前才知道的。"看到妻子的举动，乌拉穆巴雅尔抱住她开始狂吻。他们的周围非常安静，只听得到小鸟的鸣叫。他们的头顶上是湛蓝的天空，阳光一束束地照射下来，洒在大地上。夫妻二人稍稍平息之后，回到家里，老丈人和妹妹见到乌拉穆巴雅尔都非常开心，家里洋溢着团圆的氛围。这两年里，家里的摆设没什么改变，马鞍和马嚼子还在那里。说实话，两年又有多长呢，只是妻子等不及他，才怀上了别人的孩子而已。

巴德玛看着自己男人的脸色，默默地站在柜子前，拿出新内衣和专门为他缝制的粗布衣服给他。穿上新衣服，乌拉穆巴雅尔感到浑身舒服。巴德玛也变得有说有笑，用发酸的羊肉给他做包子吃，还拿出一瓶白酒给他喝。

乌拉穆巴雅尔就着妻子做的包子，喝一杯白酒后对妻子说："清者自清啊，省检察院下通知洗清了我的冤屈，叫对方赔付了所有损失。还说要给我补发两年的工资。事情大概就是这样。我知道你一个人不容易，不过……"说着说着，他开始哽咽。

巴德玛低着头说："都赖我。都说人心隔肚皮。我应该早点告诉你巴兹尔是什么样的人，怎么挑逗我。我以为自己是有夫之妇，所以他不敢拿我怎么样，同时又怕他暗中害你，才没告诉你。现在巴兹尔已被调离岗位，被党开除了。据说也照价赔偿了那两百头羊。不过害你在劳改所里受了两年罪。我……我也没忍住……"说着说着，她哭了。乌拉穆巴雅尔暗自窃喜坏人得到了应有的报应。

"能怎么样呢，过去的事毕竟都过去了。以前真没想到巴兹尔是个蛇蝎心肠的家伙。你没有错。不过……应该早些告诉我这件事的。如果我知道他这样勾引你，就会采取相应的措施。"

巴德玛叹了口气，用衣角擦了擦眼泪说："是我犯傻。我怕告诉你实情，你立马就克制不住……"

"是该告诉我的，男人嘛，应该说点狠话，给他点颜色看看。"

"如果那样，我们两家结下了仇恨，我们就不得安宁。死了一只羊羔，都能说成滔天大罪的那种人……是我又羞又怕，才让他偷去了我的两年。"

"他还真偷了！那个孬种的贼！这次一定要和他较量一下。"

"千万别动手惹事。"

"就是好好揍他一顿，咱们也没有错。老天他有眼啊。"

"那个和他合伙盗走我们两百只羊羔的人，也是我们的老乡。欲望能把人逼上绝路。如果你和巴兹尔没发生口角，那个人也始终守口如瓶，那错就永远粘在咱俩的身上啦。"

"终究会水落石出的。幸亏我没对世间的公平失望。如果我也过早地失望，那就得一辈子坐牢了。好在我忍过来了。只是你……"说着乌拉穆巴雅尔很不满意地扫了一眼他的妻子。

"巴雅尔，你怎么处置都行。就算你离我而去，我也不抱怨你。我夜以继日地守身到今天，只有一次乱了方寸……"

"我理解你。我也可以把你腹中的孩子当成咱们自己的。至少咱们现在已经相聚了。今年春天长了多少报春花呀！天和地都一样，蓝幽幽的。我们在这么美好的一天相聚，我干脆就把他当成自己的孩子。"

听到丈夫原谅了她，巴德玛忍不住哭起来。乌拉穆巴雅尔站起来，吻了吻妻子的脸，说道："好了，你别哭了。咱们沿着克鲁伦河边走走吧，到兄弟朋友的家里串串门。"

巴德玛从邻居家里借来一匹马，两个人打扮得漂漂亮亮地出发了。一个突发事件让他们分离了两年之久。

乌拉穆巴雅尔受军命来到这里，成了一名机场司机。运汽油时，他喜欢到沿途的人家去串门。三年前的那个春天，他到克鲁伦河北岸的人家去歇歇脚，那是巴德玛他们家。他串门时经常遇到美丽的姑娘。在他的眼里，只有独自在家做针线活儿的巴德玛看起来与众不同。他至今也说不清楚她的哪里吸引他。是她放下手中的针线，收碗筷时婀娜的动作，还是敬茶时故意闪躲的眼神，抑或是她那红红的嘴唇？他想到天色已晚，故意说汽车出了点故障，在那里住了一晚，第二天离开时直接表白一定会在复员之后来找她。

面对他的表白，巴德玛没说行，也没说不行，嘴角微微上翘了一下。后来她说，一见到他，她就觉得他和别人不一样。或许这就是缘分吧。所以，乌拉穆巴雅尔复员时就有未婚妻了。

巴德玛带着年迈的父亲和妹妹给大队放羊。成家那年春天，他们便承包了大队的八百头公羊。他们的任务很重，得在夏天过游牧生活，秋天时让公羊的体重达到牛的三分之一以上。他带着妻子到遥远的游牧点放牧。夏天游牧时，找一处水草丰美的地方搭个小帐篷生活，对于这对小夫妻来说非常惬意。队长巴兹尔是个浮躁的小伙子，经常骑着摩托车过来巡视。他说起话来官腔官调，眼神总是左右闪躲，更令人讨厌的是他的牙缝里经常溅出唾沫，简直是个人渣。平时没有人和他说话，因为他平时特爱批评人，大家都讨厌他官腔官调、自满自大的样子。在县里，他算是个好领导，不过生产队的经济状况常常处于垫底的边缘。他到乌拉穆巴雅尔家视察时态度更蛮横，经常说他们选错了草场，羊群的成色不够好等等，还说秋天想拿奖金就得按他说的做。

他总是对乌拉穆巴雅尔呼来唤去，通知队员开会这样的小事都交给他办。乌拉穆巴雅尔也拿出自己在部队的作风，领导安排的事都认认真真地执行，把八百头公羊喂得满身肥膘。初秋时节，他们羊群里的两百头羔羊找不见了。那是在一个风雪漫天的日子，巴兹尔骑着摩托车过来视察，让乌拉穆巴雅尔夫妇赶紧到县所在地开会，说要研究冬储等重要问题，所有社员必须参加。当他们说天气不好，想派一个代表去，另一个留在家里看羊群时，巴兹尔凶巴巴地说他们的父辈一个人就能看得住一千头羊。

夫妻二人去开会的那天晚上，天公不作美，下了点小雪。到第二天时，羊圈里的两百头羊便怎么找也找不见了。乌拉穆巴雅尔被传唤到检察院接受检查。此时，有人提供情报说乌拉穆巴雅尔和一个异地的羊贩子合作，吞了公家的羊群。乌拉穆巴雅尔接受审讯时，大队积极地给他做了反面证据。两百头羊在一夜间消失，这是谁也不曾见过的怪事。悲剧就是这样发生的。两年后的今天事情终于真相大白，原来都是巴兹尔干的。他恨巴德玛嫁给了乌拉穆巴雅尔，就干出了这样的蠢事。在很久以前，巴兹尔就对巴德玛说要跟自己的老婆离婚，再和她结婚。当时巴德玛没答应，还说他只是个生产队队长，可不是能随便换老婆的大老爷。为此巴兹尔恼羞成怒，在他们夫妻二人去开会时，派一个手下盗走了他们的两百头羊，交给事先联系好的异地羊贩子。两年后，巴兹尔的勾当才被发现，乌拉穆巴雅尔才被洗清了冤屈。

乌拉穆巴雅尔和巴德玛在绵绵的群山间骑马行走时，迎面来了一个骑摩托车的人，原来那人正是巴兹尔。巴兹尔走得很近才看清对方，正准备绕道时，乌拉穆巴雅尔跳下马，说道："巴兹尔，你好吗？咱们真是冤家路窄啊。都是乡里乡亲的，见面是早晚的事。不过我回家的第一天就能遇见你，这也是怪事。咱们一起聊聊怎么样？"

巴兹尔下了摩托车，火都没熄灭。

"巴德玛嫂子，你也过来吧。"巴兹尔说道。

巴德玛下了马，依偎着自己的男人，坐在他身旁。

"巴兹尔，咱俩都是男子汉，废话就不多说了。事情的经过我都听说了，我只能说，你是一个心狠手辣的家伙。"

巴兹尔的眼神开始左右闪躲，他低着头说："都是我的错。我害了你两年。现在我自己也变成穷光蛋了。我现在得朝着你出来的那个地方……"说话时，他的声音在颤抖。

"党的批准书可不应该在你这种人身上啊。"乌拉穆巴雅尔咬牙切齿地说道。

巴兹尔看了一眼巴德玛说："怎么说好呢？我在心里恨巴德玛，才做了这样害人害己的蠢事。"

他说完，默默地看着远处的山头。

乌拉穆巴雅尔一想到自己受的伤害更大，便气不打一处来，伸手一摸就摸到了报春花下的一块大圆石。乌拉穆巴雅尔之前没注意过巴兹尔丑陋的脑瓜。如果用石头朝他的脑瓜砸下去，肯定能让他倒在血泊里。他拿起石头时用余光看了一下妻子。她依偎在他的身旁，脸上安静至极。乌拉穆巴雅尔突然想到，如果他今天让巴兹尔流血，就会弄脏和蓝天一样蓝幽幽的大地。

他站起身说道："好了，咱们各走各的路吧。"

巴兹尔赶紧站起来，骑着他的摩托车"突突突"地跑了。乌拉穆巴雅尔和巴德玛也上了马继续赶路。绵绵的山峦在蓝幽幽的大地上向天边延伸，包容了世间的种种丑与恶。

四个老头

　　秋天，年纪相仿的四个老头坐在巴勒吉河①边新盖的草房子门前，一边用柳条编渔网，一边聊着天。草房子的旁边有一辆带篷的四轮车，车辕向北，车篷上面盖着崭新的兽皮和口袋。离草房子不远处，有一个摇摇欲坠的破马圈，马圈里的马匹又壮又肥，正懒洋洋地吃着秋草，偶尔打个响鼻。草房子门口点着篝火，所以门前青烟袅袅，烟雾在微风中慢慢散尽。架在桦树上的大黑锅里煮着酽酽的黑茶，冒着呛人的热气。

　　周围陡峭的山崖俯视着四位老人。山上长满了扁桃树，树叶红得像火。仅在几步之遥，河水在缓缓地流淌，秋日柔和的阳光和清新的空气在河水里相遇。河水里倒映着秋天云朵移动的蓝天和山上五颜六色的树木。离草房子稍远的激流上游处水流平缓的地方，插着桦树，中间放着细密的柳条渔网和同样用柳条编制的拦河网。

　　"就像在天堂编渔网一样舒服呢。"黄脸的老汉贡格尔眯着一只眼睛抬头看了看太阳，呷巴着嘴说道。他的下巴颏上只有几根胡须，其余的都是胡楂，他细长的眼睛总是水汪汪的。

　　"你还想到天堂捕鱼呀，就算出意外你生在那里，能落个在佛前点长寿灯的活儿就不错喽！"铁匠桑吉这样说时，大家都呵呵笑了。铁匠

---

　　① 巴勒吉河：蒙古国鄂嫩河最大的支流，在蒙古国境内的长度为160千米。

桑吉是一位七十来岁，满面红光的老头。他正坐在那里抽去柳条的韧皮。

贡格尔老汉也不服输，说道："我可不像你，在这世上造了无数的孽。你这种人入地狱，让人剥了皮才对。"

桑吉也来了劲，争辩道："你不是说为来世生在天堂念过无数次经吗？有人说你当组长的时候，每天晚上抱着经文回家磕头。估计你是万般无奈才给佛祖磕头，是不是？"

这次贡格尔并没有一笑了之，他露出自己全部的大马牙，缩了缩身子，带着稍稍抱怨的口气说："你疯啦！你怎么是一头总拿人家开涮的恶魔！"

"我们的贡格尔在最好的时候当了五六年的组长啊。那时候他可真严肃。匆匆忙忙地跑过来下达完任务，你就再也找不见他的人了。原来是忙着回家磕头哩。"宝勒德老汉说道。宝勒德老汉有一头知识分子似的长头发，每一根头发都被他梳理得整整齐齐。他是一位眉毛像描过一样乌黑，牙齿已掉光的老头。

另一位是正在用斧头削杆子的嘎拉桑老汉。他是一位年近七十，眼睛奇大，皮肤黝黑的老头。他放下手中削好的杆子，拿起木碗咕咚咕咚地喝黑茶解渴，吐出喝进嘴里的茶叶沫子，从怀里掏出镶着银饰的烟管，慢悠悠地往烟锅里填上烟叶，用长了白内障的眼睛望着山头，缓缓地吐出烟雾。他好像在说："你们可真是一群闲得无聊的家伙。说要做什么令人意外惊喜的活儿。我们什么时候捉过那么多鱼？还说卖了鱼要给队里买汽车。估计领导们现在都在笑话呢。真搞笑。我们在这冰冷的河水里很容易犯老毛病，但我们就是不服老，想找点事做。在野外，总比守着老婆子闲待在家里好一些。都说男人的事业应该在野外，我也享受这种在野外的时光啊。"

"是啊，是。就算我们走狗屎运捕了一些鱼，又有谁拿去卖了它们，揣着买汽车的两万图格里克回来？又有谁那么喜欢吃鱼，要把我们的鱼都买光呢？"贡格尔一边说着，一边用鸟眼睛一样的小眼睛，逗趣地看着桑吉。

桑吉老人说道："嘎拉桑，你这个人，不管干什么满嘴都是丧气的话。而且什么事你也不落下。谁也没拦着你在家舒舒服服地待着吧？"

嘎拉桑不假思索地直言直语道："在家里躺着，还不如死在这野外痛快呢。咱们现在的确不比当年啦。现在我们心有余而力不足啦。瞧瞧，就连这巴勒吉河里的鱼都欺负我们，把我们的拦河网给弄破了。上次来的是细鳞的白鱼。今晚肯定有鳟鱼过来。它们肯定也会把咱们的拦河网挂在头上离开，同时还不忘嘲笑咱们，不信咱们就走着瞧。"

铁匠故意逗他："我们可都是按照你的指示做的呀，我的大工程师。如果我这一辈子弄的不是铁，而是和你一样一辈子以捕鱼为生，那就别说是这巴勒吉河里的鳟鱼，就是大海里的鲸鱼也别想逃出我的手掌心。"

宝勒德的嘴角微微上翘了一下，他用手捋一遍长发，以一位经验丰富的演说家的口吻说道："同志们，请你们不要伤心难过。就算我们的鱼买不了汽车，那我们也是在给年轻人做榜样嘛。看到我们，年轻人都会想一想，连这几个糟老头都站在冰冷刺骨的河水里为大队做贡献，他们在做什么？为此，他们感到羞愧难当。我们得把渔网做得很大，给他们瞧瞧，同时也要加固拦河的设备。就算我们的鱼买不起汽车，可贡献有一点是一点啊。然后我们四个一起给他们盖个文化馆，这样很有纪念意义。我们得捕几条大鱼给他们看看才是。"

桑吉说："是啊，是啊。等咱们吃了鱼肉身子骨比以前硬朗了，就建一个神话中的宫殿给他们瞧瞧。嘎拉桑，你可别身子骨一硬朗，就扔下你的老婆子去找大姑娘。"四个人又呵呵笑成一团，看起来似乎不把手中的工作当个事。

贡格尔从怀里掏出皮烟袋，捏一点烟粉往嘴角抹了抹，一边躺下一边说："现在的年轻人，太懒了。等我们不在世了，真不知道他们的日子怎么继续？他们只会风风火火地这儿瞧瞧，那儿看看。嘴巴倒是挺利索。是因为他们太幸福，还是因为太精明？他们不像我们这辈人，受过大苦大难，他们都是衣来伸手饭来张口。现在时代就这样了。现在大家一热闹，事儿就成了，根本不需要什么生活经验，更别说去摸爬滚打折磨自己了。"

"生活经验可不是每个人都有，在这一点上，没有人能和你相提并论。你说你在银行有多少存款？每年都卖掉四五头牛，估计存了不少钱吧？"宝勒德问道。

"狗屁！我哪儿有存款，早都吃光了。"贡格尔回答得有些滑头。桑吉似乎找到了感兴趣的话题，张着他那鳟鱼般的大嘴，没正行地滴溜溜转动着他的大眼珠说："哈！你竟然说你吃光了？你肯定偷偷存了不少钱。用你的存款给队里买一辆汽车吧。存在那儿，你都不知道什么时候能享用呢！见鬼！"

"贡格尔，你就说你到底存了多少钱！藏着掖着干什么？"嘎拉桑加油添醋地说道。

贡格尔也毫不示弱，说："我有个屁存款！你旁边的大嘴倒是有整箱整箱的金银。如果你那么热爱集体生活，怎么不用你自己的存款给买汽车？"

宝勒德若有所思地说道："咱们四个出生得有点早了。如果现在四五十岁，什么事都可以试试。再过几年，日子肯定会变得美好无比。到时候我们该长眠于地下啦。现在好歹还能在巴勒吉河里下网捕鱼。我们只是出生得太早，不然现在还真可以开开眼界。"

"啊，那又怎样。每个时代都有自己的意义。就算像贡格尔那样天天祈祷，我们的来生也不会在天堂。等我们渐渐老去离开这个世界时，我只希望儿孙们幸福。我不像你，是个有远见的学者，我呀，只想着眼前。"铁匠一边说着一边把编好的渔网放下，拿出他那可以用来打狗的大烟管，开始吞云吐雾。嘎拉桑往大黑锅底下扔了几根木柴，从草房子里拿来野味时，其他三个人都在喝泥浆般乌黑的茶水。他们用来放野味的木托盘是新做的。他们一起吃肥狍子肉。太阳西斜时，宝勒德背着他的短款马枪去打猎，其他三个人一起动手加固河中的渔网。

一轮月亮挂在空中，夜色朦胧。桑吉、嘎拉桑、宝勒德三人在草房子里沉沉地睡着。贡格尔躺在篷车里盖着暖暖的羊皮袄，辗转反侧无法入睡。"为什么要这么干？为什么？"这样的苦闷一直萦绕着他。借着月光，他能看到地上下了霜，远处的山峦和近处的柳枝在闪闪发亮，就连吃夜草的马，它们的蹄子也变得亮晶晶。听着巴勒吉河水结冰的声音，尽管他不愿意从热被窝里出来，但还是坐起来，光脚穿上靴子，身上披了一件大衣，远远地绕过三位同伴熟睡的草房子，轻手轻脚地来到河里的渔网旁边。头一拨儿鳟鱼过来了。白鱼和鲈鱼更是来了无数条，多得都能用罐子直接捞出来。在夜晚，巴勒吉河水似乎变得更冷，缓缓地流淌着。渔网挡住了好多条鳟鱼的前路，它们的鱼鳞在月光下闪着亮光。鱼儿根本找不到出口，好不容易找到一个出口钻进去，却钻进了鱼篓。那些鱼篓已用长杆固定，所以那些鱼儿都是有来无回。白鱼忍无可忍时用力一跃，便跳过离水面足足有一尺高的渔网，跳到那边的河水里游走了。现在巴勒吉河里的鱼都聚集到了这里，凡是想捕鱼的人，都可以捕个盆满钵满。那些鱼，几百个人也吃不完。

看着河中那些因走投无路挤在一起的鱼群，贡格尔开始思绪连篇。

"唉，这人啊，总是想方设法去伤害无辜的东西。他们不缺吃喝，捕鱼只是为了消遣。只因欲望，他们才来杀害这些无辜的鱼儿。人啊，只要可以，小到甲虫，大到鸟兽都可以是他们捕猎的对象。像大嘴桑吉那样不懂慈悲的家伙，他们纯粹为了取乐去捕猎。好家伙，还说要捕鱼给队里买汽车！他不就是想当个好人，落个好名声吗！我们到底为了什么，都到了这把年纪还忙成这样？为集体化，我们奉献了这辈子的积蓄，还要搭上这些鱼儿吗？人一旦犯傻走错了路，就能为完全不值得的事拼命到底。我的老天啊，这是什么世道！他们俨然把曾经的祈祷忘在脑后了。还说要在佛前点长寿灯！如果真有人能在天堂重生，那我们这几个连鱼儿都不放过，心无慈悲的人还能长寿？还说我抱着经文满屋子转，我做什么，信什么，跟他们有什么关系？各走各的路不就行了？他们非要阻拦这些朝着大海游的鱼群，害得它们都在拼命跳网。请佛祖宽恕，阿弥陀佛！还让我用银行存款买汽车，这些个家伙！我有多少存款，和他们有什么关系！再得寸进尺，他们估计会翻箱倒柜地找我的存款。幸亏我把那几头牛羊也给了集体。等我老了，可不会像他们那样忙忙碌碌，我得安享老年生活。唉，我费劲脑汁四五十年，存几个钱就是为了年老时不看别人的脸色。存款不像牛羊可以赶走，所以还是安全一些。还让我说出存款的具体数目，真是搞笑！我有信仰，倒成了他们嘲笑和嫉妒的把柄。我都这把年纪了，还用别人教我怎么做吗？我觉得世间万物的命运都一样，所以该信佛还得信佛。崇拜那些混蛋，远远不如信佛让我快乐！"

想到这里，贡格尔又发慈悲又感到委屈，从地上捡了一条长杆子，伸到渔网底下，用力撬了一下。重获自由的鱼儿争先恐后地顺流游去。贡格尔像完成了一件大事，差点没笑出来。他踏着落满白霜的草，沙沙作响，回到篷车里，盖上羊皮袄躺下。他的脑海里还有无数个"为什么"令他无法回答。

第二天清晨，铁匠桑吉第一个起床后，像个老藏獒似的骂道："真是见鬼！我们的渔网又漏了洞。难道鱼像狼和狗一样长出了牙齿不成？"其他三个人也闻讯赶来。渔网里只有几条胖胖的小鳟鱼和白鱼。大家不明白为什么加固好的渔网会破？有人甚至搬出龙王和山神做文章，最后把原因归结为没有好好加固，再次跳进冰冷刺骨的河水里，把长杆子往下打了打，渔网也加固后重撒。宝勒德提议大家轮流值夜时，有人说如果渔网的确是因为承受不住鱼儿的冲击才破的话，守夜也无用。于是大家吃了些鱼肉，都去睡觉了。

黎明时，铁匠桑吉突然叫醒大家说："喂，喂，快起来，抓到贼啦。这个该断了手的，这个反革命！"

宝勒德和嘎拉桑还没来得及穿衣服就跑了出来。宝勒德顺手带了他的猎枪。他们看到铁匠桑吉正反扭着贡格尔的双手。

"你们看！其实我早就怀疑他了！这家伙撬起渔网时被我逮了个正着。你们看看，这家伙到底想干啥？"

"唉哟，疯子，你别把我的手扭断了！"贡格尔一边说着，一边用力地抽出了自己的手。

"你这是在干啥？"

"能干什么？如果我能从你们的欲望里救出几条鱼，我那是积德。"贡格尔满不在乎地说道。

桑吉从宝勒德手里抢去猎枪，把弹上了膛，枪口对准贡格尔说："给你这个反革命一枪，把你扔到河里喂鱼。"

贡格尔紧张地说道："别犯傻！把枪放下……小心枪口走火。"

嘎拉桑有些失望地说道："呸！你真是个老糊涂，你这是让人看咱们的笑话呢！"说完背着手朝草房子走去。

宝勒德走到贡格尔身边责问道："你到底想干什么？我们进刺骨的河水里下的网，你到底想干什么？你真是个讨厌的家伙！"

铁匠桑吉无奈地垂着手说道："真应该一枪崩了你的脑瓜儿！趁着现在我还没动手，赶紧给我滚！让人看到了真是个笑话！"他说完气冲冲地进了草房子。

秋日清晨冷冷的太阳升起时，落了白霜的森林、山石和草叶都开始闪闪发光。贡格尔骑着他的高头灰白马，沿着巴勒吉河岸越走越远。剩下的三个，在草房子的门前点了篝火围坐在那里，谁也没有吭声。

母亲的柜子

　　秋天的清晨，天还没亮策仁道丽玛老人便起床到牛圈去挤牛奶。她发现自己的体力已大不如从前。是天气阴冷的缘故吗？乳牛的奶水几乎没有了。草儿刚刚开始发黄，产奶量不应该这样骤减啊。黑白花家族的一头高产乳牛被冷雨打湿后变得焦躁不安，恶狠狠地瞪着它刚刚吃过奶的犊子。乳牛迅速吃完老人从城里垃圾堆里捡来的面包，把盛面包的盆子舔得沙沙作响。它是一头不喂面包就不让挤奶的怪家伙。这头乳牛是三年前大儿子从国营牧场给她买的。在国营牧场时，它吃惯了面包和粮食。现在的乳牛都开始吃面包了。在乡下，别说是乳牛，人都难得能吃上一次面包。那时候的日子也不错。现在得去城里的垃圾堆上捡面包。像二十年前捡干牛粪似的背着口袋，从垃圾堆里找面包时，老人偶尔会想：“为什么要这样？我的这些举动或许会有人看不惯，说：‘为什么不在儿孙身边享享福？真是个贪得无厌的老太婆。’在腿脚还能动的时候给自己和孩子们弄点牛奶喝，不给他们添负担也是好的。不是我吃不饱喝不足才刨垃圾。现在的城里人，把一整块面包都当成垃圾扔掉，看着叫人心疼。是他们马虎，还是习惯了铺张浪费？关于粮食和面包的重要性，政府每年都会宣传。下那么大辛苦才能拥有的东西，我捡一些回去喂牛也算是造福。”

乳牛用力舔完盆子里的最后一点面包屑，用头把盆子甩到很远的地方。老人自言自语道："孩子们说要给我买打草机，该买来了。他们怎么都有忙不完的事？"她进毡包用温水泡糜子后，拿出来喂乳牛。儿子的前妻前些天买来的半袋糜子差不多吃完了，是她和乳牛一起吃的。乳牛吃了糜子产奶量就会增多。有了牛奶，她就熬奶茶，在奶茶里泡糜子喝。她觉得那头乳牛也挺可怜。策仁道丽玛老人一口一个叫着"唉，可怜的"到了今日。

乳牛很快吃完了自己的那份糜子。她摸摸乳牛的乳房，觉得它有点硬。再一想，不是乳牛的乳房变硬了，而是她的手没了力气。

她挤了一辈子牛奶，现在挤不动了。昨天明明还可以的。如果只是为了给自己熬奶茶喝，那就不用费这么大力气。三家人都等着用牛奶，她得想办法多挤一些。大儿子年轻的妻子开着车过来取牛奶时总嫌不多，会说："怎么这么少？您是不是都给他的前妻了？"如果她能像大儿子的前妻送来整袋整袋的糜子，这样要求的话还有情可原。那孩子，认为婆婆供应他们家的牛奶是应该的。老人主要是想让孙女通拉嘎有牛奶喝。孙女今年都十五六了，身子还是那么弱，医生建议她多喝牛奶。"她是我一手带大的。我也心疼大儿子的前妻，被大儿子抛弃后过了这么多年，她也没再找个伴儿。大儿子过了五十岁，突然抛弃二十几年来和他朝夕相处的妻子，娶了一个比自己小二十几岁的女人。不能为了娶年轻媳妇儿，就让孩子失去父爱啊。小儿子说：'那个笨蛋为了娶小他很多的女人才下了这样的狠心。'真不知道他们的想法，如果真的是个笨蛋，那也当不上领导吧？他还有专职司机呢。这世上的人心啊，总是那么变化不定。小儿子也没资格说别人，他娶了一个比自己大五六岁的女人。那女人性格倒是不错，就是生不出孩子。他年纪轻轻的，为什么要找一个比自己大，还生不出孩子的女人结婚？看来他们是真心相爱。他到处问让女人怀孕的偏方，每年去呼吉尔特①进行温泉疗养。她还不

---

① 呼吉尔特：呼吉尔特县，位于蒙古国前杭爱省。呼吉尔特温泉的水温达 92 摄氏度以上。

到四十岁，没病没灾的，估计到了时候就能怀上吧。"

这世上的事，没有一件是能琢磨透的。

老人用她无力的双手挤着牛奶，继续沉浸在自己的思绪里。她的那头乳牛又跑过去舔着里面的面包被吃空的盆子。

"通嘎①的身子骨虚弱，都住院啦，那可怜的孩子。送她点酸奶喝吧。如果有打草机打草，我再捡点面包就能过冬。花花（乳牛的昵称）的发情期今年虽然推迟了几天，也不至于一到秋初就没奶水了呀。夏末发情时，我还专门花三十图格里克找准堆老汉的种牛交配呢。现在奶水更足才是。难道要变天了？可怜的。"

老人看看桶底的那点牛奶，站起来时突然感到头晕目眩，心里变得急躁不安。洪水过后，为了安全起见，孩子们把老人的住处安排在山顶上。对于一个在平原生活惯了的人来说，这里显然有点高。她时常感觉前面的那座山就在眼前。夏天那会儿山洪暴发时，老人的院子只是被冲了一下。她看到被洪水冲毁的邻居们的家院，吓了一跳，从此身体就越来越不及从前了。每次开门见到那座山，她就会焦躁不安。这里远离闹市，是个非常安静的地方。清晨，这里的空气中有野草的芳香，令她想起位于克鲁伦河岸的故乡。清晨的城市里车水马龙喧嚣异常，城里人被呛人的烟雾包围时，这里永远都阳光明媚、视野辽阔。每每看到那座山，她就会想起儿时的故乡，会感到微微的心疼。想到故乡，她就能想起诸多往事；想起往事，她就能想起那些人。她偶尔会想起自己的青春时光，那时的她身体矫健，满面红光。每每此时，她都会黯然神伤。年迈之后回忆青春是人之常情吧。多年来，身边的人一直无限地包容她，这让她觉得世界是无比美好的。

老人站起来闭上眼睛缓缓神，进了毡包。她喝了点奶茶，啃了点昨晚煮的羊头，就躺下来休息。尽管外头很冷，但她加厚了毡子的大毡包里暖洋洋的。"今天是周六。我不会在周六死了吧。"老人这样想。洪水过后，她时常觉得自己大限已不远。人到了七十岁，想想生死也是常

---

① 通嘎：孙女通拉嘎的简称。

事，但她直到今天也不愿意想这些。她看着包里的家具，想着自己的心事。小儿子给买的电视机和她的嫁妆——一个雕狮老柜子，是家里重要的两件家具。

在战争的前一年，她的父亲卖掉几头羊给她置办了这个柜子。柜面上的狮子还滴溜溜地转动着眼珠，真气派。这柜子跟她形影不离地过了一辈子，现在它的漆色已有些脱落了。看着柜子，老人便觉得它和它的主人都老了。被啃食过的羊头在老式的铜盘子上用空洞洞的双眼瞪着她，看起来有些瘆人，老人起身把它放到暗处。

最近这几天，她看到家里东西就开始胡思乱想。这不是什么好兆头。洪水冲走她的院子后，孩子们找来板条补上，有个小缺口还没来得及补。看到那个缺口，老人就没有安全感，心里很不舒服。电视机发出来的声音，在老人看来也不和谐：放大了就震耳欲聋，放小时听不见。上次去医院检查时，大夫说她得了高血压，让她少看电视。

柜子陪伴了她一生，所以老人不算孤独，但她还有所期盼。至于期盼什么，她自己也不清楚。是回忆过去吗？既然都已成往事，就很难再追回。她看待世界的眼光，如同克鲁伦河谷的平原般辽阔，应该没有遗憾才是。但是……难道孤独了？守着儿孙的老人，都不会孤独。

回忆过去时，老人最先想到的是老伴巴托尔朝克图和二儿子。如今老伴已离她而去，二儿子在很远的地方工作。

为人妻、为人母的人，最无法割舍的还是老伴和孩子。二儿子坐了七年牢，去年刚刚刑满释放。他在外地的一家煤矿里当矿工，在那里娶了妻子，生活才算有了着落。策仁道丽玛老人每年都去趟位于戈壁深处的监狱，去探望儿子。她每天数着儿子刑满释放的那一天，好在盼到了这一天。儿子出狱后，到母亲这里住了几天，临走时发誓说他要在远方成家立业，把母亲也接过去。

老伴巴托尔朝克图是克鲁伦草原上的牧民。一想到这个名字，她就觉得特舒服。她总能想起他们在一起的日子。他在家乡的牧民当中威望很高，日子也很富裕。他们彼此相伴二十年，孕育了三个孩子，最后却落了个离婚的下场，这都是命运的安排吧。离婚的导火索是二儿子。他一直觉得孩子得严加管教，孩子稍有过错就拿起马绊子要打。每次这样，她都去护着孩子，然后夫妻俩就为了二儿子吵架。不知道这孩子是从哪里冒出来的，淘气得要命。孩子越淘气，她就越爱他。逃学回家时，为了能让孩子在家里多待两天，她不惜和老伴拌嘴。老伴一声不吭，拿鞭子把儿子送回学校。有一年冬天儿子逃学回来时，老伴骑着马，把儿子赶到几十俄里①之外的县里。她看不惯，就抱着儿子回了娘家。此后，夫妻俩一吵架她就回娘家。这是她给老伴撒娇的方式。二儿子勉强初中毕业，然后进入技校学习，却被卷进一件刑事案件蹲了监狱。老伴觉得管教不严的二儿子丢尽了他的颜面，和她离婚了。

该过去的事情终究是过去了。在生命临近终点时，有必要总结一下过去和现在。这正是老人还没来得及做的。

在孩子面前，需要肯定自己还是否定自己？活着的意义到底是什么？这是每一个母亲最容易，也最难回答的问题。三个儿子中的一个误入歧途。"他们缺的是父爱，这不是我一个人能左右的事。明明有三个儿子，还过得这么孤苦伶仃，还从城里的垃圾堆里找面包，所以别人才说我吧？温饱问题得到解决后，不给孩子们添负担是对的。"她的做法，有些人能理解，有些人永远不能。昨天隔壁的老太太来串门时还说："我的孩子们经常过来给我送肉。而你给孩子们提供熬奶茶所需的牛奶，自己却只啃羊头。""我竟然不知道怎么说才好。其实孩子们什么也不缺，我觉得这么做时自在一些。我只啃羊头，身体也没差到哪儿去。小儿子常劝我卖了乳牛和毡包，搬到他那里住。如果我去了，儿子就在大他六岁的媳妇和我之间周旋，日子过着会很累。那媳妇，儿子完全盖不住她的风头。"

策仁道丽玛老人躺在床上，这样回忆着往事，身体就好了些。她坐起来穿上衣服。外面下着冷冷的秋雨，秋风呼啸着从缺口灌进院子里。乳牛没有草料吃，院子有缺口，这两件事让她有些焦躁。如果有足够的

---

① 俄里：俄制长度单位，1俄里等于1.06千米。

草料，院子没有缺口，她就可以舒舒服服地迎接新年。

　　老人扫完地后，擦了擦柜子和电视机上的灰尘。她每半个月都去小儿子那里洗澡，但今天外面下着冷冷的秋雨，换一下内衣就行了。她穿上孙女通拉嘎给她洗好的衣裤和袜子。她喜欢打开柜子，从里面拿出衣物穿得干净漂亮。柜子让她想起梳子、小块的绸缎和孩子的褴褓。柜子里放着她为儿孙准备的一件羊皮袍、一件羔皮里子、年轻时穿的花纹靴、一对银碗、一两张鞣制的羊羔皮、布片、梳子和针线。她把这些都拿出来，又重新打包放进柜子里。这些东西里最值钱的是一顶珍珠头饰。头饰是老伴当年买给她的。那头饰将小珍珠镶嵌在银子上，还打了金边。她觉得这东西应该交给儿媳，又不知给哪个儿媳合适。一张五十年代中期她和老伴刚进城时拍的照片也弥足珍贵。那张照片已泛黄，老人用一张硬纸包好后，放在柜子里。现在她把照片拿出来放在柜子上。照片里，他们站在桌子两旁，桌布上画着洁白的花朵和高高的塔。这是他们的青春回忆。那时候和她相处的，都是些好人。那时她穿一身印有圆形花纹的绸缎蒙古袍，贴身的腰带显出她妙曼的腰身；她浓眉大眼，薄薄的嘴唇，挺挺的鼻子，头上斜戴着草帽，是一位名副其实的美人。她的老伴儿头发很硬，每一根都立着，细胡子大眼睛，是一位帅气的小伙。当时的他们风华正茂。女人在年轻时没想过会有头发花白，牙齿掉光的那一天。她陶醉在养育下一代的乐趣里，她的温柔和美貌吸引了无数个男人的眼球。那是多么转瞬即逝的时光啊，眨眼之间，骄傲的少女成了母亲。策仁道丽玛老人看着自己年轻时的照片愣神。那时候的日子可真好啊，和现在有天壤之别。她曾经炯炯有神的双眼现在变得黯淡无光，正盯着照片里的自己。如今作为母亲的操劳、独自生活的孤独和世间猜不透的诸事让她疲惫不堪。想到自己曾经是个美人，她眼中的忧郁便被年轻的光芒驱散，骄傲和满足修饰了她脸上的皱纹。

　　隔壁的女人过来串门。她是城里人，比老人小几岁，在家中排行也最小。她是医生，她的老公是一位司机，那时候的日子过得有模有样。她的老公在两年前去世了。她心里另有他人，那是个在城乡之间做生意的家伙，为人滑头滑脑，别人看不懂他是真心还是假意。隔壁女人很爱他。洪水过后，她们两家住到一起，她们也成了无话不谈的朋友。在一起时，她们总有聊不完的话。邻居的女人进来后，她们聊起年轻时拍过的照片。

"那时候的摄影师技术都很棒。拍出来的照片比本人漂亮。照片的背景也都是些塔啊、花草什么的，简直是童话世界。现在拍照，闪光灯一闪就结束了。拍个照都那么忙，还有什么是不忙的？那时候我们的日子多平静啊。我的那个老头子哟，光天化日之下还想拉着我睡觉，万一进来个人咋办？不过我也只能依着他。"隔壁女人兴奋地说道。策仁道丽玛老人不喜欢她轻浮的一面。她回想青春，真觉得那时候的日子很平静，说道："乡下的日子也很平静。秋天的时候最惬意。那年秋天巴托尔朝克图忙完赶牲畜的工作回家。那年我才二十三四岁，正是想男人的时候。那是他第一次去赶牲畜。他把牲畜赶过去给二连察布的牛贩子，挣了不少钱。一进门他就说：'老婆，你是不是想我了？'我说：'当然想了，都想疯了。'他说要考考我，我说考就考。结果他从钱袋子里拿出个珍珠头饰送给我，那头饰我现在还留着呢。"

隔壁的女人说："在哪儿呢？快给我看一下。班兹尔（她情人的名字）肯定会出高价，不然用肉牛换。"策仁道丽玛很不情愿地拿出头饰给她看。隔壁的女人看后说："哇，真漂亮。你想他，他给你带这么好的头饰回来，真是个好男人。"

接着她们聊各自的丈夫。那两个男人，一个已去世，一个已离婚。聊男人时会产生一种神奇的力量。策仁道丽玛老人严重的忧郁被这种力量驱走后，心里舒服了一些。傍晚挤牛奶时手上也充满了力量，挤了足足半桶牛奶。她洗内衣到很晚才躺下来休息。

临睡前，她打开电视。电视里的人不知是男是女，穿着奇装异服又唱又跳，他们的歌声非常刺耳。她关了电视机，准备好明天让孙女带走的酸奶，往儿媳妇送来的瓶子里装满牛奶才睡。睡前她又一次沉浸在思绪里："明天儿媳妇来时，把珍珠头饰给她吧！我说，我现在的状态说死就死了，为什么还留着它不放呢？她爱打扮，就给她吧，可怜的。我再买一些布料回来，用羔皮里子给通嘎做一件衣服。二儿子刚刚成家，估计他那儿够忙活的，可怜的。他来信说明年春天要接我去他那里。估计是他知道自己给我添了多少麻烦，才在我老的时候孝敬我吧，这孩子。男人的一辈子都那么起起伏伏，一旦有了满意的工作和美满的家庭，未来肯定无限美好。"老人在脑子里想着这些，平静地进入梦乡。

昨晚出院的孙女通拉嘎一大早便来看望奶奶。奶奶平时这时候早就挤完牛奶在忙家务活了，但今天她还没起床。平时暖烘烘的包内今天异常冷清。老人晾晒的衣服散发着香皂潮湿的气息。

"奶奶，您还没起床吗？"通拉嘎一边说着一边朝奶奶的床边走去，她突然停住了。奶奶瘦弱的手放在前胸上，看似在睡觉，脸上却没有一点血色。她紧闭着双眼，抿着惨白的嘴唇。

通拉嘎才发现事情不妙，高呼着"奶奶！奶奶！"跪倒在奶奶的床边。

策仁道丽玛老人就这样去了另一个世界。三天后，老人的遗体被安葬在郊区查干达瓦公墓。儿子、前儿媳、儿媳、孙女、朋友、同事，来送她的人不少。二儿子带着新婚不久的妻子从外地赶了过来。他和父亲一样是个大高个，留着细胡子，虽说坐过几年牢，但为人老实稳重，站在那里流着大颗大颗的眼泪。他的妻子是一个娇小的女人，看到丈夫流泪，她瞪着大眼睛不知道如何是好。大儿子一头乌黑的卷发，鬓角的头发开始花白，他的眼神里写满自信，却故意装出随和的样子。他在下棺安葬时只流了几滴泪，他年轻的媳妇号啕大哭时，他还瞪了她一眼。那个女人像参加喜宴一样把自己打扮得漂漂亮亮，在现场指手画脚，哭起来看着像演戏。小儿子跟母亲长得一模一样，沉着脸干着最重的活儿，不流一滴泪。他的妻子迈着缓慢的步伐，站在那里静静地哭泣，搀扶着几乎要哭晕过去的通拉嘎。老人的前儿媳是一位高个子女人，保养得也非常到位。她带着十几岁的儿子站在远离人群的地方，厌恶地瞪着前夫的新媳妇。

老人的遗体被安葬在查干达瓦公墓，山脚下立了一块由便民局提供的小墓碑。小儿子从爸妈的合影里单选出母亲的照片洗出来，放进相框，固定在墓碑上。他的哥哥说："你这么一弄，就好像母亲年纪轻轻就去世了似的。"他说："不碍事，墓碑上不是写着生卒年月吗？遗憾的是，直到今天我们都没给母亲好好拍一张照片。"

白事在老人的家里举办。狭小的毡包里，大家挨着坐在一起吃饭、喝酒。白事结束后，儿子和儿媳们简单收拾了一下，准备分母亲的家产。至于具体怎么分，当然是大哥说了算。

大儿子思忖片刻后说："乳牛分给章钦（小儿子），毡包给道尔基（二儿子）吧。"

"还是朝克图大哥你要乳牛吧，我们要乳牛干什么？"章钦说。

朝克图用余光扫了一眼妻子，用商量的口吻说："要不给通拉嘎？"

"当然可以。我们去看看妈妈的柜子里的东西吧！"朝克图的妻子说着，转向漆色斑驳的雕狮老柜子。柜子上的狮子抖动火红的鬃毛，嘴里衔着七色彩带看着主人的儿子和儿媳。

朝克图用哄孩子的口气说："道尔基，你就要了这顶毡包吧。"

"哥，我什么也不要，有个东西能当念想就好。"

"那行，毡包就归我吧。"朝克图说着，走到柜子前面蹲下来，揭开上面的布子，一一取出柜子里的东西。

"前天章钦和我从柜子里取了八百图格里克。妈妈早就安排了自己的后事，钱用纸包了好几层呢。"

"妈妈一直不想给咱们添负担，白事也没让咱们花钱。"章钦说着叹了口气。

"妈妈可真有福气。"章钦皮肤白皙的女人说话时声音开始颤抖。道尔基估计已喝醉，坐在母亲的床上，耷拉着头在哭泣；他的妻子跪在他身边，不知道如何是好。

朝克图拿出长毛羔皮大衣、羔皮里子、花纹靴等三样东西说："大衣给道尔基，里子给章钦，靴子我要吧。"

话刚说完，他的妻子就说："这种蒙古靴子我们穿不上，还是给道尔基吧。"

"嫂子说得对，还是给乡下的人更妥当。"章钦的妻子说道。

"分……分母亲的东西……我们真是一群不幸的家伙。"说到这里，道尔基开始放声大哭，他的女人也跟着一起哭。

朝克图把靴子和大衣放到一边，看着妻子的脸色说："孩子们分父母的东西是天经地义的事。不过东西不多，马上就分完了。"他的妻子根本不在乎自己能分到什么，嘴里正叼着香烟，抖着她修长的美腿。朝克图拿出包袱一一打开，然后包好又放回柜子里。一个婴儿的襁褓里包着一对银碗和绸缎小袋子。他打开小袋子，往手上一抖，就抖出一顶镶着金边的珍珠头饰。毡包内立刻变得鸦雀无声，两只大苍蝇"嗡嗡"地飞来飞去。

朝克图把母亲留给他们的两件遗产分开放好，看了一阵子说："每家每户都能分到东西。一人来拿一个。不过这头饰……"说到这里，他看了一眼妻子。

章钦说："头饰给道尔基吧。"说完也看着自己的妻子。

道尔基擦着眼泪站起来，拿着襁褓说："这是我小时候用过的东西，可怜的母亲一直留到今天。我就拿这个吧，其他的你们来分，我都不要。"他说完又一次放声大哭，牵着妻子的手出去了。

"这是什么意思？该分还得分啊。"朝克图的妻子大声叫道。

朝克图果断地把剩下的东西扔进柜子里，说："别管他。最折磨妈妈的就是他。"

章钦站起来，把一只银碗放在道尔基分到的靴子上，又把头饰递给嫂子，说："这个您拿去吧。我们兄弟几个谁也没少让妈妈操心。现在说这些都晚了，不要再争了。"

朝克图的女人默默地拿起头饰放进了自己的口袋。

儿子和儿媳们就这样分完了策仁道丽玛老人的遗产。母亲的柜子里空了，只有那头象征吉祥、口衔七色彩带的红毛金狮滴溜溜地转动它的大眼珠，依然守着柜子。

草　原

　　那穆斯莱在午后从河东的试验站出发，进入辽阔的马塔德草原后，离开大路，在秋草摇曳的小路驱车赶路。老旧的"莫斯科维奇"[①] 在他手中像骑了多年的马儿那样顺手，微风向车窗里吹进秋草的味道，让他的这趟草原之行变得舒畅无比。如果可以，他真想在草原上不停地走下去，找到一处"永恒圈"，或者让这瞬间的安详变成永恒。不过世界上没有什么永恒的东西。不知道什么原因，那穆斯莱这两年总觉得自己老了。都说五十岁是男人最好的年纪，但他时刻能感伤地感觉到，自己的人生在走下坡路。这并不是因为他的体力不如从前，也不是因为他无法胜任手头的工作，而是因为他是个过于恋旧的人。

　　此外，他也没有什么可牵挂的。他和老伴结婚近三十年，孩子们早已各自成家，就连城市的繁华和喧嚣，他也不用牵肠挂肚。

　　开始发黄的羊草、冰草和银色的针茅在车轮下翻滚，让汽车的颠簸变得格外温柔，那穆斯莱的视野之内皆是一片金黄的秋色。在午后的阳光下，草原的景色像一幅水彩画，辽远而舒缓。

　　在草原上赶路，耗去了那穆斯莱生活中的大部分时间。草原是他的

---

　　①　莫斯科维奇：莫斯科维奇 412，苏联生产的小型客车，具有耐用性强、易于维护等特点。

生活、思想和净化心灵的空间。他觉得，没有草原就没有他的生活，没有草原就没有自然的奇美与和谐。草原是他生活的意义。草原一直给予他知识和对美的感悟，还赋予他爱和恩慈；伤心落寞时草原给他心灵的解脱、未来的信心和坚强的意志。每当他对自己或别人说草原就是他的幸福时，生活中那些令他犹豫不前的诸事也变得简单和易懂。他似乎有一种特殊的天分，能从大自然中获取美，以此揭开大自然不为人知的秘密。人类，往往揭开大自然最后的谜底才肯罢休。直到今天，他们都想要掌控大自然。他们读懂一个又一个自然法则的同时，也读懂了人类自己。人类读懂自身的灵感，也是大自然给予的。同时，人类永远的感伤和忧郁，深藏于内心的矛盾，也和草原息息相关。

生活的意义，就在这片草原上。

那穆斯莱似乎早已注定要在这片草原上生活，直到了却自己的一生。并非自夸，他觉得自己是少数几个懂草原的人之一。是啊，他的确是为数不多的一个。草原看似用最普通的姿态向全世界敞开着，但这里也蕴含着凡人看不见的色彩、魔力和变化。

为了读懂草原的魔力和变化，那穆斯莱献出了自己的生活。只有身在草原时，他才能感受到人生的苦短。草原上的时间和空间会无限延伸，人生只是一种有限的瞬间而已。现在那穆斯莱的脑子里都是关于"永恒圈"的问题。生活是一个没有起点也没有终点的圆圈，但他的生活在一点点地靠近终点。圆圈虽然没有起点和终点，但其中的运动总有一天会终止。所以走在草原上，他会想到"永恒圈"的起点和终点之间的距离，想到自己短暂的一生。就算满脑子想的都是生老病死的事，该来的还是会来。现在他还有好多未曾经历的生活和没有做完的事，所以既有欲望也有期盼。期盼未来时，人总能想起"永恒圈"的起点。走在草原上，人们常常想起自己的童年。

车轮下的草，温柔地泛着波浪。这条老路，不知经历了多少岁月。

那一年那穆斯莱六岁，他蹚过鄂嫩河，走进这片草原。坐小船渡河时，阳光照着河面，河底的每一颗鹅卵石都清晰可辨。后来他从未见过那样清澈的河水。童年里见过的水，永远都那么清澈。河的岸边是无边无际的大草原和连接着草原和蓝天的深黄色土路。如今回想起来，似乎过了好多年，但不知为什么，那时的父母竟然在他脑海里变得模模糊糊，几乎想不起来。夏日碧绿的草原和远处蔚蓝色的山以及其他的一些东西，在他的脑海里由模糊变得清晰。草原上有许多不凡的东西。远处淡蓝色的山便是其中之一。在绿草茵茵的草原上，远处那座缭绕着雾霭，看起来淡蓝色的大山似乎就在眼前，实则不然，它在黄色的土路上耸入云端的终点，远远望去朦朦胧胧。想要尽快到山下时，人却偏偏到不了。一匹草黄色的马拉着那辆四轮篷车如何吃力地前进，也无法迅速走到那里。那辆车的车篷是用柳条编的，上面盖着蓝色的粗布；那匹高头马的后鞧上系着透明的绿缨子，拉车时沙沙作响。走累了，那匹马就叉开腿在深黄色的土路上撒尿。每每这样，他就下车，在马车的旁边疾步向前。步行时看到的草原更加辽阔无边。草原上方的天空也很神奇。草原无边，那里的天空也无边。不像在山林里，山和天都不远。此后，他再也没见过那样高远的蓝天和蓝天上挪动的乌云。

多年后，那穆斯莱看到廖里赫[1]的《天空的交战》[2]，想起了六岁时在草原上看过的景色。那幅画里没有穿透午后乌云的阳光。草原的阳光，就像玉皇大帝的神斧砍断了云朵。奶奶经常讲玉皇大帝的故事，故事里就有这样的人物。在天空的映衬下，大地上的一切都变得那么微不足道，那里有一群短尾黄羊在跳跃奔跑。过了鄂嫩河，就能看到一群群的黄羊跃过草原上的土路，跑过的地方扬起了灰尘，它们似乎在和人类争夺太阳。"爸爸，快跑！我们去把太阳夺回来！"父亲给那匹高个子草黄马加鞭，嘴里不停地喊着"嘿，驾！驾！"。太阳还是让黄羊夺走了。现在他依然清楚地记得父亲那时候的样子：细胡子、大嘴、布满血丝的大眼睛。他给马儿加鞭，嘴里喊着"嘿，驾！驾！"。他和父亲拾

---

[1] 廖里赫：尼古拉·康斯坦丁诺维奇·廖里赫（Николай Константинович Рёрих）（1874—1947），俄罗斯画家、哲学家、东方学家。

[2] 《天空的交战》：廖里赫于1912年完成的油画作品，画家在作品中倾注了他作为哲学家对天和地这两种原动力碰撞的思考以及飞翔的奥妙，展示出宇宙间神奇的魔力。

掇一只黄羊，坐在篝火旁扒皮的记忆也很难忘。那只可怜的黄羊，被拾掇时前胸的伤口流着血，它的眼泪在火光中闪闪发亮。后来他开始研究草原黄羊，为了保护黄羊和他人辩论时，年少时的经历总浮现在脑海里。

那穆斯莱与草原相依为命的这四十几年里，黄羊从蒙古大草原的北端开始逐渐减少，时至今日，就连它们的故乡东方省的大草原上，也很难见到从前那种成千上万的黄羊了……这里修南北方向的铁路，将大草原一分为二后，黄羊群的活动范围受限，接着繁殖能力开始明显下降。有一次，那穆斯莱甚至提出要在铁路上方专门给黄羊建一座天桥，遭到同仁的嘲笑。

他为草原奉献了自己的时间和精力，但他不后悔这么做。在他一天天变老时，没有什么比亲近大草原来得舒服。在辽阔无边的大草原寻找心灵慰藉，暂时忘却生活的烦恼和家庭的琐事，的确很舒服。

那穆斯莱在草原上感受秋日的微风，在汽车温柔的颠簸中回忆着童年。他第一次见到草原是在四十几年前。现在那些尘封的往事突然变得异常清晰，难道是圆圈的起点和终点越来越近了的缘故吗？

他们说人一旦上了年纪，童年时经历的往事就变得越来越清晰，看来此话不假。父亲给这头草黄色的马起了个好听的名字，叫"雁黄"。他的家里只有这么一匹拉车的马，大家都视它为珍宝。有一次，那穆斯莱去鄂嫩河南岸的正骨师索纳穆家里，见到了成群的马。碧绿的草原上坐落着一座洁白的大毡包，包外草原上的马群都是他们家的。那穆斯莱去他家是为了医好母亲的浮肿。正骨师索纳穆的细胡子和父亲的一样，他的眼珠子红红的，说话声奇大。他叫那穆斯莱的母亲褪下身上的衣服，给她按摩肩膀和腰部。正骨师家被炊烟熏过的牛肉干和甜点很好吃。

治疗结束后，正骨师索纳穆拿起套马杆去放马。整个草原上，都是他家的马群。中午时分，蓝蓝的天空中挂着七彩虹，草原上有成千上万的马儿在吃草。在阳光的照耀下，马儿的鬃毛闪闪发亮，将远处青青的山头挡在视线之外。索纳穆先生带着几个牧马人冲进马群，挥舞着他们的套马杆，套马杆像银棍一样在阳光下闪着银光。无法抵达的远山、在途中叉开腿撒尿的草黄马、篝火的映衬下胸口流着血的黄羊、褪下衣服跪坐的母亲、银棍般闪着光的套马杆、半圆的七彩虹、满山遍野的马群……这些在一个六岁男孩的脑海里留下了并不连贯但很清晰的印象。

成为草原的主人，在草原上回忆往事，用尽一辈子的时间了解它的点点滴滴是一种幸福。现在的他在草原上活得悠闲自在；若有一天他离开了草原，未来的日子就没有存在的意义。

他沉浸在自己的思绪里往前走，看到前面有一户人家，看样子他们刚刚转场到秋营盘。傍晚的阳光斜照着他们的家，四座洁白的毡包外孩子们在嬉戏，此时羊群已归圈，驼峰高耸的红骆驼活像翠绿底色上的画作。那穆斯莱把车停在离毡包较远的地方，走进边上的那座毡包。这家的女主人个头不高，她把花白的头发梳理得整齐有样，一看就是个干干净净的女人。她带着草原人民特有的热情出来迎接，嘘寒问暖，听他讲远近的趣闻轶事。那穆斯莱也不客气，他知道这里的牧民就喜欢这样无拘无束的人。他和女主人喝茶聊天时，从外面进来一位年轻女子，她的手里提着奶桶。她进来跟客人打个招呼，把桶里的牛奶倒进灶上的那口锅里。那穆斯莱仔细端详了她一番。难道是……那穆斯莱想到这里，不禁吸了一口凉气，浑身颤抖了一下。难道是真的？怎么一模一样……到底发生了什么……她和策尔玛一模一样……这真是咄咄怪事！

那穆斯莱惊慌失措地说了一声"我去修修车"便从毡包里走了出来。他的心跳开始加速，眼前漆黑一片。"不会有一模一样的两个人吧？是不是我太爱回忆过去才看错了人？但也不可能……可以像，但是肯定不能一模一样啊……"

等心跳渐渐平息后，那穆斯莱随便扫了一眼汽车就进了包。女孩换下了挤奶服，穿上了略微显小的粗布袍子，正坐在灶口那里捣砖茶。她约莫二十出头，个子较高，身材微胖。那张脸，那穆斯莱再熟悉不过。她和策尔玛一模一样。

在三十二年前……三十二年前的策尔玛和她一模一样，她的细眉、双眼皮、抿起来的薄嘴唇、泛着红晕的左脸上的黑痣、高挺的小鼻子、低头时稀少但撩人的长睫毛和额头上的那条皱纹，都很像。他希望女孩看他一眼时，女孩似乎也猜透了他的心思，用她长睫毛的大眼睛含情脉脉地看了他一眼。"啊，我的天啊！"那穆斯莱险些叫出了声。没错！就像再生一般，就像她从未死去，现在还二十岁一样！女孩似乎看到了那穆斯莱脸上的变化，她赶紧站起来，递给他一个枕头说："你靠着右边的被褥休息一下吧。"声音也一模一样！那穆斯莱慢慢挪动早已无力的身体，头靠着被褥问道："孩子，你叫什么名字？"就怕她说自己叫策尔玛，想到这里他倒吸了一口冷气。

女孩脸上带着尴尬的微笑说："乌云其木格。"那穆斯莱枕着姑娘递给他的枕头躺下来，背过脸去。三十二年前，策尔玛像她这么年轻时，患了一场大病，死了。

死亡从他的手里夺走了初恋，同时带走了他对爱恋的期盼。后来，为了不让别人看到孤零零的自己，为了传宗接代的需要，他结婚了。过了三十二年，当往事渐渐模糊时，策尔玛的样子突然又回来了。

那天晚上那穆斯莱在车里过夜。他望着夜空中钻石般明亮的星群，心里想着策尔玛，不知不觉就迎来了黎明。遇到像双胞胎一样的两个女人，他现在又喜又悲。一方面，他觉得一定有一种神奇的力量深知他热爱大草原，便创造机会让他与最心爱的人再见上一面；可转念一想，命运在他渐渐老去时让他遇到自己心爱的人，故意戏弄他一番。虽说神奇的力量不可全信，但这是一次不平凡的相遇。如果人类真有灵魂，那策尔玛的灵魂一定在这三十年里满世界地找他，并依托草原上的微风、清晨的细尘、草叶上发亮的秋露等美好的东西成功复活，变成这家的姑娘照顾他。

车窗外天光大亮，草原尽头青青的山峦缓缓地撑起了天，日光像交响乐般发散出来，让天地无比宽广。随着这交响乐，他在清晨的天幕下看到了乌云其木格——策尔玛的样子。那是一幅神奇的画卷，是生活中昙花一现的神秘力量，是人与自然和谐相处的心灵构图。那穆斯莱明白这不过是他幻想的美景，甚至会给他的精神带来危机，但他依然在嘴里默念着："请不要消失！哪怕多停留片刻！"

令人称奇的是，在某一个瞬间，平凡与诗意的界限突然消失，空间成了天空的底板，那里可以任意描摹自己的爱人。草原美女乌云其木格——策尔玛的形象被画在天上，她用含情脉脉的眼神望着他微笑。这便是人与自然、平凡与美好有机交融的佐证。

一轮红日从地面上升起来，擦掉了天幕上的画作。

那穆斯莱分不清现实与梦幻的界限，扶着方向盘坐在那里愣神。他似乎可以这样在大草原上漫无目的地继续走下去，最后走进所谓的"永恒圈"。如果继续走下去是为了家庭，为了老婆和孩子，这样的目的未免太过现实。但如果再次落入乌云其木格的手里，他知道自己终将无法逃脱。昨晚出来他说自己在搞科研，来这里是为了采集草原植物的样本。如果邀乌云其木格一同前往，她大概不会犹豫。他呢？难道要跟她说"我在三十二年前失去了和你一模一样的爱人"吗？如果进包时，她已和策尔玛判若两人，他又该如何？

如果那样，多年后见到自己爱人的美好会就地崩溃，令人心动的那一秒就成了永远的过去。世界好像在故意和他开玩笑，让他在三十二年后见到自己心爱的人。更何况现在他没有一点信心和道德优越感，可以让他把当年的爱情再来一遍。这是他热爱草原得到的赏赐。那穆斯莱启动汽车，开进大路，在绿黄相间的草原上继续前行。此时太阳已升高，天上没有一朵云彩，湛蓝而辽阔的天空，和他儿时见过的一模一样。

月光曲

我收到一封信。信里说道:

多年以前,您还是一名年轻的医生时,我是精神科的一个病人。或许您还在奇怪为什么我要回忆那段悲苦的岁月。我想委托您办一件事,我从小就喜欢文学,也相信作家的描述能力,相信您一定能帮到我。我知道对于整日忙碌的您来说这似乎有些难。别人不知道我要找谁,只有您知道他是怎么拯救我的。依托您精湛的医术,我得以在芸芸众生中又一次健康地生活。我努力回忆那个曾经给予我帮助的人,可一无所获。我想,他曾经为了我一定备受煎熬,最后才导致不幸。您还记得他吗?他叫布达。我醒来很久后才知道原来他每天为我拉琴。他去世两年后我才康复。我试图想起他的样子,可没有任何进展,往事如云朵中的太阳,时隐时现。我想知道布达当时的情况,所以才决定找您。或许他没给您留下任何印象,但我知道作家都善于观察生活。如果您能唤起我失忆多年的那段时光,尤其是布达的样子,就能了却我一大心事。在我的记忆深处一直萦绕着他的琴声。我相信您有能力让这断断续续的琴声变得完美。给您添麻烦了,深鞠躬。乌日娜。

放下信后，我年轻时的那些往事一一浮出了记忆的水面。原来她相信作家可以用文字再现一个人的回忆，甚至可以让记忆中的曲子重新演奏。我真的可以吗？这位布达，我倒还想起过，可已完全不记得将他的曲子断断续续地放入脑海里的女人——乌日娜。读了信我伤感地想，为何年轻时那些美好的往事都被我忘记了？为了再现乌日娜心中那首美妙的曲子，我才决定写下这篇略显伤感的小说。

那年夏天，我百无聊赖地坐在精神疾病医院的医生办公室。医院"Π"形的房子很陈旧，透过窗户能看到在外面放风的病人，他们正胡乱地聊着什么。前面院子里有锅炉房，不知什么时候在煤渣堆旁冒出来一头毛驴，正在那儿肆意地叫着，声音异常刺耳。我沉浸在自己的心事里。"毛驴叫起来可真难听，若是在呼唤伴侣，足可见思念之深。同属马科，毛驴叫起来真难听，如果像马的嘶鸣那么动听，找到自己的伴侣也许就不会那么难了吧？同样都是呼朋引伴，马儿叫起来婉转悦耳，可毛驴叫起来却让人心生厌烦……"

这时办公室的门缓缓被推开，有人清了清嗓子，问道："可以进来吗？"

进来的是一位皮肤白皙、个头不高的小伙子，三十岁左右的样子。他头发稀少，上面涂了发乳，整齐地斜分着，身上的那件灰色西服大了一些，衣兜里露出了粉红色手绢的一角，这一身装束显得他很活泼。他手里拿着脱了漆的小提琴琴盒，用睿智、天真的眼神看着我，像是在表达敬意，又像是在寻求帮助。

"过来坐吧，有什么事？"我满不在乎地说，想让彼此变得亲近一些。

他有些胆怯，嘴角微微上翘，坐在椅子边上。他的手指像女人的手指，又细又长，在琴盒上来回摸索着，像在抚摸着琴盒里的琴弦。他或许是一位演奏家吧，若是来探望病人，一饭一蔬都比这小提琴更合适。

"你想见哪位病人？"我随便问了一句。他并不回答我，从窗户望出去，看着遥远的山头。我猜想，他的内心里一定演奏着无比忧伤的曲子，这样的旋律萦绕着他，让他迷失了方向。他在用眼神和遥远的山头对话。

"我想见见乌日娜，可以吗？"他依然用哀求的语气。

"见见当然可以，不过得给我一个充分的理由。病人现在正处于危险期，你是她的家属吗？"我很严肃地问道。

"不，我们认识，我们曾经……"

"她都住院三年了……"

"当时我正在留学，没能及时赶回来……"他的语速很快，像是在忏悔，"以前我和乌日娜都是歌剧院的乐队成员。后来我才听说她病了，在这家医院。她得的是什么病？有救吗？"

"我不知道该怎么回答你，她患了严重的精神分裂症。她的性格你应该很了解啊，没发现之前有什么异常吗？"

"异常？没有啊。她就是多愁善感，总是让人捉摸不透。不过这也算不得异常吧，这样的人比比皆是。不过她特别美……心里总有美好的旋律，真美。"可能是因为没说出我需要的"异常"，只说了些溢美之词，他说完之后不安地看着我。

"美？估计你也是玩弄她的男人之一吧，肯定又说她是因为情感不顺才疯掉的。"这样一想，我竟然有些难过，用嘲讽的口吻说："现在来看她？"

他直勾勾地看着我说："对，我来看望她。我们曾经那么好，现在我不知道怎么帮她，就把琴带过来了。"

了解了大概，我叫护士把乌日娜带到办公室来。他是要做个试验，证明音乐对精神分裂症的作用吗？几分钟后乌日娜被带进来了。她现在完全昏迷，眼睛都不会眨一下，几乎像个植物人。她让人喂食了很长时间，后来连眼睛都不眨了，脸像个面具，一点都不像活着的人。不过还能看得出她曾经是个美人。不知是护士可怜她还是故意戏弄她，帮她梳理了头发，还涂了口红。她曾经是远近闻名的大眼睛美人，如今长睫毛下的眼睛眨也不眨一下，像一幅静态的图画，可还是能看得出她的眼神背后隐藏着聪慧，如冬日冰层下的泉水。她像被什么东西给吓到了，瞪着大眼睛。阳光下，透过她的瞳孔可以看到她内心无限的困苦正在寻找一处释放的渠道。她的眼神叫人害怕，还带着些许美。患病之前，她的这双眼睛一定有无穷的魔力，叫他们心潮澎湃，不禁迷上她。如果正如他人所说，她的内心演奏着什么美妙的曲子，一定会通过那双迷人的眼睛散发出来，扣动人们的心弦，叫人们欲罢不能。我需要了解乌日娜患病时的精神状态，她的亲戚只告诉我，是一场不幸的爱情让她沦落到现在的地步。一场糟糕的恋爱的确可以带来精神疾病，这双美丽的大眼睛和她内心的旋律有着怎样千丝万缕的联系？人类的内心是一个精细的世界，谁都无法读懂、读透。

乌日娜呆滞的目光吓坏了小伙子，他安静地待在那里，如坐针毡，嘴里不停地嘟囔着什么。

"您不用怕，她根本无法认识您。您还是为她拉一支曲子吧。"我安慰他说。

"可怜的人儿，她怎么变成这样了？"小伙子险些哭出来。他打开那脱了漆的琴盒，拿出一把破旧的小提琴。煤渣堆那边的毛驴又开始叫了，我示意护士赶紧轰走它。

小伙子微微侧头，把小提琴放在肩上，微闭双眼。演奏家似乎都喜欢坐在椅子边上，静默片刻之后他开始拉琴。他拉的是贝多芬的成名曲《月光曲》。窗外的病人也不再喧闹，静静聆听着天籁般的曲子。

曲子从窗户静静地流淌到外面潮湿的空气中去，溶进中午灼热的阳光，叫醒了微微的凉风，呼唤了智慧与记忆。月光曲，月光……洁白的月光下江水泛着银光，微微的波澜中闪烁着点点星光。有谁在这万籁俱寂中叹息一声，在倒映月光的江水里唤来了朝思暮想的恋人，她满含笑意的眼眸，在远处若隐若现。伴着星光和江水，听得见却无法触及的现实叫人心碎。贝多芬站在多瑙河畔，在月下看着银白的江水想起了自己年轻时的恋人朱丽叶塔迷人的眼眸，无法圆满的爱情化作这首震惊世界的《月光曲》，激荡人们心灵直至今日。泛着银光的江水、眼眸，美丽的眼眸……

乌日娜的眼神中闪现了一缕感悟的光芒，无奈被世俗的重重迷雾折了回去，《月光曲》美妙的旋律，点点滴滴地滋润她的内心，让她缓缓地摆脱重重束缚。我们看见乌日娜脖颈的脉搏在慢慢加速，枯枝般僵硬的手指也开始动弹。我想，在她心里珍藏了许多年的那首曲子一定能够找到通往记忆的隧道，让她的内心感知点点滴滴，修复她早已断了弦的记忆交响乐。

似乎是为了验证我的想象，片刻后乌日娜的感动凝聚成一滴热泪，从眼角流出，流向脸颊。拉琴的人看着她的眼睛，完成最后一个悲伤的音符之后，在琴弦上飞舞的手指停在半空中。她流泪了！尽管只有一滴！我和在场的每个人都在心里呼喊着，一滴泪，值千金！我太开心了！我真想拥抱这位天才演奏家和乌日娜，给每人一个深情的吻。

护士把乌日娜带走之后，我和小伙子畅聊了许久，彼此成了朋友。他跟我讲《月光曲》背后的故事，听来叫人感伤又遗憾。

他和乌日娜在一个巷子里长大，一起上小学和艺术学校，在歌剧团交响乐队里成了同事。青梅竹马的友情变成爱情的故事不胜枚举，他们的故事却来得太晚，结局凄婉。他们两个人一个美丽动人，一个才华横溢，故事难免会有插曲。美貌和才华很难同时降临在一个人身上，犹如鱼和熊掌不可兼得，如果强留，有时也会酝酿成一场悲剧。布达的才华渐渐得到大家的认可时，他渴望用美丽来装点自己，乌日娜成为他不二的人选，她夺走了他全部的爱。爱是来自心灵的美妙旋律，如果将其隐藏在内心，会成为无边的痛苦；如果将它幻化成饮食男女的爱情，又难免落俗。乌日娜成了布达日思夜想的女神，但他畏惧乌日娜美丽的眼神和多愁善感的性格，一直没有付出行动，在虚幻的爱情里享受着这一切。可是，哪个男人能一辈子这样呢？这个临界点还得被打破。美丽的乌日娜并不羡慕才华，她喜欢的是英俊、潇洒。她爱上了一位杂技演员，他虽然有俊朗的外表，却是一个性情中人，喜欢把爱情从精神层面剥离开来，变成赤裸裸的肉欲。布达不明白乌日娜到底喜欢那个男人的哪一点，她会强迫自己看那个男人的演出。在舞台灯光下他只穿一件贴着亮片的内裤上场，骑着独轮车把大铅球当毽子玩，在表演中尽显他强健的肌肉。布达觉得那样的男人不是他能比得了的。强健的肌肉和健美的身材难道不是转瞬即逝的风景吗？布达嫉妒他，更担心他们肉欲的结合会给乌日娜带来新的麻烦。果不其然，这个随心所欲的男人让乌日娜怀孕了。乌日娜迷茫至极，在打掉孩子之后变得神志不清。她用布满乌云的眼睛看着他，听布达整夜整夜地为她演奏《月光曲》，在小提琴发光的琴箱上默默滴泪，这场面让人看了心碎。困苦赋予布达更多的希望和才华，让他把《月光曲》演奏得淋漓尽致，出神入化。《月光曲》对乌日娜来说是一段支离破碎的回忆，对于布达则是无法得到爱情的遗憾，更是慰藉恋人心灵的爱意。这样的凄美之爱让他独自悲伤，更让他独自守着自己单纯美好的誓言。

听了布达的讲述，我对他的看法也逐渐改变了。小伙子虽然没有惊人的外貌，但他的才华已融入他的眼神和行动。他的身上闪烁着稳重、自信、优雅的光芒。

后来布达每天都来医院为她拉琴。我腾出电击室的一个角落给他，让他放小提琴。虽然我不是很确信音乐带来的疗效，但小伙子的执着感动了我，我积极地为乌日娜治疗。不知是医疗得当，还是因为神奇的音乐，乌日娜苍白的脸上开始有了一些血色，眼神也有了好转的迹象。我和布达对乌日娜的治疗信心倍增，也许我们还能再看见乌日娜迷人的眼神呢。

没想到祸从天降，来得还那么凶猛。两三天一直没有布达的消息，一打听才知道他出了车祸，正在医院里。我赶紧跑去手术室，看到他依然昏迷不醒。他的手脚没有受伤，头部却遭了噩运。我们没日没夜地忙了好几天，可他还是走了。相识的时间虽然很短，但我就像失去了亲兄弟那样万分悲痛。我不知道如果他没出事他的音乐能不能拯救乌日娜，但我很清楚自己无力治愈他们两个中的任何一个，巨大的压力向我袭来。

后来我换了一份工作，离开了那家医院，也告别了医生这个职业。回忆那些懵懂的岁月，布达演奏的《月光曲》时常萦绕在我的耳边，让我想起青春的美好和忧伤。正如乌日娜在信中所说的那样，知道她"得以在芸芸众生中又一次健康地生活"时我便更加坚信人与人之间心灵的默契是何等重要，也相信彼此遗忘的人们会因为千丝万缕的联系又会重新聚到一起。让爱的《月光曲》拨动心弦，那是何等幸福！

变　化

　　"思维算法，你懂我在说什么吧？"官其格老师打了个响指，用他那猫眼似的黄眼睛饶有兴致地看着我。二十年前，我和官其格毕业于某大学的兽医专业，我们是同学。我赴肯特省工作，至今还是一个大队里的总兽医而已，根本不值得一提。官其格一毕业就在中央重要部门工作，成了财经学家。后来听说他当上了社科院的副院长。后来又听说他当了国家某部委的部长，娶了个年轻媳妇。娶年轻媳妇的人不少，这不值得大惊小怪。官其格换来换去的专业倒是引起了我的兴趣。五年前，他成了历史学博士。在此之前，他以一篇题为《受孕牲畜与配种牲畜的财经意义》的学术论文取得了硕士学位。据说他首次在论文中运用计算机，得到了评审专家的好评。后来我看了他的学术论文才知道，那几个表格里的数字用普通计算器也能算得出来。这倒也不奇怪，奇怪的是他竟然取得了博士学位。大部分人可以成为硕士，不过博士可不是闹着玩的。大学时我和官其格是好友，毕业后我经常按照他的吩咐给他寄肉类产品。他取得博士学位的那年秋天，我带一整头牛肉去看望他。他说要为自己的著作举办首发式。官老师（现在我这么叫他）的博士论文题目是：《兽医学：从民间放牧经验到科技手段》。

　　参加首发式的人都说他的论文具有文学般的吸引力，更为珍贵的是，文中加入了民间关于五珍①的祝颂词。倒是有一位不靠谱的年轻人顶了一句："你那论文不是学术，是民间文学整理。如果这都能拿下博士学位，那我明天就是博士了。"说完他就被在场的人赶了出去。

"思维算法，你能听懂我在说什么吗？"官老师像考他的学生似的问我，又打了个响指。人的秉性和言谈举止真易变。年轻时，官其格没现在这么聪明，常常为了弄清一个问题搓自己的耳朵，搓得耳垂通红。现在的他，只问你"你听得懂我在说什么吗？"然后打个响指。

"算法倒是听说过，只是思维是什么？"我只能这样不耻下问。

"现在大家认为一切数学的基础是算法，思维当然也有自己的算法。"说到这里，官其格拿起玻璃杯，喝一口啤酒继续说道，"嗯，味道不错。我探索了很长时间，终于找到一条对的路。这就是人们说的找到自己。我想好好研究社会与个人思维之间的关系，对于我们来说这是全新的课题。"这个人的变化已经没什么大惊小怪的了。年轻时，他研究的是受孕的牛和种牛之间的关系，现在怎么一下子飞得这么高？我觉得他就是一俗人，这么一想，心里还有点感伤。到底谁是俗人？我是不是嫉妒人家，才给人家打上了这样的标签？

我们坐在他们自称为"圣殿"的三间别墅里喝茶。别墅是玻璃打造的，凉爽舒适。官其格是个微胖的黄脸男人。大学时我们给他起过一个外号：猞猁。他看起来真有几分像猞猁。他的眼睛圆圆的，睫毛长而少，还喜欢缓缓地眨一下眼睛，走起路来总是轻手轻脚。现在只是比以前稍稍胖了一些，没有其他变化。他的老婆是个肤色白净，长发披肩的女人，又高又瘦。她穿着一身长衫，在"圣殿"里给我们准备饭菜。据说她是体操老师。她走路时扭动腰身，高高翘起屁股的样子还真美。看一眼就知道她是个轻浮的女人。官其格自己也不知道他俩到底差二十几岁。索德玛（官其格老婆的名字）在桌子上摆满黄瓜沙拉、西红柿、韭菜和青椒，给我们当下酒菜。她能说会道，不过不知道那些话出自真心，还是在假装。她甩开长衫的衣摆，跷着二郎腿坐下来，还没说上三

---

① 五珍：又称五畜，即牛、绵羊、山羊、马和骆驼。

句话就跑过去放唱片机，放的都是欧美歌星声嘶力竭的歌；她从开着的窗子探出头，和外面的某人问好。这大概就是文明吧。她坐在餐桌旁，噘起涂了口红的嘴唇，饮一点玻璃杯里的红酒，微启花蕾般的双唇，用洁白的牙齿咬了一口青椒。官其格讨好地说："她可真奇怪，竟然爱吃青椒。"说完闷笑了几声。

索德玛说着她要如何扩大别墅的院子，在玻璃棚里种春白菜，如何给"莫斯科维奇"配挂厢等话题，看着的确是个轻浮的女人。她的这些话题让官老师觉得索然无味，但他还是敷衍地说着"是的，那当然"，边说边弄着他粗短的手指。他们夫妻二人都有自己炫富的方法。

"她从小就是个实用主义者。我现在正在写一篇关于思维算法的论文，它大概可以帮我的老婆改掉一些行为。"官其格说完又哼哼闷笑了几声。

索德玛喝了一口红酒，吃了一口她最爱的青椒后说道："实用主义者？生活不就是想方设法用尽所有的代名词吗？你不知道这位有多抠门？你根本分不清他是真心的，还是假惺惺。"

"听到了吧？想方设法用尽所有。你看看她，连青椒都不放过。"说着官其格拍着大腿笑起来。接下来，我们的话题转向哲学领域。"思维算法"已在我这位老友的脑海里根深蒂固。他要写论文嘛，不得不这样。

"人类思维中的数学重复模式非常好玩。我在用算法理论解决这个问题。我们在细节上总是落后。我说朋友，时代和以前不一样啦。"

"是有点落后。"

"你倒无所谓，是个十足的实践派，这倒也省事。我们这些理论家，如果对时代不敏感，就等于用舌头顶出了送到嘴里的肥肉。"官其格冷不丁地冒出这么一句。什么到嘴里的肥肉？他主张的算法理论难道也是肥肉吗？还说他老婆是实用主义者，我觉得是人性的变化让他含住了那块肥肉。他说的那些理论让我觉得有点无聊。但我的这位朋友却越说越来劲，几乎要给我念完他的一整套课件。他的老婆在客厅里来回踱步，也觉得无聊，最后决定进城。看她在我们面前装模作样也有趣。她穿了一件包臀的紧身裤，戴上了遮住她半边脸的大墨镜，从铁皮车库里把新新的"莫斯科维奇"开了过来。

看她这样，官其格有点不悦，嘴里嘟囔着："进城干什么？这女人一点都无法安静。"

索德玛饶有兴致地说："我到过冬的房子里去凉快一下。"

"听见了吧？这里没有凉快的地方吗？现在的女人呀。"官其格胡乱来了这么一句，这次没能笑出来。

"还不到狠的时候。"索德玛满不在乎地继续说道，"两位继续聊！我去冲个冷水澡就回来。吃了青椒，浑身辣得不行。"她微笑着说完这句话，开着那辆"莫斯科维奇"一溜烟儿跑了。就这样，我们的身边少了一位吃青椒、放唱片的人。我也开始琢磨个理由，准备离开这里。坏就坏在我来时说手头的工作已忙完，今天没什么事。在老婆面前很乖的官其格，等她走后，开始向我诉苦。

他耷拉着脸说："她完全不知道满足，成天嚷嚷着买这个，买那个。我只要稍加控制，她就说我抠门儿。她像个孩子一样跟我撒娇，说她都是为了这个家……如果人只想着工作，干自己该干的事，倒是很容易满足。"

我们撇开"思维算法"，一起回忆我们的大学时光。此时电话铃声响起，官其格轻手轻脚地走过去接。

"什么？什么没了？地毯……我的衣服吗？真该死？锁头呢？锁头被弄坏了？没用钥匙……啊，该死的！快报警！带着警犬来，警犬……"

官其格和我在公交车上晃荡了一个小时才到他们过冬的住所。小偷配了一把钥匙，进了公寓。警察带着牛犊一样高大的警犬到达案发现场，仔细观察着小偷留下的脚印。警察说只有进去的脚印，没有走出去的。本该在这里叱咤风云的那条警犬，看样子是被索德玛形形色色的香水和化妆品弄乱了方寸。小偷进来偷的东西又少又贵，看来是个行家里手。官其格朝警犬骂了一句："那条耷拉着耳朵的藏獒，别说破案，连让它看家护院都不配。"他的这句话惹怒了警察，他们忙到很晚才散，警犬险些背了这次的黑锅。

官其格开车送我回宾馆。看样子，他的老婆一点都不为失窃而难过。她抱怨满屋子都是狗味儿，忙着拖地，喷香水，还不忘给闺蜜打电话，近乎愉快地聊着刚才发生的一切。

小雨过后，街道上柏油路变得干干净净，户外的空气也格外清爽。官其格小心翼翼地开着车，嘴里嘟囔着："可惜了我那鼻烟壶，做工那么精致，肯定是内行下的手。"

他假装热情地把我送到宾馆附近，停下车说道："兄弟，现在啊，除了自己谁也不能信。现在的女人，什么事都干得出来。刚才她不是说我抠门儿吗？这样的女人完全不可靠。那些东西肯定是知情的人干的，配钥匙可不是闹着玩的。我就觉得不对劲。"

我根本没想到他会这么怀疑自己的老婆。说什么好呢？他引以为豪的思维算法和高深莫测的理论都去哪儿了？他的变化果然非常大。

我下车后，说了一声："官先生，晚安。"

陷　阱

　　元丹走进锅一样的火山口之后，过了一天便开始挣扎着想爬出来。但每一次还没爬到火山灰和岩层中间就已筋疲力尽，下巴颏"啃"着火药一样的黑色火山灰滑到了"锅底"。

　　"真是一条小狗，狗！"不知他骂的是自己，还是另有他人，总之他吐出嘴里的火山灰，躺在那里开始哭。"如果走不出去，那怎么办？狼都走不出去的火山口，你一条小狗能走出去吗？"这么一想，他就感到害怕，后背变得冰冰凉，绝望地喊了一声："有人吗？有人吗？救命！"他起来跪在那里，望着火山口声嘶力竭地又喊了一声："喂！"

　　阴霾的天空落下几滴雨，白色的浓尘朝火山口席卷而来，卷走了他的呼喊。他觉得自己叫起来像狼吼，于是赶紧作罢。想想那头狼的尸体，他就感到害怕。元丹昨天试着爬出去，几次都以失败告终，筋疲力尽的他在找山岩时遇到一具狼的尸骨。起初他不明白为何这里有一头狼的尸骨。他甚至认为那头狼是来这里下崽的。如果是这样，就应该有一条出路。从"锅底"到山口中间位置有一百米，那里的黑灰上别说是路，就连动物的脚印也没有一个。狼为什么要来这里？显然不是和他一样为财宝而来。狼怎么会来找金银呢？它进来一定是为了办动物的事。它是追着一个猎物一起跑进了火山口？然后才发现根本出不去，就把猎物吃得骨头都不剩一根，最后自己化成一具尸骨，成了乌鸦的美餐。弄明白这些，元丹就更加害怕，怕自己也像掉进陷阱里的这头狼一样活活饿死，成为乌鸦的美餐。但又觉得人终归是人，不是动物，总能想出办法。他奇怪当初自己为什么那么傻。如果真到了生死关头，那该如何是好？总不能去吃狼的尸骨吧。多带些干粮进来就好了，哪怕手上多一条麻绳也非常有用。当时排除可能遇到的种种困难时，他怎么也没想到这里会没有人。当时他不希望让人看到。到了夏天，来火山附近旅游的人络绎不绝，不过现在是春天，除了猎人和来找牛羊的牧人，还有谁会和他一样独自闯进这荒僻的火山口？当时他一心只想着带走藏在这里的金银，这不就是"人为财死，鸟为食亡"吗？去年夏天他参加工会组织的活动，和同事到这里游玩，听说前些年附近的人常用金银祭山，于是动了邪念，今天才会被困在这里。这是他一辈子贪图小便宜，利欲熏心的直接结果。昨天他在身后扬起黑色的火山灰，朝"锅底"走时，完全没想过要怎么出去。他认为只要金银一到手，就可以长出翅膀飞上天。但现在不仅没有翅膀，还成了一头等死的狼。这里哪儿有什么金银，有的只是几块埋在火山灰里的岩石！就算真有金银，过了这么多年，这里积压了厚厚的灰尘，莫说是人，就是挖掘机也挖不出来呀。想到这里，他才开始想自己怎么出去。他根本没想过这里会是危险重重的陷阱。谁知道这黑洞洞的火山口那么容易塌陷？从上面往下看，好像完全可以在岩石上进进出出呀。谁曾想到会是这样！

　　想到这里，元丹又吼了一下。他盼望着有人听到他的呼喊声过来救他，但这不可能。一个人如果开着三轮摩托车来到火山口附近搭了帐篷，自己跑进火山口里鬼哭狼嚎，这人岂不是不疯即傻？

　　下雨了。元丹已明白再喊也徒劳，于是站起来慢慢走到"锅底"坐下。现在他的脑子里乱哄哄的。"难道就像掉进陷阱的猎物一样结束了吗？我总想着投机取巧，才有了今日的下场。哎呀，我的天啊！早知这样就不进来了，在外面弄点沥青回去也不错呀。老想着获取更大的利益才到了这个地步。一吨沥青还几百图格里克呢，那也是钱。不过我就是奔着金银财宝来的，谁会在乎沥青？要是没听说有人在这里捡到金银发了横财，谁会相信这样的童话？唉，我的天啊！当时真应该捡些沥青就回去。你看这雨，不会变成一场山洪把我淹死吧。如果真出不去那该怎么办？这该死的火山灰也太软太细碎了。我终于知道这火山口简直是个不吉利的陷阱。这次我是彻底败了，从未想过火山还会产生这么多的火山灰。这雨怎么这么冷？这黑色的火山灰，下了多少雨我也出不去……"

元丹的智商还未完全死去。他突然明白这场雨能救他，于是跳起来喊道："啊，灰尘下的火山，你兜不住我！我不是愚蠢的狼，是聪明绝顶的人类，就算我没弄到金银，至少也可以弄些沥青回去。"

元丹知道，下过雨之后，黑色的火山灰会喝足雨水越来越硬。

"至少我可以弄些沥青回去！"他又吼了一声。

雨还在下……

恶　兆

我总能想起那年秋天我第一次打猎时的情形。其实那次打猎的目的不是要捕杀动物，而是去看黄羊群解解闷，呼吸一下秋日原野上的新鲜空气。一到秋天，我就想去乡下。城里那些死去的树令人孤单。去乡下接触一下大自然，看看自然界的动物，或许能写出一篇狩猎题材的文章。接着我便认识了一位富有经验的老猎人乌赫那道尔基。他说要给我讲狩猎生活，让我亲眼看打短尾黄羊的整个过程。我们就地启程。启程之前做了行军般细致的准备，带了帐篷、炊具和做石头烤肉时所需的葱蒜，还带了酒水，开着一辆几乎要散架的破车出发了。

秋日的太阳暖洋洋地照着大地，原野上秋风轻抚，叫人舒爽无比。这么好的天气，为什么要憋在城里？在城里憋着写一点文章，不如像老猎人乌赫那道尔基一样成为一个有名的猎人，逆风打猎呢。我自己编了一首歌，在心里唱着"金色的太阳当头照，微微的秋风朝我笑"。置身于野外，心里总是充满诗意。在城里时，根本想不出关于太阳、微风的诗，想到的都是非韵文和小说。今天我们的装备非常齐全。我跟朋友借了一杆短枪，乌赫那道尔基肯定打过无数次猎。他把带瞄准器的长步枪夹在双腿间抱住，时不时地爱抚一下。据说那是一把好枪，老猎人能够做到枪响猎物倒。

　　我们在太阳刚刚升起时出发，赶在太阳落山之前到了乔伦①东部的大草原。东边是达尔汗山②，山的北边流淌着蔚蓝的克鲁伦河和巴彦乌兰河。乌赫那道尔基把车停在低矮的丘陵上，拿出望远镜四处望。他说："有啊，有！能看见黄羊的后背。先去那里的井边住一宿，明天清晨再打。打个四五头黄羊就够了，如果太贪的话，我们的这辆破车装不下。"

　　我们在井边下了车，用明火烤羊肉吃，吃完之后安营扎寨就地休息。或许是因为车马劳顿，或许是饮酒起了作用，老猎人乌赫那道尔基刚一躺下就睡着了。一般来说，猎人的食量和睡眠都不错。我却辗转反侧睡不着。这是我第一次打猎，想一想就非常兴奋。我们这些娇气的城里人往往爱失眠。想到明天就要打黄羊，而且能打四五头黄羊，我就特别兴奋。我翻来覆去睡不着，于是起来又喝了点酒才睡下。

　　次日清晨醒来后，看到头顶辽阔无边的天空，我心情变得格外舒畅。乌赫那道尔基起来喝口凉茶后，又喝了二两白酒。他说："北边很近的地方有一群黄羊。我们拉开半公里的距离横上去。我们开车逆着光靠近黄羊群，你按我的口令停车就开枪。出来打猎是为了什么呀，就跟在部队打靶一样。你别当它们是活物，只当它们是靶子……"我们启动汽车出发。黄羊群在清晨的阳光下悠闲地吃着草。我按照乌赫那道尔基的指示慢慢靠近。一听他喊停，我就停了车。"给！"他本打算把猎枪给我，结果又收回去说，"你看那头离群的雄黄羊，真是个大家伙。"他一边说着一边瞄准。我的心跳开始加速。我真是个胆小如鼠的家伙。此时枪响了。乌赫那道尔基后悔地说道："没打中！这是什么恶兆！这么近都没打中。是你在我耳边乱喊乱叫我才没打中。"听他这么说，我感到非常羞愧。难道不能在神枪手旁边叫好吗？鬼知道！我们的老猎人再一次给枪上膛，吩咐道："追！开六十迈，朝着太阳的方向赶。"我们在平坦的草原上驱车追逐。我们的枪声惊扰了黄羊群。一开始它们被

---

　　①　乔伦：地名，属于蒙古国戈壁苏木布尔省。
　　②　达尔汗山：位于蒙古国达尔罕乌拉省。

分成几队，但很快就聚集到一起，开始奋力逃跑，犹如涌动的浪花。他还说只有几头黄羊呢，现在看来不下几千头。在草色渐黄的草原上，逆着光的确看不清是多少头。乌赫那道尔基从挡风玻璃上伸出手，喊道："让前面那几头雄黄羊离开黄羊群。直接从中间横过去！"我却看不到他说的雄黄羊。乌赫那道尔基像一头闯进了牛群的狼，嘴巴张到耳朵那里，瞪着眼睛大喊"嗨！呼！"，又吩咐我说："按喇叭，喊！大声叫喊！"我按着喇叭开始大声呼喊。这好像为征服敌人做准备似的，听着过瘾。乌赫那道尔基开始射击。我在他耳边叫好都能影响他，难道在这样大声的呼喊声中他还能打中？"砰砰，砰砰！"他说："快挡住！紧追前面那几头雄黄羊！母黄羊！"我已完全不晓得哪个才是我们的目标。

我把车开到黄羊群里，按乌赫那道尔基的手势打着方向盘。他示意我停下，我就照做了。他像跑了几百米似的气喘吁吁地说："那边有黄羊中枪了。"我抬起头，看到那边真有个东西在动弹。我们驱车过去一看，原来是一头母黄羊中了弹。乌赫那道尔基跳下车，看着那头奄奄一息的母黄羊，拧断了它的脖子。"真是恶兆，竟然在一头母黄羊身上浪费了子弹。"他一边说着，一边用手指沾一点黄羊血涂在枪口上，又说，"今天的枪有点走火，不然我都是指哪儿打哪儿。"我开始对他有点失望。那头被流弹打中的母黄羊浑身都是血。对于这样的打猎，我已完全没有了兴趣。我们上方晴朗的天空似乎突然布满了乌云。乌赫那道尔基收拾好黄羊，说了一句"再怎么说它也是个猎物"，然后把黄羊扔上车。我们跑到一个低矮的丘陵上，他拿出望远镜继续观察。他观察了一会儿，说道："南面的丘陵下有几头离群的雄黄羊。我们从那座丘陵旁边绕过去吧。"我们原路返回时，看着远处的山，突然觉得上山采一些小檗都比这样打猎强多了。我们悄悄地绕过丘陵后，看到那里的确有五六头雄黄羊。乌赫那道尔基拿起猎枪开始瞄准。这次我没敢在他耳边叫好。他瞄准了一会儿，说道："可恶，我突然眼花，看不清目标了。"然后把枪上的瞄准器取下来。过了一会儿，他又开始瞄准。他似乎很吃力，闭上瞄准的那只眼角在颤抖，睁着的那只眼瞳孔都不动了。他这样瞄准了好久，才开了一枪。开完枪他抬起头，朝放枪的方向看了一眼，几乎要把猎枪扔在地上，咬着牙恶狠狠地说道："呸，他娘的！真是倒了血霉。追上！追到它们倒下为止，这些烂东西，看它们往哪儿跑！"或许是因为见了血的缘故，他的双眼布满了血丝。这令我有些害怕。我开车追那几头饱受惊吓的黄羊。乌赫那道尔基嘴里不停地喊着："对，就追那头。"我按照他的指点，开着车继续追。跑在前面的那头黄羊奋力向前，身后扬起微尘。黄羊跑动时，它那草黄色的后背一颤一颤的。我们离黄羊忽远忽近。我疯子似的大声叫唤，那位经验老到的猎人更是连瞄准都省去，随意放着枪。离群的那头黄羊几乎被这样的动静吓破了胆。它无法向旁边闪躲，被我们逼得越来越近。乌赫那道尔基嘴里喊着："看你往哪儿跑，蠢东西！给油，马上要倒了。"当他身体前倾跳下车时，那头雄黄羊也筋疲力尽地倒在了地上。乌赫那道尔基像一条猎狗一样大步流星地追上去时，黄羊强忍着站起来又向前跑了几步，没跑几步就倒了下去。乌赫那道尔基大吼一声，骑在黄羊上，抓着它的犄角开始拧它的脖子。看到这个场景，我的脖子开始隐隐作痛，心里很不舒服。乌赫那道尔基拧断了黄羊的脖子，像立了功的英雄大笑着手舞足蹈。等我走近时，他撸起袖子，拿出刀说："有肉吃了，这家伙还怪肥的。"

　　那头黄羊用它温顺的眼神望着天空，浑身在发抖。就这样，我俩带着一头母黄羊和一头雄黄羊往回走。母黄羊是被流弹打中的；雄黄羊是硬用汽车撞上去被拧断脖子的。那是我第一次，也是最后一次狩猎。日后我见了乌赫那道尔基都故意躲着走。

戈壁之子乌哈黛与金角红盘羊

话说在古时的末期，当今的初期，戈壁之子乌哈黛常常登上三山的最高峰——蔚蓝色的须弥山巅，巡视自己无边无际的戈壁和升腾于天地间的青岚。他端坐于大山之巅，望着辽阔无边的戈壁愉悦身心，享天地之美妙，心中思考世间万物、人与自然的相处法则。乌哈黛日渐成熟后，他的天地也变得广阔无垠。戈壁的四季皆有世间美景，那么壮观，那么美妙。夏天戈壁百花盛开，犹如母盘羊的后背，泛着金黄的色彩，戈壁上空白云朵朵。突然间乌云骤聚，阳光透过云层，如银白的长剑连接着天与地。顷刻间，天上开始电闪雷鸣，雷声响彻乾坤，壮观而有趣。

秋天的戈壁更是美的世界！接受了夏雨的抚慰，戈壁上绿草茵茵，万里无云，蜃气袅袅。清晨的沙砾折射太阳的光辉；日落时分，野骡奔向甘洌的泉水，身后扬起万丈细尘，那细尘犹如一股股白色的绳索。金秋时节在戈壁上悠闲吃草的千万头黄羊犹如撒在草黄色毡子上的骰子；从北边的山林里飞来一排排大雁，它们在秋天的天空中啁啾作鸣。看到这番美景，乌哈黛怡然自得，以主人的威严为戈壁里的千万头黄羊，山间的盘羊与野山羊，以及各类飞禽保驾护航。他早已想不起祖辈讲给他的故事：从黑岩山上冲下一群群青色的恶狼，害得戈壁生灵涂炭，哀鸿遍野。乌哈黛想，这美丽如画的戈壁，这成千上万的黄羊，有谁会嫉妒它们的美好？不过又不忘告诫自己，世间确有膨胀的欲望和蛇蝎心肠者，说不定某一天恶狼就会成群结队地冲下山来。

十五岁那年的秋天，乌哈黛又一次登上了三山中的最高的须弥山。他总觉得这温柔的秋日里少了点什么。于是，他拿起望远镜仔细观察，发现毡子上的骰子般的黄羊竟然成群成群地不见了踪影。乌哈黛认为是它们的奔跑滞后于自然的更替法则，才会这样姗姗来迟。于是他坐在山上等了黄羊群一晚上。南边的戈壁空空荡荡，没有丝毫生机。原来青色的狼群跑下黑岩山，袭击了黄羊群，茫茫的戈壁已血流成河。

看到这一幕，戈壁之子乌哈黛惊慌失措，面对三山哀求道："黑岩山上的狼群在祸害我的黄羊群，巨大的灾难笼罩着戈壁！如何对付这凶恶的敌人？请天地赐予我良策！"

"戈壁之子乌哈黛，我很早就认识你。你因何在这里大声哀求？"乌哈黛顺声望去，看到从山岩的后面来了一头红色的金角公盘羊。

"我的金角盘羊！南边的戈壁里那些成千上万的黄羊遭到了黑岩山青色狼群的袭击！现在猎人还赶不过来，如果再迟，黄羊就要惨遭灭绝。你有何良策？"

红盘羊晃着它的头，金角在朝阳下熠熠闪光，望着远方说："乌哈黛，我知道你深爱戈壁和这里的生灵。我知道怎样降服黑岩山的狼群，我要给你带来一千头盘羊。乌哈黛，你速速下山去迎接！"

说毕，红盘羊便跳过山涧，飞奔而去。乌哈黛飞奔下山时，看到山间扬起了遮天蔽日的细尘，一千头红盘羊正如潮水般向他涌来。金角盘羊跑在最前头，它来到乌哈黛面前说："我的朋友乌哈黛，请你抓牢我的金角，我们一起前去消灭黑岩山的群狼。"说毕，红盘羊便奔向狼群，乌哈黛给它呼喊助威，他们后面跟着一千头盘羊，犹如洪水般波涛汹涌。

恶狼看到他们，纷纷夹着尾巴逃跑。没等狼群逃远，金角盘羊如飞箭般冲过去，把它们一个个顶进了沙丘。乌哈黛骑着它大声喊道："消灭恶狼！我们有能力保护辽阔的戈壁和千万头黄羊，就算万头恶狼一起来袭，我们也决不后退。我们要消灭戈壁里的黑暗，让万里戈壁充满阳光！"乌哈黛和金角盘羊就这样带着三山的一千头盘羊，一起消灭了黑岩山的恶狼，挽救了那里成千上万头的黄羊。

红盘羊看着平静的戈壁，在中午的阳光下晃动着它熠熠闪光的金角。它说："日后我们将亲如兄弟，一同保护美丽的戈壁。如需见面，就在三山的最高峰上相约。"

乌哈黛抱着金角红盘羊的脖子说道："你热爱这里，才有了降服劲敌的巨大魔力。日后我们一生为友，时刻防备那些嫉妒和平，带来灾难的恶人。"

这便是戈壁之子乌哈黛与金角红盘羊结义的传说。

银色马衔之诗

啊，人类的智慧多么神奇，它能涵盖宇宙间的一切！人类拥有希望，可以回忆人生的道路和世间的法则，同时带我们冲破重重阻碍，让我们感受无压力的美好瞬间，多么幸福。诗人在年轻时常常想起祖先的嘱托，向往辽阔无边的太空，幻想儿孙有朝一日能够乘坐飞船，犹如一支银箭般飞行在浩瀚缥缈的太空，从遥远的星球带来芬芳的香石竹，献给自己所爱的人。如今我已满头白霜，但在自己还没糊涂之前，有幸亲眼见证了祖先的嘱托圆满实现的那一刻，见到了从遥远的外星带来香石竹的儿孙。多么幸福，多么雄伟！

秋夜，我望着夜空中闪烁的星星陷入沉思。我生活在辽远的天幕下，生活在辽阔的草原上，生活环境注定了我视野足够开阔。我随着思绪之路逐步延伸，想象着一位蒙古人乘坐飞船奔向星空的样子。他应是夜空中最亮的那一颗星。那一天来临时，我们蒙古人便不分老幼地一起走出毡包，抬头仰望着星空来铭记这一刻。看到蒙古人当中的明星时，我们该有多么高兴！

宇航员透过飞船的窗户，看到家乡辽阔的浅黄色戈壁和草原，便会想起自己出生长大的故土和父亲那座洁白的毡包。他用俄语告诉组长此刻的心情。那位组长立刻领会，透过飞船的窗户向外望去，像见到自己的毡包一样兴奋地说道："是的，银色马衔的主人，你的父亲正在朝我们挥手呢！"来自俄罗斯和蒙古的一对兄弟宇航员说到这里开心地笑起来。飞船的内壁果然挂着一个银色的马衔。蒙古宇航员的父亲把伴随自己多年的马衔送给儿子，并祝福道："以前这马衔一直戴在马头上，现在你带它上太空吧。这就跟咱们蒙古人的马飞上太空一样。愿人间代代吉祥，世世幸福。"没想到他梦想成真了。

宇航员安全着陆，名扬四海之后，带着那个和他一同飞上太空的马衔回来见父亲。乡里乡亲都想见见这位飞天英雄，纷纷赶来，争先恐后地抚摸那个马衔，现在它成了世上稀有的珍宝。父亲从拴马桩那里牵来一匹燕白良驹，套上马衔和马鞍，对儿子说道："你是飞天英雄，但不能忘了养育你的故土，赶快骑上这匹快马，去野外兜兜风吧！愿你吉祥如意！"宇航员跨上骏马，奔向远处蔚蓝色的群山；燕白马似乎已领略了那个马衔的分量，犹如传说中的神马般驰骋在草原上。青青的群山、绿绿的草原和辽阔的天宇既唱着一首古老的歌曲，又唱着一首献给宇航员的崭新歌谣。啊，多么幸福，多么雄伟。

沿途随想或抒情串珠

　　站在山岭上望去，远处的鄂特冈腾格尔山①像一朵莲花，闪闪发亮。我路经此地时，看见过它无数次，今天看来依然那样亲切，就像我一路的车马劳顿只为一睹它的尊容。如果人有属于自己的山，那这座山便是我的吧。它离我的家乡很远，却一直在我的内心深处。如果生活的目标像一座山，那应该像鄂特冈腾格尔山那样高：我们无法抵达那里，它却时时刻刻在呼唤我们。等有一天接近后，才发现它还是那样高不可攀。如果没有这样的高峰，所有的攀登都会失去意义。

　　每一座横在路上的山岭，都有它独特的历史和语言。眼前的这座山岭，犹如盘羊的后背，它的存在似乎是为了将古代的运货之路高高举起，好让路人和脚夫们看到鄂特冈腾格尔山的顶峰。山顶上设有一座敖包，依然存留于那里的祭品向我们诉说着人与自然和谐相处又相互为敌的辩证关系。不知为什么，人们用公盘羊的头当成祭品来祭奠山顶的这座敖包。那些空洞洞的头盖骨，好像是从岩石里长出来的，讲述着如今早已不复存在的古老世界和存在于那个世界里的仪式。

　　我的山，如今它像上天的幼子一样闪烁着安详的光芒。

---

　　①　鄂特冈腾格尔山：鄂特冈腾格尔，蒙古语意为"上天的幼子"。鄂特冈腾格尔山是蒙古国中部杭爱山脉的最高峰，位于扎布汗省，海拔4031米。

月光曲

查干图如河源自杭爱山脉，这条淡水河里流淌着马儿奔跑的声音、孩子的欢笑声和鸟儿的啁啾声。河边有一座废弃的古庙，古庙屋檐上的风铃随风孤零零地叮当作响。但这查干图如河依然很年轻。原来河水也和人一样，有年轻和年老之分。如果年轻的激情和年少的朝气还能在我们的心中激起浪花，那该多幸福。河面上有几只白色的海鸥在自由飞翔，啁啾鸣叫，不知从哪里的大海跋涉而来？寺庙的铃声、河流的声音和海鸥的鸣叫变成一支交响乐，令人回到遥远的过去。我突然想到了奥金斯基①的波兰舞曲。突然从海鸥飞翔的天空上落了几丝回忆的雨滴。从小时候起，我就奢望能在白天看到星星。今日，我在查干图如河边实现了儿时的愿望。我听着波兰舞曲，仰望天空时，突然看到有一颗星星闪烁在蓝缎子般无边无际的天幕上，非常清楚。我随口说了一句"我在思念你"，似乎这句话不是说给遥远而罕见的星星的，而是说给我身边的恋人的。刚刚果真下了一场回忆的太阳雨。

我伫立在老家的旧址上。藏历第十六饶迥第三个土蛇年②仲冬月初，我生而为人的标志是那块褐色的石头。虽说时光如梭，但人的一生也足够漫长。喇嘛说"如果在日出到中午时分出生，他必会遭受许多无法治愈的病症和无法逾越的苦难"，但我活了许多年，如今我老家的旧址都长出了绿草，压在我脐带上的褐色石块也被风雨抹平了棱角。嘎勒达台河流经我们家的冬营盘旁，如今嘎勒达台河的渡口和迁徙之路已被树木封锁，渡口处的五棵柳树倒了一棵，老鹰在树上筑的大巢也变得空空如也。无论是树还是老鹰，一旦到了时间就会离开这个世界。时间只在人的记忆里才有始有终。时间的魔力在于，你可以回忆它，但捉摸不到。我的思绪、呼吸和心跳就像使荒草摇曳的微风般时有时无，拉长抑或缩短着时光。好在过去、现在和未来都在我的脑海里。过去和未来就像这些草儿和那块石头一样变得触手可及时，我经历了人生的许多悲

---

① 奥金斯基：1765—1833，波兰作曲家。
② 以上为藏历算法，为公元 1929 年。

喜，但没有什么可遗憾的。既然时光无法跟随我们的意志改变，那拥有过去、现在和未来的我不就是幸福的人吗？人的智慧和时光在时时刻刻地赛跑。

日出时分，鄂嫩河岸的树林里黑山鸡在嬉闹鸣唱。它们的歌声里有身为鸟类的骄傲、情投意合的恋情和深藏于心的嫉妒。它们在比歌喉和羽翎。大自然赋予它们的歌喉和羽翎分毫不差，所以它们的鸣唱是献给太阳的歌谣，也是它们和谐聚会的标志。激起所有动物觊觎的，不是大自然赋予的美丽和天赋，而是刻意的人工粉饰。

黑山鸡鸣唱时，挤牛奶的姑娘拎着奶桶走出洁白的毡包，光脚踏着被露水打湿的绿草走来；阳光照着山岭阳坡的石砾，照得那些石砾闪闪发亮；牛圈栅栏上的一群唐鸦还未从梦中醒来。此情此景，充分展示着美的影响力。

静静伫立在鄂嫩河岸边的树林，栅栏上美梦甜甜的唐鸦伴随黑山鸡的鸣唱，在向我们展示世界的安详之美。这里同时拥有了安静和热闹。光脚的挤奶姑娘让我想起儿时的种种往事，我甚至有些感伤地想到，如今的我们渐渐习惯了人工的粉饰，感受大自然的审美能力在日渐减弱。我们习惯了穿着皮鞋行走于城市的柏油路，几乎忘记了光脚走在被露水打湿的绿草上是怎样一种感受。看到黑山鸡的聚会，我便十分怀念儿时无忧无虑的日子。

克鲁伦河谷里有人在控马。这里的原野辽阔无边，河南岸的树林郁郁葱葱，草儿发黄的大地上处处飘来奶食品的醇香味。今天非常适合控马。一想到自己是马背民族的一员，我感到无比自豪。孩子们围着拴马桩嬉戏打闹，他们的快乐已被我深深铭记。在克鲁伦河谷里策马驰骋定会让人年轻好几岁。拴马桩上拴着一匹矫健的灰白马。我不懂马，但看到它炯炯有神的双眼，就断定这是一匹勇夺冠军的良驹，它的主人一定是个胸怀宽广的汉子。心情郁闷时，我常常想起"大丈夫的胸怀应能容

月光曲

纳全副武装的马匹"[1] 这句话。

从拜德拉格[2]狭窄的主路望去，戈壁上的群山耸入云端。进入戈壁后，山林里呼啸的暴风雪被我们远远落在身后，戈壁里的灌木丛开始长出嫩叶，这里的群山看起来也变得温暖可人。早在三十年前路过这里之后，我便一直想着再见见这里的群山。看到群山，人们就浮想联翩。没有什么比徒手而归更让人沮丧的了。年轻时我们总认为大自然能教会我们很多，人与自然的关系会让我们变得更加聪明。现在想来，年轻时学的那些知识，在日后的确帮了我们的大忙。如果我们只当这些戈壁上的群山是一堆堆的石头，那祖国带给我们的骄傲和自信就会减少很多吧。人老心荒时，大可不必嘲笑儿时的天真和好奇。那年的冬夜，我们在大博格达山[3]的南坡过夜，望着夜幕下博格达山雪白的山峰时，总觉得能在夜里对话的不只是天上的群星，人与山之间也可以敞开心扉，分享彼此的秘密。

从那时起，戈壁上的大山就成了我仰望的希望，虽知自己不过是落满尘埃的一座小山头，但我并不为此气馁，还鼓励自己要每时每刻向前，每时每刻向上。

为什么一见到阿尔泰山脉，往事就会一幕幕地浮现在眼前？二十年前，我置身于科布多河岸金色的树林，望着仓巴嘎拉布山[4]洁白的山顶，看到阿尔泰山脉蓝色、草黄色的风时，像个发现新大陆的孩童般兴奋，接着与阿尔泰山脉的群山敞开心扉畅聊，明白了原来人与山也可以对话。当我问自己"世界这么美好，你应该怎样活着"时，阿尔泰山脉似乎给了我答案。那是来自巍巍高山的心声。

---

① 蒙古族谚语的直译，与"宰相肚里能撑船"的意思相同。
② 拜德拉格：地名，即拜德拉格县，位于蒙古国巴彦洪戈尔省。
③ 大博格达山：山名，戈壁阿尔泰范围内最高的山，海拔 3957 米。
④ 仓巴嘎拉布山：山名，位于蒙古国科布多省和巴彦乌列盖省之间，属阿尔泰山脉，海拔 4208 米。

现在我正奔向苏泰山。我第一次见苏泰山，是在那年夏天清晨的莎尔尕戈壁。当时看到它伫立在天的西边，用洁白的山巅接住阳光，再折射到辽阔的天空时，我便暗下决心，有朝一日一定要再来这里。后来一直没有合适的机会，直到今日才得以实现。看来"有志者事竟成"这话不假。

现在从哈尔乌苏湖①的南边绕过，进入草色金黄的泽尔格山谷，苏泰山便从四百千米之外映入我们的眼帘。它伫立在阿尔泰山脉的蓝天下，金黄色的群山间，威严而温暖。"我洁白的蒙古心，我洁白的大毡包，我的巍巍苏泰山，我在靠近你，多年之后，我来看望您了！"秋天，这里的牛羊在安闲地吃草，家家户户的毡包散落在各处，就像我的一位诗人朋友所形容的那样"犹如梦中的天鹅"。这芦苇荡漾、富饶美丽的泽尔格山谷真是我蒙古的好地方。

此时，我突然想到这样一首诗：

> 阿尔泰山脉的树木
> 颀长又珍奇
> 此生有幸看了一眼
> 至今令我回忆……

想到这首诗，便觉得虽然我们有时会失去曾经拥有的东西，但它会化作青青山峦的一部分再次融入我们的生活。想到这里，我的心里也舒畅了许多。我们准备去苏泰山脚下时，才发现看似近在眼前的山，我们需要穿越长长的泽尔格山谷才能抵达。阳光照耀阿尔泰山脉，光与影亲密的合作展示着天与地相互包容相互抵制的哲理；苏泰山洁白的山峰被夕阳镀上了一层温暖的橘黄色，它好像在发威，又像在沉思。不管发威还是沉思，在我看来都那样温暖。它虽然是一座任何人都可以来看一眼

---

① 哈尔乌苏湖：湖名，位于蒙古国科布多省。

的普通山峰，但教会了我舍与得的辩证关系，给予了我洁白无瑕的希望。从日出到日落，我一直走在家乡金黄色的土路上，望着巍巍苏泰山。望着它，会延长我的幸福指数。

只为阿尔泰山脉的日落来一次这里，也完全值得。俄罗斯著名画家廖里赫大概是看了阿尔泰的日落才有了《天上的争斗》和《格萨尔王》等画作吧。日落之前，天与地被染成橘黄色，万籁俱寂的山顶上伫立着一位像极了救世主的骑马之人。这就是廖里赫的作品。在阿尔泰山脉上看到廖里赫画作的颜色后，我们不禁感叹大自然的美丽和威力，情不自禁地对自己说，就算是一个小人，看到阿尔泰山脉的日落和苏泰山洁白的山顶，也会心旷神怡。这不就是心灵的收获吗？我们这些文艺工作者总有奇奇怪怪的想法。欣赏阿尔泰山脉的日落，无法言说其中的美妙时，想起了几年前家乡的几位小伙子骑马攀登苏泰山的情景。那些马儿用尽浑身的力气，也只有一匹马幸运地攀上了苏泰山的顶峰。现在想来，能够登上苏泰山顶的那个小伙子是个幸运儿。想到这里我有些伤感，因为我已不是骑马登山的年龄。如果我能骑着廖里赫画作中的红马登上苏泰山顶，那该有多惬意？

哈尔乌苏湖的白霜在秋风中呼啸……雅布胡兰的诗句也令人想起过往。雅布胡兰、盖塔布先后为哈尔乌苏湖撰写过诗篇。我循着他们的足迹来到哈尔乌苏湖边，蓝色的湖水在秋日的微风中泛着微微的涟漪，抚摸着我的两位文友曾经站过的堤岸。一想到他们湖边的足迹还没有消失，我便又联想到美妙的诗行不会消失，心情也逐渐好转起来。在三十几年前，我还是一名年轻的医生，乘坐用于急救的"ЯК-12"[①] 第一次飞到乌兰固木[②]。蒙古国著名飞行员之一达日瓦嘎尔驾驶着飞机俯冲到

---

① "ЯК-12"：雅科夫列夫牦牛-12，苏联产轻型多用途运输机。设计者亚历山大·谢尔盖耶维奇·雅科夫列夫（1906—1989）是苏联著名飞机设计师、苏联科学院院士。

② 乌兰固木：蒙古国西北部城镇，乌布苏省首府。

扎尔嘎勒特山顶，慢慢贴近哈尔乌苏水面时，天鹅和其他水鸟在长满菖蒲的岛屿上起飞盘旋。这是我平生第一次见到能够倒映整座山的大湖，于是大呼道："哇，多么神奇！多么气派！"

后来我又去了一次。那次旅行的记忆就像一场梦。我顺着科布多河来到这里，看到湖里开满了的莲花，在夕阳的映衬下红彤彤的一片。起初，我并不敢相信这是长满莲花的湖水，像见了蜃景一样愣在那里不敢向前。

这是人生难得一遇的自然美景。我很幸运，能够在盛夏遇到开满莲花的哈尔乌苏湖。现在我站在湖边，怀念曾写诗赞颂这里的两位文友。怀念有时就像梦境。开满莲花的湖面和一生中只遇一次的所有都像一场梦。我望着哈尔乌苏湖面，觉得自己并不孤单，因为我循着朋友的足迹与世间的美好纷纷相遇。就算见不到哈尔乌苏湖里盛开的莲花，也可以在其他地方遇见更多的东西啊。

银色的瀑布浸润着翠绿的鄂尔浑河谷……这句话最近在我的脑海中反复出现。

身处越南头顿市，眺望太平洋海面时，我总能想起秋天翠绿色的鄂尔浑河谷。

从鄂尔浑河源头的山林吹来的微微的风，在乌兰河口千万年来屹立不动的群山间呼啸；叶子金黄的柳树，叶子火红的狗蔷薇下流着闪闪发亮的河水。不知为什么，我总觉得滚滚的鄂尔浑河水与我的生活、希望和追求，甚至和我人生的某一阶段有着无法割舍的联系。想起这些，我默念了这样一首诗：

> 鄂尔浑河谷里，银涛汹涌
> 站在岸上我感叹人生无常
> 韶光易逝啊，岁月如河流
> 我忘记一切爱上那位姑娘

月光曲

爱是什么？是人类悲喜的精华吗？鄂尔浑河奔腾的激流似乎没有这样说。爱上一个人，为此悲伤和欢喜，为此嫉妒和憎恨之后，人们还是会为自己找到一种解脱的方式。听着乌兰河口的激流声，我想起了爱情。从此，鄂尔浑河翠绿的河谷便常常出现在我的脑海里。

离开故土即将远行时，我的心中总有一种莫名的思绪。现在我站在岸边，望着湄公河平静的水面。在我的家乡，此时正是日出时分。我突然想起了叶赛宁①的一首诗：

> 我相信，相信，幸福是有的
> 太阳也还没有熄灭
> 朝霞像红色的祈祷者
> 预报着仁爱的消息②

前方下起了满是回忆的太阳雨。

远在二十几年前，我和塔蒂亚娜在心理精神疾病医院狭小的办公室里一起读叶赛宁的诗。她读到"我相信，相信，幸福是有的"时，眨着她目光温柔的蓝眼睛，好像不相信那样的幸福似的。有一次她带来一本勃洛克③的小册子，对我说："如果你想写情诗，那应该读勃洛克。"我偶尔读勃洛克，只是还不能领会他诗作的美妙。叶赛宁的诗，我倒是非常懂。二十几年过去了。我知道此次的行程后，在回去的路上，在鄂尔浑河边与山脚长出小草的群山默默地作别。那时我便决定再读一遍勃洛克的诗。

这大概是因为二十几年前塔蒂亚娜说过的一句话吧。我去苏联驻越南大使馆，从那里的图书馆借了一本勃洛克诗选。他在《在库里科沃原

---

① 叶赛宁：1895—1925，即谢尔盖·亚历山德罗维奇·叶赛宁，俄国田园派诗人。
② 原文为俄文，转引自刘湛秋、茹香雪的译文。
③ 勃洛克：1880—1921，即亚历山大·亚历山德罗维奇·勃洛克，俄罗斯诗人。

野》① 中写道：

> 啊，我的罗斯！我的爱妻
> 我们深知，旅途是那么漫无边际
> 旅途像鞑靼的飞箭穿透了我们的胸膛

在另外一首名为《俄罗斯》的诗中写道：

> 俄罗斯呵，贫穷的俄罗斯
> 你那小小的灰色木房
> 你那随风飘荡的歌曲
> 就像初恋时的泪珠一样②

　　大诗人这些来自心灵的诗句，不是无比忠诚地歌颂着自己的祖国和恋人吗？我在湄公河边译了勃洛克的《西徐亚人》《陌生女郎》③ 等诗篇。

> 她那帽子上弯垂的鸵鸟羽毛
> 总在我脑海里不断晃荡
> 她那深邃莫测的蓝色眼睛
> 正在那遥远的彼岸闪闪发亮④

　　清晨的太阳升起，城市从睡梦中醒来。我迎着徐徐的风，在西贡河边散步。不远处有一艘洁白的轮船，上面插着民主德国国旗。它像是来

---

① 《在库里科沃原野》：勃洛克在1908年创作的一首诗。
② 转引自丁人的译文。
③ 《西徐亚人》为勃洛克1918年创作的长诗；《陌生女郎》为勃洛克1906年创作的情诗。
④ 以上四行选自《陌生女郎》，转引自丁人的译文。

城里闲逛的，无声无息地停泊在那里。

挨着它的一艘船尾上站着一位高挑、美丽的女人，穿了一身白色的束腰长裙。她偶尔用长长的船桨划一下船，沉浸在自己的思绪里。看到红色的河水、白色的轮船和穿白裙的女人，我想起了十三年前在印度瓦拉纳西恒河边的那次散步。日出时分，江水倒映无数个寺庙的金顶，水中的寺庙像金色的钉子一样连接江水和江岸。瓦拉纳西是这里祈祷者的聚集地。额头上点着红点的印度女人穿一身纱丽走进江水里，迎着朝阳捧起恒河水进行祈祷。她们的鼻环上镶着钻石，婀娜的身姿使人想起扎那巴扎尔风格的绿度母塑像。

看到在河水中乘船前行的越南女人，我不禁想起了多年前遇见过的那位印度美女。什么是美？包括人的美在内的表面的美是自然的造化。若想真切地感受真正的美，那需要奋斗，还可能会为此备受煎熬。世界上最幸福的事，莫过于为美而奋斗，为美好而伤心难过。

把美化为己有，抑或用自己的角度来审视美，是感知自我的过程。明知自己没有多少美奉献给他人，但依然为此奋斗的人是幸福的。

为看星星，我从九龙宾馆走了出来。我想看北半球见不到的南十字星。英国作家史蒂文森①在金银岛上，背靠一棵椰子树望着南十字星时，想起了他笼罩着烟雾的阿尔比思岛。我在一篇文章中读过的细节，至今还记得。我没看到南十字星。热带的星空朦朦胧胧，于是我想起了家乡。前年秋天，我们在南戈壁省的沙漠中野营。深夜里，我们走出毡包去爬山。我们的毡包搭在山脚下，山是沙子堆积而成的山。不知是想听一听沙漠的声音，还是因为心里住着一颗明亮的星的缘故，那天晚上我失眠了。人的心中也有天地。于是，我躺在白天被太阳晒得滚烫，现在还暖烘烘的沙丘上仰望天空，等着聆听沙漠的声音。戈壁的星空犹如一匹黑色的缎子，群星就像洒在上面的钻石，每一颗都闪闪发亮。天上

---

① 史蒂文森：1850—1894，罗伯特·路易斯·史蒂文森，英国作家，著有《金银岛》《化身博士》等。

的星星慢慢逼近金色的沙丘和塞布雷山①，好像不久就要下一场钻石雨。如果真可以下一场钻石雨，我就抓住猎户星中的一颗，把它与北斗七星放在一起。

洪戈尔绿洲湖水中的野鸭在睡梦中鸣叫了几声。我们搭在沙丘脚下的毡包洁白无瑕，我期盼着星星从毡包的天窗飞进去，照亮我们内心深处。

无论何时何地，愿我心中的星星永远像钻石般光芒四射。

夏末，鄂尔浑河谷里的晚生草露出了小尖。静静的山林、河谷、岩石和鄂尔浑河水都是翠绿色的。晚生草的绿色不仅染绿了大地，就连天空也被染成了绿色。我和她走在长出晚生草的河谷里，走在绿色的天幕下。多少年来，我都没见过这样翠绿的晚生草。这绿色的世界似乎在向我们倾诉隐藏的幸福。为了不惊扰心中那一层绿色的薄雾，我们安安静静继续朝前走。我和她很快到了鄂尔浑河的乌兰河口。乌兰河口的水流并非红色②，那是一挂安安静静的绿色瀑布。颜色具有消音的魔力。我和她听不到瀑布的喧哗，依偎在一起只顾着看风景。那里绿色的旋律用绿色的绳索牵住了我们的心。如果我们被大自然的声响分了心，就不会出现那样的爱情奇迹。我的恋人从绿色的世界里看到了一抹红。她在鄂尔浑河谷的悬崖峭壁上看到一株叶子通红的灌木后，指着它大声叫道："看！那里有一棵灌木，叶子是红色的。"就在那一瞬间，绿色的世界突然变得多姿多彩，瀑布的上方出现了一道七彩虹。鄂尔浑河的瀑布有着虎啸狼吟般的气势。我们感受到这些之后，河谷里片刻的安静也随之消失了。那样的瞬间不可多得，我很幸运，有如此神秘的经历。

几年前，我曾透过河边一家小旅店的窗口，望着浑浊而安静的湄公河陷入沉思。这条大河源自雪域，它途经各地最后汇入南海，应该见过

---

① 塞布雷山：山名，位于蒙古国东戈壁省塞布雷县。

② 乌兰，蒙古语，意为"红色"。因此作者才说乌兰河口的水流并非红色。

月光曲

无数人敬仰的目光。前不久，法国军官曾通过这家旅店的窗户觇觎湄公河。那些军官，胳膊伸得可真够长。而现在，我站在法国军官"曾经的窗口"，望着这条世界闻名的大河。我见过名声远播的多瑙河，也曾泛舟于波涛汹涌的阿姆河。阿姆河的激流，犹如千万头大象从你身边奔腾而过。大江大河蕴含着大自然的力量和魅力。看着湄公河，我想念的却是鄂嫩河和克鲁伦河。它见过蒙古人民的目光，因此永远美丽，永远圣洁！

　　克鲁伦河水步履匆匆
　　它在奔向谁的相思……

克鲁伦河奔向我们，我们也奔向克鲁伦河。

梦中的白驹

　　我聆听嘎勒达台河的流水声，直到半夜才微微入睡，做了一个多彩而奇特的梦。大脑皮层受到刺激人才会做梦。我平平安安地抵达出生地后，白天的思绪和夜晚的梦境始终围绕着我的大脑。当我们的健康走到利刃边缘时，才会产生丰富多彩的思绪和梦境。我们必须立即记住它们，否则当我们变得平静而正常时，那些思绪和梦境会消失得无影无踪。白天我突然感到身心疲惫，是他们开车送我回来的。我儿时的好友、森警伊·韦德布带着他的妻子敦道勒玛，与孩子们一起忙活半天，为我做了一顿丰盛的午餐。用毕午饭，他们又在嘎勒达台河岸上给我支起帐篷，在帐篷里铺好了被褥。现在我正躺在被褥上做着奇特的梦。从城里出来之前，我重读了布尔加科夫①的《大师和玛格丽特》②。我无法把"梦"做成布尔加科夫那样，倒是从很久以前就一直梦见华丽的宫殿。梦不代表一个人智商的高低，但有时在不大正常的大脑里出现的梦境，往往比正常人的梦境精彩。所以有心理学家说布尔加科夫和陀思妥耶夫斯基的小说是他们大脑不正常的结果。大脑中的梦境和巧妙的表达

---

　　① 布尔加科夫：1891—1940，米哈尔·阿法纳西耶维奇·布尔加科夫，苏联作家。
　　② 《大师和玛格丽特》：布尔加科夫于1929—1940年间创作的长篇小说。

能力结合在一起，或许才能成就不凡的作品。梦醒之后，类似的想法占据了我大脑的全部空间。梦里我坐在额尔德尼召①前广场的无嘴白犬旁。据说那条石狗的鼻子是噶尔丹②一刀砍断的。从墙上望去，看到院内的白塔在阳光的照耀下闪着亮光。墙内有一方大水池，一群马站在池中，马尾巴点着池水。此时，西门缓缓打开，进来一匹如天鹅般洁白的马驹，它一边走一边愉快地撒欢儿。我大概在等待这匹白驹。白驹拖着缰绳朝我跑来，我牵着它走进了额尔德尼召的大殿。在一片朦胧中我看到殿内的大佛陀，他的一双大眼睛炯炯有神，额头上镶着红宝石。白驹在闻佛陀的宝座。突然，宝座下出现了一尊活佛扎那巴扎尔③塑像风格的绿度母造像。她腰细胸挺，一条腿向前伸展，另一条腿盘在身下；她少女般的乳房微微隆起，薄薄的嘴唇在若有似无地微笑。这位女神似乎又不是扎那巴扎尔风格的绿度母，而是多年前我在保加利亚的色雷斯偶然相识的玛雅·涅伊切娃。我牵着白驹走在黑海边，一轮红日在海面上下沉，海浪被染成了红色；远处的白色帆船渐行渐远。我和白驹本想乘坐那艘白船回家。

我问道："白驹啊，接下来我们该怎么办？"

白驹说："等等，一会儿玛雅就回来了。"它一边说着，一边用银筷般细长的腿刨着海边细软的沙子。此时，一位少女踩着柔软的沙滩朝我们走了过来。她披着金黄色的头发，穿了一身海水蓝的长裙。她可能就是玛雅吧。她根本无暇顾及我和我的白驹。玛雅你为何不给我回信？我们为你写了一首诗，请你原地驻足来聆听这首诗吧。

　　活佛久居在异地他乡

---

① 额尔德尼召：蒙古国著名古寺庙，位于首都乌兰巴托以西的哈拉和林，距市区400千米。1586年由阿巴岱汗（1534—1586）建造。

② 噶尔丹：1644—1697，17世纪厄鲁特（亦写作卫拉特）蒙古准噶尔汗国大汗。

③ 扎那巴扎尔：1635—1723，哲布尊丹巴一世，蒙古国最著名的宗教家、艺术家、建筑师、医生及诗人。

心中想念爱妻和故乡
妻子在额尔德尼召洁白的宫殿
犹如婴儿般浮现在眼前

他千辛万苦地回到故乡
妻子被弃在山脚的尸堆
她成了猛兽嘴边的美餐
洁白的独臂飘落在风中

聪慧的活佛难弃那红尘
世上的情感牵动着思恋
他塑造一尊完美的塑像
让她告别了世间的感伤

　　玛雅头也不回，越走越远，渐渐地消失在天边。我和白驹非常伤心，耷拉着脑袋想着回家的办法。不知不觉中，我牵着白驹走到了额尔德尼召的院墙外。

　　白驹说："我们不要再到处晃荡啦，这样不如一起去看看你的出生地。"

　　我说："你说得非常对，如果能去一趟自己的出生地，那我死而无憾。"

　　白驹说："还不到谈论生死的时候，你默想一下就行了。我送你回家乡吧。"

　　于是，我和白驹来到我的出生地——嘎勒达台河边。白驹伸出天鹅般细长的脖子，喝着嘎勒达台河水。从它的嘴角溢出的水滴，在阳光下闪着金光。

　　白驹说："你顺着嘎勒达台河往下游，到鄂嫩河边时会遇到森吉玛。

你没忘了她吧？你不是舍下所有女人来找森吉玛吗？"

白驹说得没错。额尔德尼召的绿度母、色雷斯的美女与我又有何干？还是去找儿时的恋人森吉玛吧。就算我在河里溺水而亡，如果能与她的英灵相会，会比现在幸福。想到这里，我脱下衣服，准备下河。我在嘎勒达台河的深潭里见过额尔德尼召的绿度母镀金造像。绿度母浅浅地笑着。我想把她带走。只是这河水深不可测，我一旦下了河，怕再也出不来。可我没有其他路可以走。我正想问白驹如何是好时，它突然消失不见了。

"我的死期到了，白驹你在哪里？"说完我呜呜大哭起来。

从梦中醒来时，我还在流泪。或许是怕死才流泪吧。每一个人都想在这个世界上多活些日子。我的心跳一点都没有平息，但整个人变得清醒了许多。嘎勒达台河没完没了地诉说时，远处传来马的嘶鸣声。白驹回群了吧。尽管一个正常的人不会相信梦境，但我在第二天骑马闲游时，凡遇到马群都会多看几眼，希望可以找到梦中的那匹白驹。

一九七一年，我在莫斯科文学高等专科学校学习时，第一次去保加利亚。那次玛雅·涅伊切娃带我到黑海边的度假胜地瓦尔纳游玩。回到莫斯科后，我收到她的信，回信时附了一首关于绿度母的诗。此后我们就失去了联系。

为什么我梦到了白驹呢？我家里没有白驹啊。

小时候，我读过这样一首诗：

我的父亲，我的父亲
他有一匹草黄的马儿

父亲的那匹草黄马，是渐渐老去，自然死亡的。等我长大之后，哥哥给我买了一匹花斑马。那匹马身材修长，非常温顺，还能猜透主人的意图。毕业后我留在城里工作，次年我那匹马在拴马桩上被狼活活吃掉了。听到这个噩耗后，我哭了许久。

第一次见到额尔德尼召是在一九五七年夏天。彼时我是乌兰巴托市精神疾病医院的主治医生。那时候我还很年轻。那年在车车尔勒格市①召开全国首席医生论坛，从乌兰巴托去了好多人。论坛期间，我和著名医生、文学翻译家贡格尔扎布先生叫省里的一名医生开上车，沿着塔米尔河②串门游玩。塔米尔河源自杭爱山脉，波涛汹涌，河边树林里的茵茵绿草上有一座洁白的毡包，我们便去那里串门。那时候文化入侵依然很严重，乡下的牧民家家都听西方的音乐会。

那里的妇女和孩子们都到一个富户人家里，在他宽敞的毡包里聚会。大家一起放声唱道：

> 前后杭爱的故乡，朦胧中摇晃
> 远居旗里的乡亲，叫我好难忘

听到这首歌，我异常动情，把带在身上的钱尽数分给了妇女和可爱的孩子，只剩下了空空的衣兜。回去时，我们去了一趟额尔德尼召。额尔德尼召的院墙内传来荒草的味道，挂在召庙屋檐下的风铃忧伤地响两声，唤起人们遥远的回忆。那次我听说有一尊按照活佛扎那巴扎尔的塑像风格打造的绿度母塑像，或许那也只是个传说。于是，我决定要写一部关于扎那巴扎尔的文章，一直到了今日。

梦中出现白驹，也不是没有其他理由。一九四八年夏天，我从苏赫巴托尔军官学校毕业，在七月灼热的一天乘坐军用汽车朝肯特省出发。在巴彦珠尔赫县的小桥上遇到一个人，他赶着一辆四轮敞车，拉车的是一匹白马。走近一瞧，赶车的原来是我哥哥。我赶紧让司机停车，车还没停稳便跳下车去见哥哥。我带哥哥到城里休息几天后，便赶着他的马

---

① 车车尔勒格市：蒙古国中部城市，后杭爱省首府。
② 塔米尔河：蒙古国鄂尔浑河支流，全长约280千米。

月光曲

车回家。拉车的是我姑妈家仅有的一匹马。我套上那匹懒惰的白马，找好途经叶都格五座山、臣亥尔曼达勒县①、胡日赫河的源头去鄂嫩河的路线，坐着那辆敞车不停地给马加鞭，一天就能走两个驿站的距离。这样走下去，到达宾德尔县②大概得五六天。我准备在叶都格五座山的山脚下过夜，正烧火熬茶时，从后面追上来几位骑马之人。他们是我们的邻县额木讷德勒格尔县的几个年轻人，女生居多。原来他们看完国家那达慕后往回返。那时候我已是十九岁的小伙子。我请他们喝茶聊天，拿出中国点心招待他们。我还带了点干肉，女生们用石头捣碎后，我们一起烧肉汤喝。其中一个身穿红色缎袍的女生在那达慕期间吃了一顿中餐后，一连几天都上吐下泻，头痛欲裂。于是我让她睡在车上，自己在车下铺了毡子躺下。没有一点睡意。她让我想起了城里的一位姑娘。我哥哥是城里木材加工厂的木匠，我完全可以跟着哥哥一起工作，留在他身边。但是我十分想念母亲。一个十九岁的小伙子还想妈妈，这听起来有些可笑。我想着母亲，也想那些姑娘，想着想着就失眠了。第二天，我骑上红袍女生的马，她坐着我的马车继续赶路。两天后，我到了她们家。她家有成群的马，是个富户。她的父母都很年轻，二人专门为我杀了一只羊，盛情款待我。还说如果感到劳累，可以歇几天再走。那时候的我，头戴一顶军帽，身穿绿色粗布袍，腰间系着细细的皮带。他们一家人非常好客。那个肤色发黄的女生更可爱，一回家就噘起嘴跟父母撒娇，后来又说不想让我走。那时我念母心切，一刻都耽误不得。那一夜我又没合眼，天还没亮时便起床套上我懒惰的白马，灰溜溜地消失了。我朝胡日赫河走，途经一座土坡，正在爬坡时，身后传来一阵马蹄声。原来是那位红袍女生。她追上来，"扑哧"笑了一声，从马上扔给我一个大包裹，戏弄我说："我那赶着木车套着懒马的布里亚特小伙子，祝你一路顺风。你在车下一夜未睡，也不敢钻我被窝，想来也是个孬种。"

---

① 臣亥尔曼达勒县：属蒙古国肯特省。
② 宾德尔县：属蒙古国肯特省。

说完她便打马走远了。我打开包裹，里面是奶食品和昨天煮的新鲜羊肉。我又急急忙忙地赶了两天路，就到了故乡边界的那座土坡。土坡上的牛虻真多，叮得我的白马变成了红马。懒惰的白马被牛虻叮得疼痒难耐，突然在下坡路上跑开了。极速前进中，车棚被颠得四分五裂，车上的被褥和锅碗瓢盆都掉在路边。我怕那辆马车散架，正束手无策时，白马好像在等我一样，跑到离树木较远的地方停下来吃草。我高兴得像个小孩子般嘤嘤哭起来。如果马车完全损坏，我丢了马匹一个人走回家，那该有多倒霉。

一九四八年，我在乡下度过最后一个夏天。当时说合作化运动即将开始，个人的牛羊全部归国家所有。那时离成立大队还有几年时间，但我在乡下的夏天就在那年结束了。多年后的今天，我依然怀念那个被称为父权制社会的时代和属于那个时代的平静、属于那个时代的制度，但也并不因为失去它而感到遗憾。人总要跟着时代进步，去适应新的生活方式。我们可以回忆往事，却不可以过分恋旧，甚至止步不前。就这样，最后的夏天在我的脑海里留下了深刻的印象。三十五年后，我置身于故乡，在舒爽的斯润湖边、嘎勒达台河岸做着梦。回到故乡，过往的一幕幕就渐渐清晰起来。

一九四八年，母亲还不到五十岁。在十一二年前，也就是我八九岁的时候，我们家只有一匹草黄马和两头乳牛；如今我们家有打草机、两辆铁轴马车、十几头乳牛和几匹马，它们可以骑或者用来拉车。我们家算不上富裕，但也不穷。这都是母亲日夜操劳赚来的。由于过度劳累，母亲不到五十岁就提前老去，头发变得花白。

那年夏日的挤奶时光多么美妙。在斯润寺庙旧址的两边，嘎勒达台河的北岸住着近二十户人家，那里有一排挨得很近的房子、门楼和牛羊圈。那二十户，每户都有十几二十头乳牛。到了傍晚挤奶时分，乳牛们踏上它们的小路，从南北两个方向陆续走向牛圈。它们的乳房里集满了奶水，变得圆滚滚的。它们有时只能叉开后腿慢慢地往前走。乳牛回来

时，女人和孩子纷纷走出来，从牛羊圈的长杆子上拿起晾干的奶桶做准
备。孩子们堆好牛粪放熏烟。家家户户的熏烟汇集到斯润湖面上，那里
变得云雾缭绕。奶站是一座黑色的大房子，就在南边的不远处。先挤完
牛奶的人家把奶桶放在小车上，或自己推，或用马拉着去奶站。奶站的
大房子里有个大机器，它日夜不停地嗡嗡作响。那时候的奶站负责提炼
奶油和酿奶酒等工作，那里也是青少年的娱乐场。天黑之后，奶站门口
总爱聚集几个爱喝酒的人，围着一桶奶酒喝。我们家的十几头乳牛，最
少也能挤出三四十升牛奶。我们把其中的大部分都交给奶站，自己只留
少许，用来提炼奶油。那年夏天让我负责交牛奶这件事。那真是个好差
事。送完牛奶，我在奶站一直待到很晚。到了晚上，那些嗜酒的人们围
坐在一起喝酒，我们青少年则坐在提炼奶油的大黑锅附近，借助火光聊
天。奶站是嗜酒如命的中年男人和我这样的少年的聚集地。那些新娘和
少妇、结了婚的大哥哥和老人们不肯出来，都喜欢待在家里。一九四八
年的夏天，夏营盘的姑娘们似乎总在唱歌。她们忙完挤奶送奶等事后，
到某一个人家里一起唱歌。日暮之前，我总能听到她们嘹亮的歌声。只
有醉鬼在天黑之后歌唱，女生从不那样。太阳落到山头时，她们唱起愉
悦或伤感的歌。不知为什么，她们更喜欢唱伤感的歌。

> 若不在日出前出发
> 修长的走马有何用
> 若不来一辈子相好
> 捎来的话语有何用

听到这首歌，我总以为一定有人辜负了她们。

霍兰和我是邻居。那年夏天，我们一起去看县那达慕。多年后我才
明白，我最初创作的短篇小说中，有一篇是写给她的。我身边没有一个
叫霍兰的女生，我在一九五七年去戈壁时，把那位邻家姐姐幻想成了一

位戈壁姑娘。年少时，邻家姐姐是我们无法实现的希望，日后她们成了我文学作品的主角。那年夏天，霍兰一直在寻找一种情感和爱的自由，想暂时摆脱她一不高兴就动手打人的男人；而我只能倾听她的苦衷，陪着她一起哭，基本帮不上她的忙。我受霍兰的影响，在成为一名作家之后从未往坏写过一个女人，直到今天亦是如此。

开学之前的一个傍晚，我坐在斯润湖边等霍兰。那时候女生们刚刚唱完伤感的情歌，夜幕也刚刚降临。在去看那达慕之前，我去几户人家告别时，喝了点奶酒，想着如果霍兰今晚不来赴约，我就直接去他们家，借着酒劲对黄脸昌巴大发雷霆。从那达慕回来之后，我和几个小伙子去他们家，我也只是踢了一下他们家喂狗的小盆而已。霍兰像只猫，轻手轻脚地来赴约。她似乎想忘掉自己是个富家的女人，一个早已失去青春的少妇，来时光着脚，身上的那件挤奶服也没换。聊天时，我们一致认为在不久的将来，人的生存和生活会一改旧貌，合作社成立后日子将变得富裕而自由，再不会任人摆布。后来，在霍兰去世后，有人批评我说："三十年后的霍兰也没任何变化，你为什么要写那样的东西？"现在我的心里也一直住着一九四八年的霍兰。我们要为逝去的时光伤心落泪？我们常说与时代同步，就算现在的日子非常艰难，处处充满了危险，我们也没有理由怨天尤人、长吁短叹。有人说，每一个时代都有自己的历史。建设霍兰和我在一九四八年憧憬的生活时，我身在其中，也可以说我参与了近四十年的历史。有时，比如像现在这样心情郁闷时，我会认为自己总能挺过去。过去和未来有千丝万缕的联系。如果我们因故或无法战胜自己的愚笨英年早逝，你的子孙后代会说你的一生与他们息息相关。我们应该相信未来，而且要自力更生，甩掉各种牵绊，活出精彩的人生。

几天前，我去参加了庆祝宾德尔县成立六十周年的那达慕。在四十年之后，我又欣赏了一次县那达慕。那达慕场地里形形色色的帐篷，摆在老人面前的食品和小骑手气喘吁吁的样子让我想起了童年。那达慕圆

月光曲

形竞技台前的那一排五六十辆摩托车和骑手的技术根本无法引起大家的注意。现在的年轻人不再骑马，都开始骑摩托车。这样的批评有些站不住脚。或许在不久的将来，马会作为运输工具和竞赛工具出现在大家的面前。那时候的青少年还会怀念马，从而批评摩托车吗？这样的预言毫无根据。我们不会忘记一九四〇年或合作化运动刚开始时，我们的乡下经济是怎样一种状况。

县那达慕结束后，我叫他们开车送我。在那达慕现场与老人们见面，与同龄人畅谈时安然无恙的我在汽车驶进故乡地界时，心跳突然开始加速。我只能找附近的人家修养些时日再走。那家的男主人正是我儿时的小伙伴塔穆朝。塔穆朝和他的爱人道苏勒玛怕我一躺下便再也醒不过来，用熏、洗等各种方法给我治疗。塔穆朝现在给队里放羊，他带着他的一千多头羊游牧到了这里。住处虽然有些破旧狭小，但也不缺吃喝。第二天起床后，我到儿时熟悉的斯润泉水边，找到那汪儿时洗过无数次澡的湖水后，心里立刻变得很舒朗。我喝几口泉水，将它视为圣泉，慢慢地俯身祈祷。我走到萨尔黑雅格特山的阳坡，舒活舒活筋骨。儿时常在这里放羊。我的大脑大概受了什么刺激，它正好给了我一个理由，让我有机会在这里调养几日，呼吸一下故乡新鲜的空气。假如我没有突然生病，结局或许会是另外一个样子。我甚至萌生了一种想法，就算死在故乡的大地上也没有遗憾。或许我这是在给故乡撒娇吧。我终于明白，城市和乡下在我的心里依然泾渭分明。我们这一代人，都是从牧民家里踏上了遥远的征程，牧民的想法和我近乎相同。人越老就越想亲近自己的故乡。这也不单单是蒙古人的习俗，瓦西里[①]在年老后一直说要回到阿尔泰山脉的小村斯罗斯特基度过晚年，可惜的是，想法还没实现他便与世长辞了。他在生前步入上流社会，有了舒适生活的条件，但依然想远离城市的喧嚣，哪怕独自生活在小村斯罗斯特基也不错。他主要写农村题材，是一名"乡土作家"。他写传统的俄罗斯习俗和婚俗，

---

① 瓦西里：1929—1974，瓦西里·马卡罗维奇·舒克申，苏联著名导演、演员、作家。

并不是他留恋过去的父权制社会，而是想告诉人们，他离不开曾经的生活和那些平凡的人们。

塔穆朝和我聊了许多儿时的事。他讲起这些时就像一位老人，讲得总是那么绘声绘色。透过他的讲述，儿时的故乡就浮现在脑海里。

巴勒吉、呼莫里两条河边有一座名叫哈拉特的山，人们常去那里祭祀。它的北边住着两户富裕人家，一个绰号叫"大妖魔"，另一个叫"大胃王"。我们从树林里蹚过那两条小河，就能闻到他们两家的奶食品发出的酸味。从县那达慕回去时，他们两家人在路上迎接我们。参加那达慕的人们先到巴勒吉河西边的人家或者去伊赫塔拉喝点酒，再到"大妖魔"先生家，然后去斯润湖边的人家里倒头便睡。休闲的日子过得非常慢，甚至有些浑浑噩噩。那时候每家每户都有不少牛羊，但也不缺放牧的人。那时候的年轻人喜欢在放着牛羊时，突然去别人家里休息或游玩。像我这样年过二十，在学校读书的大小伙子，也时常想念乡下的日子和那里的父母。那时每家每户都安分守己，也有不少生活不如意的人。千百年来，大家一致认为牛羊是私有财产，所以才有贫富差距。塔穆朝这么一说，我便想起了当时的一位"怪人"。巴勒吉河的西岸离我们的斯润湖只有十千米，中间隔着两条河。三十年代中旬，父母把我最小的弟弟送到位于巴勒吉河西岸的宝·巴兹尔萨德家寄养。巴兹尔萨德叔叔在一九三六年和贡格尔英雄一起参加抗日战争，还为此受到过表彰，在家里因病逝世。我们常去巴勒吉河的西岸看望弟弟，那时候弟弟已经长大了。他们家里有一个名叫阿里亚车德布的矮个子老人，常穿一身蓝色的粗布袍，骑一匹白马，骑马时从不套马鞍。他只有一匹马、一件袍子和一头带犊的乳牛。他和失明的母亲一起生活，住在一间狭小破烂的平房里。大家说他一年只喝一次酒，一喝酒就喜欢到邻居家里撒野。这大概是他发泄内心郁闷的一种方式吧。在初秋打草前，他把自己唯一的一头乳牛和失明的母亲用长长的绳子拴好，自己骑着那匹懒惰的白马串门。女人和孩子知道他一年只喝一次酒，对他都很慷慨。他喝醉后，嘴里唱着不着调的歌，翻身上马，朝北边的"大妖魔"家狂奔。他嘴里嚷嚷着要杀了"大胃王"的女人策仁道勒玛。据说策仁道勒玛曾经是车德布的女人，后来抛弃他回了娘家。他这是要找抛弃他的女人报仇。他的白马一年只有这样一次机会，可以带着主人舒展舒展筋骨，所以跑起来时脚下会发光。车德布哥哥到达目的地后，准备骑马越过她家的栅栏，但他的那匹白马根本不敢。他跳下马，把马放到一边，晃晃悠悠地走进"大妖魔"家。那家人都知道车德布的意图，于是一边说着"可怜的车德布一年只喝一次"，一边给他倒酒。车德布喝几碗酒，便开始大喊大叫，随便抄起个手边的家伙便跑出去，说要杀了策仁道勒玛。家家户户的男女老少都跑出来看热闹，最后把他裹在毡子里，扔进密密麻麻的荒草里。车德布躺在那里依然骂骂咧咧，骂得嘴角满是唾沫星子。他这么折腾一会儿，便沉沉地睡去。孩子们趁他睡着后解开裹他的毡子。他在凌晨醒来，骑着等待他的白马，无精打采地回家，第二天便背着镰刀去打草。他真够可怜的。现在根本找不到那样的穷人。那些无儿无女的孤寡老人，由大队和乡亲们照顾。如今我们没有了贫富差距，但又出现了别的问题和困难。

如今，只有三十五年前的乡下、十九岁的我和不到五十岁的母亲还留在我的记忆里，其余的，全部变了模样。六年前的春天去省里时，我专程去了一趟我的家乡嘎勒达台。那年的斯润河谷里一户人家都没有，我们家的旧址上跑着狗一般大小的旱獭。除了立在那里的拴马桩，那里的一切都恢复了自然的状态。在六十年代，斯润、嘎勒达台一带成了无人居住的荒地。有一阵子，我们以离大队太远，不便迁徙为由，抛弃了那些水草丰美、非常宜居的家园。当时为何这样做？说来也没有什么可靠的依据。问当地的老牧民和大队领导，他们都说是为了让牧民住在大队附近。那时的转场和迁徙大部分都由机械操作，其实不大费力。这也可以算作个理由吧。最后我们不得不重新利用这些废弃的家园，把它当成游牧点。现在大队的大部分工作实现了机械化，一般的自然艰险都不成问题。我们不能因为价格昂贵就拒绝机械化。大家都知道，现在汽车还不是陈列品，但牛马拉的那种车几乎是陈列品。一九八〇年，我们的几位作家陪同来自苏联的几位同志去戈壁采风。同样作为马背民族的哈萨克斯坦著名诗人奥尔扎斯·苏莱缅诺夫看到戈壁牧民套马的场面之后，激动地对我说："尽管人类已拥有了宇宙飞船，但还未到抛弃马群的时候。"我说这里的人都喜欢骑摩托车放牧时，他说道："这也没有什么不对，在这辽阔无边的戈壁上，摩托车是最好的交通工具。"我们不守旧，但也不能盲目地追求前卫。我们需要的是明辨是非，解决问题的大脑。

鄂嫩河涨水了。三十年前，我们在鄂嫩河的汛期从拜特桑港骑马渡河。现在大家都开车渡河。起初我并不相信这么大的水可以开车过去。我儿时的伙伴固日巴兹尔把眼前的河当成小泥泞，眯起眼睛，张着鼻孔只顾聊天，将老牌的六轮"吉尔"开了进去。这辆"吉尔"的散热风扇到深水里就会自然停止。他毫不在乎地开着车到达彼岸。汽车这样的高科技真叫人喜欢。十天后，他又开车送我，在巴勒吉河边与刚到这里的机械打草小队相遇。他们有十辆崭新的拖拉机，从打草到打捆，全部实现了机械化。在三十五年前，车德布背着镰刀骑着马去打草时，大概做梦也没想到会有这一天。我们是马背民族，所以我的梦里才出现了一匹白驹，它的脖颈就像天鹅的脖子般修长。我置身于自己的出生地，为何做了一场如此感伤的梦？六年前过来后，我写了一篇伤感的文字，说压着我脐带的褐色石头孤零零地守着家乡。我相信有人读懂了我对斯润、嘎勒达台的留恋。一个人对于祖国的留恋，往往始于自己的出生地。我梦到白驹和其他一些东西后，在清晨时分早早地醒来，聆听毡包外动静的同时，依然沉浸在自己的思绪里。毡包的门是用银色的粗布缝制的，透过门缝看到在朝阳的照耀下，嘎勒达台河水泛着石榴色的涟漪。我儿时的五棵柳树伫立在河岸上，它的后面是山石嶙峋、树木葱葱的大小巴彦山，远处是诺尔翟山青青的山峰，再远处是耸入云端的嘎勒特罕山。眼前的这一切，都在用无声的言语和我对话。它们不仅向我诉说消失的鹰巢、腐朽倒下的树木和被风雨磨损的山石，同时也向我诉说长成后改变了地标的那棵小树，形成于山口的沟壑和小丘，曾在这里搭帐篷放牧养育儿女的乡亲和亲戚，我儿时或日后相识的诸位朋友。有了山水的陪伴，我在回想自己的童年时，并不觉得自己形单影只，我们的聊天非常热闹。这样想来，我不曾忘记这里的任何人，任何事。只要我愿意，就有无穷无尽的回忆。我的回忆已如此丰富，为何还要在这空空的世界苦苦地寻觅呢？只要打开回忆的大门，就有源源不断的人和事向我涌来。人啊，会因为一点小事乐开怀，也会因为一点小事黯然神伤。我以为我们会日渐变得老练，面对诸事可以泰然处之，不会再轻易悸动。现在看来并非如此。几年前，我看到我们家的旧址上有人居住，便感叹说，我们乡下的生活还在延续。一九八三年父亲去世后，母亲和我生活了三十年，替我们照顾孩子。她在七十九岁那年去世，我将她的坟墓安放在乌兰巴托附近的查干大阪。后来我们都搬到城里去住，只有拴马桩留下来守着老家的旧址。现在我的出生地有了新的主人。县领导跟我说，现在你老家的旧址上住着一位名叫伊·韦德布的人，把里里外外收拾得干干净净。我几乎想不起韦德布是谁。这也难怪，毕竟我们四十年来都没见过面。塔穆朝、韦德布与我年纪相仿，韦德布的妻子叫敦道勒玛，塔穆朝的妻子叫道苏乐玛，两个人的名字非常接近。敦道勒玛、道苏乐玛都养育了很多孩子，有句谚语说"母亲想儿女，儿女想世界"，恐怕现在可以改成"女儿想城市"了。她俩的孩子们陆陆续续都去了城里，年纪小的也说自己八年级或十年级毕业后就去城里工作和生活。看到敦道勒玛，我想起了她的父亲。她的父亲朝·达西尼玛是个乐天派，非常爱喝酒，因此女人和孩子都嫌弃他。那年夏天，达西尼玛独自带着他的母亲去安葬，回家时还顺路到我家喝酒，喝醉之后放声大哭，被我母亲指责了一番。

　　我在韦德布家里住了几天。沐浴嘎勒达台河水，呼吸老家的新鲜空气后，我得到了充分的休息，身体开始慢慢恢复。我在太阳升起时起床，喝几口奶香浓郁的酸奶后，望着西山和嘎勒达台、斯润蓝色的河谷；西山就在老家旧址附近，南坡少有树木，东坡则覆盖着郁郁葱葱的落叶松；河谷里长着柳树、柳条、扁桃树等树木，两条水域就像森林中的两条玉带。望着故乡的景色，我又伤感地想到自己可能再也无法了无牵挂地回到这里。回来不是我一个人能够做决定的事，城里还有好多工作在等着我。六年前，斯润河谷前面的树木和泥泞面积扩大，树木长得郁郁葱葱。近年来这里成了草场，游牧点的几百头牛羊都在这里吃草。牛羊在这里悠闲地吃草后，故乡也不再荒芜，看着叫人神清气爽。老家的人与自然相互依靠，山水与飞禽走兽和谐共存。不管我们拥有多么大的版图，也不应该荒废先前有人居住过的地方；对于那些不宜动用科技手段的偏远地方倒是可以用传统的方式进行开发利用。但能想得到，做得到的人少之又少。有时我们为方便省事喜欢就地取材。去年我去林钦勒浑贝县，在儿子家里住了几天。希希格德河①谷的美景难以用言语形容。我走过世界上不少地方，见过不少自然美景，但没见过像希希格德河那样壮美、富饶的河谷。我准备再去那里看看。从林钦勒浑贝县到浩高日格、腾吉斯河，经过五条河流。经过一条条河流，离县城越走越远时，我看到霍里道勒山蔚蓝色的山头穿过雾霭露了出来。箭头一样的山顶上闪耀着冰雪的光芒，再走百余俄里后，才发现它离我们还很远；爬上满是树木的浩高日格山低矮的山头后，就能看到希希格德河的河谷中有许多大大小小的湖泊，在阳光下闪着五彩的光芒。

　　我和在县中学当老师的大儿子巴特乌勒一起到腾吉斯、希希格德两条河交汇成小叶尼塞河的地方搭好帐篷后，烤鱼吃，吃饱后躺下准备休息。两条大河不分伯仲地形成巨浪，像猛兽般怒吼着。我和儿子畏惧这

---

　　①　希希格德河：Шишгэд гол，源自蒙古国库布苏尔省西北部霍里道勒山的一条河流，全长 344 千米。俄罗斯人不认为希希格德河是一条单独的河流，他们普遍认为它是小叶尼塞河的源头。

水的咆哮声，没了一点睡意。清晨的太阳升起时，这里真的成了一处童话世界。那翻腾的巨浪在朝阳下成了一团红色的火；河水两岸的树林耸入云端，树尖上顶着赤裸的山峰；西边，唐纳白雪皑皑的山峰与天空交织，叫人分不清哪个是山，哪个是天；宽阔的希希格德河水里跳跃着大小不同的鱼儿，叫人叹为观止。

林钦勒浑贝县的人们习惯在希希格德河谷里过夏季和秋季，冬春季节越过霍里道勒山，到哈特嘎勒附近人少安静的原野过游牧生活。每年冬天，希希格德河谷里都下大雪，牲畜不容易过冬。在暮秋晚些时候或在霍里道勒的冰层融化之前，这里的牧民用牦牛载着家当，朝库布苏尔湖迁徙，途中越过唯一的高山吉兰山，到海平面低、气候宜人的地方过冬。现在还有人保存着包括摇篮在内的老工具。现在，迁徙的家庭越来越少，这里耐寒的霍格日格红牛、达尔扈特羊也开始减少时，政府才下了禁令。放弃传统，有时会给自己带来灾难。在没有给牛羊建好温暖舒适的圈舍时，我们万万不能放弃迁徙游牧的老传统。有人透露说，现在敢用牦牛运送家当、进行迁徙的人也变得越来越少。现在推平吉兰山，在这里铺一条通天大路的日子还没有到来。不管如何，辽阔的希希格德河谷真是一处美丽、富饶的地方。

都说"百闻不如一见"。在路途上，我们可能会遇到重重阻碍，也可能单打独斗，但途中的所见所闻、所思所想会弥补这样的孤独。在生活中遇到阻碍是好事。如果人类没有了阻碍，就会变得安逸而愚笨。有人说，生活便是生存。韦德布在养育他那些孩子时遇到了重重困难。

清晨登上西山放眼望去，看到韦德布家被打理得井井有条。他们住在布里亚特人早已住惯的板皮房里，那房子外形虽然不怎么好看，但屋内干净整洁；他们家的简易厨房、牛圈、牛犊圈、院落我早已熟悉，看起来温暖亲切。都说"没有人会嫌弃故乡，哪怕故乡只是个低矮的茅草房"。韦德布是森警，妻子是商业代理人，他们在乡下的日子非常惬意，也很富有。他们家有四头奶牛，他们喜欢把牛奶放进机器里提炼奶油。敦道勒玛忙着给远近的顾客量布匹、称点心；韦德布斜戴有国徽的帽子，背着他的比利时步枪，骑着那匹高头白马去巡山，到半山腰上用扬声器喊的话，站在西山头也听得到。这让我猛然想起莫扎特的音乐；我非常自豪地继续想到，这里还有人在生活。但无法否定，现在的乡下比起那时的乡下，有了翻天覆地的变化。如今社会发展了，日子变好了，此时置身于故乡，回忆童年时光，让它缓慢地流淌在体内，感受回忆的不平凡是一件多么幸福的事！"TOOHOT"一词成为蒙古近代文学史上的文学词汇时，我付出了不少。我一直认为那是我重要的贡献。我这么写，不会有人觉得我不谦虚吧。布里亚特人剪下新生婴儿的脐带后，把它埋在婴儿的出生地，用一块石头压在上面。我们把埋脐带的地方叫作"TOOHOT"。几年前，我写文章时开始用这个词，后来作家们也开始纷纷效仿。

埋着我脐带的故土就在韦德布家东边的草圈里。压在我脐带上的那块褐色的石头似乎也被挪了位置。一想到我是从这个巴掌大的地方开始认识广袤的蒙古大地时，它的意义就显得尤为重大。为此，我才回来寻找童年。今年夏天，嘎勒达台湿润的河谷里开满了百合花和小时候不曾见过的梅花，它们或红或粉，开得密密麻麻，开得令人赏心悦目；而我小时候常见的蓝花如今已越来越少了。大自然永远处于变化当中，我们无法猜透它的全部秘密。像我这样愚钝的人，根本猜不透叶红花蓝的秘密，但无论生死，我与我的故乡、祖国和全世界有着永恒不变的联系。人类可以运用自己的智慧涉足太空，了解宇宙，但无论如何也不应该抛弃我们赖以生存的大自然。人类的命运与大自然息息相关，离开了大自然，人类找不到其他的生存空间。

我用心灵和故乡的微风进行温柔的对话。年轻时，我编了一条类似"知之为知之，不知为不知"的座右铭。人类只能在自己的生存过程中一点点地了解大自然，来自宇宙的巨大力量和藏在其背后的美好。有一

月光曲

个名叫"泛神论"的理论。二十年代，高尔基阅读普里什文①描写大自然的文字后连连叫好。他给朋友写信时写道，泛神论在将来可能会成为全人类的信仰。或许有一天，人类为自己和大自然的命运，会共同信仰泛神论吧。届时大家会明白自己并不是某一种特殊力量或神的造物，而是大自然的产物。对于诗人和作家而言，大自然的确是他们的主要信仰之一。才华是人们了解大自然（包括人）后产生的智慧。在一段时间里，大自然只是文学的点缀；当那个时代过去后，人们才明白了大自然对于文学不可估量的意义。不要再说那个时代对于一棵榆树的抒情有多可怜了吧。文学的幼稚期，就像追逐彩虹的童年。

上次回故乡时，我记了以下的文字：

> 斯润湖边的营地上，孤单地伫立着一个拴马桩；在长满荒草的营盘旧址上，散落着帐篷的废弃品、被遗弃的一两间破平房和拴马桩。因为没有地方筑巢，我儿时的燕子也飞走了，不知道它们是从什么时候飞走的。南山上的树木开始朝这边蔓延，林子边上有几匹没有主人的马在吃草。我家东边邻居的拴马桩上拴着个稻草人。以前每年去打草的南山口，在几年之后的今天长满了野草；通往夏营盘的运柴路，如今已辨认不清。小时候，每次到夏营盘来，我都特别开心。到了夏营盘，可以见到整个冬天都没有见过的朋友；傍晚时分骑着柳条当马，在落了露珠的绿草上光脚奔跑；在长满水草的小水泡里游泳，躺在柔软的河沙上晒太阳……

读罢文字，淡淡的忧伤围绕着我。这种忧伤，有时能洗涤心灵的污垢。看到儿时的故乡有了新的主人，我感到高兴。人一开心就喜欢多想，喜欢让自己徜徉于弥漫着淡淡忧伤的回忆里。忧伤也会让人浮想联翩。小时候，我常唱这样一首忧伤的歌：

---

① 普里什文：1873—1954，苏联诗人。

276

父辈住过的故乡

如今荒草泛草浪……

在三十年代的困难时期，每逢聚会喝醉时，大家都喜欢一起唱这首歌。

我在嘎勒达台河畔回忆过往，想起了儿时的几位姐姐。我的童年是在她们抒情而伤感的歌声中度过的。歌声让人开窍。小时候，奶奶讲的故事和姐姐们唱的歌让我开了窍。故事和民歌伴随着乡下的孩子成长。小时候我觉得只有桑吉玛一个人比我小，其余的女生都比我大。霍兰也比我大几岁。在四十年代中期，桑吉玛突然暴病身亡，留下其他几位姐姐陪伴我们。说来也怪，那些年纪比我小的女生都没给我留下什么印象。至今我还用姐姐们的标准来衡量蒙古女性的美丽与温柔。不管是在生活中还是在文学作品里，她们几乎都没有缺点。我总觉得，只有乡下的女生才拥有蒙古女人的高贵和诺彦呼图克图①在其大作《殊性》里形容的那些美。我小时候喜欢过的那些姐姐，都具有《殊性》里的美。大自然的美和人的美丽都是一种理想化的美。那些姐姐的身上也有乡下人的粗俗和保守，但那都瑕不掩瑜，倒是城里人的缺点是怎么藏也藏不住的。这是题外话了，还是继续聊她们吧。

享用韦德布的妻子敦道勒玛为我准备的饭菜，呼吸家乡的新鲜空气后，我的体力立刻得到恢复，想去故乡的山水间游玩。韦德布为我准备了一匹走势温柔的棕色马。身为马背民族的我，一骑上马浑身便感到舒展和放松。骑马这件事里也蕴含着一个民族的性格。几年前的一个夏天，我们几个作家带着孩子们到后杭爱省的查干淖尔旅游。那些在城里长大，从未骑过马的孩子们骑上马就和下乡的小伙伴消失在了草原的尽头。那是祖先的热血让他们骑上了马背。

---

① 诺彦呼图克图：1803—1856，蒙古族活佛、诗人、剧作家，精通藏文和蒙古文。

月光曲

我骑马到了扎尔嘎朗图的小树林里。小时候我常去那里采五味子吃。那片小树林遭遇过一场火灾,如今只剩下了几棵枯树。我在多年前写过一篇名叫《五味子》的短篇小说,小说里写乱砍滥伐毁了扎尔嘎朗图的小树林。和我同龄的一位同志批评我说:"你在小说里写扎尔嘎朗图小树林被毁灭,这样很不吉利。"大概真有些"不吉利"。扎尔嘎朗图的小树林里藏着我对一位姐姐的美好回忆。人的记忆也真奇怪,很早发生的一件小事会奇迹般地带着时间的气味留在你的脑海里。

大概是在一九四八年或一九四九年的夏天,我放假后回了一趟家。那大概是我在乡下度过的最后一个夏天。从那以后,我都在城里生活,与乡下几位美丽的姐姐渐渐疏远了。那年我二十几岁,在军官学校锻炼了几年后,个子长高了,人也变得强壮。那天我和四位姐姐去采野果。四位姐姐的名字分别是策尔玛、达丽玛、德吉德玛和拉姆扎布。她们像参加那达慕一样,穿上了干净、漂亮的袍子,给马套上了最漂亮的马鞍。她们四个人年纪相仿,都比我大五六岁。除了从乌拉扎河边嫁到这里的达丽玛之外,其余三个人都是我知根知底的邻居。四十年后的现在,她们三人中只有德吉德玛一个人健在。她们那么美丽,怎么就没有长寿?可怜的!

拉姆扎布不到三十岁时因难产去世。过了几年,策尔玛、达丽玛也相继去世,现在只有年近六十的德吉德玛还守着故土。四个姐姐一个比一个可爱,和她们一起在小树林里采野果,对我这个毛头小子来说是一次难得的机会。拉姆扎布有着布里亚特女生少有的双眼皮,脸色红润,身材匀称;策尔玛个子不高,手脚匀称而干净,门牙中间有个小牙缝,牙齿整齐洁白,有一双含情脉脉的大眼睛和一张皮肤白皙的脸庞;德吉德玛身材高挑,黑眼睛里总带着笑意,是个小鼻子厚嘴唇的姑娘;达丽玛非常可爱,个子中等,有一双含情脉脉的眼睛和百合花瓣般的红嘴唇,脸上的皮肤白皙而娇嫩。现在几乎没有像她们那样温柔、懂事的女生了。

那时我还是一名不谙世故的懵懂少年，看到那些漂亮的姐姐，不知怎样取悦她们才好，害羞的同时想着要接近其中的一位。看到她们在阳光下曼妙的走姿，想要接近某一个时，另一个显得更俊俏无比，彻底打乱了我的思绪。多年后，我与她们的一位走得很近，每每见到她，便忍不住回忆在四位美女中间徜徉的那天。

"额尔德尼，你讲个有趣的事！"德吉德玛央求我说。我并不晓得什么算有趣，心里想讲荤段子。

"五味子拌奶油时，就像美女的脸庞。"

"怪不得你总盯着达丽玛，她的脸像五味子拌奶油吗？"

听到德吉德玛这么说，我赶紧用臭李子的叶子挡住红得像五味子的脸，害羞地说道："不要开这样的玩笑了。"

德吉德玛咯咯笑着说："喂，我们把这个满脸通红的小子扔到水里，叫他不要害羞！"

其他三位异口同声地答道："好呀！好呀！"一边说着一边围了过来。女生开起玩笑来总是那么认真，如果我不赶紧逃脱，说不定真会被这四个强壮的女生扔到泉水里。我本想和她们较量一下，但没敢动手。我不知所措地开始后退，撞到了身后粗大的落叶松。我跳到落叶松的枝丫上，趁她们不备时，开始徒手爬树。那几年我在军官学校学习的本领挽救了我。我在她们面前展示了男人的魅力，等她们发誓不把我扔进水里后，我才停止了对她们的俯瞰，从树上滑了下来。她们投来赞赏的眼神，承认了我已是个大男人。得到她们的认可，甭提我有多高兴了。如果她们不是四个人在一起，故事或许还可以有另一种结局。现在，儿时和四位姐姐去采五味子的小树林被烧毁了，四位姐姐有三位离开了人世。

乡下的姑娘哟！她们的自然和朴素、单纯和豁达、羞涩和执着都令我敬佩。我梦中的女神，额尔德尼召的绿度母，便是我心中完美的蒙古女性。我多年来一直坚持舞文弄墨，一直想把那次一起去采野果的四位姐姐写进我的文章里，但由于个人的才疏学浅，直到今日也没有实现。我没有大诗人诺彦呼图克图般横溢的才华。

多年以后，我想象自己在东方省的大原野上见过桑吉玛的"孪生妹妹"，还以此为题写了一部短篇小说。一九七四年秋，我在马塔德浅黄色的原野上遇见了一位美丽的少妇。如果我们相遇不是在原野上，而是在城里的娱乐场所，大概就不会有那么一篇小说。我一直觉得那次的相遇是东方大戈壁赐给我的幸福。虽然我已过了感叹世间美好的年纪，但回忆往事，梦到白驹时，还能想起好多人温暖的目光、悦耳的说话声。我多幸福啊！在我心情欠佳时，那些始终陪伴我的人都能被一一唤醒，这是多么幸福的事！

蓝蓝的天空笼盖着辽阔的草原，金色的阳光照亮了梦境般遥不可及的天边。我拨动心弦，弹奏一曲，想象自己生活在这般诗情画意中时，心悸之症立刻得到了缓解，整个人也变得豁然开朗。正当我寻找有关嘎勒达台河流或梦中白驹的旋律时，思绪被另一种悲伤的旋律打断了，那旋律预示着采野果的四位姐姐日后的遭遇。

> 我虽见过阿尔泰群山上
> 那些金黄又颀长的树木
> 我如何还能见到恒河里
> 那摇曳又多情的红柳条

我写过关于蒙古女人的美丽传说。那年我置身于阿尔泰山脉时，写了一篇关于娜仁嘎尔布的传说。那是我塑造的绿度母。望着大火烧毁扎尔嘎朗图小树林的痕迹，回忆起故乡的那些姐姐，才想到她们去世都很早，不免替她们感到惋惜。这不是我们的错吧？我们男人，真的关心女人的方方面面了吗？乡下的女人，自古以来就是乡下生活的主心骨。她们忙着挤牛奶、做奶食品；忙着生儿育女、劈柴做饭、打扫房屋、鞣制皮革、缝制衣裳。她们有忙不完的活儿。她们还觉得这都是她们应该做的。她们从前这样，现在也这样。在我的家乡，男人在打草时最忙碌。不过现在打草已实现了机械化，只要短短几天就够了。在其余的时间里，男人只是助理牧民，他们整日享受清闲。挤牛奶时，男人只是帮着赶赶牛犊而已。那些顶着户主大名的助理牧民，都觉得女人理所应当要干这些活儿。女性的工作强度非常之大。虽说劳动和美在一起，但家里的主心骨缺失了男人的关心和关爱，就会过早地凋谢。

我倒觉得，在扎尔嘎朗图一起采野果的四位姐姐过早凋谢不是因为劳务繁重或缺少关爱。自从我懂事之日起，母亲和几位姐姐便分担着最重的生活负担，坚强地走过一个又一个时局动荡的年代，既唱过"父辈住过的故乡，如今荒草泛草浪"这样悲伤的歌，也唱过"你是世界的六分之一，伟大的红色苏维埃"这样慷慨激昂的主旋律歌曲。值得庆幸的是，姐姐们的儿女如今过得都不错。都说我们的宾德尔县是"乳香之乡"，这话没有错。从著名挤奶员策布勒玛开始，我们的县里出现了一千多位全国著名的挤奶员。全国劳动英雄阿尤西、道尔基罕达都是我的老乡。那次我参加嘎勒达台成立六十周年的那达慕。第二天，全国劳动英雄道尔基罕达牵来一匹高头黑马让我骑。我费尽力气爬上马背时，她和我开玩笑说："哥哥的身体，倒是加重了不少啊。"面对她的这句话，我羞愧难当，灰溜溜地跑了。都说我的中篇小说《暮年》中的主人公孙达丽雅像极了道尔基罕达。不管像不像，在几年前道尔基罕达成为全国劳动英雄之后，我到他们家采访，和道尔基罕达的父亲巴勒丹老人聊了一个通宵。当时道尔基罕达忙着招待我，整夜都没合眼，说要从巴勒吉拉草回来，太阳还没升起时便驾着两辆马车出发了。女人一次拉两车草料回来不容易。当选全国劳动英雄后，她又当选为党的十八大代表。她的照片和我写的报道，都在中央大报上发表。

查干大阪阳坡附近的林子里嬉戏着几只黑山鸡。听到黑山鸡的鸣叫，我便想起小时候，想起常常独自去拉草的道尔基罕达。举国闻名的

月光曲

劳动英雄为何在她还不到四十岁时，因为缺乏关爱早早地离开了我们？乡下的妇女所承担的繁重的劳动，并不是每个人都知道。作为人妻、人母的她们，把孩子抚养成人输送到城里后，自己还住在乡下。像我们这样产奶量高的大队，每一位挤奶员得给二三十头乳牛挤奶。到了夏末时，因为挤奶员的缺乏，奶产品也会随之减少。这也是没有办法的事情。平时做奶食品的妇女们，现在都在挤奶室里忙着给二三十头乳牛挤奶呢。完成奶油的任务，比做奶豆腐等奶食品的工作更加紧迫。乡下女人因牛奶的浸泡变得白嫩的手，现在都忙着挤奶。不这样，还能如何？接下来的问题是，以后怎么办？关于这一点，别说是那些专业人士，就连我们这些新闻记者都开始操心。如果有足够的挤奶员，挤奶技术又成熟，传统奶食品和奶油的问题才能得到解决。可是什么时候才能有充足的挤奶员？所以，建机械化农场依然是重中之重。我们的宾德尔县，正在建设能容纳四百头乳牛的机械化农场。有不少人质疑，在县里建设这么大的农场，能投入运营吗？甚至有人说乳牛会自己"吃"了自己。既然挤奶员紧缺，我们只能像宾德尔县那样勇敢地采取手段！最重要的是要勇于尝试，找到有效的方式和方法。我从扎尔嘎朗图的小树林回去时，顺道去了一趟位于斯润布拉格的学生挤奶服务站。四十年代的乳品厂和现在的挤奶服务站有很大的区别。宾德尔县十年制学校有意设了这样一个服务站。八九年级的女生被分成四组，从一百多头乳牛挤出五万升牛奶。这是牛奶的海洋啊。破旧的板皮房里坐着年龄相同的二十几位姑娘，单从外貌和衣着看，根本看不出她们到底继承了乡下姐姐们的哪些优点，甚至看不出她们是乡下姑娘。现代挤奶农场，是这些穿着紧身裤的女生的天下。真是时光不等人啊。这些活泼可爱、生理早熟的姑娘们应该不会缺少关爱。我小时候的姐姐们为人老实本分，去世也早，而她们一定能够主动追求属于自己的幸福。这也对。晚上，我回到位于服务站附近的塔穆朝家，和他随意聊天时，从服务站里传来了吉他伴奏的歌声。她们的歌声久久地回荡在斯润湖边的森林上空。四十年前，家乡的女生唱的歌，跟她们的歌大不一样，那时的歌曲更抒情。

从被烧毁的扎尔嘎朗图的小树林回来之后，我又去诺干道布夏营地，从西边挨家挨户地回忆他们的故事。住在最西边的是"四不像"桑布家。他家有两三顶毡包，属于比较富裕的人家。桑布的绰号叫"四不像"，是个高个子、嗜酒、爱逗小孩的老人。他的嘴里一颗牙齿都没有，吃东西时几乎要把嘴张到他的大耳朵那里，表情特别夸张。我们这些小孩都怕他逗我们，但也想从他那里弄点吃的，站在门外透过门缝远远地看着他的一举一动。

我的同龄小伙伴丹毕扎拉森被桑布逗得不可开交后，编了个顺口溜来诅咒他：

> "四不像"桑布要噎死
> 逗人的桑布要上吊寻死

桑布先生去世后，我们这些小孩开始怀念这位常常拿我们逗趣的老人。

故乡老人们一个个都是好人！他们能像大山一样为我们挡风遮雨，他们的心胸如草原般宽广。他们都像神话人物，个子都很高，个个力大无比。铁匠达尔汗、巴兹尔、班杂拉克查、扎那、巴特、巴拉吉尼玛……他们的名字说不尽，如今只给我们留下了美好的回忆。在我的印象里，没有他们不懂、不会的事。做敞车、打猎、鞣制皮革、主持宴会，他们似乎做过一个男人应该从事的所有工作。他们的生活智慧是一整套的哲学，是我们民俗的基础和标准。经年累月积攒的生活经验和放牧技术让那些老人充分吸收了民间道德和民俗的高贵之处，让他们拥有了小辈们值得敬仰的威望。老人们传下的生活经验和技能正在被我们渐渐遗忘。或许这也是时代进步的法则，但我总觉得遗忘有点过早了。现在，我们这一辈的人都成了故乡的老人，韦德布、塔穆朝成了给人出谋划策的大人物。或许年轻人有些瞧不起他们，但他们是最后一代从乡下获取生活经验的老人了。我一直想写几篇关于老人的文字。其实我是想回答一个问题：我们应该从乡下继承什么？这是一个没有标准答案的问题。

好多美好的民俗和劳动经验正在被我们遗忘。当然，我们也不可能让老传统全部重来。比如，尽管以前的婚俗非常好，但不适用于现在。可惜的是，造马车、钉马掌的人也越来越少了。那些轻便好用的车辆现在只停留在我们的话题里。

我在斯润湖边坐了一会儿。湖水还是原来的湖水。

小时候，我们这些在斯润湖畔安营扎寨度过夏天的孩子们喜欢跳进湖水里，穿过湖中的芦苇去追逐小野鸭。那时有几只天鹅经常光顾斯润湖。现在它们不来了。水鸟们到底去了哪里？想到这里，我便想起了儿时的太阳鹤。那些太阳鹤，只在我的生命里出现过一次，便朝着远方飞走了。现在只有梦中的白驹陪在我身边。如果太阳鹤和白驹都没有了，那我还剩下什么？每一个人，都有属于自己的信仰寄托。不管这是迷信还是信仰，一点都不会多余。我依靠自己的想象塑造太阳鹤之后，它便成了我日后的信仰。虽说信仰自己塑造的东西略显幼稚，但如果没有信仰，人的内心就会变得空洞。那年在去巴彦洪格尔省巴彦布拉格县的途中，我听着白鹤河畔古寺的风铃孤零零的响声，躺在河边仰望湛蓝的天空时，马驹的嘶鸣声和古庙的风铃声让我走进了梦幻世界。那天，戈壁上空的太阳已高升，时间到了中午时分。三十年前，我还是一名年轻的医生，在首都一家精神病医院工作，塔蒂亚娜·亚历山德鲁瓦娜·德鲁金是我的同事。透过医生办公室南边的大窗户，我们可以看到阳光照耀下的博格达山。那时记忆里的太阳一直照到现在。虽然我在那里只度过了两年的短暂时光，但那段时光在多年后的今天，在遥远的白鹤河边看蓝天时联想到了一双天空般蓝色的眼睛，那也是我生命中最为漫长的时光。在那两年里，我和塔蒂亚娜成了十分要好的朋友，她的哥哥——列宁格勒（现为圣彼得堡）市的诗人伊戈尔·德鲁金把我初期的诗歌习作译成了俄文。塔蒂亚娜现在是医学博士，在莫斯科心理精神学院工作。我在中学时，读过康斯坦丁·帕乌斯托夫斯基①描写俄罗斯中部自然美景的中短篇小说，塔蒂亚娜刚好又来自那里，因此我很快和这位眼神温暖、心地善良的俄罗斯姑娘成了好友。去扎尔嘎朗图一起采野果的那些姐姐、异国女郎塔蒂亚娜和梦中的女神涅伊切娃都给我传递了世界的美好，鼓励我要热爱生活。人的境遇有时也很奇怪，当我还是一名心理精神医院的医生，翻看医院的废纸时有幸翻出了米哈伊尔·斯特列利丘克的手稿和书籍，其中还有几首赞美蒙古女性的抒情诗。可惜后来我再也找不到它们了。

斯特列利丘克出生于圣彼得堡，父亲是一位名医。他参加革命，于三十年代初到蒙古建立了第一家心理精神疾病医院。他和我们的大文豪纳楚克道尔基②是好友，都是文学团体的成员。他爱上了一位蒙古姑娘，延长回国时间，在蒙古国工作时不幸逝世。看斯特列利丘克的照片，才发现他和叶赛宁有几分相似，是个帅气的小伙子。我在心理精神医院工作四年，那时的"精神血脉科"在联合工厂西边的一排"п"形平房里。大部分时间，我都待在2号女病房和重症女病房。我治疗过乌兰巴托市名人、杂技团音乐家策仁道勒格尔。为了让她有哪怕是瞬间的清醒，我用尽了全力。我调岗后不久，策仁道勒格尔便去世了。阳光照耀博格达山头的夏天和月光洒在图拉河面上的夜晚，不仅让我懂得了人性之美，也让我读懂了人类的苦难。那些天在我心里奏响的《月光曲》，至今我仍会偶尔记起。

一九五七年，我参加在后杭爱省召开的医生论坛时，第一次见到了鄂尔浑河翠绿的河谷。我第一次注意到鄂尔浑河谷里还有古代的石人和坟茔。那些石人和坟茔，通过轻轻抚慰鄂尔浑河谷绿草和杭爱山林的微

---

① 康斯坦丁·帕乌斯托夫斯基：1892—1968，康斯坦丁·格奥尔吉耶维奇·帕乌斯托夫斯基，苏联作家，代表作有长篇小说《金玫瑰》等。

② 纳楚克道尔基（1906—1937）：达·纳楚克道尔基，蒙古国现代文学奠基人，大作家。

月光曲

风，诉说着古老的故事。故去的事和刚刚发生的事，皆藏在故乡的阳光和微风里。从此以后，我便着了魔似的一次次奔向鄂尔浑河谷。

> 鄂尔浑河谷的秋天来临
> 万里无云，干净和幸福
> 美丽的姑娘啊，为何你温柔的眼神
> 忧郁地望着树叶凋零的群山

我总觉得鄂尔浑河谷里的石人眼里含着泪。当过往显得过于寂静时，石人会成为你的伙伴。我骑着梦中的白驹回到了故乡，为何还想着鄂尔浑河翠绿的河谷？我们太愚钝，被动地失去过太多太多，但我相信总有一天，机会和收获会再一次眷顾我们。但愿世界和平安详！

一九四五年，我还是一名军官学校的学生。放暑假回家后，巴兹尔老人问我是不是日本广岛遭到了美国原子弹的袭击？那是一位大耳朵、满脸老年斑、眼睛很细的老头。他不明白为何一枚原子弹能伤害那么多人。他对我感叹道："难道这就是毁灭世界的天国之战吗？"现在，塔穆朝和巴兹尔老人一样眨着他好奇的黄眼睛说："战争爆发后会怎样？我们这些住在偏远地方的人也难逃灾难吧。"哺育我的嘎勒达台河水，来自斯润湖的微风告诉我：世界和平安详，集体和个人的梦想才能实现。

去年的夏秋季节，我一直在行走，也思考了不少问题。九月初，我在结束这次旅行之前，沐浴位于戈壁阿尔泰省金黄色沙漠中额连湖水，让清澈温暖的湖水解去了我的车马劳顿。当我的身心感到无比放松时，梦中的白驹对我说，它要从黑海岸边回到自己的家乡。此话千真万确。

一九八五年

译后记

一

在国内可以用蒙古文阅读的读者，对蒙古国作家僧·额尔德尼的名字并不陌生。他的散文《故乡的风在诉说什么》入选全国普通高中《蒙古语文》课本长达几十年，其中一些段落是学生必背的内容。僧·额尔德尼在那篇大家耳熟能详的散文中，提到过他的两篇小说，即《送往天堂的发条车》和《太阳鹤》。是那篇散文和文中提到的两篇小说，打开了好多人阅读僧·额尔德尼作品的大门。

关于僧·额尔德尼的作品以原文在国内传播的情况，西北民族大学的本科生乌恩其夫做过详尽的统计，包括在蒙古文期刊上的转写发表情况、入选文学史的情况和作品的出版情况。1988 年，僧·额尔德尼的作品首次在内蒙古文联主办的蒙古文期刊《世界文学译丛》发表后，其主要作品陆续被转写成传统蒙古文，有的发表于期刊，有的以单行本出版，其中包他的三部长篇小说《生活的轨道》《扎那巴扎尔》《来世相逢》和一些中短篇小说。这些作品深深影响了国内蒙古语作家的创

作，国内用蒙古语创作的作家中开始出现"抒情派"。就文体而言，国
内以蒙古文写作的作家，受僧·额尔德尼和长篇小说《清澈的塔米尔
河》的作者策·洛岱丹巴影响最大。前者让国内作者的小说多了几分抒
情和温柔，后者则影响了长篇小说的整体结构和情节走向等。

单说这本中短篇小说集《月光曲》，原著在蒙古族读者当中的影响
力也不容小觑。该小说集 1988 年由蒙古国国家出版社在乌兰巴托出版，
1992 年内蒙古文化出版社出版了由苏日格日乐图、敖德巴拉、宝音乌
力吉转写的传统蒙古文版。该书一经出版，便成了蒙古国文学爱好者人
手一册的畅销读物，于 2000 年、2013 年再版两次，2017 年内蒙古文化
出版社出版"僧·额尔德尼作品集"（一套 34 册）时，收入了《月光
曲》中的全部文章，而该书中的小说以原文散见于各报刊上的，已难以
统计。

蒙古国文学评论界几乎一致认为，僧·额尔德尼不仅是蒙古国社会
主义时期的经典作家，也是整个 20 世纪蒙古国文坛的经典作家。苏联
蒙古学学者 Л. M. 戈尔西莫维奇就认为："僧·额尔德尼是一位将心
理小说写得炉火纯青，因而在当代蒙古国文坛引起新现象的作家。"蒙
古国大学者罗布桑旺丹则认为："僧·额尔德尼的小说善于抒情，基调
向上，饱含怜悯之心；他的小说善于以小见大，用最普通的小事映射大
世界，潜入小说人物的内心，在展示小说人物内心世界的同时展现其性
格形成的根源；在描写方面，他也大有创新之举。"

僧·额尔德尼的短篇小说中的女性形象，是其一大特色。无论是
《霍兰与我》中那位让情窦初开的"我"体会美妙初恋的邻家姐姐，还
是《草原》一文中让我想起曾经的爱恋的陌生女孩，抑或是在《雪山
上的雪莲》中那个给予男人自信和快乐的女性，还是《洪格尔·珠拉》
中被描写成守护神的洪格尔·珠拉，她们都用母性关怀、温暖和安慰一
颗颗失落的心，用恋人般的温柔融化冰冷与绝望，唤醒世间的美好。关
于僧·额尔德尼小说中的那些女性形象，蒙古国学者巴特索利认为僧·

额尔德尼的"恋母情结"与他的生活经历相关：在僧·额尔德尼很小的时候，父亲就被卷入一场风波，从而他与母亲和姐姐相依为命，因此他特别理解女性心理，对女性也具有更多的好感。

僧·额尔德尼小说的男性形象里，写得最好的要数老人。《老去的雄鹰》一文中，扎布老人对生死的态度令人动容；《送往天堂的发条车》中，赞布拉老人的童心可爱又有趣；《老人与石人》，记录了社会的变迁；《四个老头》中的四位老人"发挥余热"的积极性和相互斗气的可爱，也被描写得淋漓尽致。在僧·额尔德尼小说不长的篇幅里，老人们可敬可爱的形象跃然纸上，老人生活的背后则是关于人生的哲理，展现的是时代的变迁和变迁背后的心灵史。

纵观人类的文学史，大部分作家都无法超越自己生活的时代。僧·额尔德尼虽然在写作方面具有超人的天赋，但他的身上依然有时代的烙印。一些作品中的人物形象也难免进入"高大上""扁平化"的误区。好在这类作品并不多，不会影响他成为蒙古语经典作家。

二

尽管僧·额尔德尼的作品在他的母语世界里产生了巨大的影响，相继被译成俄、德、英、法等多种文字，关于僧·额尔德尼的条目也曾入选四川人民出版社出版的《世界文学家大辞典》辞书，但是他的小说十年前才被译成中文，介绍到国内。2008 年，《译林》（文摘版）杂志发表了由我译的《月光曲》，发表后被《读者》杂志 2008 年 11 期转载，囿于版面，两刊发表的均是删节后的作品；《青年文摘》杂志 2008 年 9 月的红版发表了由我译的《母亲》。这两篇小说，大概是最早被译介到国内的僧·额尔德尼的小说。之后翻译家敖福全先生的译作《老鸟》（本书中译作《老去的雄鹰》）发表于《世界文学》2011 年第 3 期，后与《浩伦与我》（本书译作《霍兰与我》），《浩伦与查穆巴》

（本书译作《霍兰与昌巴》），《浩伦与我（三十年后）》（本书译作《霍兰与我（三十年后）》），《畜群扬起的尘土》（本书译作《牲畜扬起的灰尘》），《夕阳下的鹤》（本书译作《太阳鹤》），《秋雨绵绵》（本书译作《暮秋的雨》）等篇目一同入选《蒙古国当代优秀短篇小说选》，该书于 2015 年由内蒙古文化出版社出版；内蒙古人民出版社于 2016 年出版《蒙古国文学经典·小说卷》时，收入僧·额尔德尼《送往天堂的发条车》《太阳鹤》《月光曲》三篇小说，其中《太阳鹤》《送往天堂的发条车》后又发表于《儿童文学》2016 年第 9 期。

僧·额尔德尼作品的重要性、经典的意义与国内译介的缺乏程度，使我萌生了系统地译一本僧·额尔德尼中短篇小说的念头。在他的诸多作品里，《月光曲》一书不断再印，影响甚广，是僧·额尔德尼公认的代表作。于两年前开始译，我便感觉到这是一块硬骨头。首先，僧·额尔德尼善于描写人物的外表，如服饰、头饰、马的颜色、马具等，因为蒙汉两个民族的生活差异，这些名词有的很难在汉语中找到对应的词汇，即使有，用在文学作品里也不大合适；其次，正如作者在《主脉（原序）》中说的那样，他开创了抒情小说的先河，作者的修辞和句式非常讲究，甚至可以说，他的行文风格自带一种"不可翻译性"。但既然已决定了要译，就要克服种种困难，在读者和作者之间找到一种可以接受的平衡。

翻译过程中，我找来转写成传统蒙古文的版本，同时与蒙古国出版的基里尔文进行核对，一核对，竟然用了三个月的时间。尽管这一过程毫无乐趣，甚至有点令人绝望，但每发现一次转写的失误，我都因为译文将更接近准确性而感到庆幸和开心。在翻译过程中，我收入转写版本遗漏的《我们必胜》《前线护士》《伊莎贝拉》三篇小说，以求译本的完整性。

三

《月光曲》是"蒙古国文学经典译丛"中我译的第三本书，同时也是我蒙译汉的第五本书。我发现自己越译越慢，甚至开始有一点怯译。这与原著的"硬骨头"有关，更与我的心态有关。出版几本译作后，我曾怀疑过译本的可能性，甚至怀疑过翻译文学本身的可能性。这样的疑虑使我的文学翻译裹步不前，好在身边的朋友一直提醒我译介的重要性，鼓励我一次又一次坐到书桌前敲击键盘。2018年，我的译文获得第十二届内蒙古文学创作"索龙嘎"奖，多多少少给了我一些安慰和自信。

面对我的坏情绪，女儿阿尔姗娜用她稚嫩的话语逗我开心，时常让我感受生活的温暖。来自家庭的幸福感往往能够激发我的工作积极性，让我时刻掂量肩上的责任。正是因为这样的坏情绪，交稿时间一拖再拖，几乎拖到了一般编辑难以忍受的程度。本书的责编郝乐女士，每一次都用温柔的话语询问书稿的翻译情况，及时控制了我坏情绪的无限蔓延。本书在翻译过程中，得到了内蒙古人民出版社汉文大众读物出版中心主任张桂梅女士的热忱帮助；本套丛书的策划编辑朱莽烈虽已调岗，但没有他当初的努力，这套丛书大概就不会有现在的规模；在翻译过程中，常常遇到俄罗斯的地名和人名，当我三番五次地发微信询问时，南开大学的王丽丹教授总是耐心地给我翻译；翻译蒙古国的地名时，我求助最多的是在蒙古国国立大学攻读博士学位的留学生乌云斯琴女士；内蒙古人民出版社的副编审贾睿茹和独立出版人敖登格日乐在翻译过程中给了我不少好建议，在此一并申谢！

这篇《译后记》即将写完时，对于这本书中的译文仍然有些不放心。好在加拿大诗人、歌手莱昂纳德·科恩在他的歌曲《颂歌》里说：万物皆有裂痕，那是光照进来的地方。关于这本书的裂痕，欢迎大家批评，好让照进来的光，温暖和照亮更多人的精神世界。

本书根据蒙古国国家出版社（Улсын Хэвлэлийн Газар）1988 年出版的《Шилмэл өгүүллэгүүд》一书翻译出版。

照日格图

2019 年 4 月 21 日，于办公室，是日周末，阳光很好